Kell Carvalho

DE REPENTE
Ester

ns

SÃO PAULO, 2025

DE REPENTE
Ester

De repente Ester
Copyright © 2023 by Kell Carvalho
Copyright © 2025 by Novo Século Editora Ltda.

Direção editorial
Luiz Vasconcelos

Produção editorial e aquisição
Mariana Paganini

Preparação
Ana C. Moura

Revisão
Renata Panovich

Diagramação
Marília Garcia

Capa
Artemyres

Texto de acordo com as normas do Novo Acordo Ortográfico da Língua Portuguesa (1990), em vigor desde 1º de janeiro de 2009.

Dados Internacionais de Catalogação na Publicação (CIP)
Angélica Ilacqua CRB-8/7057

Carvalho, Kell
 De repente Ester / Kell Carvalho ; ilustrações de Tamyres Ferreira.
-- Barueri, SP : Novo Século Editora, 2025.
 384 p. : il.

ISBN 978-65-5561-999-7

1. Ficção brasileira 2. Ficção cristã I. Título II. Ferreira, Tamyres

25-1211   CDD-B869.3

Índice para catálogo sistemático:
1. Ficção cristã

GRUPO NOVO SÉCULO
Alameda Araguaia, 2190 — Bloco A — 11º andar — Conjunto 1111
CEP 06455-000 — Alphaville Industrial, Barueri — SP — Brasil
Tel.: (11) 3699-7107 | E-mail: atendimento@gruponovoseculo.com.br
www.gruponovoseculo.com.br

Para todas as garotas que
depositam sua esperança no Senhor.
Que sua espera seja cheia de paciência
e confiança no plano divino, pois Deus
cuida de cada detalhe.

Nota da autora

Queridos leitores,

Ao longo da minha jornada de escrita, tive a oportunidade de mergulhar um pouco mais no real significado de fé, esperança e amor, e essa foi uma experiência transformadora! Minha intenção, ao escrever esta história, é transmitir os valores e ensinamentos que sempre alicerçaram a minha vida. Acredito que o amor de Deus se manifesta de inúmeras formas, e esta obra é uma tentativa humilde de retratar o poder desse sentimento em meio aos desafios e escolhas que enfrentamos.

Desejo que as palavras escritas nestas páginas possam inspirar e fortalecer sua própria caminhada espiritual. Que vocês encontrem conforto nas adversidades, esperança nos momentos de desânimo e certeza de que, mesmo em meio às tempestades, Deus está sempre ao nosso lado.

Que *De repente Ester* te mostre que, independentemente das circunstâncias, o amor de Deus é o alicerce inabalável que sustenta nossas vidas e que os desígnios Dele é muito maior do que nossa limitada mente humana é capaz de entender.

Com carinho,
Kell Carvalho.

 # Playlist

- Runs Deep – Riley Clemmons
- Perfect – Ed Sheeran
- Thinking out Loud – Ed Sheeran
- Escolhi te Esperar – Marcela Taís
- Miracle – Riley Clemmons
- For The Good – Riley Clemmons
- A Better Yes – Travis Clark
- Dear Future Wife – Cade Thompson
- Yet Not I but Through Christ in Me – CityAlight
- Caneta e Papel – Os Arrais
- Brave – MŌRIAH
- Muita Calma Nessa Alma – Marcela Taís
- Sobrevivi (feat. Pregador Luo) – Marcela Taís, Pregador Luo

Prefácio

A alegre surpresa com que fui abraçada ao receber tamanha honra de prefaciar esta obra, serviu como um complemento para a incomparável aventura que foi o prazer de lê-la.

Kell Carvalho une tudo o que há de melhor no universo literário, instigando-nos a adentrar cada vez mais no emaranhado de emoções pelo qual ela nos conduz por meio de suas palavras, retendo, assim, toda nossa atenção em sua história. Por meio de sua narrativa em terceira pessoa, ela nos apresenta a personagens cativantes, gerando uma afeição instantânea para com cada um deles.

Juntamente com Ester, encontramo-nos deslumbrados com todas as novidades que Galav tem a nos oferecer. O jeito doce e amável da moça conquista todos os corações imediatamente — acredite quando eu digo todos os corações. Por sua vez, o jeito alegre e presente de Ewan, revelam um rapaz que deseja o melhor para aqueles à sua volta; contudo, o que mais desejamos é desvendar os segredos que rodeiam o nosso famoso empresário.

Já o querido Alexander, ou Alex para os mais íntimos, consegue conquistar todos os corações, se mostrando um homem digno por ter como maior desejo de seu coração agradar a Deus acima de tudo. Ele, apesar de todas as dúvidas e inseguranças, mostrou-se firme e dedicado aos seus princípios, nunca abandonando as responsabilidades e jamais perdendo o seu senso de humor perfeito.

Por outro lado, no ombro do tio Joseph, encontramos consolo e os melhores conselhos; e o nosso John tem a arte de levar qualquer um a altas gargalhadas. Esses e tantos outros personagens fazem dessa obra uma experiência marcante e profunda. Entretanto, ouso dizer que não é isso que faz deste livro uma experiência inesquecível.

Kell conta com uma graça abundante ao abordar, com clareza e profundidade, vários aspectos da vida cristã, tendo grande destaque o relacionamento íntimo com Deus. Com suas palavras doces e certeiras, ela se tornou um canal do Espírito Santo para trazer renovo a cada um de seus leitores, marcando-nos profundamente a cada ensinamento.

Por me considerar amiga da autora e amar esse livro com tanto afinco, poderia ser suspeita em recomendar veementemente a leitura dele. A verdade é que gostaria de estar assim como você, apenas no início desta emocionante aventura. No entanto, o que me resta, é desejar-te uma gratificante leitura.

Mali Godoy M. de Sousa

Prólogo

Querido futuro marido,

Completei 18 anos hoje e sei que pode parecer excêntrico escrever-lhe isto neste momento, contudo esta carta é uma espécie de comprometimento que faço a você. Eu sempre me perguntei o porquê de fazermos juramentos, sem saber se seremos aptos a realizar nossas promessas. Sei que somos seres humanos e erramos, mas também aprendemos com nossas falhas. Não podemos dar garantias, já que é incerto fazer votos sobre o futuro. Mesmo assim, quero registrar meu desejo e prometer guardar para você meu coração. Pode parecer surreal essa promessa, pois há muito que se viver, e sei que, até te encontrar, talvez eu seja encontrada por outros durante o caminho. No entanto, por mais que seja difícil, vou fazer de tudo para mantê-la. Meu anseio maior é estar completa quando enfim nosso dia chegar. É por isso que faço esta promessa agora, para que eu nunca esqueça que sou uma dádiva reservada exclusivamente para você, no futuro.

De sua futura esposa,
Hadassa.

Reino de Cefas, 2013.

A brisa amena passou por entre as palmeiras, farfalhando suas folhas e agitando os cabelos longos e esvoaçantes de Hadassa. Ela fechou os olhos, permitindo-se absorver cada sensação: a música ao fundo tocada por um flautista, as risadas das crianças e o burburinho tranquilo das conversas à sua volta. Momentos como aquele, em que a paz e a tranquilidade poderiam ser usufruídas em sua plenitude, eram maravilhosos.

Não muito longe dali, Hadassa sabia que a mesma bonança poderia não existir, devido aos intensos conflitos religiosos e civis que cada vez mais tomavam conta de Cefas. Em razão disso, ela procurava desfrutar de cada instante de serenidade, quantos fossem possíveis.

A jovem suspirou, desejando que todos os dias fossem tão tranquilos quanto aquele. Mesmo com os grandes muros que se erguiam em uma fortaleza ao redor da casa onde ela morava com o tio, o medo era constante. O lugar já fora invadido diversas vezes, e nem a segurança reforçada era empecilho para os bárbaros decidirem saquear tudo que fosse dos *kretyen*[1].

Porém, era dia de festa, e todas as preocupações deveriam ficar do lado de fora de sua bolha particular de felicidade. Hadassa completava a maior idade e, assim como quando era criança, se permitiria viver aquela data, sem preocupação.

— Hadassa, querida, hora de assoprar as velinhas — seu tio, Mohammed, a chamou, exibindo um largo sorriso.

A moça saiu da tranquilidade do lugar onde se encontrava, e correu animada para se juntar aos demais. O tio e os funcionários, com seus filhos, eram a família dela. Independentemente de o mesmo sangue correr nas veias, os laços que os ligavam iam além de qualquer grau de parentesco.

Hadassa juntou as mãos e desejou paz para seu país, a fim de que ela, seus amigos e aquelas crianças pudessem ter um futuro sem temores. Seus olhos lacrimejaram diante do futuro incerto, tentando converter os medos em coragem e em fé de que, um dia, tudo seria diferente.

Mais tarde naquela noite, na quietude do quarto, a letra bonita e bem-desenhada da menina preenchia o papel com zelo e com todo o carinho possível. Sob a luz âmbar da luminária de sua escrivaninha,

----

1 "Cristãos" em hebraico.

ela escreveu mais uma carta, endereçada a alguém especial. Ainda não conhecia esse alguém, mas já o amava com todo o seu ser.

A jovem enrolou a carta com cuidado e a prendeu com um laço azul. Sobre a cama estava o velho baú de madeira que fora da avó e que revelava outras dezenas de cartas, as quais Hadassa escrevia desde os 15 anos. Após depositar a mais nova promessa lá dentro, fechou-o e contornou com a ponta dos dedos a estrela talhada sobre a tampa.

Um barulho estrondoso ecoou, vindo do andar de baixo da casa e fazendo-a saltar de susto. Com o coração acelerado, a jovem viu o tio irromper pela porta e tomá-la pela mão, para tirá-la dali o mais depressa possível.

Os dois correram pelo longo corredor até o cômodo onde havia uma parede falsa que os levaria em segurança até o esconderijo projetado para fugas iminentes. O suor escorria na lateral do rosto de ambos, quando alcançaram o abrigo subterrâneo. Hadassa se encolheu no canto e encostou as costas na parede fria.

Ela nunca se acostumaria com as invasões. Ainda que não fosse a primeira vez que aquilo acontecia, o medo e a incerteza ocupavam seu ser sobremaneira, causando-lhe taquicardia. Havia anos o tio e ela tentavam fugir de Cefas antes que fosse tarde demais, assim como tinha acontecido com tantos entes queridos no passado.

Hadassa tampou os ouvidos, e os ruídos a arrastavam por lembranças dolorosas de perdas irreparáveis. Ela se retraiu no instante em que os gritos dos empregados apavorados reverberaram abafados. Aquilo estraçalhou o coração dela. Impotência e desespero invadiam cada célula de seu corpo, e era difícil controlar a emoção.

Mohammed se juntou à sobrinha e a abraçou, como quem protege o bem mais precioso.

— Prometo que esta será a última vez que passamos por isso, querida — garantiu ele, diante do olhar apavorado da jovem. — Vou tirar você deste lugar antes que seja muito tarde para nós também.

Tremendo, Hadassa concordou com a cabeça. Tudo que mais desejava era um novo lar, onde poderiam recomeçar.

Capítulo 1

Querido futuro marido,

Há anos escrevo cartas para você. Não recordo quantas foram ao longo desse período, e até poderia contá-las, não fosse o caso de tê-las perdido. Poderia descrevê-las, pois tenho cada uma delas gravadas em meu coração. Mas não seria a mesma coisa, porque estou em outro momento da minha vida. Então, a partir de hoje, vou recomeçar tudo, do zero, por não ter esperança de reencontrá-las, já que estão do outro lado do oceano, em um lugar para onde eu não quero mais voltar. Quando escrevi a primeira carta, acreditava na possibilidade de já nos conhecermos. Agora as chances são nulas. Estou em uma terra distante, em busca de um recomeço. No entanto, minha promessa ainda se mantém de pé. Farei o possível para me guardar para você e apenas para você. Por mais que pareça estar demorando, buscarei com paciência o grande dia que o Senhor reservou para nos apresentar. Mesmo não sabendo quem você é, já o amo.

De sua futura esposa,
Hadassa.

Reino de Galav, 2017.

Recomeço.

Esse era o sentimento que povoava o coração de Hadassa enquanto ela fitava o movimento barulhento da rua através da janela do quarto. Cinco garotos corriam sorridentes atrás de uma bola de futebol quase murcha; um feirante apregoava as qualidades de suas frutas e verduras frescas na esquina; casais de idosos iam e viam com tranquilidade, durante suas caminhadas matinais pela passarela ladeada de prédios decadentes; mais adiante, algumas meninas sentadas em uma escadaria trançavam os cabelos umas das outras, enquanto cochichavam e riam sempre que um rapazote passava pela calçada.

Hadassa sorriu e puxou o ar para dentro dos pulmões. Com os olhos fechados, deixou que a brisa fria do início do inverno levasse para longe todas as más lembranças, a fim de abrir espaço para aquelas que chegavam. Um pássaro colorido pousou no umbral da janela e saudou a jovem com um canto afinado e estridente, como se lhe desse as boas-vindas ao reino de Galav. Ele voou para longe logo em seguida, talvez em busca do verão. A moça o observou afastar-se até sumir no horizonte nublado e se obrigou a iniciar a primeira manhã no novo lar.

As poucas malas trazidas consigo estavam todas abertas e reviradas sobre a cama no canto do cômodo apertado. O apartamento inteiro era menor que seu antigo quarto, mas isso não importava, contanto que vivessem em um lugar onde a paz fosse absoluta. Riqueza alguma era capaz de substituir o contentamento que a moça sentia por poder dormir com tranquilidade.

O único bem material que ela gostaria ter era seu estimado baú de cartas — cartas que Hadassa escrevia para o futuro marido. O objeto, porém, havia se perdido durante uma das invasões, fora levado pelos saqueadores. Desde então, a jovem abandonou o hábito de escrever. Mesmo assim, nunca deixava de sonhar, em seu íntimo, com um príncipe encantado montado em um cavalo branco que viria ao encontro dela, seja lá de onde fosse. Apesar dos acontecimentos desastrosos no decorrer da vida, nutria esse sonho de menina. Quando criança, ouvia a mãe lhe contar histórias de princesas e desejava todo aquele encanto e amor. Agora, aos 22 anos, ela tinha consciência de que um príncipe, como das histórias, estava fora de cogitação, e sua dura realidade todos os dias mostrava ser perda de tempo sonhar tão alto. Talvez também seja por isso que suas cartas tenham sido deixadas de lado.

DE REPENTE *Ester*

Porém, havia algo em que Hadassa se apegava dia após dia: DEUS! Ele era seu farol, seu guia na escuridão e, quando ela pensava estar fracassando, Ele a tomava pela mão e a trazia à tona. Era isso que o Senhor estava fazendo com o tio e a sobrinha: trazendo-os de volta à superfície, concedendo uma nova chance em uma terra estrangeira.

Mesmo depois da promessa do tio em tirá-los de Cefas e do grande desejo de saírem em busca de alguma fuga, independentemente de qual fosse, um longo caminho teve que ser trilhado: renúncias em nome do seu Deus, exposição, perdas — eram dias que Hadassa preferia deixar em um lado oculto do coração, trancado em um lugar que não pretendia visitar.

A moça suspirou e engoliu a emoção que lhe apertava a garganta. Gratidão exalou de seus olhos enquanto a nova realidade se assentava no âmago dela. Quatro anos se passaram até que, finalmente, conseguiram embarcar em um navio de carga, sem saberem ao certo se desembarcariam no destino pretendido, o utópico reino de Galav, onde sua fé nunca seria questionada, um dos únicos países em que seus líderes foram corajosos o suficiente para enfrentar as diretrizes absurdas de Cefas e abriram as portas para o povo perseguido, mesmo que de forma clandestina, como era o caso do tio e dela.

Mohammed apareceu, com os cabelos bagunçados, na porta do quarto da sobrinha. Já passava das nove horas da manhã, mas ele ainda trajava um conjunto de pijama azul-marinho.

— Quem te viu, quem te vê, senhor Mohammed — gracejou a sobrinha, ao vê-lo tão à vontade e com o semblante sereno, de um jeito que ela nunca vira antes.

— Eu disse que seriam novos tempos. — Piscou o tio, exibindo seus grandes dentes brancos e alinhados.

Embora Mohammed tivesse apenas 45 anos, as linhas de expressão dos longos anos de preocupação davam-lhe mais de 50, porém sua disposição e seu alto-astral eram de um jovem.

— Sim, você disse.

Tio e sobrinha entreolharam-se cheios de cumplicidade, contando apenas com o apoio um do outro. Hadassa ainda era uma criança quando coube a ele a responsabilidade de criá-la. Na época, Mohammed achou não ser capaz de cumprir a tarefa, mas, vendo-a agora, uma jovem linda, saudável e em segurança, considerava ter feito um bom trabalho. Ela estava no fundo de seu coração, e ele não se imaginava em um mundo onde Hadassa não estivesse ao seu lado.

— Acabaram de trazer nossas novas identidades. — Mohammed exibiu o envelope recém-aberto.

Hadassa amava seu nome, e abdicar dele era como renunciar à última coisa que ainda lhe restava. Contudo, em prol da segurança dela e do tio, os dois eram obrigados a aceitar mais essa imposição.

— Isso é ótimo! — A jovem tentou soar animada. — Vou precisar para conseguir um emprego quanto antes.

Mohammed a olhou com desgosto.

— Você sabe que não precisa fazer isso. É meu dever sustentá-la.

Hadassa sorriu com ternura, sabendo que precisaria ser firme em sua decisão. Já estava na hora de começar a retribuir de alguma forma os cuidados recebidos até então.

— Eu também quero trabalhar, tio. Tenho que me sentir útil de alguma maneira.

— Eu prometi aos seus pais que cuidaria de você.

— E o senhor fez isso durante toda a minha vida. — Ela se aproximou e apoiou as mãos nos ombros dele. — Mas acho que, de agora em diante, precisamos dividir essa atribuição.

Mohammed conhecia o modo como a sobrinha o olhava e sabia que, quando a jovem colocava uma coisa na cabeça, dificilmente desistia. A moça parecia estar determinada, e isso significava que ela ignoraria tudo o que o tio dissesse. Ele decidiu que a faria mudar de ideia ao longo do tempo.

— Tudo bem.

Ela sorriu, vitoriosa.

— Estou ansiosa para saber quais nomes nos deram.

Mohammed estendeu o envelope para Hadassa e esperou a reação dela.

DE REPENTE *Ester*

— Você vai amar seu nome. O meu será Joseph Sullivan.

Ansiosa, a jovem retirou os documentos oficiais, e seus olhos iluminaram.

— Ester!

Hadassa, quando criança, era fascinada pela história bíblica da moça simples e refugiada que se tornara a rainha da Pérsia. Bem, ela também tinha o mesmo nome que Ester, antes da mudança...

— Agora só falta o príncipe — o tio gracejou, como se lesse os pensamentos dela.

— Não seria nada mau.

Os dois riram juntos, atitude que havia muito tempo não fazia mais parte do cotidiano deles.

— Eu já estava me esquecendo, tenho um presente para você.

Mohammed se retirou e, quando voltou, trazia consigo um embrulho retangular e colorido.

— Tio, o senhor não precisa gastar o pouco dinheiro que ainda nos resta com presentes para mim — advertiu, sendo ignorada com um sorriso sutil.

— Eu precisava lhe dar isto. Você amava escrever as suas cartas, e, depois de tanto tempo, eu gostaria que voltasse a fazê-las. Era importante e ajudava você a manter a esperança de um futuro de muito amor.

Talvez tenha sido a maneira como ele pronunciou as palavras, mas Hadassa sentiu algo "estalar" dentro de si ao ouvi-las, feito uma chave girando em uma fechadura distante. Em algum lugar no seu íntimo, sentiu algo balançar, quando rasgou o papel e revelou o presente.

— Um diário!

Ela passou a mão sobre a capa de couro marrom com o coração batendo em um ritmo mais rápido, ao passo que um sonho reprimido escapava discretamente das profundezas de seu ser.

— Para você voltar a escrever.

Ela encarou Mohammed e estava com uma expressão quase melancólica.

— É lindo, tio. Obrigada. — Lançou-se no pescoço dele, dando-lhe um abraço apertado.

— Que o Senhor, nosso Deus, nos abençoe e nos abra portas — o tio disse, acariciando os longos cabelos da sobrinha.

— Ele vai.

Mohammed depositou um beijo terno no topo da cabeça dela, antes de se retirar para preparar o café da manhã. Com o coração aquecido, Hadassa olhou outra vez para o diário. O tio costumava dizer que Deus tinha um plano em tudo e que nada acontecia por acaso. A jovem não sabia se havia um propósito no fato de sua vida ter virado de cabeça para baixo e até mesmo no fato de ter perdido as cartas. No entanto, os dois estavam recomeçando do zero, então ela também voltaria a escrever.

Mais tarde naquele mesmo dia, em seu quarto e com uma caneta em punho, a moça respirou fundo enquanto uma euforia gostosa lhe enchia o coração. Uma sensação de esperança voltava a acender pequenas fagulhas dentro de si ao começar a escrever outra vez suas preciosas cartas.

Capítulo 2

Querido futuro marido,

Você acredita em amor à primeira vista? Muito se fala nesse sentimento arrebatador que nos atinge com apenas um olhar. Pensando bem, nunca acreditei muito nessa teoria, mas o que eu sei sobre amor, afinal? Quem sabe não exista amor à primeira vista, e sim a pessoa certa na hora exata. Confesso que espero ansiosa por esse momento, pois sei que Deus já predestinou para acontecer.

De sua futura esposa, ansiosa para que nossos olhares enfim se cruzem,
Hadassa.

Parada em frente ao prédio de arquitetura imponente, Ester fitava a gigantesca placa onde se encontrava gravado o nome da loja com um aviso de emprego. Brook parecia ser um lugar frequentado apenas pela alta sociedade, considerando o tipo de pessoas que entraram e saíram de lá nos dez minutos em que a moça permaneceu apenas observando o movimento.

Após fazer uma pequena oração, ela atravessou a rua, decidida a conseguir uma vaga de trabalho. Não tinha experiência com vendas nem em qualquer outra área do mercado, pois nunca precisou trabalhar, mas conhecia muito bem o tipo de cliente de comércios como aquele. Se fosse em outros tempos e circunstâncias, Ester até poderia ser uma delas.

Prestes a entrar na loja, uma mulher de uniforme e cabelos negros na altura da cintura saiu e arrancou o aviso de emprego da parede.

— Com licença, a vaga já foi preenchida?

A mulher virou em sua direção, enquanto amassava o pedaço de papel.

— É o que parece, não é?

Ester crispou os olhos, diante de tanta hostilidade devido a uma simples pergunta.

— Você saberia me responder quando terá novas vagas, Hillary? — Leu o nome na pequena plaquinha de metal, presa no uniforme da outra, para ganhar sua simpatia ao chamá-la pelo nome.

Hillary a olhou dos pés à cabeça, antes de dar um meio sorriso.

— Acho que não teremos vagas tão cedo.

A passos firmes, sustentados por um salto de quinze centímetros, a funcionária retornou para dentro da loja com desdém no olhar ao fitar a jovem pela última vez antes de desaparecer porta adentro.

Desanimada, Hadassa deixou os ombros caírem, permitindo que toda a confiança de momentos antes se esvaísse como fumaça e desse lugar à frustração. Deu alguns passos para trás e depois se virou rumo à rua, mas sua passagem foi obstruída ao se chocar com um pedestre que transitava pela calçada. O café que o homem segurava voou de suas mãos, manchando o jornal que lia, bem como a camisa branca e o terno cinza-claro que ele trajava.

— Mil perdões! — Hadassa levou a mão ao pescoço e retirou o cachecol para limpar a mancha enorme que se formava nas vestimentas do rapaz.

— Está tudo bem — ele disse ao afastar as mãos dela com sutileza.

— Olha só o que fiz. Sou um desastre ambulante!

Ele sorriu do desespero da jovem.

— Eu disse que está tudo bem.

Ester levantou os olhos pela primeira vez para o homem de fala gentil.

DE REPENTE *Ester*

O sorriso sumiu dos lábios dele por alguns segundos, assim que ambos sustentaram o olhar um no outro. O estômago da jovem se agitou, e uma sensação diferente percorreu todo o corpo ao se dar conta da beleza dele. Seus cabelos eram castanho-claros, quase loiros, e seus olhos tinham uma mistura de mel e verde, contrastando com a pele bronzeada e os lábios finos.

— Eu sinto muito — ela sussurrou, movendo os olhos para a mancha da camisa, em uma vã tentativa de acalmar o coração.

— Não se preocupe com isso. Deve ter alguma coisa ali que me sirva. — Apontou para a loja onde até pouco tempo ela pretendia trabalhar.

— Não sei se posso pagar algo que venda aí.

Envergonhada com a situação, Ester tentou focar outra coisa que não fosse o homem à sua frente.

— Não precisa fazer isso, foi um acidente. E eu deveria estar mais atento por onde ando, em vez de ler enquanto caminho. A culpa também foi minha.

A forma cortês como ele se dirigia a ela causou em Ester algo que ela nunca experimentara — uma sensação tão boa, que estava difícil manter uma postura indiferente.

— É provável que essa mancha nunca saia e que você perca a camisa. — A jovem teve a necessidade de acrescentar algo quando ele continuou parado de frente para ela.

— Acredito que não sairá mesmo. — Ele analisou o estrago, como se não fosse nada.

Hadassa deu um suspiro desanimado. Definitivamente aquele não era o seu dia. Ela deveria voltar para casa e tentar em outro momento. Não havia conseguido o emprego que buscava e estava passando a maior vergonha da sua vida em frente ao rapaz mais bem afeiçoando que já vira.

— Há algo errado? — ele perguntou, ao percebê-la abatida.

— Vim até aqui pela vaga de emprego. — Apontou para a loja. — Mas fui informada por uma *gentil* moça de que a posição não estava mais disponível.

— Tenho certeza de que posso ajudá-la com isso! — A voz dele saiu empolgada demais, então ele pigarreou e abrandou o tom. — Quer dizer, talvez eu possa.

— Acho que não. A menos que você seja o dono. — Ester deu uma risada curta e parou logo em seguida, ao ver as sobrancelhas do jovem arqueadas e o maxilar contraído, como se segurasse o riso. — Você é o dono?

Ele assentiu.

— Meu nome é Ewan Marshall. — Estendeu a mão, e ela retribuiu o cumprimento.

— Ester.

Por mais que Ewan tentasse, não conseguia desviar os olhos daquele sorriso tão singelo. Teria que pensar rápido em algo, pois não poderia deixá-la ir embora sem a certeza de que a veria de novo. Uma brisa soprou, levando a fragrância do café derramado até seu olfato, como se fosse a resposta divina da qual ele precisava.

— Podemos conversar lá dentro? Tenho a vaga perfeita para você.

Ester o olhou, desconfiada.

— Está falando sério?

— Claro, mas não é uma vaga como vendedora. Será servindo café, caso não se importe.

O coração de Ewan palpitou ao ver o rosto dela se iluminar.

— Aceito e adianto que não tenho boas experiências com café — gracejou, apontando o peito encharcado do rapaz.

— Apenas me prometa que não irá derrubá-lo nos clientes. — Ewan indicou a porta.

Quando entraram na loja, os dois atraíram a atenção das vendedoras mais próximas, que iniciavam mais um dia de trabalho. No entanto, Ester não percebeu os olhares curiosos, pois estava maravilhada com a beleza do lugar.

Um lustre gigantesco no centro inundava o ambiente com uma luz âmbar. Havia flores naturais por todos os lados em vasos do período barroco, e suas fragrâncias pairavam no ar. As seções eram arrumadas por cores e tons que combinavam entre si. Clientes bem-vestidos iam e vinham. Uma música suave tocava ao fundo, e no centro uma escada em formato de caracol, ornada por um tapete sofisticado, dava acesso ao segundo piso.

 Ewan e Ester andaram lado a lado até uma parte mais afastada dos mostruários, enquanto ela observava cada detalhe. Uma moça com fones de ouvidos e cabelos castanhos presos em um rabo de cavalo alto estava com dificuldade para abrir um champanhe quando eles entraram na pequena cozinha.

 — Bom dia, Sharon — Ewan cumprimentou, retirando a garrafa das mãos dela e removendo a rolha sem o menor esforço.

 Sharon resmungou alguma coisa para si e revirou os olhos diante da destreza do patrão, antes de tirar os fones do ouvido.

 — O que houve com você? — Fez uma careta ao ver o estado em que Ewan se encontrava.

 — Um acidente.

 — Culpada. — Ester se manifestou, encolhendo os ombros.

 — Esta é a Ester. A partir de hoje, ela ajudará você a servir os clientes.

 — Que boa notícia! — Sharon se animou, erguendo as mãos ao céu. — Finalmente minhas preces foram ouvidas.

 — Eu disse que um dia contrataria alguém. — Ewan sorriu, sem disfarçar o olhar galanteador em direção a Ester. — Sharon, poderia pedir que Hillary providencie uma camisa e outra gravata para mim? Peça que leve até o meu escritório, por gentileza.

 — Certo. Uma camisa, outra gravata e um babador — gracejou, ao perceber como o patrão encarava a recém-chegada.

 — O que disse?

 — Uma camisa e outra gravata. Entendi. — Sharon saiu com um sorriso divertido dançando nos lábios.

 — Ela parece ser legal — Ester disse, enquanto a nova colega de trabalho se afastava.

 — É, sim, mas não conte a ela que confessei isso em voz alta — Ewan sussurrou, fazendo-a sorrir. — Bem, vamos conversar na minha sala? Tecnicamente você ainda precisa ser entrevistada para a vaga de emprego.

O escritório de Ewan se localizava no segundo andar e possuía uma imensa janela com vista para a avenida principal, ladeada de prédios de várias outras lojas tão sofisticadas quanto aquela. Próximo a ela, uma mesa de madeira com três poltronas confortáveis. No canto esquerdo, havia um aparador, onde ficava uma infinidade de porta-retratos.

Não demorou muito, Hillary irrompeu pela porta, sem bater.

— Bom dia, Ewan. O que fizeram com você?

— Foi um acidente.

Ele pegou as peças solicitadas e sorriu para Ester, até aquele momento ignorada pela funcionária, que havia espiado cada passo dos dois desde que entraram na loja e desapareceram escada acima.

Ewan pediu licença e saiu para se trocar no cômodo adjacente ao escritório, deixando as duas mulheres a sós.

— Foi um belo truque, tenho que admitir. — A vendedora se dirigiu a Ester com petulância. — Como sabia que ele era o dono da loja?

Hillary nem tentava disfarçar o desgosto. Era sempre assim ao se tratar de Ewan. A moça nutria uma espécie de amor platônico pelo patrão, sem se importar em esconder seus sentimentos. Quando os dois se conheceram, acabaram se envolvendo, mas, por algum motivo que ela ainda tentava entender, tudo acabara antes mesmo de começar, causando frustração e amargura. No entanto, a jovem ainda tinha esperança de reconquistá-lo e para isso faria das tripas o coração, se fosse necessário.

Ester logo percebeu que tipo de pessoa Hillary era. Por diversas vezes já havia precisado lidar com gente assim, então tratou de responder à altura.

— Se eu acreditasse em acaso, diria que foi um grande golpe de sorte. Mas não teve nada a ver com isso. — Ela não pretendia soar mal-educada, mas suas palavras ecoaram ásperas.

Hillary cruzou os braços e apoiou o peso na perna esquerda.

— E tem a ver com o quê?

— Se está me perguntando, você não entenderia mesmo que eu explicasse. — Ester mal se reconheceu ao dizer tais palavras, mas algo dentro dela tentava repelir a moça a qualquer custo.

Hillary cerrou os punhos e abriu a boca para responder, mas naquele momento Ewan retornou. A vendedora mais do que depressa se adiantou, oferecendo para terminar o nó da gravata. Ester se endireitou na poltrona e olhou em direção à janela, desconfortável com a proximidade dos dois.

— Bem, acho que podemos começar a entrevista. — Ewan se sentou do outro lado da mesa, com os lábios contraídos em um sorriso que tentava conter.

Hillary era a encarregada das entrevistas sempre que surgia uma vaga. Aquela era a chance de colocar a *intrusa* de uma vez por todas em seu devido lugar, antes mesmo que a moça se desse conta do que estava acontecendo. Ewan confiava em seus instintos quanto a isso, e um alerta enorme disparava todas as vezes que ele olhava para Ester. Semblante sereno, sorriso cordial e gestos leves: aquele tipinho poderia enganar o patrão, mas a ela, nunca!

— Será um prazer entrevistá-la. — Hillary olhou a outra de relance, com um pequeno sorriso surgindo em seus lábios.

— Não será necessário. Eu mesmo farei isso. Obrigado, pode voltar para a loja, Hillary — Ewan a dispensou.

— Mas esse é o meu trabalho!

— E eu a estou liberando dele.

Com um olhar complacente para o patrão, Hillary contou até dez para conter a raiva que se alastrava dentro de si.

— Tudo bem — disse a contragosto, antes de sair.

— Então, Ester, me fale sobre você. — Ewan cruzou as mãos sobre a mesa, concentrando toda a sua atenção na jovem.

O sangue dela gelou. Ela sabia quem era Hadassa, a moça de Cefas que perdera os pais aos 8 anos, durante a primeira invasão à sua casa. A garotinha que passou horas chorando no esconderijo subterrâneo, até Mohammed resgatá-la. Aquela que fora perseguida por ter fé em um Deus proibido no seu país de origem. A moça cheia de sonhos roubados por uma ditadura, mas agora com uma chance de recomeçar. Mas quem era Ester? Só tinha esse nome havia um dia e precisava a todo custo esconder suas origens. Não havia se preparado para responder aquele tipo de pergunta. E se falasse demais? Por outro lado, ela tinha uma tela em branco à frente e, a partir de então, poderia ser quem quisesse ser, até mesmo uma jovem desinibida, cheia de vida e confiante.

Tentando pensar rápido, deixou transparecer o desconforto.

— Algum problema? — Ewan a encarou com o cenho franzido, e ela engoliu em seco.

— Não! Só não sei o que dizer. — Foi sincera.

— Entendo e, para falar a verdade, também não gosto de falar sobre mim. Mas preciso de algumas informações a seu respeito, se você irá trabalhar aqui. Que tal começar com seu sobrenome?

— Sullivan. — Ester respirou fundo, enquanto Ewan anotava em uma ficha o nome completo dela. Torturada pelo silêncio momentâneo que pairou entre os dois, sentiu a necessidade de acrescentar algo mais. — Sou órfã desde os meus 8 anos. Meu tio, Joseph, me criou a partir de então. Há alguns dias nos mudamos para Gamaliel. — Ela preferiu citar apenas o nome da província onde residiam, para não revelar que acabara de chegar ao país. — Preciso de trabalho. Vi o aviso de uma vaga aqui, mas, antes que tivesse uma chance, ela já não estava disponível. O resto você já sabe.

Ewan voltou a anotar mais algumas coisas e depois sorriu.

— Está contratada.

— Não precisa saber mais nada? — Ester perguntou, cética.

Ele queria saber muito mais e, se preciso fosse, estava disposto a cancelar todos os seus compromissos do dia apenas para poder escutá-la. Tudo nela o atraía, inclusive o tom meigo de sua voz.

— Creio que por ora isso é suficiente. Exceto se você quiser falar...

— A única coisa que eu tenho a acrescentar é "obrigada". — Ester se levantou e estendeu a mão. — Esse emprego significa muito para mim, senhor Marshall.

— Bem-vinda a Brook, senhorita Sullivan. — Ele também se levantou e retribuiu o cumprimento, demorando um pouco para soltá-la. Aquele simples toque era como uma descarga elétrica, partindo das mãos e se alastrando por todo o corpo dele. — E pode me chamar apenas de Ewan.

— Começo amanhã, Ewan? — Ela desfez o contato e ajeitou a alça da bolsa no ombro.

O rapaz queria responder que ela deveria começar imediatamente, mas temeu soar desesperado demais.

— Sim, fale com a Sharon antes de ir. Ela dará as orientações sobre sua função.

A moça saiu da sala, mas Ewan continuou fitando a porta enquanto um sorriso bobo dançava nos lábios dele. Seu coração ainda palpitava, e o aroma do perfume que ela usava ficara impregnado ao ambiente. O rapaz puxou o ar com força, para gravar cada nota da fragrância, e abriu o aplicativo do sistema de segurança da loja, a tempo de vê-la cruzar o saguão até entrar pela porta da copa onde Sharon estava.

Ester tinha uma leveza ao andar e falar, diferentemente de todas as garotas que ele conhecia em Galav, fascinando-o além do que um dia imaginou ser possível. De onde havia surgido aquela garota? Ewan não sabia, e isso nem importava, porém agradeceu aos céus por ela ter trombado com ele.

Capítulo 3

> *Querido futuro marido,*
>
> *Você tem sonhos? Eu tenho vários, e um deles é poder conhecer o mundo e as maravilhas feitas por Deus. Já conheço dois países: minha terra natal (não convém falar sobre ela aqui) e agora Galav, meu novo lar. Não sei se isso conta, mas é um começo, não acha? Porém, de todos os lugares do mundo, o que eu sempre sonhei visitar desde pequena é Paris – a Cidade do Amor – e sua gigantesca Torre Eiffel. Quem sabe ter um jantar romântico com você em um dos vários restaurantes gourmets existentes ali? Seria o dia mais incrível da minha vida, sem contar nosso casamento.*
>
> *Beijos e abraços de sua amada e futura esposa,*
> *Hadassa.*

Equilibrando uma bandeja com algumas xícaras e um bule de café, Ester se encaminhava até a ala de espera da Brook, onde dois senhores aguardavam as companheiras terminarem as compras. Porém, antes de chegar ao destino, foi barrada por Hillary no meio do caminho.

— Preciso provar isso antes que você sirva. Aqueles são os maridos das nossas melhores clientes.

— Claro. — Ester forçou um sorriso, servindo meia xícara.

Hillary cheirou o café antes de levá-lo à boca, mas o cuspiu no chão quando este tocou suas papilas gustativas.

— Esta coisa está horrível! Quer intoxicar todo mundo por aqui?

DE REPENTE *Ester*

Ester olhou para o líquido espalhado pelo piso, boquiaberta diante a atitude da colega de trabalho.

— Sharon disse estar bom.

Hillary revirou os olhos, impaciente.

— E desde quando ela virou especialista em café? Volte, faça outro e limpe essa bagunça antes que alguém escorregue e caia.

Ester fechou os olhos com força e apertou os lábios quando a gerente se virou e saiu rebolando. Hillary era o tipo de pessoa que sentia prazer em ridicularizar quem bem entendesse e, quando percebeu o fascínio de Ewan por Ester, fizera dela seu mais novo alvo.

Sentindo-se humilhada, a moça retornou para a cozinha em busca de um pano para limpar os respingos no piso.

— Por que voltou com a bandeja? — Sharon indagou, ao vê-la regressar.

— O café está horroroso.

— Quem disse isso?

— Hillary.

Sharon grunhiu, apoiando-se na pia.

— Não dê ouvidos àquela mal-amada.

— Qual o problema dela?

— Ego. Aliás, esse é o problema de todas elas. — Apontou com o queixo em direção à loja. — Pensam ser melhores que nós só porque não precisam lavar um copo sequer aqui. — Sharon sorriu. — Ou pode ser inveja. Nós duas somos mais bonitas sem precisarmos estar superproduzidas.

Ester admirava a autoestima da nova amiga. Tinha a impressão de que nada a chateava, pois parecia sempre muito segura de si. Ela queria ser assim também, no entanto a vida havia sido cruel demais, levando toda a sua autoconfiança para bem longe. Viver sob regras de um governo tirano causara sequelas quase irreparáveis. Ela sabia que, se tentasse, poderia superá-las, mas estava ciente do processo lento, longo e cheio de obstáculos.

— Pode deixar. Eu levo isso para os clientes. — Sharon se ofereceu, pegando a bandeja.

— Obrigada, preciso limpar a sujeira que ela fez.

— Se fosse comigo, eu não teria a mesma paciência.

— Preciso do emprego. — Ester suspirou, seguindo para cumprir a tarefa.

— Não é motivo para ela tratar você com desprezo. Da próxima vez, não deixe barato. Se ela te humilhar dessa maneira, revide. Pelo que vi, só se você matasse alguém seria demitida. E até chego a duvidar disso, considerando o quanto Ewan gostou de você. Sou capaz de apostar que ele até te tiraria da cadeia caso uma catástrofe dessas acontecesse.

— Alguém já disse que você é bem exagerada?

— Deve ter falado, mas eu estava ocupada demais para dar ouvidos a esse absurdo. — Sharon piscou, sumindo com a bandeja, em meio às araras de roupas.

Ester se ajoelhou e apertou o pano úmido na mão, tentando entender qual era o propósito de Deus em sua vida. Não que não fosse grata por tudo que Ele fizera por Joseph e por ela, mas estava impressionada com o jeito como a vida poderia dar voltas gigantescas, a ponto de tirar você de um extremo e levá-lo ao outro.

Enquanto limpava o café no piso, um par de A. Testoni[2] perfeitamente lustrado parou próximo a ela.

— Posso saber quem foi sua vítima hoje?

Ester levantou os olhos para Ewan, que sorria com as mãos nos bolsos da calça social.

— Longa história — falou, voltando para sua tarefa.

— Então leve um café para mim, que serei todo ouvidos.

Ewan saiu, deixando-a pensativa. Será que Sharon tinha razão? Ester balançou a cabeça em negação, respondendo sua própria pergunta. Ele era bonito demais, importante demais, bom demais para ser verdade. Ela? Bem, agora ela era apenas uma refugiada e a moça do café. No entanto, mesmo ciente de tudo isso, seu coração palpitou mais forte, enquanto um suspiro esperançoso escapava por entre os lábios.

....
2 Marca italiana de sapatos.

DE REPENTE *Ester*

Quando Ester entrou no escritório com o café do patrão, ele não estava. Ela colocou a bebida sobre a mesa e se deixou guiar pela curiosidade, indo até os porta-retratos que vira sobre o aparador, no dia da entrevista. Em todas as fotos, Ewan aparecia sozinho e em cada uma delas estava em algum ponto turístico mundo afora, com exceção de duas: em uma havia também um rapaz loiro, de olhos claros e sorriso largo, embaixo da Torre Eiffel, e em outra o chefe estava ao lado de um senhor e um homem; os três tinham traços familiares.

— Gosta de viajar, Ester? — A voz grave de Ewan soou próxima a ela, fazendo com que a moça se sobressaltasse.

— Desculpe, não queria bisbilhotar.

Ester sentiu o rubor subir pelas bochechas não apenas porque havia sido pega, mas também porque o patrão estava perto o bastante para ela sentir o calor que emanava do corpo dele.

— Tudo bem. Elas estão aí para serem vistas mesmo.

— Parece que você já viajou o mundo todo. — Ester voltou a olhar as fotografias.

— Estive em muitos lugares — Ewan respondeu, sem sair do lado dela.

— De qual viagem você mais gostou?

— Da que eu fiz para Paris, sem dúvidas.

Ester olhou para ele, com o coração batendo forte outra vez. Era muita coincidência o lugar preferido dele ser o que ela mais almejava conhecer? A jovem acreditava em sinais, e aquele pareceu ser um bem claro, piscando entre eles.

Ewan sorriu, exibindo um brilho intenso em seus olhos, e Ester voltou a observar as fotos, a fim de disfarçar o fascínio diante daquele homem tão belo.

— Quem é esse? — Ela apontou para a foto dele com outro jovem, buscando a todo custo acalmar a agitação em seu âmago. Ewan franziu o cenho e apontou para o quadro em questão. Quando ela assentiu, o rapaz arqueou as sobrancelhas, em silêncio. — Não precisa me dizer, se não quiser — completou, ao perceber certa hesitação por parte dele.

— Esse é meu melhor amigo, e esses são meu pai e meu irmão — falou rápido, explicando quem eram os dois homens do outro porta-retratos.

— Vocês parecem bem unidos. — Ester sorriu para a imagem dos três alinhados em um abraço.

— Nós éramos — Ewan sussurrou.

Diante da resposta pesarosa, a moça voltou a olhar para ele, mesmo relutante.

— Por que não são mais?

— Meu pai morreu de câncer há três anos, e meu irmão partiu há um ano e meio, devido a um acidente de carro — revelou, com um quê de tristeza no tom de voz.

— Sinto muito.

Ester, mais do que ninguém, compreendia perfeitamente a dor dilacerante que era não ter as pessoas queridas da família e de seu convívio. Ewan e ela compartilhavam uma luta diária para superar a perda.

— Tudo bem. — Ewan esboçou um sorriso, como se lesse compreensão nos olhos dela.

— Sei o que sente.

— Naquele dia da entrevista, você disse que perdeu sua família também, não é?

— Sim, somos apenas meu tio e eu agora.

— Então se considere uma pessoa de sorte por ter pelo menos seu tio.

— E a sua mãe? — A jovem quis saber.

Ewan suspirou, dando-se conta mais uma vez da grande tragédia que era sua vida.

— Morreu logo após meu nascimento.

Ester comprimiu os lábios, envergonhada.

— Sinto muito, de novo.

— Não tinha como você adivinhar. — Ele tocou o braço de Ester no mesmo instante que Sharon entrou pela porta.

Os olhos da funcionária dançaram entre a colega de trabalho e o patrão. Desconcertada, Ester pediu licença e saiu do recinto.

DE REPENTE *Ester*

— Você está fazendo aquilo de novo. — Sharon cruzou os braços e encarou Ewan.

— Do que você está falando? — Fazendo-se de desentendido, ele andou até a mesa e serviu-se do café que Ester havia levado até lá.

— Não teste minha inteligência, Ewan.

— Eu só pedi que Ester me trouxesse um café. — Ergueu a xícara no ar.

— Isso foi apenas um pretexto para estar com ela.

Ewan bufou e encarou Sharon. Apoiando-se na mesa, tomou um gole da bebida.

— Nada mau. — Ele sorriu, olhando para o líquido fumegante.

— Vocês mal se conhecem. Não me diga que já está se apaixonando? — Sharon se aproximou com as mãos na cintura.

— Não fale besteira. — Ewan revirou os olhos e deixou a xícara de lado.

— Eu vejo o jeito como você olha para ela.

— Que jeito é esse?

— O mesmo jeito como você olhava para a Hillary até pouco tempo — Sharon provocou, recebendo um olhar fulminante.

— Isso não tem nada a ver com aquilo. Eu apenas gosto da simpatia da moça. — Ewan deu de ombros, indo se sentar na cadeira. — Ela tem algo diferente e instigante. É só isso.

— Sei...

— Achei que você tivesse gostado dela também.

— Eu gostei. — Sharon se sentou de frente para o chefe. — Mas sei como você ficou da última vez, Ewan, até me fez prometer que te impediria de fazer a mesma besteira. Então vai com calma.

— Eu não estou apaixonado — disse ele, taxativo. — Relaxa.

— Para o seu bem, espero que não.

Ewan se remexeu, desconfortável, no assento.

— O que você queria falar comigo? Não veio aqui apenas para me dar um sermão, não é? — Tratou de mudar o rumo da conversa.

— Preciso sair mais cedo. A Lucy me ligou e disse que a Brenda está com um pouco de febre.

— Tudo bem, vai cuidar da sua filha — ordenou, afetuoso.

— Obrigada. — Ela se levantou e com um gesto teatral acrescentou. — Tente não pedi-la em casamento enquanto eu estiver fora.

— Como você é engraçada! Já pensou em ganhar um dinheiro extra no *stand-up*?

Sorrindo, Sharon saiu, fechando a porta atrás de si.

Ewan afrouxou o nó da gravata, incomodado de repente com as palavras da funcionária. Em seguida, pegou o celular e ligou para o melhor amigo.

— Você acredita em amor à primeira vista, Alexander? — perguntou, assim que o outro atendeu.

— O quê?

O amigo riu, identificando a ansiedade na voz do outro lado da linha.

— Acredita ou não?

— Sei lá, Ewan.

— Qual é? Você é um príncipe!

— No entanto, minha vida não é nenhum conto de fadas.

— Péssima analogia.

— Eu gostei. — Alexander riu outra vez, mas logo parou. — Não me diga que está apaixonado outra vez.

— Claro que não! — Ewan levou a mão entre os olhos e ficou apertando o local. — Por que todo mundo fica me dizendo isso?

— Você quer que eu enumere as eleitas deste ano?

— É diferente agora, Alexander.

— Achei que você havia dito não estar apaixonado.

— Não é paixão.

Ewan deixou o corpo escorregar na poltrona e soltou o ar preso nos pulmões. Ele sabia como era estar apaixonado, mas sentia o oposto agora, de um jeito que não saberia explicar.

— Tudo bem. — O amigo procurou ficar sério e entender o que Ewan estava tentando dizer. — Por que é diferente?

— Primeiro, porque ela não é como as outras garotas que já conheci. Ela é meiga, verdadeira e espontânea.

— E o que mais? — Alexander perguntou por educação, mas sem muito interesse.

— Ela não faz ideia de quem é você.

Houve um longo silêncio, fazendo Ewan se perguntar se a ligação teria caído.

— Se você não se incomodar, estou no meio de um assunto importante.

— Ficou ofendido, *Alteza*? — Ewan alfinetou.

— Não é nada disso, e você sabe que esse é o meu maior desejo. Quisera eu não ser reconhecido nunca!

— O que foi agora? Pode me contar, ou é segredo de estado?

— É o meu pai e suas ideias fabulosas outra vez — disse Alexander, com sarcasmo. — A gente se fala depois, pode ser?

— Claro, e boa sorte.

— Vou precisar de mais que isso, caro amigo.

— É tão ruim assim?

Um suspiro carregado de frustração ecoou pelo fone.

— Meu pai resolveu brincar de Deus e interferir em algo que poderá mudar minha vida para sempre.

— Ainda bem que eu não sou você, então.

Afinal de contas, não ser o príncipe Alexander, do reino de Galav, tinha lá suas vantagens.

Capítulo 4

Querido futuro marido,

Você aprecia o frio tanto quanto eu? Sou uma admiradora de dias assim. Nada supera a sensação de segurar uma xícara de chocolate quente e passar o dia aconchegada sob os cobertores. No entanto, as circunstâncias atuais me impedem de desfrutar desse conforto, e minha realidade é completamente diferente. Levantar cedo para trabalhar se torna um desafio quando lá fora o frio é tão intenso, como acontece hoje. Mal posso esperar pelo momento em que estaremos juntos. Imagino como será incrível aquecermos um ao outro no conforto dos nossos braços. Oro para que esse dia chegue logo, pois a solidão me cerca. Se não fosse pela presença reconfortante do Espírito Santo comigo, acredito que seria ainda mais difícil suportar essa espera. Por favor, não demore a cruzar meu caminho, amor.

De sua futura esposa,
Hadassa.

Era uma tarde fria e chuvosa em Galav. Dois meses se passaram desde que Ester começara trabalhar na Brook. Devido ao mau tempo, o movimento da loja se resumia em meia dúzia de mulheres comprando vestidos para um evento beneficente que ocorreria naquela semana. Ester e Sharon serviam o grupo de amigas com champanhe, entre uma prova e outra de vestidos. No monitor de plasma fixado na parede, o desfile da famosa semana de moda era transmitido em tempo real. De repente, o brasão da família real apareceu na tela, interrompendo a programação. O hino nacional de Galav ecoou, fazendo todos pararem de imediato e concentrarem sua atenção no comunicado.

Um senhor começou a falar. Ao fundo estavam os membros da realeza. Era a primeira vez que Ester via a família real de seu novo país. Ela deu alguns passos a fim de se aproximar da TV e poder vê-los melhor. Algo no príncipe pareceu familiar, mas a moça não conseguiu saber o quê. O rei Sebastian III e a rainha Elizabeth estavam sentados, e o filho, o príncipe Alexander, estava em pé ao lado dos pais.

— *Todos em nosso país sabem que o rei Sebastian III está prestes a passar a coroa para seu sucessor e filho, o príncipe Alexander* — principiou o senhor com o microfone e algumas fichas nas mãos. — *Contudo, o herdeiro do trono deverá contrair matrimônio antes de sua coroação. Tendo em vista o pouco tempo até a data acordada pelo Conselho Real, Sua Majestade, o rei, optou por fazer essa escolha da futura rainha aos moldes dos casamentos de seus antepassados.*

Ao ouvir a declaração, as solteiras do recinto, entre clientes e funcionárias, ficaram entusiasmadas, enquanto Ester achou tudo aquilo surreal. O país de origem da jovem, Cefas, também era governado pela monarquia, no entanto ela duvidava de que um anúncio como aquele causasse a mesma euforia se fosse exibido por lá, pois o príncipe herdeiro era famoso por sua crueldade.

— *A partir de amanhã, Sua Alteza Real, o príncipe, e a comissão que o acompanhará receberão cartas e fotos das pretendentes. Não importa sua classe social, você poderá se tornar a próxima rainha de Galav!*

A câmera focou Alexander, e o olhar de Ester pousou nele. Era um homem esguio, de expressão séria, postura ereta e olhar frio. Foi assustador pensar em se casar com alguém que ela mal conhecia, por mais que fosse um príncipe.

— *Apenas dez garotas serão escolhidas, uma de cada província, então faça o seu melhor e entre nesta corrida pelo coração do futuro rei de Galav!*

O apresentador acenou, e mais um close na figura de Alexander foi registrado antes de o brasão reaparecer e o desfile voltar a ser exibido. O alvoroço foi geral, as mulheres falavam ao mesmo tempo e com entusiasmo, e o jantar beneficente, assunto até momentos antes, foi totalmente esquecido.

— Vamos entrar na corrida? — Sharon gracejou, assim que encontrou Ester na cozinha no final do expediente. — Se não tivesse uma filha de 2 anos, eu me inscreveria sem pensar duas vezes.

— Eu não teria essa coragem.

Ela poderia pensar em milhares de razões pelas quais isso não daria certo.

— Por que não? Você é linda e jovem! Com certeza seria escolhida para participar.

— Assim como todas aquelas moças que estavam aqui e várias outras mais interessantes espalhadas pelo país. — Ester apoiou o quadril na pia e cruzou os braços. — Não nasci para isso.

— Não nasceu para o quê? — Ewan entrou no minúsculo cômodo, intrometendo-se na conversa das funcionárias e trocando olhares com Ester.

Havia alguns dias, Ester tinha percebido que seu coração sempre ficava acelerado perto do patrão, e suas mãos suavam quando ele se aproximava. Depois, ela já não conseguia evitar transparecer seus sentimentos por Ewan. E, ao que tudo indicava, a afeição era recíproca, e a atração entre eles, quase palpável, porém nenhum dos dois falava de forma clara sobre o assunto, evitando-o sempre que se viam. Aquilo tinha sido tão rápido e avassalador, que Ester estava com dificuldades para entender os sentimentos.

— Para ser a futura rainha de Galav — Sharon respondeu, com seu habitual entusiasmo. — Você não acha, Ewan, que ela é perfeita para esse posto?

Ewan franziu a testa em sinal de desgosto. Em seguida, serviu-se de uma xícara de café e adicionou leite e açúcar na bebida, enquanto pensava na resposta.

— Bem, é algo muito pessoal. Ela é quem deve decidir sobre isso — disse por fim, mirando Ester nos olhos.

Sharon olhou para a amiga, esperando que esta mudasse de opinião.

— Não nasci para esse posto. — A jovem de Cefas o encarou de volta, como se quisesse que ele entendesse a mensagem subliminar presente em sua fala.

Desistindo de tentar convencer a outra funcionária, Sharon saiu da cozinha, deixando-a a sós com o patrão.

— Você pelo menos cogita a ideia de se inscrever no tal concurso? — Ewan sondou mais uma vez, com o coração tão apertado quanto aquela minúscula cozinha.

Ela baixou os olhos por um instante, ao negar veemente com a cabeça.

— Longe de mim julgar quem tem o desejo de participar, mas isso não é para mim. Não lido bem com expectativas, sou ciumenta, ansiosa, impulsiva e impaciente. — Ela sorriu de um jeito meigo. — Quando menina, até quis ser princesa, mas era apenas um sonho de criança. Sem falar que não teria coragem de ficar longe do meu tio.

Ewan sorriu, aliviado com a declaração da moça. Era difícil não criar um milhão de expectativas ao estar com ela — expectativas que ele gostaria de suprir em um futuro não tão distante. O rapaz estava indo com calma, analisando o terreno e o preparando para lançar a semente. Essa nova abordagem o estava deixando louco. Nunca fora de esperar tanto tempo antes de externar suas intenções a uma garota. Todavia, Ester era diferente, e ele queria fazer do jeito certo dessa vez, pois tinha certeza de que valeria a pena cada minuto da espera.

— Você e seu tio parecem ser bem unidos — Ewan disse, com um sorriso gentil dançando nos lábios.

— Sim, nós somos. Devo a ele tudo o que sou hoje.

— É muito louvável sua dedicação.

— É o mínimo que posso fazer. Já passamos por muitas coisas juntos, e ele teve que abrir mão de tudo por mim.

Ewan examinou os olhos dela.

— Há algo misterioso em você, Ester. Algo que me intriga.

A curiosidade no olhar de Ewan fez seu estômago se agitar. Aquilo não era bom para alguém que precisava esconder a todo custo suas origens e seu passado. Contudo, ela confiava no patrão, que dia após dia dava sinais de que queria o bem dela. Mesmo assim, muniu-se de cautela, como aprendera a agir desde muito nova, escolhendo seus próximos passos e atos, para não pôr tudo a perder.

— Não sou misteriosa, apenas uma garota comum. — Ela quebrou o contato visual, indo até o armário pegar a bolsa.

Sharon voltou para se despedir antes de ir embora, e Hillary entrou logo em seguida, ignorando Ester, como sempre fazia.

— Ewan, poderia me deixar em casa? Essa chuva não dará trégua, e parece que todos os táxis da cidade estão ocupados.

— Você também precisa de carona, Ester? — o patrão perguntou, ao vê-la se preparar para partir também.

— Vou de coletivo, não precisa se incomodar.

Ewan juntou as sobrancelhas em uma expressão de reprovação.

— Esse horário é muito perigoso, você vem com a gente.

— Ela já está acostumada, não é, Ester? Faz isso todos os dias — retrucou Hillary, tentando disfarçar com um sorriso a crítica no tom de sua voz.

— Sim. — Ester forçou simpatia. — Às vezes eu fico horas esperando, mas a boa notícia é que, mesmo que demore, o ônibus sempre passa.

A vendedora segurou a respiração e fuzilou a funcionária com os olhos, ao identificar a sutil provocação.

— Mais um motivo para eu levar você — Ewan falou, horrorizado. — Vou pegar minhas coisas e encontro as duas em cinco minutos.

Quando o patrão estacionou em frente à loja, Hillary apertou o passo e entrou no carro, sentando-se no banco da frente. Ester sorriu ao perceber o desespero dela e, só para implicar, resolveu brincar também.

— Onde você mora, Ester? — Ewan perguntou, ao entrarem no fluxo da rodovia.

A jovem passou o endereço e percebeu a vendedora reprimindo um sorriso debochado ao digitar o logradouro no GPS do carro.

— Certo, vou levar Hillary primeiro e depois deixo você em casa — ele respondeu, observando-a pelo retrovisor.

— Por que não a leva primeiro? — Hillary sugeriu. — É um bairro perigoso para voltar sozinho.

DE REPENTE *Ester*

— Não me leve a mal, mas você não irá me valer muita coisa caso alguém resolva me assaltar. — Ewan olhou para o céu que escurecia. Ester segurou o riso, fazendo Hillary olhar de cara feia para trás. Ela sabia que estava agindo como uma adolescente, porém não se importou. Realmente estava sendo a garota espontânea que Hadassa não era, e gostou daquilo, mesmo que o ato beirasse a imaturidade. — Se eu deixar você em casa primeiro, não preciso andar o dobro do que andaria para fazer todo o caminho de volta com você — ele justificou.

Hillary concentrou sua atenção na chuva que caía no para-brisa, ficando em silêncio o resto do caminho, enquanto Ester e Ewan conversavam amenidades. Quando o carro parou em frente à sua residência, a vendedora se inclinou e beijou o rosto do patrão, pegando-o de surpresa.

— Obrigada pela carona — sussurrou com um sorriso cínico. De carrancuda, transformou-se em um dia de sol, sem se importar com o olhar de reprovação que recebia de Ewan.

Ester estranhou o aperto no estômago que sentiu ao presenciar a demonstração de afeto. Dessa vez, foi ela quem mergulhou no silêncio, durante o resto do caminho até sua residência.

— Está entregue. — Ele se virou para trás e procurou os olhos dela. Quando ela o retribuiu, os lábios de Ewan esboçaram uma nuance de contentamento.

Assim como antes, o estômago da moça se agitou. Sempre que ele sorria daquela maneira, seu organismo reagia de forma imediata.

— Obrigada — Ester agradeceu, abrindo a porta, pronta para correr para longe daqueles olhos, que pareciam querer lhe dizer algo. Aliás, essa era a sensação que a jovem tinha todas as vezes que Ewan a encarava como naquele momento, parecendo que lia sua alma e sondava seus pensamentos.

— Vou acompanhar você. — Ewan desceu do veículo, abrindo um guarda-chuva sobre eles.

A chuva havia diminuído, porém ainda era grossa o suficiente para deixar qualquer um encharcado.

— Não precisa se incomodar. Já me trouxe até aqui.

— O serviço não será completo se você não chegar seca em casa — disse ele, passando o braço pelos ombros de Ester, para guiá-la até o outro lado da rua, rumo à entrada do prédio.

Os dois atravessaram a via, próximos, e o calor que emanava do corpo de Ewan aquecia a jovem, fazendo-a sentir frio quando se afastaram, ao alcançar o pequeno toldo na portaria do decadente edifício. Ela se perguntou por que ele não havia feito isso por Hillary também. Quando o pensamento lhe ocorreu, Ester sorriu por dentro. Mas se advertiu logo em seguida. Não era o momento de se envolver com alguém.

— Mais uma vez, obrigada. — Ester esfregou as mãos para dissipar o frio que sentia de repente.

O conforto que o calor dos braços de Ewan lhe proporcionou naqueles breves segundos havia sido suficiente para ela querer aquilo para sempre. Advertiu-se mais uma vez.

— Foi um prazer.

Ambos se fitaram por alguns segundos, até ouvirem alguém pigarrear perto deles.

— Tio! — Ester deu um passo para longe de Ewan, posicionando-se ao lado de Joseph.

— Estava preocupado com você.

O homem alternou o olhar entre os dois jovens.

— Como vê, estou bem. Apenas me atrasei devido à chuva. — Ao perceber que o tio ainda encarava Ewan, Ester fez as apresentações. — Tio, esse é o meu patrão, Ewan Marshall. Ele fez a gentileza de me trazer até em casa.

— É um prazer finalmente conhecê-lo, senhor Sullivan. Ester fala muito do senhor. — O rapaz estendeu a mão, porém Joseph não retribuiu o cumprimento.

— Não acho apropriado uma moça andar de carro com um rapaz, a sós.

O comentário fez o rubor cobrir o rosto de Ester.

— Eu sinto muito, senhor. Mas foi um motivo de força maior. Não poderia deixá-la ao relento, debaixo desse temporal.

— Agradeço a preocupação, mas na próxima vez prefiro que me avise, e eu a buscarei.

Ewan encarou o homem de volta, procurando qualquer sinal de gracejo. Como não identificou, mal se despediu e saiu. Ester cobriu o rosto com as mãos, desejando que o prédio caísse sobre ela naquele exato momento, para soterrar sua vergonha. Joseph, por outro lado, parecia não se importar com o que acabara de acontecer. Pelo contrário, estava contente com a própria falta de educação quando entrelaçou o braço ao da sobrinha, conduzindo-a até as escadas.

— Você viu o pronunciamento da família real na televisão hoje mais cedo? — perguntou ele, com um grande sorriso. Desolada, Ester fitou o tio. — Acho que é uma grande chance para você — ele continuou, ignorando o olhar gélido da sobrinha.

— Não vou me inscrever.

Joseph parou de andar, virando-se para ela.

— Por que não?

— Por mais que eu odeie quando você me faz passar vexame, não suportaria ter que ficar longe. Quem cuidaria do senhor?

Joseph acariciou a mão da sobrinha.

— Bobagem! Eu sei me virar sozinho. E seria apenas um pequeno sacrifício. Depois você se tornaria rainha, e ficaria tudo certo.

Ester encarou o tio, lançando-lhe um olhar que ele não conseguiu decifrar.

— Você é tão confiante, e eu amo essa sua qualidade, mas nesse caso isso é criar expectativas demais. Não quero embarcar nessa. — Ela suspirou e voltou a andar. — Decidi que agora vou criar cactos[3].

— Criar o quê?

— Cactos. Li algo sobre isso em um livro e peguei para minha vida. Então, ir para o palácio e sonhar em ser a próxima rainha de Galav é uma expectativa que não quero alimentar. Já foi difícil passar pelo que passamos e estar onde estamos agora. Por que eu devo sonhar com a possibilidade de tudo voltar a ser como antes, quando nós dois sabemos que isso é impossível?

....

3 "Não crie expectativa, crie cactos" (frase de autoria desconhecida).

Joseph passou o resto da noite pensando nas palavras de Ester. Não se conformava em deixar uma oportunidade como aquela escapar. Era a brecha perfeita para devolver dignidade à amada sobrinha. No entanto, ela parecia decidida a não embarcar naquele sonho, parecia até mesmo conformada demais com sua realidade atual. Ele concordava com o argumento que Ester havia apresentado, mas não aceitava deixar a chance se perder. Sabe-se lá Deus quando eles teriam outra. Por fim, e após tanto quebrar a cabeça, o tio chegou a uma conclusão: não se pode criar expectativa com algo oculto e desconhecido.

Capítulo 5

Querido futuro marido,

Nos últimos dias, sinto uma grande necessidade de ser útil. Não sei ao certo o porquê desse sentimento ou o motivo de estar lhe escrevendo isso. Talvez, sentir-se necessário é o que dá sentido à vida, tanto à minha quanto à das pessoas em volta. Há um propósito por trás de cada ação, uma razão de ser, de fazer, e só assim o mundo passa a ter sentido. Eu ainda estou tentando entender qual é o meu desígnio aqui na terra, mas de uma coisa estou certa: quando nos encontrarmos, quero ser como a mulher de Provérbios 31 — ajudadora, auxiliadora e companheira.

De sua futura esposa,
Hadassa.

— Moça, poderia me ajudar? — Ester se virou em direção à voz e viu uma senhora próxima aos provadores, com uma roupa que não lhe caía nada bem e que apertava partes do corpo que deveriam passar despercebidas.

— Sim, claro. — Ester foi até ela, oferecendo um sorriso gentil.

— Quero sua opinião sobre esta roupa.

— Ah, me desculpe, sou apenas a moça do café. Mas posso chamar alguma vendedora para ajudar.

— Não é necessário, a Hillary já está me atendendo. — A mulher se inclinou para mais perto da jovem e sussurrou. — A opinião dela eu já sei, aí quero ouvir a sua, pois você não está interessada na comissão que receberá caso eu fique com a roupa. Por favor, seja sincera.

Ester engoliu em seco. Se externasse sua opinião verdadeira, provavelmente perderia o emprego.

— Bem... — começou a falar, vendo pelo canto dos olhos Hillary se aproximar.

— Está tudo bem por aqui? — A vendedora forçou um sorriso, enquanto alternava o olhar entre as duas mulheres.

— Está, sim — disse a cliente, voltando sua atenção para Ester. — Esta gentil moça do café ia dar sua opinião sincera sobre essa roupa.

Ester olhou outra vez para Hillary, ciente da reprovação escondida na fisionomia cordial. A cliente a fitava com expectativa, porém a jovem não poderia mentir e fazer a pobre mulher passar vergonha, seja lá onde ela usaria aquele traje.

— Desculpe minha sinceridade, mas eu acho que essa roupa não a favorece muito.

Hillary lhe lançou um olhar furioso.

— Ester, não se diz isso a uma cliente! — falou, com um sorriso nervoso.

— Ela pediu minha opinião sincera.

A mulher analisou sua imagem refletida no espelho, com o cenho franzido.

— Ela tem razão. Não posso aparecer assim no noivado da minha afilhada.

— Quer que eu encontre mais algumas opções? Temos uma nova coleção de conjuntos que a senhora vai amar. — Hillary ofereceu depressa.

— Na verdade, quero, sim. — Aliviada, Hillary faz menção em sair. — Mas quero que ela faça isso. — A cliente apontou para Ester.

— Eu?

— Ela não é vendedora, senhora Robin.

— Isso não importa, se ela tiver bom gosto.

Hillary assentiu, ainda relutante. Afinal de contas, não poderia ir contra a vontade da mulher. Sob o olhar vigilante das duas, Ester andou pela loja em busca de uma nova peça de roupa. Em um dos manequins *plus-size*, havia um vestido vermelho escarlate com alças largas, acompanhado de uma echarpe.

— Acredito que este ficará bem na senhora. — Apontou em direção às vestimentas e viu a cliente fazer uma careta.

— Não gosto de usar vestidos — a senhora Robin disse, ao analisar a roupa.

— Você gosta dele no manequim?

— Sim, mas é um manequim, no meu corpo ficará completamente diferente.

— Eu acho que seu corpo não é tão diferente. — Ao ouvir a comparação, Robin jogou a cabeça para trás e deu uma gargalhada. — Prova! Se a senhora não gostar, escolhemos outra peça. — Ester sugeriu.

A cliente pensou por alguns instantes e, mesmo cética, concordou em provar o vestido.

— O Ewan não gosta de pessoas que não sabem seu lugar — Hillary alfinetou quando as duas funcionárias se viram sozinhas.

Ester não respondeu. A última vez que havia falado com o patrão fora há dois dias, quando ele lhe deu carona até a casa dela devido ao forte temporal. Joseph não tinha sido educado na ocasião, e desde então Ewan parecia ignorá-la, fazendo-a cogitar que sua permanência no emprego poderia estar por um fio.

Um longo tempo depois, a senhora Robin saiu do provador. Ela estava perfeita no vestido, muito diferente da roupa anterior. No entanto, não dava para saber sua opinião apenas pela expressão facial inerte.

— Você salvou meu dia. Eu adorei! — Jogou os braços rechonchudos em volta do pescoço de Ester. — Já estava começando a achar que não encontraria nada apropriado, e o noivado é hoje à noite.

Ester sorriu, aliviada.

— Fico feliz por ajudar.

— Ewan! — Senhora Robin acenou para o rapaz, que passava do outro lado do salão, e o chamou para se aproximar. — Você irá ao noivado da Júlia?

— Olá, senhora Robin — ele a cumprimentou com um aperto de mão. — É claro que sim. Não perderia esse evento por nada.

— Então leve essa adorável moça do café com você — respondeu a cliente, enquanto entrelaçava seu braço no de Hillary, arrastando-a em direção ao provador. — Vamos, querida, preciso que abra meu zíper. — Antes que as duas entrassem no vestiário, a senhora Robin se virou e acrescentou. — A propósito, dê a ela a comissão pela venda deste vestido.

Ewan arqueou as sobrancelhas, surpreso.

— Você vendeu o vestido?

— Ela solicitou minha ajuda. — Ester tratou de justificar seu breve desvio de função.

Os olhos do patrão se estreitaram de modo sério.

— Poderia me acompanhar até minha sala? — Ele fez um sinal com a cabeça em direção às escadas, antes de se virar e sair.

— Eu avisei — proferiu Hillary da porta do provador, de onde ouvia a conversa.

Com o coração apertado, Ester o seguiu. Sobre a mesa do patrão, havia uma infinidade de catálogos e amostra de tecidos. Hillary entrou logo em seguida e se sentou em uma das poltronas, cruzando as pernas de modo extravagante. Ester permaneceu em pé e se preparou para sua demissão iminente. A vendedora olhou de relance para a colega e depois encarou Ewan, inquisitiva.

— Antes de mais nada, aproveitando que estamos todos aqui, quero registrar meu descontentamento em relação ao acontecimento com a senhora Robin. Foi um ultraje, tendo em vista que a cliente era minha, e eu já estava...

— Hillary — Ewan a interrompeu, mas ela levantou o dedo pedindo um minuto e prosseguiu.

— O que eu estou tentando dizer é que cada um precisa saber o seu lugar aqui.

— Se isso é pela comissão, ela é toda sua. Eu apenas fiz o que a senhora Robin me pediu. Não é você quem vive dizendo que devemos estar à disposição e atender a qualquer necessidade dos clientes? Em momento algum quis ocupar um lugar que não era meu.

DE REPENTE *Ester*

Desculpe-me se você se ofendeu, não foi nada premeditado, e isso não vai se repetir — Ester falou quase em um fôlego só.

— Ewan? — indagou Hillary, à espera de uma posição do patrão.

Ele soltou um suspiro curto e alternou o olhar entre as duas funcionárias.

— A senhora Robin saiu feliz e satisfeita. Aliás, eu nunca a vi tão exultante, e é isso o que importa. Afinal, nosso objetivo, aqui na Brook, é este: clientes realizados.

Ele sorriu e fixou seu olhar em Ester, que, aliviada, retribuiu. Descontente com a opinião do patrão e o sorriso compartilhado entre os dois, Hillary descruzou as pernas, para trocar de posição.

— Que isso não se repita.

— Não irá — Ester assegurou. — Mais alguma coisa, Ewan?

— Sim, quero sua ajuda aqui, e você, Hillary, pode voltar para a loja.

— Achei que eu fosse ajudá-lo.

— Hoje está uma loucura lá embaixo. Melhor ficar com as outras vendedoras, e a moça do café será mais útil aqui, comigo.

Ewan reprimiu o riso, e Hillary se levantou, ajeitando o uniforme ao sair da sala.

— Eu chamei você aqui por dois motivos. — Ewan apontou a poltrona desocupada por Hillary, para Ester se sentar. — Vou precisar de ajuda para selecionar a nova coleção que será vendida na Brook durante a próxima estação. A Hillary sempre se encarregou dessa área, mas, depois do que vi a pouco, gostaria de ter uma opinião diferente, só para variar. — Ester assentiu, mesmo surpresa com o pedido. — Segundo, temos um noivado para irmos hoje à noite. — Ele se encostou na cadeira com imensa satisfação.

A jovem entrelaçou as mãos sobre o colo e as fitou.

— Posso ajudar com a nova coleção, mas creio que não será possível acompanhar você ao noivado.

— Por que não?

— Dois motivos: você conheceu meu tio. Acha mesmo que ele permitiria? Segundo, eu não tenho nada para vestir.

— Não se preocupe, eu falo com o seu tio e explico a situação. Roupa você sabe que não é problema aqui. Pode escolher qualquer coisa da loja para usar hoje.

Ester pensou por alguns instantes, buscando entender de onde vinha tanta generosidade. Apesar de ter passado os últimos dias ignorando-a, ele era sempre tão gentil com ela! Agora era como se nada tivesse acontecido. Seu coração se aqueceu ao olhar para ele, com tamanha expectativa pela resposta. Havia tanto tempo que ela não ia a um evento como aquele, que mal percebeu quando a resposta saiu de sua boca.

— Se ele permitir, eu irei.

Lentamente, um sorriso tomou conta do rosto de Ewan e assim permaneceu pelo resto da manhã, enquanto os dois trabalhavam juntos. O patrão mostrou a nova coleção para a funcionária, selecionando os tecidos que enviariam para o estilista responsável.

Ao meio-dia, Sharon comprou almoço para eles, e Ewan saiu logo depois, para resolver alguns problemas. Ester estava amando poder fazer algo diferente que não fosse servir café, sentindo-se útil de alguma maneira. Ewan voltou após duas horas e disse já ter falado com Joseph. Contou como foi difícil convencê-lo, mas no final ele concordou, dando várias recomendações.

No meio da tarde, outra funcionária entrou na sala com alguns vestidos de gala dispostos em uma arara, para que Ester pudesse escolher qual usaria no jantar de noivado. Ewan avisou que uma equipe viria para arrumá-la. Pela primeira vez em muito tempo, Ester se sentiu realmente feliz e empolgada com algo.

O rapaz havia pensado em tudo, pois a sala de reunião se transformou em um verdadeiro salão de beleza, onde três profissionais cuidaram dela nas horas subsequentes. As unhas e a maquiagem de Ester foram feitas, os cabelos foram escovados, e um penteado simples, porém sofisticado, foi perfeitamente arranjado. Após colocar o vestido escolhido, ela parou em frente ao espelho e quase não reconheceu a imagem ali refletida. Havia muito tempo não se via tão bela como naquele momento. O vestido acentuava a cor dos seus olhos, combinando com todo o conjunto.

DE REPENTE *Ester*

Ester permaneceu imóvel por alguns instantes, ponderando se realmente deveria acompanhar Ewan até aquele noivado. Pareceu errado de repente, como se não estivesse fazendo a coisa certa, sem contar que gostaria de ela mesma ter falado com o tio. Relutante, dirigiu-se às escadas e desceu cada degrau com cuidado. Ewan se encontrava em pé no fim da escadaria, concentrado no celular. No entanto, assim que percebeu a aproximação dela, guardou o objeto no bolso do smoking e a encarou, deslumbrado.

— Você está linda — disse o rapaz, sem tirar os olhos de Ester até a jovem se juntar a ele.

— Obrigada. — Os dilemas da moça se esvaíram quando ele sorriu.

Ester limpou o suor das mãos na saia do vestido, enquanto o rubor cobria o rosto dela, deixando-a ainda mais encantadora.

— Vamos? — O patrão estendeu o braço, e ela aceitou.

Os dois seguiram em direção ao carro que os aguardava na entrada da loja. Ewan abriu a porta para ela e entrou logo em seguida, sentando-se ao seu lado no banco de trás.

— Você não vai dirigir?

— Hoje teremos um motorista particular. Assim eu posso passar a noite toda ao seu lado. — Ester arqueou as sobrancelhas, surpresa com as palavras do patrão. Era a primeira vez que suas intenções em relação a ela passavam de olhares trocados para palavras ditas. — Estou indo rápido demais? — Ewan indagou, ao ver a expressão dela.

— Acho que não esperava ouvir isso tão cedo.

Ewan sorriu, tentado a segurar a mão dela que estava pousada próxima à dele.

— Perdão.

Um silêncio preencheu o veículo e persistiu durante todo o trajeto, como se entre eles houvesse uma conexão que transcendia as palavras. Quando o veículo se aproximou da casa, já era possível ver a enorme fila de carros estacionados. A construção glamourosa indicava que Ester acabara de entrar em outro mundo do reino de Galav, uma parte à qual ela ainda não havia sido apresentada. Seu nervosismo aumentou, mas agora não era porque estava em um encontro com Ewan, mas porque estava quebrando uma das regras estipuladas pelo tio: passar despercebida.

— Você está bem? — Ewan perguntou, percebendo o desconforto dela.

— Acho que foi um erro eu vir. — Ester o olhou, aflita.

— Tenho certeza de que foi uma decisão acertada você vir — Ewan contrapôs, segurando-lhe a mão, como ansiava até aquele momento.

A jovem estava ciente de que as coisas estavam indo rápido demais entre eles. Ainda assim, não foi capaz de lutar contra o sentimento crescente tomando conta do seu coração. Por isso, sorriu em resposta, apertando a mão na dele, como se o gesto fosse suficiente para dizer as palavras que ela lutava para não professar.

Ewan saiu para a noite fria e abriu a porta do carro para ela, ajudando-a a descer. Sem soltá-la, ele a guiou em direção à mansão. O palacete era deslumbrante, grandioso tanto por dentro quanto por fora. Assim que os dois entraram, Ester percebeu alguns olhares curiosos voltados a eles, fazendo-a apertar a mão de Ewan.

Ele sorriu, adorando a sensação.

— Não ligue para os olhares — Ewan disse baixinho. — As pessoas estão apenas admirando sua beleza.

Se, ao falar aquilo, ele pretendia acalmá-la, não deu certo. Os constantes elogios por parte do patrão e a atenção extra que vinha recebendo estavam deixando a moça cada vez mais desconcertada. Um dos empregados se aproximou e pegou os casacos dos recém-chegados. A senhora Robin os viu momentos depois e foi ao encontro de ambos.

— Não vai me dizer que essa é a moça do café? — falou ela, analisando a jovem dos pés à cabeça.

— É ela, sim — Ewan respondeu, orgulhoso.

— Boa noite, senhora Robin — Ester a cumprimentou.

— Meu Deus, como você está linda!

— A senhora também.

— Graças a você, minha querida. Graças a você! — Agarrou a mão de Ester, tirando-a do Ewan. — Venha, quero que conheça algumas pessoas.

Ester foi apresentada a quase todos ali presentes. Por fim, começou a se sentir sufocada. Na primeira oportunidade que surgiu, esquivou-se para uma sacada a fim de respirar um pouco. O vento soprava frio, mas ela não se importou. Tudo que queria era alguns minutos, antes de encarar aquela multidão outra vez.

A vista daquele ponto era incrível, e a sacada dava para um lago que ficava próximo à casa. A Lua, apesar das grossas nuvens e da neblina, estava linda. A luz prata, refletida no lago, completava o espetáculo. A brisa mudou de direção, atingindo a jovem com um pouco mais de força. Ela abraçou o próprio corpo para se aquecer, recusando-se a voltar para o salão.

Do outro lado da porta, Ewan a observava sem coragem para se aproximar. Estava cada vez mais difícil ficar perto de Ester. Seu cérebro parava de funcionar, e todo seu corpo começava a ser comandado pelo coração. Inclusive a boca, pois parecia ter perdido o domínio das palavras desde que a viu descer as escadas da Brook e caminhar até ele. Ester novamente se encolheu de frio. Sem pensar duas vezes, Ewan tirou o smoking e foi até ela, colocando o casaco sobre os ombros da moça.

— Achei que você tivesse fugido — ele disse, usando todas as suas forças para se afastar e se encostar no parapeito da sacada.

— Estava aqui pensando exatamente em como fazer isso — Ester gracejou, enquanto olhava para o jardim, que se estendia alguns metros logo abaixo.

— Não sei por que estava tão apreensiva. Você está se saindo muito bem.

Ester exibiu um sorriso breve. Ele não fazia ideia de seus dilemas, de seu passado ou de sua história, e por ora era preferível que a situação continuasse assim. Relutante, Ester devolveu o smoking para ele. Ewan o vestiu e estendeu a mão para ela, ansioso por mais um toque suave daquelas mãos. A jovem aceitou, e o rapaz entrelaçou os dedos, admirando como se encaixavam tão bem.

Capítulo 6

Querido futuro marido,

Por onde anda, onde está neste momento? Você imagina como será sua futura esposa? Eu penso muito em você. Imagino como serão seus cabelos, seus olhos, a cor da sua pele, seu sorriso, seu humor, seu jeito de andar, suas manias, seus defeitos e suas qualidades. Já amo cada detalhe seu! Não procuro perfeição, até porque estou longe disso. Busco apenas alguém temente a Deus, que venha a amá-lo acima de todas as coisas, pois a partir disso sei que você cuidará de mim e permanecerá ao meu lado todos os dias da nossa vida, até que a morte nos separe.

De sua futura e sonhadora esposa,
Hadassa.

A festa de noivado seguiu um ritmo alegre, e Ester relaxou. Era como se Ewan conseguisse antecipar suas necessidades antes mesmo de ela perceber do que precisava. Após o jantar, os noivos anunciaram uma banda que tocaria para animar os convidados. Todos seguiram para um enorme salão, onde os músicos iniciavam os primeiros acordes de uma música que Ester não conhecia.

— Quer dançar? — Ewan estendeu a mão para ela, assim que a segunda canção começou.

A jovem encarou a mão do chefe, sem saber se deveria aceitar o convite. Na verdade, dançar nunca foi seu forte, pois considerava ter dois pés esquerdos.

— Eu não sei dançar.

— Todo mundo sabe dançar. — O rapaz ignorou a recusa, puxando-a para a pista.

Ewan começou a se mexer no ritmo da batida animada, enquanto Ester, sem sucesso, tentava acompanhá-lo. Antes mesmo de aprender alguns passos, e para seu alívio, a música acabou. Logo em seguida, começou a tocar outra, porém lenta. Ewan enlaçou a cintura da moça e se aproximou até que o corpo dos dois se tocasse. Tímida, Ester apoiou as mãos nos ombros dele, como os outros casais faziam.

— Você aprende rápido — Ewan sussurrou.

— Eu sou péssima. — O riso dela, próximo ao ouvido de Ewan, fez o coração dele palpitar. — Todo mundo está olhando para nós.

— Eu já disse que estão admirando sua beleza.

Envergonhada demais para responder, Ester dançou em silêncio até a música acabar. Ela gostou de ser embalada pelos braços de Ewan. Era estranha a sensação de segurança que sentia quando o perfume que ele usava invadia suas narinas. A presença do rapaz a aquecia naquela noite fria.

Os últimos acordes do solo do violino soaram pelo salão, e Ewan se afastou apenas o suficiente para poder olhar para ela. A forma como a fitou foi diferente de todos os olhares que os dois haviam trocado até então. Por mais que lutasse contra aquilo, Ester precisava admitir: estava refém daquele sentimento. O flash de uma câmera disparou em direção a eles, dissipando a bolha que os envolviam. Ewan se virou para o fotógrafo, ainda com o braço direito enlaçando a cintura de Ester.

— Sorria — disse o patrão, enquanto fazia um sinal para que tirasse outra fotografia.

Antes mesmo de Ester entender o que estava acontecendo, três flashes surgiram e quase a cegaram.

★★

— De onde eles vieram? — Ester perguntou quando Ewan, com a ajuda dos seguranças da festa, conseguiu afastar os fotógrafos, para que os dois pudessem entrar no carro. — E por que nós viramos o centro das atenções? Você é alguma celebridade ou algo do tipo?

Ester estava com as mãos trêmulas diante da situação nada favorável. Os esforços para não ser notada durante os quase dois meses morando em Galav falharam. Ela já conseguia ouvir o sermão acalorado do tio, se aquelas fotos fossem publicadas e viessem ao conhecimento deles. Ou se, na pior das hipóteses, chegassem até Cefas.

— Acho que algo do tipo — Ewan respondeu, enigmático. — Tudo indica serem jornalistas cobrindo o noivado. O esposo da senhora Robin é um dos membros mais carismáticos do Conselho privado do rei e adora publicidade.

— Isso não é bom... — sussurrou ela, aflita.

Ewan notou o incômodo da moça e, apesar de ansioso para saber mais sobre o que ela balbuciava, percebeu que talvez Ester não se sentisse bem com um interrogatório naquele momento, já que estava agitada. A noite havia sido perfeita, e o rapaz não queria estragar o que, de longe, fora o melhor encontro de sua vida. Como num gesto de apoio, ele envolveu as mãos dela entre as suas, e assim eles seguiram pelos quilômetros faltantes até a casa dela.

Quando o carro estacionou em frente ao velho prédio, Ewan a ajudou a descer e, sem protesto algum por parte dela, a conduziu até a porta do apartamento. Como ele, Ester havia se acostumado com o toque da mão quente de seu acompanhante e não fazia questão alguma de soltá-la.

— Está entregue — Ewan disse, parando de frente para ela.

— Obrigada, a noite foi muito agradável. — Ester sustentou o olhar no dele.

Diferentemente de antes, a jovem agora estava familiarizada com aqueles olhos cor de mel fixos nela o tempo todo — tão próximos, que era possível ver com perfeição os detalhes da íris.

Ewan deu um passo na direção da moça, diminuindo a distância entre eles. Por alguns segundos, Ester considerou dar o último passo que faltava. Mas algo dentro dela gritou para não se mover. Por diversas vezes na vida a moça agiu por impulso e depois se arrependeu.

DE REPENTE *Ester*

Por mais que quisesse sentir os braços de Ewan envolvendo-a novamente, como quando os dois dançaram, ela teria que resistir. Sem contar o fato de que havia uma grande possibilidade de ela estar interpretando todos os sinais de forma equivocada. Eles mal se conheciam, não poderiam pôr tudo a perder, inclusive o emprego dela.

— Boa noite, Ewan — disse Ester, antes que se rendesse à onda magnética que circulava ao redor deles e os empurrava para cada vez mais perto um do outro.

Desapontado, o rapaz deu um passo para trás, e a jovem entrou em casa. Ela apoiou as costas na porta, com o coração batendo forte, e fechou os olhos, respirando fundo para controlar os sentimentos conturbados dentro de si. Ao abri-los, avistou o tio dormindo no sofá. Tirou as sandálias e andou nas pontas dos pés até o quarto. Retirou o vestido com cuidado e o guardou para devolvê-lo no dia seguinte. Sentou-se de frente para o espelho na penteadeira e desmanchou o penteado. Quando estava terminando de retirar a maquiagem, Joseph bateu à porta.

— Pode entrar.

Ele apoiou o ombro no batente e cruzou os braços, conferindo o relógio no pulso.

— Faz muito tempo que você chegou?
— Sim, o senhor estava dormindo, e eu não quis te acordar.
— Como foi o trabalho?
— Cansativo.

Joseph não acrescentou qualquer comentário, apenas foi até a sobrinha e depositou um beijo terno no topo da cabeça dela. Ester o observou afastar-se, estranhando o porquê de ele não ter perguntado sobre a festa. Estava preparada para um longo interrogatório sobre a noite e já havia elaborado um relatório mental com todos os detalhes importantes.

Talvez ele estivesse chateado devido ao horário em que ela chegara, mas, mesmo assim, aquilo era intrigante. Seu tio não deixava esse tipo de coisa passar em branco, e aquilo a perturbou de tal forma, que mal dormiu durante a noite. Somente no café da manhã Ester soube o quanto estava encrencada.

O cansaço da noite anterior caiu sobre o corpo da jovem, quando ela acordou no outro dia. A cabeça doía, e parecia que um elefante havia se sentado sobre ela. Com dificuldade, Ester chutou o cobertor para longe e se arrastou para fora da cama. Não entendia a súbita ressaca, tendo em vista que havia tomado apenas água na noite anterior. Seu estômago embrulhou, e um gosto amargo veio à boca. Sem dúvida, algo que comeu não caíra bem. A lagosta, talvez? Ela sempre fora intolerante a frutos do mar. Ou seria apenas exaustão por ter passado quase a noite toda em claro, pensando em Ewan e em tudo que vinha acontecendo desde que os dois se conheceram? Sem falar no comportamento estranho do tio, quando ela chegou em casa depois do noivado.

Ignorando o mal-estar e todas aquelas questões, a moça colocou o uniforme, juntou os longos cabelos em um coque e correu para o banheiro a fim de terminar de se preparar para o trabalho. Ao sair, avistou Joseph colocando algumas sacolas sobre a mesa da cozinha, com o *slogan* dourado da Brook estampado em cada uma delas.

— O que é isso? — Ester indagou, indo até ele.

Joseph entregou um cartão que acompanhava a encomenda para a sobrinha e, em silêncio, foi até o balcão, para pegar o jornal e uma xícara de café.

> Obrigado pela noite agradável. Espero não ter errado seu tamanho
>
> — Ewan

Ele tinha acrescentado uma nota no verso.

> P.S.: Você deve estar exausta. Tire o dia de folga, e nós nos vemos na segunda-feira.

DE REPENTE *Ester*

Perplexa com a atitude do patrão, Ester olhou para as sacolas e depois para o tio. O senhor mantinha sua atenção no jornal, com um vinco na testa e o maxilar rígido.

— Eu vou devolver tudo isso hoje ainda — justificou a jovem, ante a atitude calada do guardião.

— Faça o que você achar melhor, Hadassa.

Ester ficou chocada com o tom áspero. Foi a primeira vez na vida que ele se dirigiu a ela assim.

— Tio, eu não sei por que ele me mandou essas coisas.

— Para mim está bem claro. — Joseph dobrou o jornal com cuidado e o colocou sobre a mesa, com evidente desapontamento. — Isso aqui explica muita coisa.

O sangue de Ester gelou em suas veias ao ver uma foto dela e de Ewan estampando a primeira página.

"SERÁ QUE UM DOS SOLTEIRÕES MAIS COBIÇADOS DE GALAV FOI FINALMENTE FISGADO?", anunciava a manchete, em letras garrafais.

O texto ao lado dizia que Ewan havia roubado a cena ao apresentar a nova namorada em um dos noivados mais aguardados de todo o reino de Galav, além de especularem sobre a identidade de sua acompanhante. O fôlego da jovem encontrou uma barreira na garganta.

— Eu não acredito nisso! — Ester se deixou cair na cadeira ao lado, tampando o rosto com ambas as mãos.

As tentativas para não chamar atenção acabavam de se frustrar de uma vez por todas, e o que antes era só uma suposição agora se tornara realidade.

— Sabe o que é inacreditável? — O tio tamborilou os dedos sobre a mesa, com os olhos fixos na fotografia e uma calma incomum. — Descobrir suas aventuras em um jornal de circulação nacional.

— Como? — Ester o encarou, confusa.

— O que estava pensando, Hadassa? Que você daria suas escapadas, e eu não descobriria? Estamos fazendo de tudo para não sermos notados, e agora especulações sobre sua identidade estão circulando na mídia nacional! E o pior de tudo é que você omitiu isso de mim! Nunca tivemos segredos!

O desgosto nos olhos furiosos de Mohammed a deixou ainda mais confusa.

— Do que o senhor está falando? Ewan disse que ligou e que você me autorizou a ir com ele ao noivado.

— Eu não sabia de nada disso até este exato momento, Hadassa. Achava que você estava trabalhando. Foi isso que... — Joseph fincou o dedo indicador na imagem sorridente de Ewan, ponderando suas próximas palavras. — Eu deveria ter desconfiado. Eu sabia, desde a primeira vez, que ele não era de confiança.

— Eu não acredito que Ewan tenha mentido dessa maneira. — Desolada, Ester engoliu o choro.

— E olha para isso! — O homem apontou para as sacolas da Brook sobre a mesa. — O que o faz pensar que tem a liberdade de te presentear? Eu espero que você... Que vocês...

— Não, tio! — Ester se levantou num salto. — Eu não dei nenhum tipo de liberdade a ele. Estou tão surpresa quanto o senhor.

Joseph respirou longa e demoradamente, antes de voltar a falar.

— Você não trabalha mais para o Ewan. Vai devolver essas coisas agora mesmo e nunca mais pisará os pés naquele lugar.

— Mas...

Ester tentou justificar e dizer que, por mais terríveis que as coisas fossem, aquela era uma fonte de renda muito necessária para eles. O que fariam se ela perdesse o emprego?

— Esse assunto não está em discussão, Hadassa. Devolva e peça demissão. — O tio deu o ultimato, encerrando a discussão.

— Sim, senhor.

Decepção era a palavra que definia Ester quando ela parou em frente à Brook, uma hora depois. A jovem confiava demais nas pessoas e quase sempre se decepcionava. Seu tio costumava lhe dizer que ela só notava a superfície e não analisava o interior delas; acreditava apenas no que via, esquecendo-se de que de boas intenções o inferno estava cheio. Mas o que ela poderia fazer? Ester tinha um coração puro e achava que os demais eram como ela. Mesmo sabendo das coisas terríveis que um ser humano poderia fazer, gostava de crer no melhor das pessoas.

Ester respirou fundo ao entrar de cabeça baixa na loja e seguir para o segundo andar. O lugar estava cheio, e ela teve uma leve sensação de ter sido reconhecida, pois percebeu alguns cochichos conforme andava em direção à escada. Chegou ao escritório e percebeu que Ewan não se encontrava, mas Sharon estava fazendo a limpeza do lugar.

— Oi! O que faz aqui? — ela foi logo dizendo, com seu jeito espontâneo. — Ewan avisou que você não viria hoje. Não vai me dizer que já estava com saudades de mim?

Com os olhos avermelhados, Ester ofereceu um sorriso fraco, depositando as sacolas sobre a escrivaninha, antes de se virar para a amiga.

— Você está bem? — Sharon deixou o que estava fazendo e se aproximou.

Sem conseguir se controlar mais, Ester apoiou-se à mesa e cobriu o rosto, entregando-se ao choro logo em seguida. Com o coração estilhaçado em milhões de pedaços, abraçou Sharon, em busca de conforto. A amiga apenas afagou as costas da jovem e deixou que esta colocasse toda sua dor para fora, até se acalmar por completo. Quando Ester se afastou, Sharon ofereceu um copo de água e uma caixa de lenços que Ewan guardava na estante, fazendo-a se sentar logo depois.

Antes que a moça pudesse explicar o motivo do descontrole emocional, o chefe entrou no escritório.

— O que faz aqui? — O sorriso sumiu de seus lábios quando Sharon lhe lançou um olhar repreensivo.

Ele se aproximou e se posicionou ao lado de Ester, mas ela desviou os olhos para os sapatos que usava.

— Está tudo bem? — Ewan perguntou.

— Não — Sharon balbuciou, com um semblante aflito.

Um arrepio percorreu a espinha dorsal de Ewan, ao recordar o que havia feito. O rapaz apertou os olhos com força, certo do que vinha ao seu encontro. Estava ciente de que mais cedo ou mais tarde tudo viria à tona; só não havia ponderado que as consequências não atingiriam apenas a ele.

— Pode nos deixar a sós, Sharon? — ele pediu, desalinhando os cabelos ao passar a mão direita neles.

— O que você fez? — Sharon cruzou os braços, à procura de respostas.

— Por favor! — ele murmurou sem muita paciência.

— Estarei no corredor, caso precise. — Ela tocou o ombro de Ester antes de obedecer.

Um grande silêncio caiu sobre eles, enquanto Ester continuava a fitar seus sapatos e Ewan tentava encontrar uma forma de iniciar a conversa.

— Você mentiu — ela sussurrou. Ewan fechou os olhos e engoliu em seco. — Disse ao meu tio que eu iria trabalhar até mais tarde e não falou nada sobre a festa. Como pôde fazer algo assim?

Ewan passou as mãos sobre o rosto, pensando onde ele estava com a cabeça para mentir sem considerar os problemas vindouros. Havia agido exclusivamente com a emoção. Ignorou a razão, deixando que o desejo de estar com ela falasse mais alto.

— Eu posso explicar. — Ewan se odiou outra vez ao ouvir a frase clichê sair de seus lábios.

Ester riu com deboche, olhando para ele pela primeira vez.

— Você mentiu e ponto, essa é a explicação. E, para piorar tudo, mandou isto para mim. — Levantou-se e apontou para os presentes. — Meu tio pensou coisas bárbaras a meu respeito!

Ewan não disse nada por um longo tempo, ocupado demais praguejando mentalmente e se advertindo pelo relapso. Ele enxergava a decepção nos olhos dela, e aquilo o estava dilacerando por dentro.

Esgotada pela falta de consideração do rapaz, Ester pegou a bolsa para sair.

— Não posso continuar trabalhando aqui.

— O quê? — O coração dele encolheu ainda mais no peito.

— O que você esperava? Que tudo continuaria como se nada tivesse acontecido? — A voz dela subiu algumas oitavas, no calor da discussão.

DE REPENTE *Ester*

— Ok! — Ewan jogou os braços para o alto, rendendo-se ao desespero e falando no mesmo tom que Ester. — Você tem todo o direito de me odiar! Fui egoísta, pensei apenas em mim e não ponderei o que minha atitude poderia causar a você. Eu sinto muito. E os presentes foram... Eu sei lá o que estava pensando. Eu sinto muito, muito mesmo! — Ele se viu desesperado com a possibilidade de não a ter mais por perto.

— Não, Ewan, *eu* sinto muito. — A tristeza no fundo dos olhos dela o fez se sentir ainda mais culpado.

Ewan começou a perceber que ela talvez tivesse as mesmas expectativas dele em relação aos dois, e agora se sentia traída — com razão. Naquele momento, Ester se arrependeu do dia em que aceitou a proposta de emprego. A vaga já estava preenchida, e isso era um sinal de que aquele lugar poderia trazer algum desgosto. Mas aí a jovem derrubou café no proprietário da loja e se encantou pela simpatia do rapaz. Quem em sã consciência não ficaria fascinada por tamanha gentileza, sem falar na beleza estonteante que vinha no pacote?

— Eu deveria saber que estragaria tudo. É isso que sempre faço. — Ewan pensou alto.

O rapaz estava tão desolado quanto ela, mas Ester não se importou. A raiva que sentia pela mentira era maior que qualquer piedade dentro de si.

Já não bastava a situação estar ruim o bastante, Hillary quebrou o silêncio que pairava entre eles, quando entrou ruidosamente, irrompendo sala adentro.

— O que é isso, Ewan? — Ela agitou uma página de jornal no ar. — Eu achei que tínhamos um acordo!

Ewan contraiu o maxilar e olhou para ela com a face vermelha.

— Agora não, Hillary.

— Eu quero essa menina fora daqui. Agora!

Farta de tanta humilhação, Ester saiu sem olhar para trás, ignorando o pedido de Ewan para que não partisse. Conseguiu segurar o choro até estar fora da loja e longe o bastante daquele lugar. Atravessou a rua e sentou-se em um banco de pedra da praça, a alguns metros de distância. Soltando um suspiro inconsolável, abraçou o próprio corpo e deixou as lágrimas correrem, livres, pelo rosto. Primeiro soluçou em silêncio, depois mais alto, do fundo do coração. Ela gemeu e suspirou, até estar totalmente entregue à tristeza.

Capítulo 7

Querido futuro marido,

Hoje aprendi algo que levarei para o resto da minha vida. Meu coração é enganoso e perverso. O mais triste é que deixei a natureza dele me dominar, e agora as lágrimas que enchem meus olhos são de arrependimento e pesar por ter me deixado levar. Por isso, minha oração a partir de hoje é para que o Senhor blinde meu coração contra tudo que possa estilhaçá-lo, para que ele esteja inteiro quando encontrar você. Pela primeira vez, convidei Jesus para preencher qualquer lacuna no meu ser e para guiar meus sentimentos. Compreendi que Ele é o único que o manterá intacto para quando você chegar, para que eu possa viver em plenitude, sem marcas nem pendências que venham a me travar.

De sua futura esposa,
Hadassa.

O aperto no peito de Ester persistia depois de mais uma noite em claro e de dias inteiros trancada no quarto. Sentia-se sendo castigada de todas as maneiras. Ela havia perdido o emprego, e o tio falava apenas o necessário, reduzindo os diálogos a alguns monossílabos murchos. Como se não bastasse, Ewan não saía de seus pensamentos. A moça o odiava por tê-la enganado.

Após tomar chá e um analgésico para aliviar o mal-estar, Ester voltou para cama. O céu lá fora estava nublado, assim como seu interior, e uma nova coleção de lágrimas se enfileirou por sua face, encharcando o travesseiro. Ela só queria que aquela dor sumisse do peito. Até aquele fatídico acontecimento, não tinha percebido o quanto estava apaixonada por Ewan. Agora, ela estava decepcionada, e o coração se encontrava em mil pedaços. Nunca alguém havia despertado um sentimento como aquele. Como era possível querer estar na companhia de uma pessoa e, ao mesmo tempo, detestá-la?

Ester recordou que leu certa vez, em um livro de C. S. Lewis, que a ira é o fluido que sai do amor quando o cortamos. Na época, a frase não fazia sentido algum, hoje a moça começava a entender um pouco do seu significado. Ela olhou para o teto e deixou a mente vagar entre intermináveis hipóteses de como seria se as coisas tivessem tomado um rumo diferente.

— Olá! — Uma voz feminina arrancou Ester de seus devaneios. Sharon estava parada na porta do quarto, sorrindo para ela.

— Se você está aqui a mando do Ewan... — Ester se sentou na cama e ajeitou o corpo.

— Não! — A passos largos, Sharon se aproximou, sentando-se na beirada da cama. — Eu vim por você. Afinal, somos amigas, não somos? — Tocou gentilmente o joelho de Ester.

— Claro. — A jovem sorriu, desconsertada. — Desculpe, não estou acostumada com outras pessoas se preocupando comigo, além do meu tio.

— Não precisa se desculpar. — Sharon se aconchegou ao lado de Ester e passou o braço pelos ombros dela. — Estou aqui por você.

Ester apoiou a cabeça no pescoço da amiga e começou a chorar. Contudo, dessa vez não foi pela dor dilacerante em seu ser, mas porque enfim ela tinha algo pelo qual tanto ansiava: um ombro amigo para desabafar. Sharon, cumprindo seu papel, acariciou as costas da jovem, à medida que esta se acalmava.

— Ele contou para você? — Ester enxugou as lágrimas e se afastou para olhar para Sharon.

— Contou.

— Disse que mentiu para mim?

— Sim, Ewan me falou tudo e, acredite — Sharon suspirou —, ele está muito arrependido por ter feito o que fez.

Ester fez uma careta.

DE REPENTE *Ester*

— Achei que estivesse aqui por mim, e não para defendê-lo.

— Já disse que vim por você, mas eu o conheço há muito tempo e sei que ele nunca faria nada para magoar outra pessoa de propósito. Ewan, apesar de não ter mais idade para isso, é imaturo, inconsequente e impulsivo em tudo. Só depois de as coisas darem errado é que ele pondera sobre os seus atos. Foi assim com aquela cobra da Hillary também. — Sharon revirou os olhos. — Ele achou que estava apaixonado e, após se envolver, percebeu o equívoco quanto ao que sentia por ela.

O coração de Ester se encolheu. Então ela era apenas mais uma? O modo como Sharon falava indicava que ele já havia passado por vários outros relacionamentos, enquanto Ewan era o primeiro com quem ela se envolvia. A jovem se sentiu uma idiota outra vez.

— Tenho uma coisa para você. — Sharon retirou um envelope da bolsa. — Pelo tempo que trabalhou na Brook.

Ester o abriu e se surpreendeu ao ver a grande quantia de dinheiro lá dentro. Ela não entendia muito sobre leis trabalhistas, mas sabia que não tinha direito a tanto.

— É muito, não posso aceitar.

A jovem quis devolver, mas Sharon se levantou, pendurando a bolsa no ombro.

— Preciso ir agora, mas gostaria de voltar. — Sorriu a amiga, ignorando o envelope estendido.

— Claro. — Ester a acompanhou. — Você sempre será bem-vinda. E obrigada, eu estava mesmo precisando de um abraço.

— Acredite, eu também. — Sharon sorriu antes de partir.

Ester fitou o envelope sobre a cama, decidida a devolvê-lo. Retirou a quantia que julgava ser o valor certo de seu tempo de serviço e o lacrou novamente. Anotou o endereço da loja em um dos lados, pegou o casaco e seguiu até a caixa de postagem que ficava na esquina da próxima quadra.

Deus sabia como ela e o tio necessitavam daquele dinheiro, porém a moça compreendia também que não era certo aceitá-lo.

Quando voltou para casa, Joseph estava à sua espera.

— Podemos conversar?

— Sim. — Ester fitou os olhos cansados do senhor.

— Pegue sua Bíblia e me encontre na cozinha.

Ele seguiu até a mesa, e Ester sorriu aliviada. A jovem amava os devocionais e estudos bíblicos que fazia com Joseph, pois ele sempre tinha algo novo a ensinar. Após pegar a Bíblia, a sobrinha sentou-se de frente para o tio e o esperou falar.

— Filha — ele iniciou com a voz suave —, eu sei que sou velho e sem experiência alguma nas questões em que você mais precisa da minha ajuda. — Ele suspirou antes de continuar. — Gostaria de ter a capacidade de protegê-la do mundo e evitar que se magoasse, mas infelizmente não tenho esse poder.

— O senhor está fazendo um bom trabalho. — Ester engoliu em seco, envergonhada.

— Será mesmo? É meu dever orientar você, e o que aconteceu foi culpa minha. Sempre soube que esse dia chegaria. Você, desde criança, é impulsiva, pura emoção. Eu falhei, deveria ter lhe preparado melhor.

— Deveria ter me preparado para o quê?

— Para a paixão, Hadassa. Esse sentimento avassalador que toma conta dos jovens e tira a capacidade de ver as coisas com clareza. — Sentindo-se culpada por ser tão relapsa, Ester abaixou a cabeça para evitar encarar a decepção do tio. Logo ela, que até pouco tempo se apegava à ideia de não criar expectativas nem se envolver com alguém. — Quando se está apaixonado, erramos em nossos julgamentos e somos inconsequentes. — Ester não questionou. Não havia dito nada ao tio sobre seus sentimentos, porém estava claro que ele já tinha conhecimento disso. Como era um pai zeloso, deveria ter percebido. — Abra sua Bíblia em Provérbios 4:23 e leia para mim, por favor — Joseph pediu, depois de algum tempo em silêncio.

Ester folheou a Bíblia e leu a passagem indicada:

— "Sobre tudo o que se deve guardar, guarda o teu coração, porque dele procedem as fontes da vida." — Seu interior queimou ao pronunciar cada palavra.

DE REPENTE *Ester*

— O que acontecer com você agora a seguirá pelo resto da vida, seja para o bem, seja para o mal — acrescentou Joseph. — Agora leia Jeremias 17:9-10.

— "Enganoso é o coração, mais do que todas as coisas, e perverso; quem o conhecerá? Eu, o Senhor, esquadrinho o coração e provo os pensamentos; e isso para dar a cada um segundo os seus caminhos e segundo o fruto das suas ações." — Ester terminou de ler com a voz embargada.

— Se você for infeliz agora com suas escolhas, isso a seguirá até o fim dos seus dias. As marcas feitas em um coração são eternas, e cabe apenas a você escolher como gostaria de marcá-lo.

A moça concordou, evitando olhar para o tio. Aquele era o jeito dele de chamar-lhe a atenção. Na opinião de Ester, seria menos doloroso se ele esbravejasse e a castigasse. Aquelas palavras cortavam fundo no interior dela.

— Há uma expressão muito ouvida: "Siga o que seu coração mandar". Mas, segundo a Palavra de Deus, aquilo de que devemos mais cuidar é do nosso coração. Outras versões colocam "pensamento", pois nesse contexto o coração são suas motivações, intenções, vontade, o lugar de onde procedem todas as saídas da vida: sonhos, decisões e metas.

— Devemos guardar nosso coração de nós mesmos... — a moça sussurrou.

— Exatamente! — Joseph abriu um largo sorriso, vendo que ela compreendia o que tentava expor. — A natureza do nosso coração é enganosa e traiçoeira; em nosso coração e vontades naturais, não habita bem algum. Paulo constatou isso e se queixou desse fato em Romanos 7:18. Leia.

— "Porque eu sei que em mim, isto é, na minha carne, não habita bem algum; e, com efeito, o querer está em mim, mas não consigo realizar o bem."

— Paulo lamentava sua luta para fazer o bem, porque isso vai contra a vontade da carne e do coração. Sabemos que não é fácil dizer "não" ao pecado; é uma luta constante, e muitas pessoas têm aceitado serem derrotadas pela prostituição, pela bebida e por outros vícios, pois acham isso normal. "É a idade, eu não sou de ferro, sou homem, sou mulher, e é minha natureza, não posso fazer nada, como vou lutar contra meu desejo?" Por isso o mundo lá fora está cheio de adúlteros, fornicadores, beberrões e tantos outros: porque resolveram seguir os instintos e não sabem que eles são enganosos e, mais que isso, perversos; sua doença é incurável!

— Estamos perdidos! — Ester escorregou o corpo na cadeira e suspirou.

— Paulo também achou e se desesperou. Veja o que ele diz também em Romanos 7:24.

— "Miserável homem que eu sou! Quem me livrará do corpo desta morte?"

— Mas no versículo seguinte ele dá a solução: "Dou graças a Deus por Jesus Cristo, nosso Senhor...". Só mesmo Jesus para nos livrar, pois só Ele conhece nosso coração de verdade, e, depois de o aceitarmos, a Palavra nos diz que temos a mente de Cristo e começamos a sonhar Seus sonhos e a andar como Ele quer que andemos, mas, se continuarmos a andar segundo nosso coração, aí não tem jeito mesmo.

— Vamos colher o que plantarmos — completou a jovem.

— Isso mesmo! Colheremos os frutos de nossas obras, consequências do desejo do nosso coração. Logo, se nosso coração é corrupto e perverso, nossos frutos não serão nada bons, e nosso fim será horrível. E agora estamos na mesma de novo, miseráveis homens que somos! Mas Davi, por conhecer isso, clamou ao Senhor em Salmos 139:23-24.

Esse verso Ester já conhecia e até estava marcado em sua Bíblia, por isso ela leu antes mesmo que fosse solicitado.

— "Sonda-me, ó Deus, e conhece o meu coração; prova-me e conhece os meus pensamentos. E veja se há em mim algum caminho mau e guia-me pelo caminho eterno."

— Você tem pedido para o Senhor sondar seu coração e guiá-lo? — Joseph indagou, fitando a sobrinha. Não. Ela jamais pedira que o Senhor guiasse seus sentimentos. Na verdade, achava que isso não era coisa para Deus fazer. Sempre pensou que o Todo-

-Poderoso teria coisas maiores com que se preocupar. — Não adianta nada se dizer cristã e dizer que o ama, se não deixar Ele examinar você e convencê-la das motivações erradas. Deixe-o guiar por um caminho eterno. — Ele acrescentou: — Peça que o Senhor a examine, peça que Ele mostre onde você está errada, quais são as atitudes que deve mudar. Veja Provérbios 16:2.

— "Todos os caminhos do homem são limpos aos seus olhos, mas o Senhor pesa os espíritos."

— Parece que tudo é normal, né? Parece que tudo está direito, mas não é bem assim: o Senhor pesa as nossas escolhas. Coloque como um princípio de sua vida o que é dito em Provérbios: "Confia ao Senhor as tuas obras, e teus pensamentos serão estabelecidos". Isso é fantástico! Entregue seus caminhos nas mãos de Deus, e Ele estabelecerá os pensamentos dele, e a Bíblia diz que os pensamentos de Deus são de paz, não de mal, para dar o fim que você espera. — As lágrimas banhavam o rosto de Ester à medida que o Espírito Santo ministrava ao seu coração através do tio. — Deposite seus sonhos, projetos e desejos no Senhor. Consulte primeiro a Deus em tudo, pergunte se esses são de fato os pensamentos que Ele tem para sua vida. Caso não seja, ainda que pareça direito, será caminho de morte. Veja Provérbios 14:12.

— "Há caminho que ao homem parece direito, mas o fim dele são os caminhos da morte."

— Coloque sua vida na dependência de Deus, guarde seu coração com a palavra de Deus. Salmos 119:9-11.

— "Como purificará o jovem o seu caminho? Observando-o conforme a tua palavra. De todo o meu coração te busquei; não me deixes desviar dos teus mandamentos. Escondi a tua palavra no meu coração, para eu não pecar contra ti."

— Guarde este livro no coração. — Ele indicou a Bíblia de Ester. — Ocupe o coração e a mente do que vem do Alto; apenas a Graça e a Palavra de Deus abrirão seus olhos para o pecado. Você pode estar do outro lado do mundo, mas, quando surgir a oportunidade de pecar, a única coisa que vai impedi-la de errar é se a Palavra de Deus estiver guardando seu coração. Alimente seu espírito e crucifique sua carne. Atente para estas duas passagens a mais. Provérbios 28:26.

— "O que confia no seu próprio coração é insensato, mas o que anda sabiamente escapará."

— Salmos 81:11-12.

— "Mas o meu povo não quis ouvir a minha voz, e Israel não me quis. Pelo que eu os entreguei aos desejos do seu coração, e andaram segundo os seus próprios conselhos."

— No momento em que você rejeita a instrução e o propósito de Deus, Ele a larga à sua própria sorte, a deixa andar segundo a teimosia do seu coração. E sabemos bem que disso não vem bem algum. Entregue tudo a Jesus, confie as obras a Ele e obedeça à sua Palavra, que Ele guiará você segundo os desígnios do coração dele.

Ester correu para o colo do tio, o abraçou forte e pousou a cabeça em seu ombro. Ali, ela pediu perdão e o agradeceu por aquele sermão.

Capítulo 8

Querido futuro marido,

Sabemos que tudo em nossa vida é baseado em escolhas. Uma má escolha no presente pode interferir em nosso futuro e nos deixar sequelas no passado, pois os caminhos da vida são feitos de decisões. As Escrituras estão repletas de histórias sobre escolhas que mudaram vidas e destinos. Minha oração todos os dias é que eu seja como Maria, irmã de Marta, e escolha a boa parte: estar na presença de Deus e debaixo de seu querer para minha vida.

De sua futura esposa,
Hadassa.

O perdão é uma ideia maravilhosa, até termos algo para perdoar. Mas a verdadeira questão vem depois: esquecer. Durante aqueles dias, Ester pôs em seu coração que o certo a fazer era liberar o perdão, se quisesse seguir com a própria vida. E ela até já tinha se convencido disso, porém tudo caiu por terra ao ver Ewan parado na porta. Eles se encararam um longo tempo, sem pronunciar palavra alguma, e tudo explodiu dentro dela novamente, como se houvessem arrancado, sem aviso, o curativo que cobria os ferimentos.

Ester foi a primeira a desfazer o contato visual, avistando nas mãos de Ewan o envelope que devolveu há alguns dias.

— Se você veio até aqui pelo dinheiro que eu devolvi... — ela disse, segurando a maçaneta com força.

— Ester, eu só quero reparar meu erro. Você não faz ideia de como estou me sentindo... — A voz do rapaz falhou, impedindo-o de prosseguir.

— Deveria ter pensado antes de agir. — Ester voltou a encará-lo, mas se arrependeu disso, ao notar como ele ainda exercia uma forte atração sobre ela.

Nem toda a raiva do mundo era capaz de eliminar o sentimento que pulsava dentro de si, fazendo cada parte do corpo reagir.

— Eu sei e sinto muito.

Ester segurou a respiração e engoliu o nó travado na garganta.

"Não quero sentir pena! Quero sentir raiva de você!"

Mesmo diante da luta interna, a jovem decidiu permanecer firme. Não podia fraquejar; não agora, depois de tudo! Ele precisava ouvir algumas verdades, e ela já estava farta de tentar manter a calma diante daquele tsunâmi sem precedentes que atingia sua vida.

— Você mentiu, Ewan!

O rapaz se aproximou, com os punhos amassando o envelope.

— Me desculpe, tá legal? — ele gritou de volta. Com a face ruborizada e os olhos cravados nela, deu mais um passo na direção de Ester. — Perdão se estou apaixonado por você e a quero perto de mim!

— Eu também estou, mas isso não quer dizer que você tem o direito...

Um sorriso se formou nos lábios dele.

— O que você disse? — Ewan a interrompeu em meio ao protesto.

Com o coração pulsando nos ouvidos e o sangue fervendo nas veias, Ester esbravejou:

— Você não tem o direito de manipular tudo à minha volta!

Ewan continuou a sorrir, achando incrível como ela ficava linda quando estava nervosa.

— Antes disso.

Ofegante e sem entender o sorriso bobo nos lábios dele, ela respirou fundo, tentando se acalmar.

— Para de fugir do assunto e me deixa concluir — disse a jovem, entredentes.

— Você disse que também está apaixonada por mim?

Ester piscou algumas vezes ao se dar conta de que havia revelado os sentimentos mais íntimos de seu coração.

— Eu... — Seus lábios tremiam, então ela os mordeu, à medida que tentava manter a respiração regular. — Eu disse? — pensou alto, com o olhar perdido.

— Sim, você disse. — Ewan a fitou, e as pernas dela vacilaram.

— Isso não vem ao caso agora. — Ester se concentrou no problema. — Você fez algo terrível. Não tem noção de como isso me afetou, Ewan. Logo agora que eu achava que poderia ser feliz... — Ela parou, entregando-se à tristeza que vinha de dentro, do fundo de sua alma ferida.

Sem pensar duas vezes, Ewan passou os braços em volta de Ester, pressionando-a contra o peito. Exausta demais para protestar, ela repousou a cabeça no pescoço dele, tendo como companhia o perfume inebriante que exalava do colarinho da camisa que o rapaz usava.

— Fui um babaca egoísta — ele sussurrou. — Agi por emoção, deixei a razão e o bom senso de lado. Também não pensei direito quando mandei aqueles presentes para você. Deus sabe o quanto me arrependo. Se fosse possível regressar no tempo, eu o faria, para arrumar toda essa bagunça. — Um pouco mais calma, Ester se afastou dele. — Fico feliz em saber que meus sentimentos são correspondidos.

Ewan passou o polegar pela face de Ester e enxugou suas lágrimas. Ela afastou as mãos dele — era torturante aquele toque suave no rosto.

— Eu sei o que eu disse.

Ester colocou uma mecha de cabelo atrás da orelha e fitou o chão.

— Então...

— Não é tão simples, Ewan.

— Seja lá o que for, podemos dar um jeito. Se você precisar de um tempo, eu posso esperar. O que você quer, Ester?

Ela levantou os olhos e, tímida, encolheu os ombros.

— Preciso orar a respeito disso.

Como Ester havia aprendido, o coração era enganoso e, se fosse se guiar pelo que sentia naquele momento, ela se lançaria nos braços dele sem pensar duas vezes. O olhar intenso e a beleza estonteante do homem à sua frente também não ajudavam a pensar com clareza. Ester precisava parar, respirar e buscar muita orientação divina antes de qualquer decisão. Já existiam marcas demais em seu coração, e talvez o pobre coitado não aguentasse mais uma cicatriz.

— Está bem — ele respondeu, sem pestanejar.

— Está? — Ela levantou as sobrancelhas, surpresa.

— Claro, por que eu veria problemas?

— Não sabia que você era religioso. — Uma pontinha de esperança brilhou dentro dela.

Ewan coçou a nuca e deu um sorriso sem graça, enquanto a faísca de expectativa virava fumaça.

— É complicado. — Ele parou por alguns instantes, como se buscasse uma explicação para a afirmação. — Depois que meu pai morreu, as coisas mudaram. Ele era o pilar da nossa família, tinha uma fé inabalável e era meu exemplo. Sem ele, tudo desmoronou: meu irmão mais velho começou a viver dissolutamente, e tentei ocupar o posto que pertencia ao nosso pai. Mas eu era novo demais e não suportei o peso daquela responsabilidade, acabei fracassando. Ainda estava tentando me reerguer, quando meu irmão também me deixou. Foi a gota que faltava para o copo transbordar. Durante muito tempo, eu fiquei à deriva, em busca de preencher a enorme lacuna que se formou dentro de mim, até que você apareceu. — Ele sorriu, e dessa vez seus olhos brilharam. — Então, se você precisa orar ou ter um tempo para pensar, eu posso esperar.

— Ewan, você sabe que não sou eu quem vai preencher essas lacunas, não é? — Ele não respondeu. — Esse vazio é falta de Deus. — O rapaz colocou as mãos nos bolsos e fitou um ponto qualquer.

Ester não queria ser tão frágil, mas se compadeceu dele, compreendendo que não deveria ser fácil ficar sozinho no mundo. Ela mesma não conseguia imaginar como seria sua vida se Mohammed não estivesse com ela. Ele era seu pilar e, se o tio lhe faltasse, com certeza ela desmoronaria também.

— Quero contar tudo sobre mim, para você saber o que pensar e ponderar antes de tomar uma decisão. Vi um café na esquina, podemos conversar lá? — Ewan indagou, com expectativa.

— Eu não sei se devemos ir adiante com isso. — Tudo pareceu complicado demais para Ester.

— Vou estar lá nos próximos quinze minutos.

Ewan saiu, e Ester ficou de pé na porta, travando uma batalha dentro de si, enquanto o via desaparecer escadaria abaixo. Parte dela queria voltar para dentro de casa e pôr um ponto-final naquela situação. A outra parte a impulsionava a correr para o café e ouvir o que Ewan tinha a dizer.

— O que eu faço, meu Deus?

Ela esperou por vários minutos, no entanto nenhuma voz bradou dos céus, em resposta. Talvez essa decisão devesse partir só dela e, mesmo sabendo de todos os riscos que um passo em falso poderia lhe trazer, Ester bateu a porta e correu em direção às escadas.

Ewan estava sentado de costas para a direção de onde Ester veio, por isso não a viu se aproximar. Ela parou ao lado dele e o observou — ele estava com os cotovelos apoiados sobre a mesa e a mão no rosto, pressionando os olhos com os dedos. Quando enfim percebeu a presença da jovem, Ewan se levantou num salto, e um sorriso tomou conta de seus lábios.

— Você veio! — E arfou, pronto a explodir de felicidade.

— Precisamos conversar, não é?

Reprimindo o riso, ele puxou a cadeira para ela se sentar.

— Sim, precisamos.

— Só quero entender o que está acontecendo. — Ester tentou soar indiferente. — Isso é novo para mim.

— É novo para mim também! O que estou sentindo é diferente de qualquer coisa que vivi até hoje.

O garçom se aproximou, interrompendo-os para anotar os pedidos. Em uma das paredes do café, havia uma TV ligada. A programação foi interrompida, e o brasão da família real tomou conta de toda a tela, atraindo a atenção dos poucos clientes. O balconista aumentou o volume, possibilitando que todos no recinto ouvissem.

— *Boa noite, senhoras e senhores de Galav. Interrompemos a programação habitual para informar que a comissão designada pela família real e responsável por selecionar as pretendentes do príncipe Alexander já concluiu o trabalho. Dez belas garotas foram escolhidas, e em breve todos, inclusive o príncipe, as conhecerão. Em nome da família real, quero agradecer-lhes o entusiasmo e o patriotismo. Com um pouco de sorte, comemoraremos no Ano-Novo o noivado de nosso amado príncipe com uma encantadora filha de Galav!*

Mais algumas informações foram dadas, antes de o brasão aparecer na tela novamente, seguida de uma versão instrumental do hino nacional do país. Quando Ester desviou os olhos do monitor, Ewan a observava com atenção.

— Você também se inscreveu?

— Não. — Ela riu e balançou a cabeça, com veemência. — Eu não gosto de competição.

Ewan suavizou a expressão facial, relaxando o corpo tenso.

— Fico feliz que não tenha se inscrito. Com toda certeza, seria selecionada.

O garçom voltou com dois cafés e um prato de bolinhos. Alguns segundos de silêncio se estabeleceram entre eles, enquanto o senhor esvaziava a bandeja e Ewan aproveitava para ouvir uma mensagem na caixa postal.

— Ewan, gostaria que você me explicasse uma coisa. — Ester quebrou o silêncio, incomodada por ele estar dando tanta atenção ao celular, mesmo depois da saída do garçom.

— Claro! Qualquer coisa. — Deixou o aparelho de lado e pegou um bolinho do prato.

— Hillary disse que vocês tinham um acordo.

Ewan levou a xícara de café aos lábios, prolongando sua resposta.

— Bem — ele pousou a xícara de volta no pires e entrelaçou as mãos sobre a mesa —, eu vou contar tudo do princípio, para que você possa compreender melhor. — Fez mais uma pausa e então prosseguiu: — Como você já sabe, minha mãe morreu logo após meu nascimento. Então, sempre foram apenas meu pai, meu irmão (Will) e eu. Éramos melhores amigos. — Ewan dobrava um guardanapo enquanto falava, como se procurasse despistar o nervosismo. — Nós nos autodenominávamos os Três Mosqueteiros. — Ele sorriu, tentando esconder a emoção ao falar sobre a família. — Meu pai sabia que tinha pouco tempo de vida devido ao câncer, mas ocultou a doença, nunca revelando o porquê de estar cada vez mais magro e fraco. Achávamos que era o estresse do trabalho e que apenas uma boa semana de descanso melhoraria toda a situação, no entanto ele se negava a afastar-se de suas obrigações. — Ewan permanecia sem olhar para Ester, perdido nas lembranças, à medida que contava sua história. — Ele piorou de uma hora para a outra, nos pegando de surpresa. Em poucos meses faleceu.

— Eu sinto muito. — Comovida por aquela história tão triste, Ester o tocou, deixando a mão por alguns segundos repousada sobre a dele.

— Obrigado. — Ewan sorriu, contente com o pequeno gesto de carinho. — Meu irmão e eu assumimos os negócios da família. Will nunca gostou de ficar preso atrás de uma mesa. Ele tinha um espírito livre, e eu acabei ficando com todo o trabalho pesado. Fiz algumas mudanças na loja e contratei mais funcionários. Foi aí que eu conheci a Hillary. Eu estava frágil, desorientado, e ela me ouvia. Me... entendia. Hillary se apaixonou por mim, e no começo eu também achei que estava apaixonado por ela.

Ewan fez uma pausa no relato, em busca de alguma reação por parte de Ester. Um alerta enorme se acendeu dentro dela, fazendo seu coração encolher. Poderia ser que a mesma coisa estivesse acontecendo outra vez com ele? Parecia impossível, mas ela começava a sentir empatia por Hillary. A culpa era toda dele, e a revolta da vendedora tinha fundamento. Ester permaneceu em silêncio, perdida em devaneios. Ele prosseguiu:

— Eu pedi um tempo para ela. Seria a forma de fugir daquele relacionamento, mas Hillary nutria a esperança de que voltaríamos, e eu permiti tais pensamentos. Não fiz nada para que ela soubesse que aquele tempo, na verdade, era um ponto-final. Então, você apareceu. Eu não sei explicar direito o que senti quando a vi pela primeira vez, porém soube que queria você por perto e que não poderia te deixar ir embora.

— Por que me queria por perto? Não sabia nada a meu respeito.

— Acredita em amor à primeira vista? — Ewan exibiu seu melhor sorriso.

— Você está romantizando a situação? — Ester crispou os olhos para ele, tentando se manter firme e não se derreter diante do gesto galante.

— Claro que não! — Ewan se inclinou um pouco sobre a mesa, ciente do efeito que exercia sobre ela.

— Você tinha um compromisso com a Hillary. O mínimo que deveria ter feito era ser sincero com ela.

Ewan mudou de posição na cadeira, aparentando desconforto ao deixar o sorriso sumir dos lábios.

— Como você deve ter percebido, eu faço uma besteira atrás da outra — confessou.

— E o que pretende fazer para mudar isso? Ou você quer que eu entre em um relacionamento com alguém imprevisível, que pode me trocar por outra a qualquer momento? — O rapaz abriu e fechou a boca, incapaz de elaborar uma frase naquela hora. Ester soube que tinha encontrado o ponto fraco dele, portanto decidiu cutucar um pouco mais a ferida. — Precisa falar com ela, antes de qualquer coisa. Nossos atos dizem muito sobre quem somos, e, a julgar pelos seus, você não me convence a confiar em alguém assim. — As palavras de Ester cortaram os ouvidos do rapaz. Nunca outra pessoa havia confrontado suas atitudes de maneira tão direta. — Coloque sua vida em ordem, Ewan, independentemente de mim. Você e a Hillary precisam disso para seguirem em frente. — Ele apenas acenou com a cabeça, concordando. — Mesmo estando apaixonada por você, não posso ignorar o resto. E pode ser que seus sentimentos por mim sejam um total engano. Foi assim com a Hillary.

— Agora é diferente.

— Apenas isso não é o suficiente. Você não me conhece, não sabe absolutamente nada sobre mim. — Ester respirou fundo, tentando manter o controle no tom de voz. Se ele soubesse de seu passado ou suas origens, continuaria apaixonado? Ela tinha dúvidas quanto a isso. — Como eu disse, vou orar, e você vai resolver suas pendências.

Ester se levantou e saiu, deixando Ewan com o ultimato e uma tonelada de questões para pensar e solucionar.

Capítulo 9

> *Querido futuro marido,*
>
> *Certa vez li que, com o tempo, percebemos que não precisamos de outra pessoa para sermos felizes, pois a verdadeira felicidade vem do contentamento que temos com nosso Criador. Às vezes, a pessoa amada (ou quem pensávamos amar) não é alguém que Ele deseja para a nossa vida. No entanto, quando se está conectado com Deus, sensível à providência divina, esse alguém vem até você. Assim como disse o poeta: "O segredo é não correr atrás das borboletas... é cuidar do jardim para que elas venham até você"[4]. Que o jardim do meu coração esteja bem-cuidado para o dia em que você finalmente chegar!*
>
> *De sua futura esposa,*
> *Hadassa.*

O sermão que ouvira de Ester não abandonou Ewan, enquanto ele dirigia rumo ao seu compromisso no dia seguinte. Jamais alguém o enfrentou com tamanha firmeza e determinação. Não que isso o intimidasse, porém ultimatos o incomodavam. No entanto, daquela vez estava disposto a abrir uma exceção e passar por cima do ego ferido.

O rapaz estava mesmo apaixonado e sabia que o sentimento não iria embora tão cedo. O mínimo que deveria fazer era contribuir para tudo ocorrer dentro da normalidade. Estava farto de fracassar

---

[4] Embora ainda incerta, a autoria dessa frase é muitas vezes atribuída a Mario Quintana.

na vida sentimental e sabia que não encontraria outra garota como Ester em nenhum outro lugar do mundo. Acreditava não ser por acaso o encontro na calçada em frente à Brook. Era óbvio para ele: Deus queria que os dois se conhecessem. Qual outra explicação haveria, afinal?

O sol ameno atravessava o para-brisa, esquentando o interior do carro da mesma forma como ele se sentia ao pensar em Ester: aquecido. Ao recordar-se do abraço que compartilharam, Ewan sorriu. O perfume de lavanda dos cabelos dela estava gravado em sua memória. A sensação de tê-la nos braços era indescritível e, se ele quisesse que aquele momento se repetisse, deveria se transformar quase da água para o vinho.

Ao pensar nisso, Ewan sorriu mais uma vez, passando os dedos pela barba por fazer. Agora entendia o motivo de os amigos mudarem de vida por causa de uma garota. Nunca imaginou uma coisa assim acontecendo consigo, pois se negava a acreditar que o amor pudesse alterar quem era. Contudo, por Ester, estava disposto a sossegar. Inclusive, voltar a frequentar a igreja, já que a moça era uma cristã devota.

Após rodar vários quilômetros na rodovia principal, Ewan virou no declive à direita e seguiu por uma estrada de cascalho, ladeado de salgueiros. Não demorou muito, avistou os altos portões e muros ornamentados por trepadeiras. Parou diante deles e apertou o botão na caixa ao lado do carro.

— Bom dia, senhor. — Uma voz grave soou pelo alto-falante.

— O príncipe me espera.

— A senha, por favor.

— O quê? — Ewan retirou os óculos escuros e encarou o interfone.

— Preciso da senha para liberar sua passagem, senhor.

— Eu não sei a senha. E que negócio é esse? — Ele colocou a cabeça para fora e olhou para a câmera logo acima da janela de vidros fumê da guarita sobre o muro. — Taylor, é você?

— Sim, senhor.

— Qual é, Taylor? Você me conhece. Abra logo o portão.

— Sinto muito, senhor Marshall, não posso desobedecer a uma ordem direta do príncipe. Sua Alteza disse que você saberia a senha.

Risos abafados soaram do outro lado, indicando que o segurança não estava sozinho.

Ewan colocou a cabeça de volta para dentro do carro, a fim de ligar para o melhor amigo. Viu, então, que havia várias mensagens de voz na caixa postal — entre elas, uma com a tal senha solicitada.

— Você é tão engraçadinho, Alteza. — Ewan revirou os olhos, pois se tratava de uma implicância que durava desde a época da faculdade.

Ele apertou o interfone novamente e tentou mais uma vez persuadir o guarda a liberar sua passagem sem ter que passar pela humilhação de falar o código em voz alta. Porém, o homem se manteve firme na ordem dada.

Sem alternativa e jurando esganar Alexander assim que possível, Ewan cedeu.

— Tudo bem.

O rapaz fez uma pausa, considerando dar ré e ir embora dali. No entanto, o compromisso era importante demais, e ele já havia viajado por horas para voltar agora.

— Qual a senha? — Taylor perguntou outra vez.

— Peter Pan deseja entrar na Terra do Nunca — respondeu com os dentes cerrados e o mais baixo possível.

— Não entendi, senhor. — O guarda parecia se controlar para não romper em gargalhadas.

Risos ecoaram ao fundo, seguido de um "Shhh".

— Não vou repetir essa coisa ridícula!

— Tenha uma boa tarde, senhor Marshall.

Os altos portões se abriram, Ewan passou por eles, por uma fonte, e então parou diante do homem uniformizado que já o aguardava na entrada da luxuosa mansão, para guiá-lo até o príncipe.

Os dois deram a volta no palacete, cumprimentados pela brisa que vinha do lago a alguns metros. Aquela propriedade sempre fora o lugar preferido da família real de Galav. A rainha Elizabeth fazia questão de, pelo menos uma vez a cada mês, passar o dia inteiro com os filhos naquele refúgio particular. Eles faziam piqueniques, pescavam e tentavam agir como uma família comum, apesar das centenas de seguranças os observando a cada passo que davam. Ali, esqueciam-se dos problemas e recarregavam as energias para enfrentá-los quando passassem para fora daqueles portões.

Desde que Alexander voltara da faculdade, com Ewan a tiracolo, o amigo fora "adotado" pela amorosa rainha, que não dispensava sua presença nas reuniões. Ewan se sentia parte da família e amava os momentos que passava ali, pois Elizabeth fazia questão de demonstrar o quanto ele era bem-vindo.

— Achei que você não apareceria. Problemas com o código secreto? — Alexander sorriu para o amigo, ciente do quanto ele deveria estar descontente com a brincadeira.

— Quem está parecendo o menino que nunca cresce, agora? — O recém-chegado desceu até o convés, onde o príncipe o esperava ao lado da mãe, da irmã e de Anastácia, a babá da princesa. Uma equipe de segurança permanecia mais afastada, porém dois da guarda pessoal se mantinham mais próximos dos membros da realeza. Ewan fez uma reverência exagerada quando parou em frente ao amigo, antes de cumprimentá-lo com um aperto de mão. — Majestade — disse, virando-se para a rainha, fazendo uma saudação decente dessa vez. — *Altezinha.* — Acenou para a princesa Alexia. A menina de 10 anos se retraiu ao lado da babá e abaixou os olhos sem responder ao cumprimento. Apesar do clima ameno, a princesa trajava um sobretudo por cima da calça e da blusa de mangas compridas.

— Olá, querido. — Elizabeth segurou o rosto do jovem com ambas as mãos, para analisá-lo como uma mãe cuidadosa. — Está se alimentando direito, filho? Você está tão magro.

— É que ele está apaixonado. De novo — provocou Alexander, pegando uma caixa de iscas e seguindo para dentro da lancha, às margens do lago.

— Isso só prova que eu tenho um coração, já você... — Ewan deixou a frase no ar, enquanto recebia de um funcionário o próprio kit de pesca.

— Pelo menos eu não saio por aí destruindo corações. Amor é coisa séria, não um brinquedinho que você dá a qualquer uma e depois toma quando perde o interesse — Alexander rebateu, enquanto ajudava Alexia e Anastácia a descer os degraus, para todos adentrarem na embarcação.

— Falou o cara do casamento arranjado — Ewan alfinetou, oferecendo o braço para a rainha.

— Rapazes! — Elizabeth os advertiu, aceitando a ajuda de Ewan para também subir a bordo.

Alexander deixou a caixa que carregava e virou para encarar o amigo. Ewan esperou em silêncio, até a rainha estar longe o suficiente, para continuar com as provocações.

— Não acredito que você permitiu se submeter a um casamento arranjado. Não poderia encontrar uma namorada do modo tradicional?

Alexander puxou o ar com força, entregando um colete salva-vidas para Ewan.

— Meu pai me deu um ano para encontrar alguém, e não consegui me interessar por ninguém. — Ewan riu e meneou a cabeça. — Não é tão simples para mim, como é para você. — Alexander passou as mãos pelo cabelo espesso. — Há muita coisa em jogo, não é apenas da minha felicidade que estamos falando.

— A moça precisa estar em um pacote completo — Ewan acrescentou. — Na minha opinião, você é muito exigente, Alexander. — O príncipe sorriu da inocência do amigo, indo se sentar próximo aos kits de pesca, deixados por um dos funcionários a bordo, antes de a lancha começar a deslizar pelo lago, em direção ao ponto onde costumavam ancorar. — Acha que todo esse processo seletivo vai trazer o que você precisa? — completou, sarcástico.

— Para ser sincero, eu não sei. — O príncipe mirou o horizonte. — Não é questão de ser exigente. Estamos falando da futura rainha do nosso reino. — Alexander parecia exausto. Com o olhar perdido na imensidão do lago, tentava encontrar uma saída para o futuro iminente. O vento chicoteava seus cabelos crescidos, e ele desejava que os temores fossem lançados para longe, como a água projetada pela

DE REPENTE *Ester*

hélice do motor. Era difícil imaginar o que o porvir lhe reservava. Seus receios sobressaíam a qualquer expectativa de que o concurso fosse o melhor caminho a seguir. Porém, ele não podia externar seu descontentamento, restando-lhe apenas uma opção: obedecer. — Eu relutei muito contra essa ideia. — O príncipe abandonou a habitual postura, ao escorregar o corpo pela poltrona. — Mas percebi que não adiantaria nada entrar em conflito com meu pai sobre isso. Esse assunto se tornou inegociável para o Conselho.

— Talvez não seja tão ruim assim. — Ewan tentou animá-lo. — Afinal de contas, você terá um harém com dez belas mulheres à sua disposição. — Alexander apoiou os cotovelos nos joelhos e tampou o rosto com as mãos. — Se isso não te anima, você tem sérios problemas, meu amigo!

— Você ajuda muito mais se ficar quieto, Ewan — disse Alexander, encarando-o. O outro rapaz começou a rir. — Teremos regras rígidas, que foram exigências minhas. Não terei contato físico com nenhuma delas, não quero me envolver além do necessário. Essas coisas nos cegam, e eu quero estar concentrado em todos os detalhes.

O barco ancorou no meio do lago, e logo começou a movimentação dos empregados responsáveis por prover tudo de que eles necessitavam na tarde de lazer.

— Você sempre complica tudo. Só siga o coração, cara. Comigo funciona que é uma beleza — falou Ewan, lançando uma isca na água.

— Sei... — Alexander ignorou o *grande* conselho.

— Claro que sim! — Ewan protestou, percebendo a indiferença. — Eu nem sempre acerto, é verdade — quicou os ombros —, mas nem por isso fico por aí me lamuriando por não ter tentado. E, às vezes, mesmo errando aqui e ali, tudo se ajeita no final. É o que está acontecendo agora: eu vacilei feio com a Ester, no entanto as coisas estão se acertando.

— O que você fez dessa vez? — O príncipe olhou para ele de soslaio, encaixando a vara no suporte.

Um serviçal se aproximou para deixar uma bandeja com suco, sanduíches e frios. Ewan aguardou até que o rapaz saísse, para prosseguir:

— Eu menti para o tio dela, só para poder levá-la a um jantar — sussurrou, temendo que a rainha o ouvisse. — Ele não foi com a minha cara no dia em que nos conhecemos, e eu não pensei antes de agir. Sabe quando você se encanta por alguém e só quer ficar perto, nem que para isso precise fazer qualquer idiotice?

— Não.

Ewan revirou os olhos diante da resposta vazia do amigo.

— Eu me arrependo amargamente do que fiz. Isso custou o emprego da Ester e a chance de vê-la todos os dias. — Ewan suspirou, inconformado. — O tio dela não quer me ver nem pintado de ouro!

— E onde você está vendo que as coisas estão melhores? — Alexander perguntou, buscando entender de onde vinha tanto entusiasmo, quando tudo que enxergava era um trem descarrilhado.

Ewan inflou o peito e exibiu um largo sorriso.

— Ontem descobri que ela também está apaixonada por mim.

— Hummm... — o príncipe resmungou, sem muito interesse.

Ewan pegou um sanduíche e voltou para a poltrona, ignorando a falta de entusiasmo do melhor amigo, enquanto ele mesmo quase não se cabia dentro de si, de tanta felicidade.

— Ela disse que quer orar, antes de qualquer coisa. — Agora, sim, Ewan teve a atenção do príncipe.

— Interessante.

— Eu disse que tudo bem, vou esperar o tempo que for preciso.

— Fez bem. — Alexander se serviu de um pouco de suco, enquanto observava o amigo exibir um sorriso bobo. — E se a resposta do Senhor for não?

Ewan uniu as sobrancelhas e fitou Alexander, intrigado.

— E por que seria?

— Talvez ela não seja a pessoa que Deus tem para você. Só estou dizendo que precisa estar preparado tanto para o sim quanto para o não.

Nesse momento um peixe foi fisgado pelo anzol do príncipe. Um dos funcionários correu para tirar o pescado da água, mas Alexander o dispensou com um sinal. Enquanto ele se empenhava na missão, Ewan ponderava pela primeira vez a hipótese indagada pelo amigo.

Ele preferia acreditar que Deus não o faria sofrer de novo. Sua cota de adeus já estava ultrapassada, e ele não aceitaria perder mais uma vez. Seu coração ficou minúsculo apenas em pensar na possibilidade.

Alexander se virou e exibiu o peixe, alheio à batalha que fizera o amigo travar dentro de si. Ewan ofereceu um sorriso rápido, concentrando-se outra vez nos próprios devaneios e assim permaneceu, até o príncipe se juntar a ele novamente.

— Você acha que sua prometida vai estar entre as dez garotas que irão para o palácio? — indagou o rapaz, tentando ignorar os próprios questionamentos.

— Eu não sei. — Alexander esfregou as mãos umas nas outras, para aquecê-las. As nuvens haviam bloqueado o sol, fazendo a temperatura cair de repente. — Talvez Deus tenha um propósito nisso tudo, Ele sempre tem, e nada acontece por acaso. O Senhor sabe que não sou do tipo que vai à "caça", então está trazendo a situação para perto de mim. É difícil conhecer as pessoas realmente, considerando minha posição. Com elas sob o mesmo teto, pode ser que fique mais fácil.

— Ou não. — Ewan deu um sorriso travesso. — Já pensou se você se apaixona por mais de uma?

— Tento não ficar pensando muito sobre o que vai acontecer. Assim não crio tantas expectativas.

— Eu não sei como consegue ficar tão tranquilo. Você parece um robô sem sentimentos.

Alexander apenas esboçou um sorriso, e ambos mergulharam cada um em seus próprios questionamentos sobre o que o futuro lhes reservava. O príncipe tentava de todas as maneiras não criar muitas perspectivas, e Ewan se deixava vagar por tantas hipóteses quanto a mente permitia.

Durante o jantar servido na mansão, quase não houve conversa. Até mesmo a rainha parecia distante. Alexia nem ao menos parecia estar lá. Depois da sobremesa, Ewan se despediu de todos, pronto para pegar estrada.

— Da próxima vez que vier, traga sua garota. — A rainha pediu, dando uma piscadela. — Gostaria de conhecer a dona desse brilho nos seus olhos.

— Isso se eles ainda estiverem juntos — Alexander alfinetou, implicando uma última vez com o amigo.

— Será um prazer, Majestade. — Ewan o ignorou e depositou um beijo terno nas mãos da mãe postiça.

Em seguida, fez mais uma de suas reverências exageradas para o príncipe, abraçando-o antes de sair.

— Você deve pegar leve com ele, Alexander. — Elizabeth entrelaçou o braço ao do filho, enquanto ele a guiava para a sala de estar.

Anastácia já havia se recolhido com a princesa Alexia, pois elas sairiam muito cedo no dia seguinte. Assim, restaram apenas os dois naquele cômodo. Os guardas estavam na sala adjacente, então o príncipe se sentiu um pouco mais à vontade para falar acerca de seus temores. Momentos como aquele eram raros, por causa da infinidade de compromissos — ele apreciava muito a sabedoria da mãe e estava sempre disposto a ouvir os conselhos dela.

— A senhora acredita que esse concurso vai dar certo? — Alexander parou de frente para a lareira e fitou o fogo crepitando.

A rainha sorriu, compadecida, indo se sentar em um dos sofás.

— Eu entendo seus temores.

Alexander a olhou como sempre fazia quando criança, em busca de colo. Com um aceno de mão, ela o convidou para se sentar ao seu lado.

— Há coisas que Deus permite em nossas vidas, e não entendemos o porquê no momento. No entanto, com o passar do tempo as peças vão se encaixando, e tudo se torna claro como um cristal. Eu estou orando a esse favor, querido. Deus está no controle, aquiete o coração. — A rainha se inclinou, à procura dos olhos do filho. — Em algum lugar de Galav existe uma linda moça esperando o momento que Deus reservou para apresentá-los.

Alexander sorriu, agarrando-se àquelas palavras com todas as forças.

Capítulo 10

Querido futuro marido,

Eu gostaria de estar com meu coração intacto ao encontrar você. Gostaria de voltar no tempo e me poupar da paixão, assim não sofreria quando o amor errado tivesse de findar. Que Deus venha cruzar logo os nossos caminhos. Não sei qual é o seu nome, como você é nem quais são suas ambições, só lhe rogo uma coisa: espere por mim. Por favor, meu bem, espere por mim.

*De sua futura esposa,
Hadassa.*

Ester fincou os pés na areia fria e mirou o horizonte que se preparava para o alvorecer. Seus cabelos esvoaçavam com o vento, trazendo consigo uma brisa marítima. A neblina, combinada com as lágrimas que brotavam do fundo da alma, embaçava a vista, impossibilitando-a de enxergar com clareza. Ela se sentou na areia e abraçou os joelhos, em busca de consolo. Seu coração estava em frangalhos, e uma torrente de sentimentos bombardeava seu corpo, fazendo-o tremer.

— "Meu corpo e meu coração poderão fraquejar, mas Deus é minha força e minha herança para sempre" — repetia Salmos 73:26, várias e várias vezes, deixando que o significado daquelas palavras a envolvessem.

A jovem sabia que deveria soltar as rédeas da situação que a perturbava. Estava certa do que precisava fazer, tinha ciência disso desde que se encontrara havia um mês com Ewan naquela cafeteria, porém isso não tornava a decisão mais fácil.

O sonoro não de Deus ecoava no mais profundo de seu ser, e ela ainda tentava se convencer de que uma reviravolta aconteceria no último instante e de que o Criador do Universo se compadeceria do pobre coração frágil e apaixonado dela. Contudo, nada mudaria, a jovem sabia que não adiantaria procrastinar.

Como bem o tio havia ponderado quando a sobrinha lhe contou sobre o encontro, Ewan e ela estavam em jugo desigual, e isso ia contra as Escrituras. Naquela noite, Ester mal dormiu, e as palavras de 2 Coríntios 6:14 não abandonaram sua mente: "Não se ponham em jugo desigual com descrentes...". As palavras de Joseph a haviam confrontado mais do que qualquer outro momento de sua vida:

— Como vocês seguirão lado a lado, se cada um tem convicções e princípios distintos? Como construirão uma família unida, seguindo caminhos opostos? Não se engane, querida, você não deve se iludir a ponto de acreditar que ele mudará por você. Se for para essa mudança acontecer, deverá ser exclusivamente por Cristo. Nesse momento, Ewan está cego pela paixão e fará o que você quiser. Mas e quando todo o frenesi desse começo esfriar, o que restará?

Algumas gaivotas sobrevoaram o céu acima da cabeça da moça, com um canto agudo e característico. Ester olhou para cima e respirou fundo, recordando-se do último mês.

Ewan havia ido à casa dela e conversado com Joseph. Ele pediu perdão por seu comportamento e deixou bem claro suas intenções com relação à jovem. Contou que tinha conversado com Hillary e resolvido a situação entre eles. O rapaz parecia estar se empenhando para fazer tudo certo, ela podia perceber. Ele não tinha forçado a barra nenhuma vez, cumprindo a promessa de esperar o tempo que fosse necessário. No entanto, Ester buscava coragem para dizer a ele que não poderiam se envolver ainda mais. Odiava-se por ter negligenciado algo tão importante, deixando o fundamental de lado e se encantando com as coisas secundárias. Ewan e os momentos que passaram juntos a cegaram ao ponto de ela esquecer o principal: sua fé em Deus e em seus mandamentos.

— Ewan parece um bom rapaz. — O tio a surpreendeu no dia seguinte à visita. — Mas apenas isso não basta. Ele precisa se encontrar e estabelecer as próprias prioridades e, antes de qualquer relacionamento, deve ter um verdadeiro encontro com Deus. — Mohammed parou e ponderou cada palavra antes de pronunciá-las: — Gostaria que você enxergasse o mesmo. Uma má escolha agora é uma má escolha para o resto da vida. Cada vez que nos envolvemos com alguém e não dá certo, deixamos um pedacinho de nós para trás. — O tio coçou a barba e a fitou gentilmente. — Acredito que você queira estar completa para seu futuro marido. Não sabemos se será Ewan, então pense bem.

Estar completa era tudo o que ela mais queria. Porém, sentia como se uma parte do coração já estivesse extraviado.

— Não sei o que fazer — Ester confessou.

— Sabe, querida, nós temos mania de controlar tudo ao nosso redor e não queremos deixar Deus agir se não for da nossa maneira. Então, muitas vezes, para tratar nosso orgulho, Ele nos espera abrir mão de nossa vontade e sair do caminho para realizar em nós os Seus desígnios.

— Você acha que tenho impedido Deus de agir? — Ester perguntou, meio na defensiva.

Joseph fez uma pausa antes de responder.

— Ninguém impede Deus de cumprir a vontade dele, mas acho que temos de aprender a abrir mão, soltar o leme do nosso destino e nos contentarmos com a vontade de Deus para nós.

Quando estava sozinha no quarto, depois da conversa com o tio, a moça fitou o céu estrelado por horas a fio, enquanto orava a Deus e pensava nas palavras de Joseph. Ela já sabia a resposta, realmente tinha que soltar as rédeas, porém se recusava a aceitar. Queria ouvir uma forte voz bradar dos céus para ter certeza, mas isso, claro, não aconteceria. No entanto, um versículo que havia lido em Hebreus, não fazia muito tempo, ecoava em sua mente: "E assim, esperando com paciência, alcançou a promessa".

Nos dias subsequentes, Ewan, com seu jeito *peculiar*, deu sinais de persistência, mesmo sendo sutil. Enviou flores, chocolates e mensagens dizendo que ela não saía de seus pensamentos. Cada gesto a deixava ainda mais apaixonada, dificultando, em proporções inimagináveis, a decisão. Era difícil usar a razão quando a emoção tomava cada célula de seu corpo e quando a reciprocidade não estava ajudando.

Certa noite, foi como se Deus colocasse um ponto-final em seus dilemas. Ester não saberia explicar e, por mais que doesse, precisava aceitar. Lá do fundo do oceano de dor, seus pés pisaram em terra firme.

— "Ensina-me a viver de acordo com a Tua verdade, pois Tu és o meu Deus, o meu Salvador" — sussurrou Salmos 25:5, enquanto ainda fitava o céu nublado daquela manhã.

Lágrimas arderam nos olhos de Ester, e mais uma vez uma grande tristeza caiu como um cobertor pesado sobre seu coração. Tudo acabara. Tudo. Logo ela, que havia decidido não criar expectativas sobre mais nada na vida, tinha deixado o coração navegar por um mar de possibilidades rumo a Ewan. E agora estava se afogando.

O amor que inundava seu ser não a deixaria com facilidade, ela estava ciente disso. A paixão poderia ter chegado embalada na forma de um belo presente, mas não iria embora sem causar estragos. Contudo, a jovem precisava deixá-lo partir, antes que ele levasse uma parte ainda maior do seu coração.

O sol apontou no horizonte, enchendo as ondas com seu brilho, que gradualmente dissipava a neblina. Ester se pôs a caminhar pela praia, pedindo ao Senhor sabedoria para não fraquejar ou retroceder. Sabia da forte atração que Ewan exercia sobre ela e temia pôr tudo a perder quando ele a olhasse com a intensidade que sempre fazia.

Ester voltou para casa tão arrasada quanto havia saído. No entanto, sentia-se um pouco melhor após tanto orar. Era como se Deus a estivesse consolando à medida que a resposta dele criava raízes em seu âmago.

A moça subiu devagar cada degrau, rumo ao apartamento. Quando abriu a porta de casa, o tio correu ao seu encontro.

— Ester, por onde andou? — Ele a segurou pelos ombros, buscando contato visual. A sobrinha respirou fundo, exibindo os olhos vermelhos e inchados. Seu coração pulsou forte quando viu Ewan surgir logo atrás de Joseph. — Coisas terríveis passaram pela minha cabeça. Você não estava em lugar algum, então liguei para o Ewan... — justificou.

— Desculpe se preocupei o senhor. Não dormi muito bem essa noite, então resolvi caminhar um pouco na praia. Deveria ter deixado um bilhete.

Apenas um olhar foi o suficiente para Joseph perceber o que estava acontecendo. A sobrinha encarava Ewan com a mesma tristeza de quando perdera os pais que tanto amava. Ele nunca esqueceu aquele olhar de dor, e agora seu interior se retraía ao vê-lo mais uma vez.

— Vou deixá-los a sós — disse o tio, apertando o braço dela em sinal de apoio, antes de se retirar para a cozinha.

Ester caminhou até o sofá, evitando olhar para Ewan. Ele estava particularmente bonito naquela manhã, com o cabelo um pouco despenteado, e vestindo uma calça jeans escura e uma camisa azul com as mangas arregaçadas até os cotovelos. Seu perfume ia ao encontro da jovem como uma forte onda, fazendo suas defesas balançarem a ponto de quase caírem.

— Você está bem? — ele indagou, sentando-se ao lado dela. — Estava chorando?

Ester tampou o rosto com ambas as mãos, deixando as lágrimas saírem livres outra vez. Ela não queria chorar na frente dele, queria ser forte e dizer o que precisava para acabar de uma vez por todas com aquela situação. Desejava voltar no tempo e não revelar os sentimentos nem dizer que oraria a respeito da situação. Ansiava ter sido mais sábia, deveria ter se calado. Porém, o estrago já estava feito, e o que poderia fazer agora era colocar um ponto-final antes de ser tarde demais. Ela sabia que não seria fácil, mas nunca imaginou o quanto seria difícil.

— Ester, olha para mim.

Ewan segurou as mãos dela, tirando-as do rosto. A aflição era perceptível no tom de voz dele.

— Tudo entre nós foi um erro. — Ela soluçou, reunindo todas as forças para olhá-lo nos olhos. — Eu sinto muito, Ewan, nos precipitamos.

Ele demorou alguns instantes para se dar conta do que Ester falava. Quando o fez, um pavor tomou conta de seu rosto. O rapaz levantou-se e começou a andar de um lado para o outro, no meio da sala. Ela se concentrou nas unhas por fazer, desejando que tudo acabasse logo.

— Eu não entendo. — Agora seu tom de voz era impaciente, magoado, e mais uma infinidade de sentimentos que só fazia a dor no coração da garota aumentar.

— Não podemos. — Ela deu de ombros. — Não podemos, Ewan.

Ester, ainda concentrada nas próprias mãos, esperou que ele dissesse alguma coisa, mas tudo o que escutou foi a porta bater quando Ewan saiu do apartamento.

O barulho fez Joseph vir da cozinha, de onde intercedia pela sobrinha para que ela pudesse ser firme naquela decisão. Ele nunca duvidara da sua capacidade de enxergar a vontade de Deus, mas, mesmo assim, sentiu-se orgulhoso dela. Sabia quão difícil era ouvir um não do Criador, quando se tratava de sentimentos tão profundos. A sensação era que a dor nunca passaria, no entanto o Senhor é perito em corações partidos, ainda mais se o que Ele tem para nós é muito maior do que nossa limitada mente humana é capaz de imaginar.

— Você fez a coisa certa. — Ele a abraçou, afagando os cabelos dela com toques gentis.

Ela apoiou a cabeça no peito do tio, permitindo se perder no conforto que aqueles braços lhe proporcionavam.

— Por que dói tanto?

— A vida é assim, querida. Às vezes os bons sentimentos e a decisão certa não podem trilhar o mesmo caminho. Você está apaixonada, e isso complica ainda mais a situação — ele disse, depositando um beijo no topo da cabeça dela.

— Eu esperava poder explicar o que me fez tomar essa decisão. — Ester levantou a cabeça para olhar para o tio. — Ewan deve estar me odiando.

— Esse é o problema de criar expectativas. Quando elas se frustram, agimos com a emoção. Mas ele vai superar, assim como você.

E foi a essa palavra — superar — que Ester se apegou para sobreviver aos dias subsequentes ao rompimento. O coração ainda doía todas as vezes que pensava em Ewan, e a jovem pedia incessantemente para Deus arrancar os resquícios daquele sentimento de dentro dela.

A moça tentou se ocupar ao máximo, para que os pensamentos não vagassem por territórios proibidos. Travava uma luta quase constante entre mente e coração, razão e emoção, tendo sempre consigo que o melhor de Deus ainda viria ao seu encontro, mais cedo ou mais tarde.

— A gente não passa pela vida sem um pouco de tristeza. — Lá estava Joseph, com o tipo de pensamento capaz de brotar beleza das cinzas e fazendo-a se sentir melhor diante da torrente de dor que lhe acometia. Era impressionante como o tio sempre sabia o que dizer.

Com o apoio de Mohammed, Ester saiu em busca de um novo emprego. Apesar de o senhor ter resgatado o antigo ofício de sapateiro, de quando era jovem, a ajuda financeira da sobrinha seria muito bem-vinda, e com isso ela ocuparia também a sua mente. Os tempos eram difíceis, porém nada se comparava ao passado que haviam abandonado na terra natal.

Ester distribuiu currículos por toda a Gamaliel — a província onde residiam havia quase quatro meses — e, então, teve que aguardar mais uma vez por uma intervenção divina. Ninguém queria contratar uma pessoa sem experiência. Quando achava que não encontraria outra oportunidade, ela recebeu a ligação da agência de emprego para marcar entrevista a uma vaga de cuidadora de idosos, o que a deixou radiante.

★★

— Hadassa, acorda. — A moça foi despertada pelo tio, na noite anterior à entrevista. Com dificuldade, abriu os olhos e encarou Joseph sorrindo para ela. — Você precisa se levantar agora.

— Por quê? — Puxou o cobertor até o queixo e fechou os olhos novamente. — Estou exausta e preciso acordar logo cedo.

— Eu sei. — Joseph a chacoalhou, obrigando-a a despertar. — Mas você precisa ver isso — frisou, exultante.

— Isso o quê? — ela reclamou, virando-se para o outro lado.

— Apenas venha! — Sem dizer mais nada, Joseph saiu do quarto, apressado.

Relutante, a jovem se arrastou para fora da cama e seguiu o tio até a sala, apenas para matar a curiosidade e entender o entusiasmo do guardião.

A televisão estava ligada quase no volume máximo, exibindo um comercial. Joseph sentou-se no sofá e bateu com a mão no espaço ao lado, convidando-a para se juntar a ele. Ester franziu o cenho ao ver uma tigela de pipoca no colo dele.

— Vão anunciar as jovens que vão para o palácio — explicou, ao notar a sobrinha intrigada.

— O senhor me acordou para isso? — Ester perguntou, indignada.

— Você precisa se animar um pouco. — Joseph colocou um punhado de pipoca na boca. — Achei que seria uma ótima distração, já que você tem passado dias difíceis.

— O senhor sabe que tenho uma entrevista de emprego logo pela manhã.

— Isso não deve demorar, e ainda é cedo. — Indicou outra vez o lugar no sofá.

Contra a vontade, Ester se sentou e bocejou no mesmo instante em que o brasão da família real surgiu na tela, seguido do conhecido hino nacional ao som dos instrumentos de uma orquestra. Ela se aconchegou no assento e abraçou uma almofada.

Um homem alto e forte cumprimentou os telespectadores com um largo sorriso. Ao fundo, a família real estava posicionada como das outras vezes em que apareciam nos anúncios oficiais: o rei e a rainha sentados em luxuosas poltronas e o filho, o príncipe Alexander, em pé ao lado dos pais.

O apresentador falou com entusiasmo de como era bom que enfim o grande dia tivesse chegado e que naquele instante todos conheceriam as dez garotas sortudas que competiriam pelo coração do amado e querido Alexander Kriger Lieber, príncipe e herdeiro direto do trono de Galav. Aplausos soaram ao fundo, mostrando haver uma plateia que não aparecia na transmissão.

A figura do príncipe tomou toda a tela, enquanto Ester lutava para manter os olhos abertos. Alexander estava ao lado do rei, com a mão direita apoiada sobre o encosto da poltrona do soberano, e a outra escondida para trás. Ele levantou os cantos da boca em um movimento sutil, cruzando ambas as mãos em frente ao próprio corpo, quando percebeu que a câmera lhe dava um *close*.

— Aí está ele. — Joseph cutucou as costelas da sobrinha com o cotovelo, atento a qualquer reação da moça.

— Hummm — ela resmungou, sem interesse.

Estava frio, e o que Ester mais queria era estar no aconchego da cama naquele momento.

O mestre de cerimônia cumprimentou o rei. Sebastian Kriger Lieber III era um senhor bem-apessoado, com cabelos grisalhos, barba e olhar gentil. Toda a Galav o amava por sua bondade e seu pulso firme nas decisões, pois ele colocava as necessidades do povo acima de qualquer aliança. Cristão declarado, defendia sua fé, motivo pelo qual Mohammed e Hadassa escolheram aquele país para se refugiarem, pois sabiam que ali estariam seguros e, enfim, poderiam servir a Deus livremente.

Após alguns minutos de conversa entre o apresentador e o rei, foi a vez de Alexander responder aos questionamentos.

— *Sua Majestade compartilhou informações com Vossa Alteza, sobre as pretendentes?*

— *Irei conhecê-las apenas agora* — o príncipe respondeu.

Dava para notar que ele tentava esconder o nervosismo e estava pouco à vontade com tudo aquilo. O cabelo perfeitamente alinhado, os traços fortes do rosto e a pose impecável não permitia que Ester tivesse empatia pelo príncipe. Lógico, ela sabia que havia um protocolo a seguir, mas nem por isso ele precisava se apresentar como uma pedra de gelo. Vendo a imagem de Alexander, a jovem ficou a pensar como as garotas fariam para conquistar alguém como ele. À primeira vista, isso parecia impossível.

Após o príncipe, a rainha ficou incumbida de dar um conselho para as moças. Deu um sorriso sereno, ajeitando-se no assento. Até ela parecia ser mais acessível que o filho.

— *Tenho apenas um conselho antigo, mas valioso: sejam fiéis a si mesmas. Não tentem ser quem vocês não são. Aqui no palácio, valorizamos a autenticidade.* — Piscou para a câmera, que capturava a resposta.

— *Sábias palavras, minha rainha.*

O apresentador fez uma reverência antes de voltar para o meio do estúdio.

— *E agora, sem mais delongas, vamos às dez belas jovens. Para que a escolha fosse a mais justa possível, as inscrições foram divididas, formando grupos representantes de cada uma das dez províncias[5] que formam nosso reino. Sendo assim, teremos uma moça de cada uma delas.*

A câmera focou o príncipe, a imagem tomando conta de toda a tela, para capturar as reações dele à medida que as garotas fossem reveladas.

— *Senhorita Mary Kelly, província de Gad.*

A foto de uma menina delicada com pele muito clara surgiu. Ela parecia uma dama em um vestido longo e rendado. Alexander deu um pequeno sorriso, como se fizesse aquilo apenas para ser educado.

— *Senhorita Hellen William, província de Galit.*

Veio a foto de uma garota ruiva com inúmeras sardas espalhadas pelas bochechas e pelo nariz. Aparentava ser mais humilde que a primeira, porém era ainda mais bonita. O príncipe repetiu o sorriso,

---

5 Significado dos nomes do reino e das províncias: **Galav** — para adorar; **Gad** — feliz; **Galit** — onda do mar; **Gabe** — devoto a Deus; **Gilon** — círculo; **Galilah** — redimido por Deus; **Givon** — colina; **Gilad** — júbilo; **Gedaliah** — Deus é grande; **Gamaliel** — Deus é minha recompensa; **Gil** — regozijo. Significado do nome do príncipe e do sobrenome da família real: **Alexander** — protetor do homem, defensor da humanidade, o que repele os inimigos. **Kriger** — guerreiro/soldado; **Lieber** — o que ama.

e Ester começou a se irritar. Ele bem que poderia ser mais expressivo; afinal de contas, uma delas poderia ser sua futura esposa. E ela mesma... bem, ela poderia estar dormindo, em vez de ficar olhando para o rosto de um príncipe sem sal.

— *Senhorita Sarah Tandel, província de Gil.*

Era uma morena de olhos negros e marcantes. Aparentava ter menos idade que as duas moças anteriores. E, novamente, a beleza era estonteante. Ester parou de prestar atenção nas garotas e no sorriso congelado e inalterado de Alexander. Encostou a cabeça no sofá, deixando o sono vir ao seu encontro. Fechou os olhos, enquanto ouvia a voz grave e aveludada do apresentador anunciando as demais candidatas, uma após a outra.

— *Senhorita Mellanie Johnson, província de Gabe. Senhorita Annie Roberts, província de Gilon. Senhorita Megan Rose, província de Galilah. Senhorita Brittany Brown, província de Givon. Senhorita Emilly White, província de Gilad. Senhorita Rachel Miller, província de Gedaliah. E, por último, mas não menos importante, senhorita Ester Sullivan, província de Gamaliel.*

"Ester Sullivan, Ester Sullivan, Ester Sullivan..."

Ela estava prestes a embarcar no mundo dos sonhos, quando ouviu seu nome se repetindo várias vezes na mente, ao longe. A moça abriu os olhos e fitou o teto primeiro, depois a TV, no susto. Lá estava a foto dela, tirada no aniversário de 20 anos. A jovem sorria radiante. Era sua foto preferida, pois lhe trazia lembranças do orfanato onde havia trabalhado como voluntária durante alguns anos, em Cefas. As garotas tinham organizado uma surpresa e feito um bolo pelo seu último aniversário na companhia delas, e Ester guardava cada pequeno sorriso na memória. Não notou a expressão de Alexander, mas, sem dúvidas, ele deveria ter esboçado o mesmo sorriso *reluzente*.

Joseph gritou e pulou do sofá assim que a ficha caiu, espalhando pipoca para todo lado. O apresentador falou outra meia dúzia de palavras, e a programação habitual voltou a ser exibida.

— Eu sabia que você seria escolhida! — Joseph dançava alegremente pela sala.

— Isso é impossível! Eu não me inscrevi. — O coração de Ester pulsava forte, e as mãos tremiam, enquanto tentava entender o porquê de ter sido escolhida. Joseph ainda dançava e jogava os braços para cima, girando de um lado para o outro. — Você me inscreveu? — Ela se pôs de pé para encarar o tio.

— Sim! — respondeu Mohammed, alegre, puxando-a pelo braço para ela se juntar à dança. — E você foi escolhida!

— Por que o senhor fez isso?

— Porque é uma oportunidade única! — Parou de dançar, ao perceber que a sobrinha não compartilhava da mesma animação.

— Você nem perguntou se eu queria!

— Esse é o sonho de toda garota. — Joseph uniu as sobrancelhas. — Achei que iria ficar feliz.

— Eu sinto muito, tio, mas eu não vou — disse Ester, decidida, deixando o corpo cair sobre o sofá.

Joseph se abaixou e segurou o rosto dela entre as mãos.

— Hadassa, eu sei que você está chateada por tudo que aconteceu entre você e o Ewan, mas pense bem. Dentre milhares de garotas você foi escolhida. Isso só pode ser um sinal.

— Sinal de quê, tio? Outras nove garotas também foram escolhidas. — Seu estômago embrulhou só de pensar em como seria, caso aceitasse submeter-se àquela situação.

— Elas serão as coadjuvantes, e você a protagonista. — Ele sorriu, esboçando um dar de ombros.

Ester não queria ir para um lugar onde sabia que ficaria deslocada. Não queria se casar com um total desconhecido, mesmo que ele fosse o príncipe. E, pior ainda, não queria ser a futura rainha de Galav. Um arrepio lhe percorreu a espinha, ao pensar na possibilidade.

"Não, não e não!"

Definitivamente, ela não queria fazer parte daquilo.

Capítulo 11

Querido futuro marido,

Deus promete ouvir nossa oração, mas nunca nos disse que a resposta seria a que gostaríamos de ouvir. Deus pode dizer "sim", "não" ou "espere". Quando Ele diz "sim", é muito fácil de aceitar. Quando diz para esperarmos, ficamos confiantes no Senhor. Mas e quando Ele diz "não"?

De sua futura esposa, aprendendo a aceitar a vontade do Todo-Poderoso,
Hadassa.

Ester respirou fundo para controlar as emoções. Um milhão de incertezas rondavam seus pensamentos, e o medo do desconhecido não a deixava entusiasmada com o porvir. Enquanto se preparava para a partida em alguns minutos, a jovem orou para o Senhor acalmar seu coração e livrá-la dos medos. Sharon a havia visitado, e Ester solicitou que a amiga dissesse a Ewan tudo o que não conseguira falar na noite anterior, quando o rapaz apareceu em sua porta, indignado e em busca de respostas. Ela orou para que Deus pudesse chegar ao coração de Ewan, fazendo-o compreender os planos divinos na vida dele, pois ela decidira fazer a mesma coisa indo para o palácio.

— Está na hora, querida, estão à sua espera. — Joseph entrou no quarto da sobrinha com um pequeno sorriso nos lábios. — Tudo pronto?

— Sim. — Ela levantou uma bolsa pequena, engatando-a ao braço.

Ester já trajava o uniforme que as pretendentes deveriam usar: um conjunto composto por calça preta social e uma camisa pêssego, com o nome bordado do lado esquerdo e o brasão de Galav no direito.

— Vai dar tudo certo! — O tio se aproximou e a segurou pelos ombros, fitando-a, como se lesse seus pensamentos e temores. — Não se preocupe.

— E quanto à minha origem, tio? E se descobrirem que sou uma *bloch*[6]? Não acha arriscado demais? Se não era seguro até pouco tempo, pode ser que ainda não seja. Sem contar que, considerando de onde venho, acharão que sou uma espiã. Estou indo para o olho do furacão!

— Tudo a nosso respeito foi apagado. Já passamos do período crítico. Se houvesse alguma coisa, você acha que teria sido escolhida?

Joseph ficou quieto por um instante; em seguida, entrelaçou os dedos nos dela, conduzindo-a para se sentarem.

— Não sei, não. O senhor era do Conselho Real de Cefas! Já imaginou o que pode acontecer se descobrirem? Por que quis me mandar para lá? Eu não consigo entender.

Joseph ofereceu um olhar sereno para a sobrinha, como se nenhuma daquelas indagações o preocupasse.

— Certa vez, um barco repleto de homens navegava pelo mar da Galileia. — Ester relaxou um pouco e sentiu um sorriso surgindo nos cantos da boca. Era a narrativa bíblica predileta de Joseph, e ela adorava ouvi-lo contar. — Eles seguiram o Mestre e confiaram plenamente nele. Jesus estava com eles em uma noite, quando uma tempestade surgiu. O vento e as ondas eram furiosas, sacudindo o barco como um brinquedo, enquanto os discípulos clamavam por ajuda. — Joseph fez uma pausa, e Ester conseguiu visualizar os homens e ouvir os gritos. — Onde estava Jesus? — ele disse, como costumava fazer quando ela era criança.

....

6 "Estrangeiro", na língua hebraica.

— Descansando na popa do barco.

O tio assentiu e sorriu.

— Ao ouvir o clamor desesperado dos amigos, Ele estendeu a mão em direção ao mar, ordenando que se acalmasse. O vento e as ondas se aquietaram. — Ester recostou a cabeça no ombro de Joseph. Esta era uma das razões pelas quais ela o amava tanto. Mohammed era seu amigo, e tantas vezes, quando seu próprio barco estava prestes a naufragar, era o tio quem o endireitava. Mesmo agora, neste momento de incerteza e possibilidades, sua fé em Deus era inabalável. Isso dava a Ester uma âncora, uma rocha na qual se apoiar, por mais desafiadora que fosse a situação. — O mesmo Mestre conhece a tempestade em que você se encontra, querida. — Ele a lembrou. — Jesus não nos ensina a abandonar o barco, mas a enfrentar a tormenta.

— Eu sei, o senhor está certo. É que, às vezes, eu não consigo deixar de me preocupar.

Joseph segurou as mãos de Ester nas suas, fechou os olhos e inclinou a cabeça. Ele orou em voz alta para Deus dirigir cada passo da sobrinha e trazer paz ao seu coração angustiado, sempre que ela temesse. Abrindo os olhos, o tio a fitou, sorridente.

— Salmos 146:9 diz que Deus protege os estrangeiros, ajuda os órfãos e as viúvas, e frustra o caminho dos maus. — Então, ele ergueu as mãos sobre a cabeça de Ester e finalizou com a passagem de Números 26:24-26. — "Que o Senhor te abençoe e te guarde. Que o Senhor sobre ti levante o rosto e te dê a paz. E que você sempre ame a Jesus em primeiro lugar, acima de tudo."

— Amém. — Ester abraçou o tio, buscando gravar cada segundo daquele contato e absorver o conforto que suas palavras lhe traziam.

— Lembre-se das palavras da rainha Elizabeth: seja fiel a si mesma.

Se aquele era seu destino, Ester não sabia, mas, como o tio sempre dizia: "Tudo coopera para o bem dos que amam a Deus".

DE REPENTE *Ester*

— Vou adiantar a você algumas regras básicas que todas as garotas deverão seguir — falou a mulher morena de cabelos volumosos, sentada de frente para Ester na limusine, enquanto o carro começava a andar rumo ao palácio.

Tudo estava acontecendo tão rápido, que a jovem sentia dificuldade em acompanhar as mudanças que ocorreram em sua vida desde o anúncio.

— Sim, senhora.

— Primeiro, nunca dirija a palavra ao príncipe e aos membros da família real sem ser solicitada. Segundo, por exigência expressa do príncipe, não haverá contato físico de nenhuma espécie. Terceiro, brigas ou desentendimentos entre as participantes não serão tolerados. — A mulher leu os três pontos em um fôlego só, antes de fazer uma pausa e levantar os olhos por alguns instantes, para ver se Ester estava prestando atenção ao que era falado. — Assim que chegarem ao palácio, todas serão preparadas para a apresentação, que será ainda esta noite, em uma recepção privada organizada apenas para que o príncipe as conheça. Cada uma das participantes dançará uma única vez com Sua Alteza, e ele aproveitará para fazer algumas perguntas a fim de conhecê-las melhor. É isso, por ora. Alguma dúvida? — A mulher fechou a pasta e retirou os óculos de leitura.

— Não, senhora. Acho que entendi todas as regras.

— Perfeito.

— Na verdade, tenho uma. — Ester limpou o suor das mãos na calça. — Como ele é?

A mulher se acomodou no assento, batendo as unhas postiças na pasta apoiada sobre os joelhos. Parecia pensar a respeito do que responderia.

— Bem, ele é reservado. — A resposta vaga pareceu não ser o bastante para a moça à sua frente, então ela continuou: — Estive poucas vezes com o príncipe. É difícil falar de alguém sem que o conheçamos de verdade, mas os mais próximos ao seu convívio dizem coisas boas sobre ele, como a gentileza admirável.

Ester mordeu os lábios inferiores e olhou pela janela. Lá fora, as árvores recuperavam as folhas após o inverno rigoroso que atingira

Galav nos últimos meses, e agora davam sinais de uma nova primavera. O céu estava parcialmente nublado, e apenas alguns raios de sol ultrapassavam as nuvens. Em seu coração, a jovem gostaria de que o inverno de seus dias de lágrimas também estivesse dando lugar a uma temporada mais alegre e cheia de flores.

— Nervosa? — A mulher quis saber. Ester olhou para ela e assentiu, engolindo o nó na garganta. — Não fique, querida. — Ela estendeu a mão e tocou o joelho da moça. — Milhares de jovens dariam tudo para estar em seu lugar. Veja isso como uma dádiva, uma oportunidade; e o que for para ser será!

Algumas horas de viagem depois, Ester já se sentia mais à vontade, graças àquela mulher gentil e àquelas palavras de ânimo. Era como se Deus estivesse cuidando de tudo, acalmando seus dilemas a cada instante.

A limusine entrou em uma enorme propriedade, e ao longe já se via o castelo em toda a sua glória. Em frente ao palácio, a mulher desceu, seguida por Ester, que mal olhava por onde pisava, hipnotizada pela beleza do lugar.

— Uma bela vista, não é? — a acompanhante perguntou a ela, ao perceber seu estado perplexo.

— Demais!

Como se estivesse adentrando em um conto de fadas, Ester vislumbrou o interior do palácio quando passou pelo enorme portal com o brasão da família Kriger Lieber esculpido no centro. O *hall* de entrada era um salão gigantesco, mobiliado ao estilo do século passado. Longas e pesadas cortinas de veludo cobriam as janelas; havia várias poltronas escuras, parecidas com as dos filmes de época que ela tanto amava; tapetes sofisticados forravam parte do chão de mármore branco e polido. Do teto, pendia uma escultura de cristal formada por uma infinidade de gotas cristalinas. Enormes vasos de flores traziam um ar romântico, balanceando o ambiente; obras de artes ornavam as paredes, e tudo reluzia e transbordava elegância.

Conduziram as dez moças até uma enorme escada, que dava acesso à ala sul do palácio. Ali elas foram acomodadas em um salão onde várias pessoas as aguardavam.

DE REPENTE *Ester*

— Bom dia, garotas — outra mulher cumprimentou as dez participantes. — Eu me chamo Giovanna e serei a monitora de vocês durante a permanência de cada uma aqui. Creio que todas já estão cientes das regras básicas.

As moças concordaram, enquanto Giovanna seguia com o discurso. Ao observar as outras participantes, Ester achou que todas pareciam ter saído de um *outdoor*. O estômago dela revirou quando constatou, mais uma vez, que não se encaixava em nada daquilo, além de se questionar a todo instante sobre o porquê de estar ali.

Ester foi levada a uma estação de embelezamento e instruída a se sentar de frente a um enorme espelho moldurado por pequenas lâmpadas fluorescentes. Enquanto aguardava, observou o caos se instalar no recinto, enquanto as risadas das outras participantes preenchiam o ambiente, misturando-se ao falatório dos cabeleireiros, manicures, maquiadores e *personal stylists*. Os funcionários corriam de um lado para o outro, araras eram espalhadas pelo salão com vestidos de gala, e Giovanna gritava ordens a todos.

— Alguém viu a Jade? — A voz da monitora sobressaiu sobre as conversas animadas. Alguém respondeu, mas Ester não ouviu o desfecho do paradeiro da tal moça, pois estava horrorizada com a ousadia da colega ao lado cortando mais da metade do lindo cabelo ruivo.

A jovem ficou tão envolvida com a correria no salão, que mal percebeu que ninguém cuidava dela. Momentos depois, Giovanna se aproximou com a face ruborizada.

— Mil desculpas, senhorita Sullivan, a moça que auxiliaria você precisou acompanhar a mãe em um tratamento de saúde, e a equipe dela desapareceu. — Depois, virando-se para a multidão, gritou: — Alguém chama o John!

Não muito distante dali, um rapaz alto e magro, de cabelos e olhos pretos, saltou da cadeira onde lia uma revista.

— Estou aqui! — Sorriu de forma provocativa para Giovanna, à medida que se aproximava.

— Ok, você venceu! — Giovanna apertou a prancheta contra o peito. — Ela é sua até a Jade voltar — disse, entredentes.

John comemorou com um soco no ar, e Giovanna revirou os olhos, indo para longe resolver o chilique de uma das pretendentes.

— Olá! — O rapaz a cumprimentou e exibiu um sorriso entusiasmado, enquanto puxava as mangas do suéter amarelo até os cotovelos. — Ester, certo?

— Sim.

— Nós já nos conhecemos? Tenho a impressão de que já vi você em algum lugar.

Ester apertou as mãos sobre o colo e engoliu em seco, pois era bem provável que o rapaz à sua frente acompanhava de perto todas as fofocas do país e a teria reconhecido dos rumores envolvendo a relação com Ewan.

— Tenho certeza de que nunca nos vimos — ela respondeu, buscando soar calma.

— Sou John. — Ele inflou o peito com orgulho, deixando de lado as suspeitas. — O melhor *personal stylist* e cabeleireiro deste palácio, apesar de Giovanna não concordar. Você está em boas mãos, não se preocupe. — Ele girou a cadeira dela, pondo-a de frente ao espelho, para poder analisá-la. — Algum pedido especial?

— Não corte o meu cabelo — respondeu, taxativa.

— Eu acho longo demais. Talvez pudéssemos diminuir o comprimento só um pouquinho.

— O que há de errado em meu cabelo ser longo? — perguntou, encarando-o pelo reflexo do espelho, meio na defensiva.

— Não valoriza o seu rosto. — John ergueu as sobrancelhas, dando ênfase ao que falava. — Eu sei exatamente o corte que devo fazer. Você vai ficar ainda mais linda. — Como Ester se mantinha irredutível, John apontou em direção ao salão e, inclinando por cima dos ombros, cochichou. — Nenhuma dessas moças está aqui por brincadeira. Elas vão usar todas as armas para conquistar o príncipe. Por ora, a melhor aposta é a primeira impressão que você deve causar em Sua Alteza. Vai querer ficar para trás?

Ele cruzou o braço em frente ao peito e esperou que Ester reconhecesse que aceitar sua sugestão era o melhor naquele momento.

DE REPENTE *Ester*

Ela sorriu e girou a cadeira para encarar John. Ele retribuiu o gesto, convencido da vitória.

— Não corte o meu cabelo — Ester repetiu, tão firme como da primeira vez.

John revirou os olhos, soltando um grunhido inconformado.

— Depois não diga que eu não avisei.

— Se você é o melhor, como disse, creio que um simples corte de cabelo não será empecilho. — Ela sorriu de um jeito meigo.

John fez uma careta, e, nas horas que se seguiram, o rapaz trabalhou em silêncio, bufando a cada segundo, enquanto Ester se divertia recusando as sugestões feitas por ele e sua equipe: a maquiagem extravagante, o penteado em forma de flor no alto da cabeça — que ele sugeriu para esconder o cumprimento do cabelo — e, por fim, um vestido que ela nunca usaria.

Após muitas reviradas de olhos e muita cara feia por parte do rapaz, Ester ficou pronta. Em frente ao espelho de corpo inteiro, observou sua imagem em um longo vestido azul *royal* e o cabelo com uma trança escama de peixe, ornada com pequenas pedras de brilhantes. A maquiagem era elaborada, mas sem exagero. Ela tinha que admitir, John era um excelente profissional, apesar de não esconder a insatisfação com as recusas dela.

— Você poderia estar mais bonita, se tivesse me deixado fazer meu trabalho como eu gostaria — John alfinetou, ajustando a gola do vestido dela.

— Ficou ótimo, John — Ester elogiou. — De verdade. Essa sou eu, não consigo ser diferente. — Ela alisou o corpete bordado e a saia de tule. — Você arrasou — falou com o máximo de empolgação que conseguia no momento, para deixá-lo feliz, e, pelo reflexo do espelho, ela o viu segurar o riso.

Quando todas as moças ficaram prontas, elas seguiram para o local onde, finalmente, conheceriam o príncipe e a família real. Antes da apresentação, uma infinita lista de regras de comportamento foi lida por Giovanna.

As garotas foram colocadas em fila, na mesma ordem em que haviam sido apresentadas no dia da revelação, com Ester sendo a última. Todos, inclusive a realeza, já estavam no recinto quando elas foram anunciadas. O estômago da jovem embrulhava, e as mãos suavam à medida que sua vez se aproximava. O medo de descobrirem suas origens, seu passado e a ligação do tio com a família real de Cefas a deixava sem fôlego.

Mohammed fora por longos anos o principal conselheiro do soberano de Cefas. Quando este passou o trono para o filho mais velho, continuou a exercer a função, até o atual e jovem rei decidir que o cristianismo não seria mais tolerado. Cristão confesso, o agora Joseph foi destituído do cargo, e uma semana após a expulsão sua casa foi invadida pela primeira vez. O que antes eram apenas rumores de perseguição começava a ser vivenciado pela família Holz. E foi nesse fatídico dia que Ester perdera os pais.

— Senhorita Ester Sullivan, província de Gamaliel.

Ela segurou a respiração, e o corpo estremeceu. Dando alguns passos, adentrou. O príncipe a esperava em um traje real de gala, no fim da escadaria. A moça tentou se controlar enquanto descia o primeiro degrau, depois outro e os seguintes, parando no meio do trajeto para o mar de fotógrafos que disparavam flashes como ondas furiosas em sua direção. Naquele momento, a ficha caiu de verdade. Ela estava no palácio com o príncipe de Galav diante dos olhos.

Faltando dois degraus, Alexander estendeu a mão para ajudá-la. O coração de Ester quase parou quando, com apenas um passo, ele se posicionou de frente para ela. Os traços fortes e marcantes do rosto, o cabelo castanho-claro, quase loiro, e os olhos cor de mel harmonizavam em uma beleza sofisticada.

Alexander não sorriu nem disse nada, apenas olhou para ela com tanta frieza que o sangue sumiu do rosto dela. No automático, Ester se inclinou em uma pequena reverência, assim que ele soltou sua mão. Ao levantar os olhos, o príncipe fez uma leve mesura com a cabeça, virou e saiu. Ester encarou suas costas à medida que ele se afastava, dando-se conta de que estava prendendo a respiração.

— Circulando, meninas — Giovanna ordenou. — Lembre-se de serem gentis e agradáveis. Chamarei no momento de cada uma dançar com o príncipe.

DE REPENTE *Ester*

As garotas foram em direção aos convidados, e rapidamente cada uma delas tinha conquistado a atenção de um grupo. Ester permaneceu imóvel no lugar, sentindo-se sufocada pela música e pela conversa de toda aquela gente. Socializar nunca fora o seu forte. Na verdade, nos últimos quatorze anos ela mal saíra de casa, mas em Galav estava sendo diferente, e quase não conseguia acompanhar a novidade.

Sem pensar duas vezes, a jovem esquivou-se pela primeira porta que viu, a única sem um guarda. Para seu alívio, o vento gelado e um lindo jardim a cumprimentaram. Ela fechou os olhos com força, inspirando e expirando até o coração se acalmar. Quando os abriu, pôde contemplar melhor onde estava.

O lugar estava todo enfeitado com cortinas de algodão brancas e azuis, amarradas com cordões de fino linho vermelho, presos a colunas de mármore por argolas de prata. As passarelas por entre a vegetação eram feitas de ladrilhos azuis e mármore branco. Nesse pátio havia alguns sofás redondos de camurça púrpura colocados em pontos estratégicos. Era como se ela tivesse adentrado em um cenário da Grécia antiga.

Ester se sentou no assento mais próximo a ela, escolhendo ficar de costas para a porta a fim de se entregar ao aperto no peito. O turbilhão de emoção daquele dia escapava dos seus olhos, e ela ficou ali por algum tempo, soluçando até ser descoberta, pelo que indicava ser o guarda que deveria vigiar a porta por onde havia passado.

— Perdão, senhorita, mas não pode ficar aqui. — Uma voz grave soou, quebrando o silêncio aconchegante que o jardim lhe proporcionava.

— Só preciso de alguns segundos — ela respondeu, ainda de costas, evitando exibir os olhos vermelhos.

— Triste por estar aqui? — ele perguntou, ao ouvir a resposta embargada.

— Acho que não me encaixo nesse ambiente. — Um sorriso triste escapou de seus lábios. — Não nasci para nada disso! Eu... Eu nem sei por que aceitei me submeter a isso.

Ester puxou o ar com força para dentro dos pulmões, ciente de que não era nada cortês transparecer para um estranho os dilemas que inundavam seu interior. Porém, ela precisava desesperadamente falar com alguém.

— Você se inscreveu, estava consciente do que a aguardava. — A gentileza presente na voz do desconhecido de repente tinha dado lugar a um tom crítico. — Por que veio?

Ester parou por um instante, incomodada com a entonação acusatória. Ela sabia que não estava em posição de rebater a qualquer questionamento. Contudo, poderia ser sincera e alimentar aquela força interna que a impulsionava a desabafar.

— Minha vida estava uma loucura, mesmo tentando fazer as coisas da forma certa. Às vezes, o não e o sim de Deus nos desestabilizam. Eu ansiava por um sim e recebi um não que partiu meu coração em mil pedaços, e, o pior de tudo, não foi só o meu. — Ester engoliu em seco quando percebeu que iria chorar outra vez. — Depois veio um sim que eu não queria. — Ela deixou o ar sair devagar, aliviando a pressão que os pulmões ocasionavam em seu peito. — Resta-me apenas aceitar e tentar entender o que Deus quer de mim. — Ester meneou a cabeça com veemência, apertando os olhos. — Desculpe o desabafo, hoje não é meu melhor dia.

Tudo ficou em silêncio, quebrado apenas pelo som longínquo do quarteto de cordas que agora se apresentava e as conversas abafadas. Ester achou estar sozinha outra vez, até o homem estender um lenço por sobre os ombros dela.

— Obrigada. — A jovem aceitou de bom grado. Sua maquiagem provavelmente estava um caos depois de todo aquele chororô.

— Não é meu melhor dia também. — Um suspiro de frustração saiu dos lábios do homem, quando ele se sentou no lado oposto, com as costas contra a dela, mas sem se tocarem. — Se não se importar, vou lhe fazer companhia.

— Dia muito ruim? — Ester perguntou, depois de vários minutos de absoluta tranquilidade.

— Você não faz ideia do quanto — disse apenas.

Diferentemente de Ester, ele não desabafou, preferindo deixar seus dilemas apenas para si mesmo. O vento agitava as cortinas, e o farfalhar das folhas dançando era tudo de que precisavam no momento. A música produzida pela própria natureza acalmava os anseios e as frustrações de ambos. Assim ficaram por um tempo, acalentados e abraçados pela brisa fria, que parecia refrescar suas almas.

— Você pode ficar aqui por mais alguns minutos, mas não deixe Giovanna perceber seu sumiço, caso contrário estará encrencada.

Passos indicaram que ele se afastava, soando pela passarela de mármore. Ester se virou a fim de vê-lo, porém o homem já havia sumido por entre as plantas.

— Senhor, ajude-me a entender seus planos, porque me sinto perdida neste lugar — orou baixinho.

Como sempre, nenhuma voz bradou como ela desejava, mas, tão real quanto o vento que tocava sua face, um sussurro ecoou dentro de seu coração: "A minha Graça te basta".

Capítulo 12

Querido futuro marido,

Seja forte e corajoso! Essa foi a declaração de encorajamento que Josué escutou do próprio Deus. Ao dizer isso, Deus estava animando e fortalecendo o líder hebreu a conduzir o povo de Israel na conquista da Terra Prometida. Esse encorajamento é tão importante e emblemático, que o Senhor o repete três vezes seguidas (Josué 1:6-9). De fato, essas palavras certamente foram muito significativas a Josué. Deus falou que ele deveria ser forte e corajoso em um momento decisivo da vida. Eu me sinto assim, como se Deus me dissesse para ter coragem. Não sei onde você está, meu amor, e não sei quais são suas lutas nesse momento. Então, meu desejo é que a palavra de Josué 1:9 chegue a você de alguma forma: "Não te mandei eu? Seja forte e corajoso! Não temas nem te espantes, porque o Senhor, teu Deus, é contigo por onde quer que andares".

*De sua futura esposa, cercada de temores,
mas tentando ser forte e corajosa dia após dia,
Hadassa.*

Alexander viu quando Ester retornou para o salão onde o baile era realizado. A moça caminhou para um canto mais afastado da multidão de convidados e dali passou a observar todos à sua volta. Parecia querer passar despercebida, porém era quase impossível não ser notada. Além de ser uma das pretendentes, ela estava deslumbrante em seu vestido azul *royal*, atraindo os olhares de diversos convidados.

Megan Rose tagarelava sem parar sobre o quanto estava feliz por estar no palácio, enquanto o príncipe a conduzia em uma valsa lenta, tocada por uma camerata. Alexander se desligou do que sua parceira de dança falava, quando viu Leonel Charles Green se aproximar de Ester com um sorriso presunçoso repuxando o canto dos lábios. O homem ziguezagueou os convidados com os olhos cravados na moça, da mesma forma que sempre fazia quando algo o atraía.

O príncipe nunca soube quando foi que passou a sentir tanta repulsa do psicólogo da irmã, Alexia. Charles havia crescido pelos corredores do palácio aprontando todo tipo de peraltices e tendo o pai, um dos conselheiros de confiança do rei, para limpar sua barra.

Leonel Charles Green, definitivamente, não era a melhor companhia para qualquer garota. Alexander se recordara de certa vez em que o psicólogo e o lorde Maxuel, primo do príncipe e terceiro na linha de sucessão ao trono, foram pegos em um dos aposentos do palácio, em um tipo de festinha particular com mulheres de caráter duvidoso. Na época, eles tinham apenas 16 anos, e o ocorrido foi um escândalo colossal, levando o rei a banir, por tempo indeterminado, Maxuel da Corte. O que Alexander nunca entendeu foi como o primo havia tido um castigo tão duro, enquanto Charles ainda circulava e até trabalhava no palácio, sem qualquer restrição.

Charles se apresentou e pegou a mão direita de Ester, deixando um beijo entre os dedos dela. Em seguida, indicou o meio do salão, convidando-a para dançar. Ela negou, limpando a mão beijada na saia do vestido, mas o homem não desistiria tão fácil.

— Alteza — Giovanna chamou pelo príncipe e, atraindo sua atenção, indicou que ele deveria trocar de parceira de dança. — Esta é Mellanie Johnson.

Megan Rose fez uma reverência, dando lugar à outra. Alexander conduziu a recém-chegada nos primeiros passos da valsa, retornando os olhos para o ponto onde Ester e Charles conversavam momentos antes, no entanto eles não estavam no mesmo local.

Mellanie Johnson começou a falar sobre si, antes mesmo que ele fizesse qualquer pergunta. Por quase dois minutos, o príncipe tentou dividir sua atenção entre a jovem e o salão, sem muito sucesso.

Uma eternidade depois, no meio da multidão dançante, avistou o vulto azul *royal* do vestido de Ester, com a longa trança brilhando a cada movimento que fazia. Alexander trincou o maxilar ao ver Charles descer a mão até a base da cintura dela, apertando-a para mais perto. Ester pôs a mão dele de volta no meio das costas, enquanto ele a girava, pondo-a num ângulo em que o príncipe poderia ver o rosto da jovem. Assim que o fez, o olhar dele se cruzou com o dela. A expressão de Ester estava aflita, como se gritasse por socorro.

Alexander travou uma batalha dentro de si, enquanto via Charles sendo o ser humano desprezível que sempre fora. O conflito se dava pelo telefonema de melhor amigo, Ewan, no dia da revelação das candidatas.

— Que droga, Alexander! Por que não atende essa coisa?

Ewan gritou quando ele respondeu à ligação.

— Ei, vai com calma. Por acaso está morrendo?

— Não, mas é como se estivesse! — disparou sem paciência.

— Ewan, não tenho tempo agora para os seus chiliques. Se for urgente, você tem trinta segundos para falar. Se não, preciso voltar para uma reunião importante.

O príncipe resmungou, sem muita paciência para aturá-lo no momento. Sua cabeça estava a mil, ele teria que cortejar dez garotas pelos próximos meses, e o Conselho o estava pressionando de todas as formas possíveis em várias questões.

— Acabou — choramingou Ewan, com a voz arrastada.

— O que acabou? — indagou Alexander, impaciente.

— Com a Ester. — Ewan deixou escapar um suspiro do canto mais escuro do seu coração. — Acabou.

Alexander parou de andar e olhou para o céu. Já era demais lidar com seus problemas, agora teria que lidar com os dilemas do amigo.

— Esse desespero todo é porque você terminou com sua namoradinha?

Ele não gostaria de parecer presunçoso, mas seu tom de voz o denunciou.

DE REPENTE *Ester*

— Ela não era minha namoradinha! — disse o outro rapaz, indignado por tamanha falta de sensibilidade. — E você não faz ideia da confusão em que eu e você estamos, meu nobre.

— Quando eu entrei nessa história?

— O nome Ester não te lembra nada? — A fala de Ewan veio carregada de sarcasmos.

— Deveria?

— Onde você estava na hora da revelação das pretendentes? — Ewan debochou.

— Seja mais claro, por favor. Eu não gravei o primeiro nome de todas elas, na quarta garota já não sabia qual era o nome da primeira.

Era como se a paciência de Alexander estivesse se esvaindo, nas últimas gotas. Ele já estava tendo que se submeter a um iminente casamento com um completa desconhecida, não fazia a mínima ideia de como lidaria com todas aquelas garotas esperando nada além de perfeição da parte dele, sem falar que precisava cumprir com a agenda do pai, por motivos de saúde do rei. Toda aquela carga emocional o estava consumindo.

— O sobrenome Sullivan refresca sua memória?

— A garota de Gamaliel? — indagou sem ter muita certeza.

Na verdade, só se lembrava vagamente, pois fora a última província citada.

— E de onde eu sou, vossa inteligência? — disse Ewan, intransigente.

Alexander parou e pressionou o ponto acima do nariz, entre os olhos.

— Não acredito!

— Eu a quero fora — exigiu ao príncipe. — Não sei o que você irá fazer, mas ela não pode fazer parte do seu harém. Ester mentiu para mim, disse não ter enviado a inscrição, confessou estar apaixonada por mim e depois me dispensou.

— Eu sinto muito, Ewan. — Para não piorar a situação, Alexander ignorou a palavra "harém" e a forma como o amigo falava, parecendo um garoto mimado. — Vou pensar em alguma coisa, não se preocupe.

— Obrigado.

Houve silêncio do outro lado da linha por um tempo, e Alexander sabia o que precisava dizer ao rapaz, mesmo que aquele discurso já tivesse sido feito tantas vezes.

— Ewan, sei que já disse isso inúmeras vezes para você, mas preciso falar novamente. — Alexander parou por um instante, ponderando cada palavra que estava prestes a dizer. — Sou seu melhor amigo e, como tal, não posso ignorar certas coisas. Entenda-me, por favor. Preocupo-me com seu bem-estar.

— Eu sei. — Ewan estava ciente de que Alexander não perderia a oportunidade de lhe dar um belo sermão por, de novo, ter entregado o coração com tanta facilidade. A conduta ilibada do príncipe não lhe permitia ignorar a situação sem dizer ao amigo como agir e se resguardar de posteriores frustrações. Ewan havia decorado toda a preleção que Alexander não se cansava de repetir desde a faculdade: "Guarde seu coração", "Entregando-se dessa maneira, quando realmente encontrar a pessoa certa, pode ser que não tenha mais espaço aí dentro", "Tudo tem o seu tempo", "Espere no Senhor" e, a que mais doía, "Quando é que você vai crescer, Peter Pan?". — Vossa Alteza não tinha apenas trinta segundos?

Ewan resmungou, e Alexander sorriu.

— Eu sempre tenho tempo para o meu melhor amigo.

— Tudo bem, mas não precisa se incomodar dessa vez.

— Eu faço questão. — Alexander fez outra pausa e, depois de um longo suspiro, voltou a falar: — Você já tem 26 anos, não acha que está na hora de tomar uma posição mais madura em relação à maneira como anda vivendo? — Era possível ouvir a respiração pesada de Ewan do outro lado da linha. — Entenda que eu quero ver você feliz. Talvez você não saiba, mas oro por você, a esse respeito. — Ewan riu. — É sério!

— Essa conversa está bem estranha — Ewan caçoou.

— Mas estou falando sério, de verdade. Eu oro por você. — Ewan não respondeu nem fez qualquer outra piada. — Ouça, preciso ir agora. A partir de amanhã, minha vida vai virar de cabeça para baixo, e talvez você não consiga mais falar comigo por um tempo.

— Tudo bem. Boa sorte com o harém — Ewan alfinetou uma última vez.

— Vê se cresce, Peter Pan.

Como questão de honra, o príncipe havia prometido a si mesmo que ficaria o mais distante possível de Ester Sullivan e não se esforçaria para conhecê-la. Ewan estava apaixonado pela moça, então na primeira oportunidade o príncipe a enviaria de volta para a província.

Problema resolvido.

Contudo, Alexander havia flagrado a escapada de Ester para o jardim. Intrigado com aquela atitude, resolveu segui-la. Ele não sabia nada sobre a moça, a não ser o que Ewan lhe contara, e isso o incomodava sobremaneira. Como seu melhor amigo, o príncipe deveria confiar no julgamento do rapaz, mas de repente aquilo não parecia ser o suficiente, ainda mais conhecendo Ewan tão bem como conhecia.

E se Ewan estivesse errado? E se ela não tivesse mentido? E, se ela não mentiu, por que estaria ali? Nenhuma resposta, seja ela qual fosse, mudaria sua decisão inicial, porém ele precisava saber, apenas para desencargo de consciência.

Vê-la chorando no jardim levou suas defesas ao chão, e a sinceridade no discurso dela varreu para longe o entulho. A dissolução de todos os questionamentos estavam ali, diante dos olhos dele, fazendo-o compreender que, na verdade, o amigo acabara de ganhar um não de Deus, aquele que o próprio príncipe havia alertado para que se preparasse para receber, mas Ewan, com certeza, havia ignorado. Ele nunca aprendia a lição.

Todavia, entre a decisão de não envolvimento com Ester e a atitude lasciva de Charles, que ainda dançava com a moça, Alexander optou por salvar a jovem das garras daquele petulante. Afinal de contas, ele teria que dançar com ela de qualquer maneira.

— Com licença, senhorita... — Alexander interrompeu a dança, tentando se lembrar de quem era a jovem que dançava com ele, mas nenhum nome veio à sua mente.

Giovanna estava logo atrás e se aproximava com a próxima pretendente.

— Alteza, esta é...

— Um momento, por gentileza. — O príncipe passou entre elas e marchou rumo ao meio do salão, deixando as três mulheres sem entender o que ocorria.

"Você vai até lá, tira a moça das garras desse pervertido, dança dois minutos com ela e depois a ignora, até arrumar uma desculpa plausível para mandá-la de volta para casa."

Para o príncipe, o plano era perfeito.

Alexander parou ao lado do casal e limpou a garganta alto o suficiente para ser ouvido.

— Charles, você se importa? — Estendeu a mão em direção à Ester, que a agarrou no mesmo instante, indo para o lado dele.

— De maneira alguma. — O terapeuta fez uma reverência e depois dirigiu o olhar a Ester. — Ela é toda sua. — Com uma pequena mesura, deixou outro beijo no dorso da mão livre dela. — Creio que nos veremos pelos corredores do palácio, em outras oportunidades — completou o psicólogo, com uma piscadela.

A moça mal acreditou na audácia daquele homem, e ficou ainda mais exasperada por Alexander não dizer nada para repreendê-lo. Era isso que ele deveria fazer, não era? Afinal de contas, ela estava ali por ele, pela posição de futura esposa, mas a atitude repugnante do outro não parecia afetar o príncipe nenhum pouco.

Alexander a encarou inexpressivo, enquanto ela exalava indignação. A camerata finalizou a peça que tocava, iniciando outra tão graciosa quanto a anterior.

O príncipe guiou a moça nos primeiros acordes. Seus movimentos eram leves e suaves, quase como se ele não a estivesse tocando. Não lembrava em nada o homem asqueroso que Charles era. Gradualmente, tudo dentro de Ester foi se acalmando, e ela sentiu que deveria lhe agradecer pela interrupção.

— Obrigada — ela sussurrou sem olhá-lo.

— Sente-se melhor?

Algo naquela pergunta fez o coração da moça bater mais forte, e suas pernas vacilarem no passo. O tom da voz do príncipe lhe soou familiar, algo que ela não havia percebido antes, dado seu estado emocional. Ester ergueu os olhos arregalados para ele.

— Era você no jardim? — Sua pergunta soou mais como uma afirmação.

Em resposta, o príncipe sorriu — não o sorriso congelado que ela vira muitas vezes na televisão durante os anúncios reais, mas um sorriso singelo e verdadeiro, daqueles que fazem criar linhas perto dos olhos, a ponto de quase fechá-los.

— Não se preocupe — ele murmurou, quase inaudível, olhando nos olhos dela. — Seu segredo está guardado comigo.

Antes que Ester pudesse pensar no que dizer, Giovana surgiu mais uma vez com Annie Roberts ao seu lado.

— Alteza, a senhorita Roberts está pronta para dançar agora. — Seu tom de voz ecoou como uma ordem ao príncipe.

Alexander se afastou obediente, ainda sorrindo para Ester.

— Bem-vinda à Corte, senhorita Sullivan. — Ele se despediu com seu gesto característico, inclinando levemente a cabeça antes de oferecer o braço para Annie.

Quando ambos saíram, Giovanna encarou Ester com um vinco entre as sobrancelhas.

— Por onde você andou, senhorita? Procurei você neste salão como se fosse uma agulha no palheiro!

— Eu...

— Esquece. — Giovanna espalmou a mão no ar, calando-a. — Preciso encontrar Rachel Miller. Ela é a próxima a dançar com o príncipe. — A mulher saiu, mas parou no meio do caminho. — Vê se não some! — Apontando as enormes unhas vermelhas, concluiu: — Estou de olho em você.

— Sim, senhora.

Nas horas que se seguiram até o fim do baile, Ester preferiu ficar sentada em uma das mesas, bem à vista de Giovanna, bebericando uma taça de água. O estômago da jovem se recusava a aceitar qualquer coisa sólida, retraindo a cada minuto. A angústia ainda estava lá também, mas ia e vinha aquele mesmo sussurro que ouvira no jardim, como ondas de conforto, acalmando seu coração. Porém, outro versículo o acompanhava.

"A minha Graça te basta... Sê forte e corajosa. Não temas!"

Capítulo 13

Querido futuro marido,

Nos últimos dias, confesso que deixei o medo me dominar e até duvidei dos cuidados de Deus para comigo. Mas o Senhor é tão extraordinário! Quando penso que estou me afogando, Ele me traz à tona de uma forma inexplicável e mostra que há muito mais nessa jornada do que a minha limitada visão é capaz de enxergar.

De sua futura esposa,
Hadassa.

Ester dormia, confortável e afundada entre os travesseiros, sobre uma enorme cama dossel, quando sentiu um cutucão na costela. Ela pulou assustada, sentando-se na cama em um único movimento.

John, o *personal stylist* do dia anterior, a encarava com cara de poucos amigos, enquanto três mulheres idênticas se esforçavam para segurar o riso. Ester esfregou os olhos, tentando focar o olhar para enxergar com nitidez, e se perdeu com a visão dos aposentos à luz do dia.

Seu quarto consistia em uma suíte que mais parecia um apartamento. As paredes eram pintadas de bege e adornadas por dois quadros cujas pinturas lembravam uma paisagem do movimento impressionista. Havia também uma lareira e, em frente a ela, duas poltronas cor de pêssego. Do outro lado, um closet estava aberto com tantas roupas e calçados, que serviriam para todas as moças de Galav.

DE REPENTE *Ester*

— Até que enfim, querida! — Ele conferiu a hora no relógio no pulso. — Você dorme como uma pedra!

— O que faz no meu quarto? — Ester puxou o cobertor, cobrindo-se. A jovem não estava devidamente vestida e achou estranho um homem em seu quarto, quando ela ainda estava na cama.

— Essas são Yumi, Sayuri e Hanna. — Elas levantavam a mão à medida que John pronunciava seus nomes. — Deve se lembrar delas, de ontem. Ester assentiu, buscando recordar. Os acontecimentos do dia anterior ainda eram um borrão difícil de decifrar. Afinal, o que foi real e o que foi sonho? — Estamos aqui para lhe arrumar — continuou ele. — Na verdade, a esta hora você já deveria estar pronta!

Antes que estivesse desperta completamente, Yumi a tirou da cama. Ou seria Hanna, ou Sayuri? Ester já não se lembrava do nome da mulher que a conduzia ao banheiro.

— Eu posso fazer isso sozinha! — protestou, quando a moça ameaçou entrar com ela.

— Eu sei que sim, senhorita — disse a outra, em um sotaque arrastado —, mas o meu trabalho é...

Antes de qualquer justificativa, a moça bateu a porta do banheiro, trancando-se do outro lado. Quando saiu, vestida em um roupão macio e felpudo, a cama estava arrumada, e, sobre ela, havia uma infinidade de peças de roupas e calçados que combinavam entre si.

As mulheres a fizeram se sentar em frente à penteadeira ao lado da entrada da sacada. Elas iniciaram os trabalhos, obedecendo às instruções que John gritava com mau humor, ditando como deveriam arrumar o cabelo e fazer a maquiagem. Ester rebatia cada uma das sugestões, procurando entrar em um acordo com seu *personal*, de gosto um tanto quanto bizarro.

— Eu odeio amarelo!

— Mas é a cor da estação!

— Esse colar pesa mais que eu, não vou pôr isso no pescoço!

— São pedras preciosas originais de Galav!

— Não vou usar esse batom roxo!

— Ele dá um contraste esplêndido com esse vestido!

— Eu não vou usá-lo! É amarelo!

Dando-se por vencido, John massageou as têmporas, deixando Ester escolher o que gostaria de usar. Ela optou por um vestido vinho na altura dos joelhos (o mais simples da coleção do rapaz) e um colar discreto, com brincos combinando — segundo John, eles estavam ali por engano. Por falta de um calçado baixo, foi obrigada a usar uma sandália de salto, mas, para sua surpresa, ela deixava os pés confortáveis.

Quando Ester saiu pronta de dentro do closet e John concordou, aprovando as escolhas, a moça ficou tão feliz e aliviada, que lhe deu um abraço apertado, pegando-o desprevenido.

— Essa sou eu, John. — Ela se afastou, dando um tapa de leve no ombro dele. — Eu te disse ontem. Nada além disso vai me agradar. Então acho bom você reformular o meu guarda-roupa. — Ela empinou o nariz e girou sobre os saltos para ficar em frente ao espelho móvel posicionado no meio do quarto.

— Você ainda não é a rainha... — John resmungou entre dentes.

Ester voltou o olhar para ele, colocando ambas as mãos na cintura. John cruzou os braços, inflou o peito e levantou o queixo para encará-la.

— Segundo a Giovanna, enquanto eu estiver aqui, você trabalha para mim.

John fechou os olhos e respirou fundo algumas vezes.

— Claro, senhorita, seu desejo é uma ordem — disse, sarcástico.

— Grata. — Ester ignorou a provocação, pondo a perna direita atrás da esquerda ao flexionar os joelhos em uma referência propositalmente exagerada.

John revirou os olhos e saiu pisando firme, seguido pelas ajudantes. Uma delas se virou e sorriu com uma piscadela, em sinal de apoio. Ester sorriu, divertindo-se com o ataque nervoso do jovem.

★★

— Está atrasada, senhorita Sullivan — Giovanna bradou, quando Ester adentrou a sala onde todas tomariam café da manhã com o príncipe.

DE REPENTE *Ester*

As outras nove jovens já se encontravam acomodadas em volta de uma mesa farta de um desjejum magnífico. Ester se sentou na cadeira ao lado de Mary Kelly, e, quando ela ia justificar o atraso, Alexander passou pela porta e caminhou até a cabeceira da mesa, reservada para ele. Todas ficaram de pé para recebê-lo com uma reverência.

O príncipe se posicionou em seu lugar e sorriu, pousando os olhos rapidamente em cada garota.

— Bom dia, senhoritas.

Indicando as cadeiras, ele pediu para todas se sentarem e se servirem. O silêncio tomou conta do salão nos minutos seguintes, já que ninguém tinha permissão para falar uma só palavra diante dele sem ser solicitada.

Alexander tomou um pouco de café e correu os olhos pelas dez garotas. Ele deveria ter tirado um tempo para estudar as fichas de suas pretendentes, antes que todas estivessem ali. O nome de nenhuma delas lhe vinha à mente, então seus olhos pararam em Ester, a única cujo nome não esquecia, graças a Ewan.

— Dormiu bem, senhorita Sullivan?

Ester levantou a cabeça quando a voz de Alexander quebrou o silêncio, fazendo-a interromper a trajetória de um *croissant* em direção à boca. Ela colocou o pãozinho de massa folhada de volta no prato, percebendo ser a única entre as garotas que havia se servido até aquele momento.

— Ah, sim! Dormi muito bem, obrigada. Tanto, que perdi a hora. — Ester deu um sorriso culpado em direção a Giovanna.

— Sendo assim, suponho que seu quarto seja confortável o bastante.

A jovem sorriu ao recordar da cama aconchegante e de como se sentiu pequena em meio à imensidão do móvel.

— Muito! Meu quarto é bem maior que o apartamento onde moro com meu tio, em Gamaliel.

Algumas moças olharam para ela como se ela tivesse cometido uma gafe colossal ao expor sua opinião de maneira tão espontânea.

— Eu amei o meu também, se me permite dizer, Alteza — Mary Kelly falou receosa, por não ser solicitada. — Confesso que ele também é bem maior que a humilde casa da minha família em Gad. — Ela deu um sorriu amigável para Ester, em sinal de apoio.

— Fico feliz que estejam bem instaladas. — O príncipe sorriu para as duas garotas de forma genuína.

Dada a falta de formalismo do príncipe, de repente todas tinham algo para falar de seus aposentos, desviando o foco de Ester e Mary. Alexander ficou aliviado por elas conduzirem as conversas daquele ponto em diante, assim não precisaria fazer perguntas direcionadas e nem chamá-las pelos nomes.

No fim do desjejum, Giovanna se aproximou e lhe entregou dez dossiês contendo um relatório detalhado de cada uma delas, para auxiliar nas entrevistas individuais que se seguiriam a partir daquele momento.

Ao perceber a que os documentos se referiam, Ester se remexeu em seu assento, pouco à vontade. Quais informações dela poderia haver ali? O tio havia garantido que tudo relacionado às origens deles estava apagado para sempre, mas ela não estava convencida de que uma vida inteira pudesse desaparecer tão fácil. Cefas era parte de sua história, um fragmento importante que compunha quem ela era e uma parte que contribuiu para ela ser a pessoa que se tornara.

Alexander colocou as pastas na ordem em que conversaria com as pretendentes em particular. Ele se levantou, e imediatamente as conversas cessaram.

— Sei que essa situação foge um pouco do convencional. Não sei quanto a vocês, mas ainda estou tentando me acostumar com todo esse processo. Peço, desde já, compreensão com meus horários e disponibilidade em estar com cada uma. Porém, o rei achou por bem que esse procedimento fosse adotado. — Enquanto falava, passeava os olhos entre uma e outra, nada à vontade. — Preciso conhecê-las um pouco melhor, pois quero manter qualquer uma de vocês aqui apenas pelo tempo necessário. — Ele parou, dando-se conta de que, talvez, suas palavras houvessem saído um pouco ásperas demais. — Perdoem-me a sinceridade. — Desculpou-se ao ver o

DE REPENTE *Ester*

choque estampado em alguns rostos. — Gostaria de conversar com cada uma a sós, a fim de conhecê-las melhor. Senhorita Kelly, pode me acompanhar, por gentileza? As demais, sintam-se à vontade para conhecer o palácio. Alguém as chamará quando for sua vez.

Mary saltou da cadeira com um sorriso dançando de um lado ao outro dos lábios, seguindo-o para fora da sala.

★★

Após avisá-las de que no período vespertino se iniciariam as aulas de etiqueta, Giovanna liberou as demais garotas. Todas já tinham alguém com quem se identificavam, e Ester ficou sem saber para onde ir.

Hellen William e Mellanie Johnson eram como aquelas amigas que se conheciam desde sempre. Sarah Tandel e Rachel Miller, as típicas patricinhas. Annie Roberts e Megan Rose pareciam ter assuntos para um ano de conversa, sempre rindo e olhando as demais com superioridade. Brittany Brown e Emilly White eram mais discretas, mas ainda assim havia um ar de supremacia presente em seus gestos. Mary Kelly era a única que havia conversado com Ester durante o café da manhã. Enquanto todas comiam, engataram um bate-papo animado sobre trivialidades.

A sala estava quase vazia quando a jovem se lembrou do jardim da noite anterior. Se conseguisse encontrá-lo, era lá que se refugiaria. Antes de sair à procura do lugar, ela voltou ao quarto em busca de seu diário. Logo em seguida, tentou refazer os passos, do quarto ao salão onde o baile havia acontecido. Porém, ela se perdeu. Os corredores eram um enorme labirinto que dava acesso a *halls*, escadas e portas.

Prestes a pedir ajuda a um dos funcionários que passavam por ela a todo instante, Ester avistou um portal que abria caminho para o lado exterior do palácio. Sorriu e apertou o passo para atravessar as altas portas de vitral Tiffany. Não era o mesmo jardim, mas o lugar era tão lindo quanto aquele. O sol naquela manhã estava ameno, e o clima mais agradável da primavera perfumava o ambiente. As plantas ali cheiravam muito bem, e cada brisa que soprava trazia até ela uma fragrância diferente.

Bancos de mármores faziam parte da decoração, e Ester correu animada até um deles. Sentou-se e ergueu o rosto para o céu, buscando sentir o calor do sol tocar a pele e aproveitando para fazer uma oração. Diferentemente da noite anterior, agora ela não se sentia tão angustiada. Era como se o sussurro de Deus estivesse cobrindo seus temores. A Graça dele era suficiente!

Alguns minutos depois, quando já havia escrito quase uma página inteira do diário, relatando seus sentimentos desde que chegara, a jovem ouviu passos ligeiros se aproximando.

— Oi. — Uma voz meiga a cumprimentou.

Ester se virou de imediato, deparando-se com uma menina muito pálida, de cabelos loiros e olhos claros. Usava luvas e vestia roupas de meia-estação, apesar de o clima naquele dia não exigir trajes tão quentes.

— Oi! — Ela sorriu para a criança e depois olhou para além dela, à procura de quem a estivesse acompanhando ou de um sinal de quem ela era e de onde tinha vindo, mas não viu ninguém.

Alexia baixou as vistas por alguns instantes, como se hesitasse em prosseguir com a conversa.

— Você é a senhorita Sullivan, não é?

— Sim, sou eu. E quem é você?

A princesa se aproximou, cautelosa, sentando-se ao seu lado.

— O que você está escrevendo? — A menina ignorou a pergunta de Ester, como se não tivesse sido feita.

— Apenas alguns pensamentos. — A jovem fechou o diário, abraçando-o contra o peito.

— Pode ler para mim? — Alexia perguntou, mirando-a com o cenho franzido devido à claridade do sol.

Seus olhos eram tão claros e brilhantes como água cristalina. No entanto, não foi a beleza neles que chamou a atenção de Ester. O olhar da garota era vago, triste e outra coisa que não soube decifrar.

Uma sensação estranha lhe percorreu o corpo, a ponto de contrair seu coração ao recordar-se do grupo de meninas do orfanato de quem Ester cuidara antes de sair de Cefas. Elas eram cheias de traumas, retraídas pela timidez, algumas com transtornos sérios. Em seus olhos, muitas vezes não se via emoção, assim como os da criança ao seu lado.

— Você não vai se interessar, são apenas rascunhos.

Constrangida, Alexia baixou o olhar para fitar a grama sob os pés.

— Meu irmão sempre lê para mim, no entanto ele não tem mais tanto tempo para isso no momento.

Ester se compadeceu.

— Bem, eu não tenho nada escrito aqui que eu possa ler para você, mas sou ótima em contar histórias. Quer ouvir uma?

As bochechas da princesa ficaram rosadas, e ela assentiu, porém sem muita empolgação. A jovem então decidiu contar o conto que mais gostava de ouvir da sua mãe. Deixando o diário de lado, começou a narrar:

— Certa vez, em um reino muito distante, um homem decidiu que precisava se casar e constituir uma família. Apesar de ter muitos amigos, ele se sentia sozinho. Mas esse homem tinha um sério problema: ele não confiava em ninguém! Achava que todos que viviam perto dele estavam ali apenas pelos bens. Como ele poderia escolher uma moça para se casar? Como teria certeza de que ela estaria se casando apenas por amor, não por interesse? Foi então que ele teve uma ideia e bolou um plano. Mandou que um dos empregados saísse pela província, anunciando que seu senhor procurava uma esposa. Todas as moças solteiras logo se agitaram, pois ele era o melhor partido de toda a região. O homem era de caráter íntegro e bondoso.

Ester fez uma pausa, estudando a fisionomia da menina enquanto a ouvia. A princesa olhava para ela e estava bem atenta à história.

— Uma grande festa foi organizada para ele conhecer as pretendentes. Cada uma se arrumou com seu melhor vestido e foi para a comemoração. Chegando lá, o homem tinha um presente para as moças que de fato quisessem se casar com ele: um vaso e uma semente. Ele, então, lançou um desafio. Em um ano, daria outra festa, e a donzela que lhe trouxesse a flor mais bela seria sua esposa. Todas ficaram muito animadas e levaram para suas casas os vasos com as sementes. Um ano se passou, e mais uma vez o homem mandou o empregado sair pela cidade, chamando as mulheres para um baile na casa dele. Todas deveriam levar os vasos com as flores, pois naquele mesmo dia ele faria sua escolha. Elas voltaram, trazendo uma flor mais linda que a outra. Porém, entre elas havia uma moça que levou apenas o vaso, sem nada dentro dele.

Alexia apareceu confusa, como se estivesse tentando decifrar o porquê de o vaso estar vazio.

— Quando chegou a hora de o rapaz decidir, todas apresentaram as flores. A moça com o vaso vazio ficou lá atrás, escondida e morrendo de vergonha por não ter nada para mostrar. Após analisar com muito cuidado cada planta, ele se pronunciou: "Eu já fiz a minha escolha!". Elas o ouviam com muita atenção. "Eu escolho você", o homem apontou para a jovem que não tinha nada no vaso.

A menina ergueu as sobrancelhas, surpresa, porém não questionou, apenas continuou calada.

— Todos ficaram espantados e pediram uma explicação. Então ele revelou que as sementes, na verdade, eram estéreis. O homem queria saber quem delas iria ser sincera e quais iriam trapacear, colocando outra semente no vaso. "Esta foi a única que cultivou a semente, e isso a fez digna de se tornar minha esposa", disse ele. Moral da história: se, para vencer, estiver em jogo sua honestidade, perca. Você será sempre um vencedor[7].

A criança exibiu um pequeno sorriso, o único desde sua chegada. Ester a observou por um tempo, tentando entender por que ela era tão reservada para uma garotinha que aparentava ter uns 10 anos.

Anastácia, a babá da menina, entrou correndo no jardim momentos depois, ofegante.

— Princesa Alexia, que susto você me deu! — A jovem se ajoelhou ao lado da garota, analisando-a com olhos aflitos, e Ester notou a luva de seda e renda que a jovem usava. — Nunca mais faça isso,

....
7 Conto oriental sobre ética e honestidade (adaptado pela autora).

por favor. Você sabe que não pode ficar no sol e ao ar livre por muito tempo. — Abrandou a voz, acariciando os cabelos da princesa. — Eu te procurei por todo o palácio!

Dois guardas entraram apressados logo em seguida, parando assim que avistaram Alexia em segurança. Ester se pôs de pé em um salto, ao se dar conta de que falava com uma princesa de cuja existência ela nem ao menos tinha conhecimento.

— A princesa está bem, pessoal. Obrigada pela ajuda. — Anastácia dispensou os seguranças, levantando-se.

— Ela surgiu aqui do nada — Ester se pôs a explicar, antes que a mulher pensasse mal dela. — Eu nem me dei conta de quem ela era ou se vocês estavam procurando pela princesa, desculpe. Nós estávamos conversando, perdi a noção do tempo.

Anastácia olhou cética para Ester, com os olhos semicerrados.

— Alexia estava conversando com você? — Pelo tom de voz dela, era óbvio que Anastácia não havia acreditado em uma só palavra da pretendente do príncipe.

— Na verdade, durante a maior parte do tempo quem falou mais fui eu. — Ester observou que a menina evitava contato visual.

Anastácia alternou duas vezes o olhar entre a princesa e Ester, antes de tomar a criança pela mão.

— Obrigada por cuidar dela.

Ester assentiu e acenou para Alexia, em despedida. Tímida, a princesa retribuiu, seguindo de volta para o interior do palácio com a babá e deixando intrigada a pretendente do príncipe.

Capítulo 14

Querido futuro marido,

O propósito de Deus é que vivamos plenamente para sua glória. É à medida que lhe entregamos nossa vida em sua presença que aprendemos a pensar com clareza e agir de forma correta. Quando nos colocamos diante dele em oração e compreendemos seus propósitos, sentimos conforto, direção, paz, amor, alegria, contentamento, perdão, esperança e sua libertação. Nós nos sentimos livres de emoções negativas, como a raiva, a ansiedade, a depressão, a dúvida, a solidão, o medo e a culpa, pois nos tornamos completos no Senhor. E assim eu sigo dia após dia, buscando ser uma pessoa melhor, para que minhas atitudes sempre glorifiquem a Ele.

De sua futura esposa,
Hadassa.

Do canto da sala de instruções, folheando uma revista, Ester ouvia as garotas dando seus pareceres após se encontrarem com o príncipe, enaltecendo como o sorriso, o olhar, o cavalheirismo e até mesmo o modo calado e introspectivo dele eram de derreter o coração.

Algumas semanas se passaram desde a chegada delas ao palácio, e todas já haviam tido a oportunidade de se encontrar com Alexander mais de uma vez, menos Ester, que até o momento não tinha sido convidada a estar com ele.

DE REPENTE *Ester*

Ela apenas observava uma após a outra ser chamada esporadicamente. Ao voltar, elas vinham cheias de histórias de como foram os encontros. A princípio, Ester não se importava e até se sentia aliviada por nunca ser convocada. Estava de bom grado vê-lo durante os cafés da manhã, que ele fazia questão de tomar com elas. Porém, com o passar dos dias algo dentro de si mudou, e a jovem começou a se sentir incomodada com a rejeição.

Quanto mais analisava, mais aquela constatação fazia sentido, e o que a fez ter certeza foi o fato de que havia um rodízio nas refeições matinais, onde a cada dia uma das moças ficava na cadeira ao lado de Alexander. Ester nunca se sentara lá.

As garotas riam, deixando a imaginação voar em um milhão de possibilidades ao sonhar com o que aconteceria nos encontros vindouros. Em dado momento, Mary se virou em direção a Ester, buscando incluí-la na conversa.

— E você, Ester, como têm sido os encontros com o príncipe Alexander? — perguntou, despretensiosa.

Entre todas, Mary era a única que parecia gostar dela, sempre tentando fazê-la parte do grupo.

— Eu ainda não tive a oportunidade de me encontrar com ele — disse, sem tirar os olhos da revista que tentava ler. No entanto, pelo silêncio após a resposta, sabia que todas a estavam encarando.

— É uma pena... — Emilly olhou para Rachel e deu de ombros, segurando o riso.

Ester fechou os olhos e suspirou. Para seu alívio, Giovanna entrou na sala e pediu a atenção de todas, dando início às aulas. As horas da tarde se dividiam entre uma infinidade de instruções de etiqueta social e de convivência. Havia uma tonelada de regras que elas deveriam memorizar. Por horas a fio, repetiam tudo de novo e de novo. Quando a noite caía, Giovanna as levava a outro ambiente, onde o jantar era servido, incluindo uma rigorosa aula com instruções sobre modos à mesa. Não importava o que fariam, a preceptora sempre transformava o momento em uma oportunidade de aprendizagem.

Mais alguns dias monótonos e de completo abandono se passaram e, assim como vinha fazendo e para poder se arrumar sozinha, sem pitacos, Ester despertou antes que John aparecesse com suas ajudantes. Desanimada para se produzir naquela ocasião, ela vestiu uma calça de alfaiataria e a blusa mais simples que encontrou no closet cheio de peças estapafúrdias. Prestes a terminar uma trança no longo cabelo, o estilista irrompeu pelo quarto puxando duas malas gigantes. Ele usava uma calça jeans rasgada e uma blusa amarela como o ouro; nos pés, calçava um tênis da mesma cor. O cabelo molhado exibia um penteado despojado, com alguns fios caídos na testa.

Ester deixou o queixo cair ao ver tamanha extravagância. Ele sorriu de forma provocativa, jogando o cabelo para trás, como se sua escolha de cores naquela manhã tivesse sido apenas para implicar com ela. As mulheres que o acompanhavam entraram em seguida, carregando diversas peças cobertas por um saco plástico. Elas as dispuseram sobre a cama e se afastaram antes de John falar.

— Como você desprezou o trabalho de meses de criação de uma coleção fabulosa, tive que passar várias noites em claro pensando em um novo repertório. — Ele apontou para as vestimentas sobre a cama e suspirou com desgosto. — Isso foi o que eu consegui fazer. Essas peças, definitivamente, não me representam.

— Eu amei, John! — Ester se aproximou, tocando os tecidos sofisticados. — São lindas!

— Sério? — Ele franziu tanto a sobrancelha, que Ester riu da fisionomia engraçada em sua face.

— Claro! Era isso que eu queria. — Os olhos dela reluziam gratidão. — Obrigada, de verdade.

— Então você pode usar esse aqui hoje. — Animado, ele apontou para um vestido lilás com um corte romântico.

— Eu já estou pronta. — Ester espalmou as mãos nas laterais do corpo. — Vou usar amanhã, com maior prazer.

— O quê? — A voz de John alcançou algumas oitavas acima. — Nem pensar que você vai usar *isso* aí hoje!

— Por que não? — Ester cruzou os braços, assumindo a defensiva.

— A calça até que é bonita, mas essa blusa está muito sem graça. Está querendo passar despercebida?

Despercebida...

A palavra fez seu corpo estremecer. Era isso que estava acontecendo com ela? Ela realmente não estava sendo notada? A culpa era por não querer se enfeitar como as demais? Alexander não a chamava por causa disso? Uma indignação tomou conta dos poros da jovem. Se fosse esse o real motivo, ele era ainda pior do que a moça imaginava.

— Não quero ser notada pela minha aparência, e sim pelo que sou. — Ester cerrou os punhos com tanta força, que sentiu as unhas ferirem as palmas das mãos.

— Depois não diga que eu não avisei — John rebateu. — Sente-se — ordenou, revirando os olhos. — Pelo menos o cabelo e a maquiagem precisam ser mais apresentáveis do que isso que está usando. Minha reputação está indo ladeira abaixo com você, senhorita Sullivan — disse, retirando-se para o closet a fim de fazer a troca das roupas antigas pelas novas.

Magoada demais para questionar, Ester obedeceu, para que as mulheres pudessem fazer o seu trabalho. Enquanto Sayuri dividia o cabelo em mechas para iniciar o penteado, Ester procurava pensar em qualquer outra coisa que não fosse a atual condição. Logo a mente divagou até a princesa Alexia e o dia em que elas haviam se encontrado no jardim. A forma como a babá a questionou não lhe saía da cabeça, e o comportamento retraído da menina, a extrema timidez, o olhar perdido e as poucas palavras a perturbavam. Ester ficou a se questionar, tentando encontrar uma explicação para a atitude distante da menina, mas os motivos que lhe ocorreram não faziam o menor sentido.

Já pronta, a jovem se juntou às demais garotas para o desjejum, e, como previsto, o lugar reservado para ela não era a cadeira próxima ao príncipe, enquanto Mellanie ocupava o posto pela terceira vez.

Seu estômago se retorceu, e um nó ficou parado na garganta. Lágrimas juntaram-se nos olhos, com a dor da rejeição cutucando o mais profundo de seu âmago, mas ela se obrigou a segurar o choro enquanto caminhava até o assento. Não demorou muito, Alexander entrou, seguido pela primeira vez pela mãe, a rainha Elizabeth, e a irmã, a princesa Alexia.

Todas se levantaram antes de eles tomarem seus lugares, e Ester ficou observando Alexia, que parecia presa no próprio mundo, assim como no jardim, e limitava sua comunicação a alguns acenos de cabeça quando a mãe lhe dirigia atenção.

Em poucos minutos, a rainha interagia com as moças à sua volta, assim como o filho. Risadas preenchiam o ambiente, que agora tinha deixado de ser tão reverente quanto nos primeiros dias delas ali. Todas se sentiam em casa, menos Ester. Uma lágrima escapou de seus olhos, e ela a secou rapidamente com o guardanapo, antes que alguém percebesse. Concentrou a atenção nas frutas em seu prato, desejando sumir do palácio. O que ela mais queria naquele momento era um abraço do tio e ouvir suas palavras tão cheias de sabedoria. A saudade do lar veio como outro forte soco no estômago. Tentava conter as emoções, quando sentiu um leve toque no cotovelo.

— Oi. — Alexia curvou os lábios em um sorriso contido.

— Oi, princesa. — Ester exibiu um sorriso afetuoso.

— Tenho uma coisa para você.

A menina colocou a mão enluvada dentro do bolso do casaco que usava, e tirou de lá uma folha de papel dobrada, hesitando por alguns instantes antes de entregar.

Ester abriu com cuidado e olhou admirada para Alexia, após analisar o desenho detalhado de um homem e uma mulher sorridentes, segurando um vaso vazio, assim como na história contada no jardim.

— Foi você quem fez? — Ester perguntou, cética. Não parecia um desenho feito por uma criança de 10 anos, e sim a obra de um profissional. As bochechas da princesa ruborizaram antes de ela assentir. — É lindo. — A pretendente voltou a admirar o desenho.

— Você tem um talento maravilhoso! — Fitou-a, tentando mais uma vez decifrar a menina.

— Você não parece bem, eu estava observando. — Alexia a surpreendeu com o comentário. Os olhos de Ester marejaram, e ela teve que se controlar para não ir às lágrimas outra vez. A moça apenas assentiu em afirmação, com medo da voz sair embargada. — Tem certeza?

Ester forçou um sorriso.

— Eu vou ficar bem.

— Minha mãe sempre me abraça quando me sinto assim. Ela diz que um abraço pode curar qualquer tristeza.

— Eu acredito.

Sem aviso, Alexia deu dois passos para mais perto e, pondo-se nas pontas dos pés, jogou os finos braços em volta do pescoço de Ester. O pequeno gesto foi suficiente para arrombar as comportas das emoções que a moça vinha tentando conter até então. Ela envolveu a pequena e pousou sua cabeça no ombro dela, deixando a alma lavar-se em um choro silencioso e dolorido. A princesa permaneceu ali, até ver a moça se acalmar por completo. Ao se afastar, alcançou o guardanapo apoiado ao lado de uma xícara, entregando a ela.

— Obrigada. — A jovem pretendente enxugou as lágrimas. — Eu me sinto muito melhor.

Alexia sorriu em resposta, envergonhada. Em seguida, olhou para o chão e voltou para o lado da mãe.

Ester terminou de secar o rosto e paralisou quando se virou para os demais à mesa. Ela não havia percebido, mas as conversas tinham cessado, e todos a encaravam. A rainha acariciou os cabelos da filha, sussurrando algo em seu ouvido quando ela se sentou, e Alexander não desviou o olhar.

★★

Todas as pretendentes estavam reunidas para o início de mais uma aula sobre a história de Galav, quando um dos funcionários do palácio parou na porta da sala e pediu a autorização de Giovanna para entrar.

— Senhorita Sullivan, a rainha solicita sua presença. Poderia me acompanhar, por favor?

Um burburinho de murmúrios preencheu o ambiente. Desde o café da manhã, era apenas isso que Ester ouvia: cochichos entre as demais mulheres, como se o que aconteceu no desjejum tivesse sido a pior coisa que poderia ter ocorrido naquele dia. Mesmo que a seu ver aquilo não tivesse sido nada de mais, era evidente que nem todos pensavam como ela, e a prova disso talvez fosse o chamado da rainha.

Ester saiu da sala e seguiu o senhor de cabelo grisalho por três andares acima de onde elas estavam. O coração errava as batidas, e as mãos suavam, com a taquicardia. O homem pediu que ela aguardasse enquanto era anunciada. Em seguida, a jovem foi autorizada a entrar em um ambiente espaçoso e iluminado. As paredes eram brancas, assim como todos os móveis e o carpete do chão. Rosas vermelhas ornavam a sala, criando um contraste sofisticado.

A rainha Elizabeth a esperava sentada em uma poltrona ao lado de uma estante de livros no canto da sala. Quando a jovem surgiu, ela se levantou para recebê-la. Ester se inclinou em uma reverência, procurando controlar o coração. Por mais que tentasse não criar teorias malucas em sua cabeça, temia o motivo de ser chamada até ali.

— Por favor, sente-se. — Elizabeth apontou para outra poltrona, em frente à que ocupava.

Com os olhos cerrados, ela encarou a moça da cabeça aos pés. Naquele momento, Ester desejou, com todas as suas forças, voltar no tempo e ter aceitado a sugestão de John, optando por usar o vestido lilás sofisticado. Jurou nunca mais ir contra ele.

Para se livrar do nervosismo, passou as mãos na lateral da calça a fim de descartar o suor que tomava conta delas. Uma copeira transitava pela sala, preparando, em uma bandeja, duas xícaras de chá. A mulher se aproximou, servindo-as.

DE REPENTE *Ester*

— Fale-me um pouco sobre você, senhorita Sullivan. — Elizabeth empunhou a bebida sobre o pires de porcelana, quebrando o silêncio que pairava entre elas. — Conte-me sua história.

O fôlego ficou preso nos pulmões de Ester, e ela teve a impressão de que a xícara tremia nas mãos. Estava odiando ter que omitir tudo sobre si mesma e sobre a verdadeira identidade.

— Bem... — Ester deixou a xícara na mesinha de centro e, com diversos temores invadindo seu coração, limpou a garganta, numa vã tentativa de se acalmar. Como poderia dizer quem ela era, sem revelar demais? Os olhos claros da rainha, cravados em Ester, davam a impressão de que a monarca podia ler mentes. — Sou de uma família humilde de Gamaliel. Na verdade, só tenho meu tio nesse momento. Meus pais morreram há alguns anos, e foi ele quem cuidou de mim até hoje. — Procurou ser a mais sucinta possível.

— Sinto muito pelos seus pais.

Ester secou as mãos na calça outra vez e depois as entrelaçou sobre o colo.

— Eu gostaria de pedir perdão pela forma como me comportei no café da manhã. — Ela se adiantou, não suportando mais a tensão. — Pode ser que a senhora não tenha se agradado, e eu...

— Não solicitei que você viesse até aqui para eu chamar sua atenção. — Com um sorriso singelo tomando conta dos lábios, a rainha a interrompeu, devolvendo a xícara vazia para a copeira. — Desculpe-me se dei essa impressão, foi deselegante de minha parte. Eu apenas estava tentando compreender o que Alexia viu de diferente em você.

Ester relaxou os ombros tensos e sorriu de volta.

— Sou apenas uma garota comum, não tenho nada de especial.

Elizabeth se levantou e foi até a janela com vista para uma campina que começava a ganhar as flores da primavera. No horizonte, o sol tentava romper as nuvens, lançando feixes de luz entre elas.

— Estou muito confusa com tudo o que eu vi — disse ela, ainda mirando a paisagem. — Alexia nunca agiu assim com ninguém.

— Não entendo, Majestade.

Elizabeth caminhou de volta à poltrona.

— O que vou lhe falar agora, senhorita Sullivan, é extremamente particular, e precisarei contar com sua inteira discrição.

— Claro, Majestade.

— Alexia sempre teve uma saúde muito frágil, desde o nascimento. Quando cresceu, isso não mudou, e precisamos redobrar os cuidados com ela. Tudo ao seu redor é planejado com muita cautela para não lhe causar desconforto (tanto, que decidimos que ela nunca compareceria a eventos ou apareceria em público conosco, para não ficar exposta, tendo em vista sua baixa imunidade). — Ester se recordou de como a princesa sempre estava agasalhada, apesar do calor, e se lembrou também das luvas que a babá usava ao acompanhá-la. — Infelizmente, há algum tempo Alexia começou a apresentar um sério problema de pele, e as coisas saíram do controle. Minha filha, que antes já era tímida e reservada, se tornou ainda mais retraída e calada, até que parou de falar completamente. Desde então, nunca a vimos interagir (mesmo que do jeito dela) com ninguém além do meu filho, Alexander. Anastácia, babá de Alexia, nunca conseguiu essa proeza. — Elizabeth suspirou, antes de prosseguir. — Segundo o psicólogo, Charles, ela está com sérios problemas emocionais devido ao complexo das manchas espalhadas pelo seu corpo. Mas vê-la comunicar-se com você daquela maneira hoje mais cedo foi maravilhoso e espantoso.

A rainha continuou a falar sobre o diagnóstico, e Ester a escutou com atenção, imaginando como deveria ser difícil a batalha que a princesa enfrentava. Em Cefas, a jovem convivera com garotas, no orfanato onde era voluntária, que enfrentavam situações parecidas e até mesmo piores do que as da princesa, então a moça sabia o quanto era desafiador lidar com o preconceito social e os comentários maldosos, que impactavam de forma negativa a autoestima de pessoas que tenham qualquer condição específica. Pelo medo do julgamento ou da rejeição, algumas se isolavam socialmente e viviam em uma luta constante com a imagem, enfrentando muitas vezes a depressão e outros problemas emocionais. Em alguns casos, o inimigo eram elas mesmas, por conta da falta de aceitação pessoal.

DE REPENTE *Ester*

— Sei que você está aqui por outras razões, no entanto eu gostaria de fazer um apelo. — A rainha, suplicante, mirou Ester. — Irei chamar o senhor Charles para avaliar o comportamento dela com você e pedir que me esclareça o que está havendo, pois o que vimos parecia um sonho muito distante.

"A vontade de Deus é perfeita e agradável, e seus planos são sempre maiores."

O corpo de Ester estremeceu ao recordar-se do que o tio havia dito antes de ela partir para o palácio. Sim, Deus tinha um propósito que ia além do que a limitada visão da jovem conseguia enxergar. Ela entendia isso agora e estava certa de que Ele a tinha colocado naquele lugar por causa de Alexia. Ao pensar nisso, o desejo de ir embora, que latejava no peito desde que pisara no palácio, evaporou como fumaça.

— Pode contar comigo no que precisar. Eu não me importo em passar com a Alexia meu tempo por aqui, se isso for ajudá-la. — Se Alexander não a queria por perto, ela seria útil de outra forma.

— Antes que vá, preciso pedir mais uma vez discrição total sobre esse assunto. Pouquíssimas pessoas sabem sobre essa condição da minha filha, e eu e meu esposo preferimos que seja assim.

— Não se preocupe, Majestade, serei discreta. — Ela já guardava tantos segredos, que se sentia *expert* no assunto.

Um sorriso iluminou o rosto da rainha, a ponto de ela quase fechar os olhos, deixando claro de quem Alexander havia herdado aquele traço, quando exibido de forma genuína.

— Você é uma moça muito gentil, senhorita Sullivan. — Elizabeth se levantou para acompanhá-la até a porta. — Espero que meu filho enxergue isso também.

Ester voltou à sala de instrução, sob os olhares curiosos de suas companheiras. Giovanna lia sobre a descoberta de Galav em meados de 1745, quando o rei Horatio Kriger Lieber atracou o bote salva-vidas no pequeno arquipélago, após naufragar e perder mais da metade da tripulação. Ele foi resgatado duas semanas mais tarde, no entanto, quando voltou ao seu país, o trono era ocupado pelo primo, que havia decretado sua morte e usurpado o título. Horatio, então, decidiu fundar seu próprio reino, retornando à ilha inabitada e farta onde tinha se abrigado e levando consigo mais da metade dos súditos fiéis a ele. Em poucos anos, Galav já era considerada um refúgio a todos os que buscavam um recomeço. Antes que a monitora terminasse a leitura daquela página, outro funcionário interrompeu novamente a aula.

— Senhorita Sullivan, o príncipe a espera. Acompanhe-me, por gentileza.

Ester torceu o nariz, pois não queria sair dali. Estava envolvida na linda história de Galav e queria saber mais, sem falar que não sentia nem um pouco de interesse em estar com ele. Não mais.

— Vá, senhorita Sullivan — Giovanna ordenou, ao vê-la imóvel.

Como antes, exclamações salpicaram pelo ar, enquanto Ester fechava o livro e seguia para a porta. Desanimada, a jovem andou alguns passos atrás do homem de postura impecável, até o mesmo corredor onde estivera com a rainha. Ele parou duas portas depois da sala de Elizabeth, abrindo-a e indicando que já estava autorizada sua entrada.

Diferentemente da sala da matriarca, o escritório do príncipe tinha mobílias escuras, e armários de madeira tomavam conta de todas as paredes, exceto a que ficava atrás da mesa, pois ali ficava uma enorme janela, de onde era possível ver as montanhas além das planícies. No teto, uma luminária banhava o cômodo com uma luz fluorescente, destacando a decoração rústica.

Alexander estava atrás da escrivaninha, rodeado por pilhas de papéis. Ester ficou parada ali por quase dois minutos inteiros, até o príncipe levantar os olhos em sua direção.

— Perdão por ter que falar com você enquanto trabalho. — Ele voltou à sua tarefa, sem alterar a expressão. — Minha agenda anda muito corrida nos últimos dias — justificou.

— Eu entendo — disse ela, concentrada nas linhas de expressão na testa do príncipe, indicando que o documento em suas mãos não lhe agradava.

— Sente-se, eu devo terminar em alguns minutos — solicitou, ao notar que ela ainda estava em pé atrás da poltrona estofada em couro, do outro lado da mesa.

Ester não se moveu, o que realmente queria era sair daquela sala. O modo frio como Alexander a vinha tratando já estava passando dos limites. O que custava a ele ser gentil? O príncipe parecia alheio à presença dela, fazendo o coração da moça encolher outra vez. Não que ela quisesse a atenção dele por completo, mas achou muita falta de consideração de sua parte chamá-la até ali se nem ao menos poderia olhar para ela enquanto falava.

— Com todo respeito, Alteza, acho que não deveria tentar me encaixar em meio aos seus compromissos. — As palavras voaram para fora de sua boca, antes que tivesse tempo de ponderá-las. — É evidente que o senhor é muito ocupado, e eu não me importo se tiver que me deixar de fora dos cortejos por falta de tempo. Compreendo perfeitamente suas obrigações.

— Como?

Ele levantou o queixo com uma expressão cautelosa, ao deixar a caneta e o documento que segurava sobre a mesa. Ela sustentou o olhar, sem se importar em disfarçar o descontentamento que a afligia. Naquele instante, um segurança irrompeu pelo escritório, ofegante. Gotas de suor corriam por sua testa, e o uniforme dele estava um pouco desalinhado.

— Alteza! — Ele parou de repente, alternando o olhar entre Alexander e Ester. — Perdão, Alteza, não sabia que estava acompanhado.

— O que houve, Robert? — Alexander se levantou, ante a interrupção exasperada do guarda. Aflito, o segurança mirou Ester e depois o príncipe. — Fala, Robert! — o príncipe bradou.

— É o seu pai, Alteza...

O olhar apavorado do homem foi o suficiente para Alexander abandonar os papéis e Ester, correndo porta afora antes que o guarda terminasse a frase.

Capítulo 15

Querido futuro marido,

A oração nos aproxima de Deus, permite-nos ter visão do futuro e compreender melhor nosso propósito. Sei que Deus ainda não terminou a obra dele em mim, e é exatamente isso que venho aprendendo dia após dia. Muitas vezes, Deus nos coloca em situações com um propósito maior do que imaginamos. Assim como agora. Eu descobri o meu, e ele vai além de mim, do meu futuro ou da minha realização pessoal. Não tem nada a ver comigo. A vontade do Senhor é suprema, e basta a nós reconhecer e não questionar.

De sua futura esposa,
Hadassa.

Enquanto seguia até a ala sul do palácio, Alexander se advertia internamente pelo que estava prestes a fazer, pois aquilo ia contra seus planos. Tinha feito o possível para manter distância durante aquelas semanas e estava indo muito bem, até que o episódio com Alexia e Ester aconteceu no café da manhã.

O príncipe tomou o corredor onde ficavam os quartos de hóspedes do palácio de Galav, mas parou por alguns instantes, inclinado a retornar. O rosto de Ester lhe veio à mente, e ele praguejou, passando as mãos pelos cabelos, certo de que não tinha para onde correr. Não se orgulhava nem um pouco do modo como vinha agindo com a pobre moça, e a mágoa evidente nos olhos dela quando esteve no escritório dele era prova de que ela percebera as intenções de tentar evitá-la a todo custo.

Alexander passou pelo guarda de quase dois metros de altura que estava de plantão no corredor, e o cumprimentou com um aceno de cabeça ao parar de frente à porta ao lado de onde o grandalhão se encontrava. Não dava mais para adiar o encontro com Ester. Além disso, Giovanna já havia percebido suas intenções, e ele não queria nem um pouco vê-la zangada. A mulher sempre lhe botava medo desde criança, e o príncipe estava ciente de que, a qualquer momento, a monitora o confrontaria por estar negligenciando uma das garotas. Esse foi mais um dos motivos que o fez chamar Ester no escritório. Ele passaria alguns minutos com a jovem, entenderia o que havia acontecido entre ela e sua irmã, e logo a liberaria. No entanto, os dois foram interrompidos por Robert avisando-o sobre o pai de Alexander.

O príncipe não pensou duas vezes antes de abandoná-la e correr até a enfermaria, onde encontrou o rei discutindo com o médico:

— Eu já disse que estou bem, doutor Russell.

— Majestade, o senhor apresenta sintomas que são indícios de um novo infarto. Precisa repousar.

O homem de jaleco branco e óculos de grossas lentes tentava auscultar, com o estetoscópio, os batimentos cardíacos do rei.

— Tem uma sala cheia de chefes de províncias me esperando para uma reunião.

— Tenho certeza de que eles entenderão se precisar remarcar. — Alexander adentrou a sala, advertindo o pai.

— Por que o chamou?

O rei deixou a cabeça cair de volta no travesseiro, dando-se por vencido.

— E por que não chamaria? — O príncipe parou ao lado do leito, pondo as mãos nos bolsos. — Como ele está, doutor Russell?

O médico pendurou o estetoscópio no pescoço e ajeitou os óculos em cima do nariz.

— Nada bem, Alteza. Os resultados dos últimos exames foram preocupantes. Constatamos uma aterosclerose. O rei está com alguns pontos *obstruídos nas principais artérias do coração e, se a oclusão evoluir, o pior pode acontecer. Eu o receitei repouso, alguns medicamentos e uma dieta especial, mas ele não obedeceu às minhas ordens médicas e passou mal novamente.*

— Doutor Russell, assim você vai assustar meu filho.

O rei sorriu, como se o caso não fosse grave.

— Estou preocupado com sua saúde, Majestade. Sem o tratamento adequado, a redução na capacidade de bombeamento do sangue pode acarretar o surgimento de arritmias cardíacas. Em casos mais complexos, pode haver formação de coágulos no coração, levando a um acidente vascular cerebral ou infarto fatal. Eu não descarto a possibilidade de uma cirurgia.

A rainha entrou na enfermaria, ouvindo a última frase da explicação do médico.

— Sebastian!

— Eu estou bem, querida. — *Ele a olhou com ternura.*

— É o que você vem dizendo há semanas. — *Elizabeth se sentou na lateral da cama, tomando as mãos do marido entre as suas.* — Você desmaiou no meio de uma reunião. É certo que há algo muito errado com você. Eu não sei o que faria se... *Sua voz embargou, enquanto lágrimas lhe enchiam os olhos.*

Alexander balançou a cabeça e tentou se concentrar no agora, deixando de lado as lembranças dolorosas que o acompanhavam desde que viu a mãe tão aflita com a saúde do esposo. Temores também o afligiam. Definitivamente, ele não estava preparado para ser rei. Tinha muito a aprender antes que ascendesse ao trono. Mirando a porta fechada do quarto de Ester, cerrou o punho e suspendeu a mão no ar, no entanto a recolheu para dentro do bolso. O segurança olhou de soslaio para o príncipe, como se tentasse entender seus dilemas. Em um surto de coragem, Alexander tirou a mão do bolso antes que se arrependesse, dando três batidas na porta do quarto. Quase imediatamente ela se abriu, e Ester apareceu usando um vestido jovial, com os longos cabelos soltos por cima dos ombros.

— Alteza? — indagou, surpresa e prestando uma reverência.

Alexander pigarreou, procurando as palavras.

— Desculpe-me por incomodá-la tão tarde.

— Aconteceu alguma coisa? — Ela manteve-se atenta, esperando resposta.

Alexander não havia reparado antes em como os olhos dela eram tão verdes, lembravam esmeraldas.

— Gostaria que fosse comigo a um lugar — disse ele, por fim.

— Agora? — Ester olhou para ele com desconfiança, pois a hora já era avançada.

— Bem, você disse que não quer que eu te encaixe entre meus compromissos. Eu estou livre agora. — Um brilho divertido surgiu no semblante dele.

Ela crispou os olhos, identificando a provocação.

— Tudo bem.

Eles andaram em silêncio, descendo escadas e tomando três corredores diferentes. Esse caminho dava acesso a uma parte do palácio que Ester ainda não conhecia. Alexander cumprimentava os guardas pelo caminho, parecendo íntimo de todos. Os viraram em outro corredor, que acabava em uma grande porta vaivém. A luz se acendeu automaticamente ao passarem por ela, revelando uma enorme cozinha equipada dos mais variados utensílios e eletrodomésticos.

O príncipe apontou para uma das muitas estações, puxando uma cadeira alta e estofada, para Ester se sentar. Em seguida, pendurou o blazer e a gravata em um gancho próximo a um dos armários e arregaçou, até os cotovelos, as mangas longas da camisa.

"Não é um encontro", pensou ele. Não tinha razão para ficar tão alinhado.

— Sua ficha diz que você é fanática por chocolate. — Alexander olhou por cima do ombro, ao abrir a geladeira.

— Sou uma chocólatra confessa.

Ester entrelaçou as mãos sobre o balcão, estranhando o modo como o príncipe parecia descontraído, diferente de sua habitual postura, impecável e gélida.

— Desse crime também sou culpado. — Ele colocou sobre a mesa uma bandeja repleta de morangos que havia tirado do refrigerador e uma tigela de calda de chocolate que estava sobre o fogão.

No canto da ilha, havia uma máquina que Ester nunca tinha visto na vida, muito parecida com um pequeno chafariz. Alexander despejou o chocolate derretido na base da fonte e ligou o aparelho. O chocolate passou pelo tubo no centro e escorregou pelas laterais, retornando à base e repetindo o mesmo processo até formar uma cascata.

— Abigail sempre deixa alguma sobremesa esperando por mim, desde que eu tinha 12 anos. À noite, depois que todos estão dormindo, eu venho aqui.

O príncipe espetou um morango e o colocou debaixo do chafariz de chocolate. Em seguida, o ofereceu a Ester. A moça hesitou por alguns instantes, antes de aceitar. Era estranho ter o príncipe de Galav servindo-a.

— Obrigada — agradeceu, sem olhar para ele.

Ambos comeram em silêncio por um tempo, enquanto Alexander a fitava esporadicamente, como se procurasse algum assunto para iniciar a conversa. Na verdade, ele gostaria de fazer algumas perguntas desde que a viu abraçando Alexia no café da manhã, só não sabia como faria isso de uma maneira menos invasiva.

— Meu rosto está sujo? — Ester perguntou ao notar o modo como ele a encarava.

— Não! — Ele sorriu, envergonhado. — Estou apenas tentando...

— Enxergar o que Alexia viu em mim? — Ester completou a frase, banhando outro morango no chocolate.

— Como sabe?

— Sua mãe fez a mesma coisa quando me chamou em seu gabinete.

— Então você já sabe. — Alexander deixou a sobremesa em um prato, pondo-a de lado.

— Sim. — Ester notou como um vislumbre de tristeza passou pelo semblante do príncipe, ao entrar no assunto. — Creio que não deve ser fácil para uma criança tão pequena lidar com essa situação.

Alexander apoiou o cotovelo sobre o balcão, pensativo.

— E não é.

— Eu sinto muito.

DE REPENTE *Ester*

— É dilacerante vê-la tão aborrecida o tempo todo e sem a alegria característica das crianças da idade dela.

— Sua mãe disse que você é o único com quem ela ainda se comunica.

O príncipe passou os dedos sobre o queixo, e uma linha de expressão tomou conta de sua testa à medida que fitava um ponto qualquer na cozinha.

— Ela também disse que depois que o Charles iniciou o acompanhamento dela, Alexia passou a falar ainda menos comigo? — disse, voltando o olhar para Ester. — Eu não confio nele. Meus pais, por outro lado, apostam todas as fichas em seu trabalho. Li muitos artigos sobre a condição dela, pois é algo raro em Galav, e por vezes o desconhecido é uma porta de entrada para oportunistas.

— Esse senhor não está fazendo um bom trabalho?

— Alexia deveria estar melhorando, não se sentindo pior a cada vez que sai de uma sessão com ele.

— E por que ele ainda é o terapeuta dela?

Alexander deixou um sorriso de escárnio escapar.

— Essa é uma longa história. — O príncipe se acomodou melhor em seu assento e brincou com a ponta do guardanapo sobre a mesa. — Isso não vem ao caso agora. — Ele olhou para ela cheio de curiosidade. — O que me deixou intrigado foi a maneira como Alexia se comportou com você. Nunca a vi esboçar qualquer gesto de carinho a outra pessoa que não fossem os meus pais ou a mim mesmo, e com eles ainda assim foram raríssimos momentos.

— Eu estava precisando daquele abraço. — Ester fitou as mãos sobre o colo.

Alexander viu a mesma mágoa de mais cedo estampada no semblante da jovem, fazendo o remorso tomar conta de seu coração por ser ele o provável causador da dor que a assolava.

— Você falou sério? — O príncipe atraiu o olhar dela. — Realmente não se importa em não se encontrar comigo? — indagou, à procura de qualquer explicação que pudesse eximi-lo da responsabilidade.

Ester mordeu os lábios por dentro, avaliando se era prudente abrir o coração naquele momento. Não lhe parecia certo guardar frustrações, ainda mais quando se tratava de algo tão importante. Estava ciente de que o futuro do príncipe estava em jogo e se ele, de alguma forma, não estivesse se agradando dela, precisava saber que ela não ligava a mínima, assim poderia cada um seguir a própria vida. Até porque Ester estava convencida de que sua ida até o palácio não tinha nada a ver com um futuro casamento, e sim com Alexia.

— Eu posso ser sincera com você?

— Deve! — Alexander se atentou ao que ela tinha a dizer.

— Eu não queria estar aqui. — O príncipe elevou o cenho ao ouvir Ester dizer tais palavras com tanta convicção. — Não me inscrevi nessa corrida maluca em busca do seu coração. — Agora ela parecia indignada. — Foi meu tio, e eu não fazia ideia de que estava no meio de tudo isso, até minha foto aparecer na TV, no dia do anúncio.

Alexander não soube o que dizer. O mais estranho era que diante dela sempre perdia as habilidades de articulação. Porém, admirou a franqueza da moça.

— Você tem alguém lá fora — ele afirmou, certo de que os sentimentos que Ewan nutria por ela ainda eram correspondidos.

Ester balançou a cabeça, e um sorriso triste escapou sem sua permissão.

— Tenho apenas meu tio.

— Nenhum pretendente? — instigou ele, a fim de arrancar qualquer informação a mais sobre o envolvimento dela com o amigo.

Ester mordeu o lábio outra vez, hesitante.

— Teve alguém, recentemente. No entanto, nosso relacionamento ocorreu fora dos padrões que Deus tem para seus filhos. — A jovem suspirou, percebendo que o coração ainda doía ao falar sobre o assunto.

— O não de Deus muitas vezes é um soco no estômago — divagou Alexander, recordando-se das inúmeras orações que fizera ao Senhor, para não passar por todo aquele processo a fim de encontrar uma esposa. Contudo, ali estava ele, hospedando dez garotas em sua casa. No final, passaria o resto dos seus dias ao lado de uma delas.

— Exatamente! — Ester sorriu. — Mas, ao mesmo tempo, Deus nos traz um bálsamo e a certeza de que Ele nos concederá muito mais do que sonhamos e almejamos naquele momento, porque a vontade dele é muito melhor do que a nossa, e seus propósitos são para nosso bem.

— Sim, os planos de Deus são sempre mais ricos e melhores do que qualquer coisa que conseguimos imaginar — Alexander completou, admirando Ester por entender a resposta de Deus, enquanto Ewan não conseguia enxergar uma vírgula dos propósitos do Criador em sua vida. Por mais que amasse o melhor amigo, tinha que admitir: Ester Sullivan merecia alguém muito melhor ao lado dela. — Por que veio para o palácio? — ele indagou. — Você não era obrigada a vir.

— Creio que Deus me queria aqui — Ester afirmou com uma convicção incomum a ela, quando o assunto era sua mudança para o castelo. — Depois que conversei com a rainha, compreendi isso com clareza. — Ela levantou o queixo e, com um tom provocativo, completou: — Não estou aqui por você, Alteza, e sim pela Alexia.

Os lábios do príncipe se curvaram em um sorriso espontâneo.

— Você é bem sincera, já lhe disseram isso?

— Isso te incomoda?

— De maneira alguma! — Alexander negou, energicamente. — Só não estou acostumado a tanta franqueza por parte de uma de vocês. Todas estão o tempo todo tentando me agradar ou dizer o que acham que quero ouvir.

Ester sorriu ao constatar um desânimo descomunal presente na frase proferida por ele. Uma luz piscou no alto de sua cabeça, trazendo uma ideia que seria a resolução de seus problemas de uma vez por todas. Ela corrigiu a postura e tamborilou os dedos na bancada.

— Não me ache maluca, mas eu acabei de pensar em algo.

— No que pensou?

— Se eu não estiver no páreo, será menos uma garota para você se preocupar — falou com calma, atenta à reação que o príncipe teria. — Eu estaria em uma posição privilegiada, infiltrada entre as pretendentes, seria seus olhos e ouvidos e ajudaria você a encontrar uma futura esposa.

Alexander não respondeu de imediato, e a expressão indecifrável sobre a qual as garotas tanto falavam tomou conta do rosto dele por pelo menos um minuto. Para o príncipe, a ideia não era maluca, era a resolução do seu pior dilema. A repentina ligação de Alexia com Ester de certa forma frustrava o plano inicial de mandá-la embora assim que possível. Ele havia ponderado sobre isso o dia todo, e ali estava a solução.

— Você faria isso? — perguntou, cético.

— A rainha me incumbiu de uma tarefa esta manhã, e eu gostaria de me dedicar ao máximo. Ela quer que eu passe algum tempo com a princesa, para o psicólogo reavaliar o comportamento de Alexia. Então, se eu não tiver que conquistar seu coração — ela fez uma pausa dramática —, será de grande valia.

— Como se você estivesse pelo menos tentando — Alexander alfinetou.

— Como eu disse, Deus quis que eu viesse pela Alexia. — Ela estendeu a mão por cima da bancada. — Quer uma espiã ou não?

Alexander encarou sua mão suspensa, achando toda aquela situação cômica. Quando havia se sentido tão à vontade com uma garota quanto daquela maneira? Na verdade, ele não saberia responder se algum dia já se sentira assim com qualquer outra pessoa que não fosse de seu restrito e seleto círculo íntimo. E mesmo eles não o deixavam confortável. Era como se, com Ester, ele fosse quem gostaria de ser, sem a necessidade de se portar com a pompa que o título exigia. A prova era o modo como a conversa entre eles fluía naturalmente, parecendo que a simplicidade da moça dizia que ele deveria agir da mesma maneira.

— Tenho uma contraproposta. — O príncipe se inclinou, revelando um brilho intenso nos olhos. — Não gosto de espiões, ficaria mais tranquilo se fosse uma amiga. — Ele parou e então sussurrou. — Sinto que posso confiar em você e que nunca mentiria para mim.

Aquela declaração chegou até ela como um soco no estômago. Se ele soubesse que a jovem já escondia muitas coisas a respeito de si mesma, não confiaria cegamente nela. No entanto, Ester sentia uma grande necessidade de provar que era digna de confiança.

— Amigos podem aparecer por aqui e comer chocolate na calada da noite? — Ester sussurrou de volta, inclinando-se da mesma forma que o príncipe fazia.

— *Mi chocolate, su chocolate* — parafraseou um antigo ditado.

— Os termos parecem bons para mim. — Ela se recolheu, estendendo a mão novamente.

Sob a luz âmbar do lustre que iluminava a imensa cozinha do palácio de Galav, Alexander e Ester apertaram as mãos, selando o compromisso de serem amigos, perante uma promessa pitoresca: chocolates em troca de uma esposa para o futuro rei.

— Já que você comeu meu chocolate, tenho o direito de exigir que comece a prestar seus serviços agora mesmo. — Alexander desfez o contato, apoiando-se no antebraço.

— O que você quer saber?

— Comece me dando um resumo geral de suas impressões sobre cada uma delas. Pode começar por Sarah Tandel.

— Humm... — Um lampejo divertido cruzou os olhos de Ester. — Ela é sua preferida?

— Foi só o primeiro nome que me veio à mente.

Ester riu com ironia e, pelos minutos que se seguiram, expôs suas opiniões sobre as pretendentes do príncipe, buscando ao máximo falar apenas das qualidades, por mais difícil que fosse encontrar alguma. A seu ver, com exceção de Mary Kelly, nenhuma das garotas era amável, prestativa, solidária e empática — qualidades de uma boa rainha. Mas quem era ela para julgar? Talvez as garotas não fossem o que aparentavam ser.

— Brittany, Annie e Emilly são aquelas com quem menos tive contato. Não sei por quê, mas tem algo nelas que não me deixa aproximar. — Ela concluiu sua explanação com cautela. — Você deveria investir em Mary Kelly — completou.

Alexander ficou reflexivo por um momento.

— Ela é legal.

— Mas...?

— Ainda é cedo para saber. — Ele olhou no relógio no pulso. — Diferentemente de agora. Está muito tarde! — A madrugada havia chegado sem que eles percebessem as horas avançarem.

Os dois seguiram de volta até a ala sul e tinham tantos assuntos, que o caminho pareceu mais curto. Ester já não se lembrava de seus temores, e Alexander sentia-se cada vez mais à vontade na companhia dela. Era como se um laço invisível os envolvesse de repente, ligando um ao outro. Todos os planos, tanto dela quanto dele, haviam se frustrado naquele dia. As impressões que a jovem tinha do príncipe não faziam jus ao que ele realmente era, e a moça o havia surpreendido com seu jeito peculiar de ser.

— Boa noite, senhorita Sullivan — Alexander se despediu, parando em frente à porta do quarto.

— Já que agora somos amigos, me chame de Ester, por favor. Deixe as formalidades apenas para as pretendentes.

— Eu gosto de formalidades. — Ele pôs as mãos nos bolsos e deu de ombros. — Porém, não me oponho ao seu pedido. — Os dois se encararam por alguns instantes, ambos rindo um para o outro. — Boa noite, Ester — despediu-se, e a moça prestou uma reverência.

— Meus amigos não costumam me reverenciar — disse ele, ao se afastar.

— Jura? Isso é ótimo! Eu odeio ter que ficar me curvando. — Ela elevou a voz para que fosse ouvida, pois Alexander já seguia pelo corredor.

Ester ficou ali, parada, observando-o afastar-se até que não pudesse ser mais visto. Virando-se para abrir a porta do quarto, percebeu o guarda próximo encarando-a, provavelmente descrente com sua irreverência.

— O que foi? — indagou ela. — Somos amigos. — Deu de ombros, adentrando nos aposentos.

Capítulo 16

Querido futuro marido,

Segundo o dicionário, confiança é a crença na probidade moral, na sinceridade, lealdade, competência, discrição de outrem, a fim de que algo não falhe e a fim de que seja bem-feito ou forte o suficiente para cumprir sua função. Às vezes, fico pensando sobre o peso dessa palavra e sobre toda a responsabilidade que vem com ela. Outros dias, como hoje, sinto cada ação minha sendo pesada para um propósito maior. Eu posso não entender o que isso significa hoje, mas algo me diz que em breve saberei.

De sua futura esposa,
Hadassa.

Ester se sentou no banco de mármore e fitou um botão de rosa-vermelha, dentre vários que compunham a roseira. A primavera dava seus resultados, trazendo consigo o maravilhoso cheiro de flores. Uma brisa amena agitou os cabelos da jovem, causando uma sensação tão boa, que por alguns instante ela fechou os olhos para inalar a fragrância, antes de abrir o diário e começar a escrever mais uma de suas cartas. Seu coração estava particularmente tranquilo naquela manhã após o encontro com o príncipe, e Ester se sentia feliz por ter posto tudo em pratos limpos. A ideia de ser amiga de Alexander, sem a pressão de ser sua futura esposa, muito lhe agradava.

Um sorriso tomou conta dos lábios da moça, ao recordar o jeito dele de agir, contrariando todos os prejulgamentos dela. A maneira leve como o diálogo seguiu, passados os constrangimentos do início, a surpreendeu e fez cair por terra os resquícios de qualquer sentimento de desagrado que ainda pairava em seu íntimo.

— Posso me sentar aqui com você? — Mary se aproximou, com dois copos de refresco.

Ester olhou além dela, para as outras garotas espalhadas pelo jardim. Giovanna dera o dia de folga a todas, depois das semanas de intenso treinamento. Durante a manhã, elas tomariam banho de sol no jardim, saboreando um farto *brunch*[8]; a tarde seria reservada ao embelezamento que cada uma faria nas comodidades de seus aposentos, pois à noite todas jantariam com a família real.

— Claro! — Ela fechou o diário e aceitou o suco que Mary lhe oferecia.

— Você gosta de escrever, não é mesmo? — A moça indicou o diário sobre o colo de Ester. — Não é a primeira vez que a vejo absorta na escrita.

— Sim, gosto muito.

— Do que se trata? — perguntou a outra, com curiosidade.

— São apenas pensamentos. — Ester acariciou a capa dura de couro do seu bem mais estimado. — Não é nada importante.

Mary sorveu o que restava em seu copo, virando-se para ficarem frente a frente.

— Como foi o encontro ontem com o príncipe? — Mudou de assunto, jogando para trás o cabelo recém-cortado. — Pelo que percebi, foi o primeiro. Aconteceu como você imaginou?

Ester sorriu e balançou a cabeça, recordando-se mais uma vez da noite anterior.

— Não foi nada do eu imaginei.

— Bem-vinda ao clube! — Mary abriu os braços de maneira descontraída. — Todas nós ficamos decepcionadas na primeira vez

---

8 É uma refeição de origem britânica, que combina o café da manhã com o almoço.

também. — Diminuiu o tom da voz e se inclinou para sussurrar: — O príncipe é muito calado. Eu tive que falar o tempo todo, para preencher o silêncio extremamente extenso por parte dele. Até pareceu que estava sendo torturado e não via a hora de o encontro acabar.

— Tenho certeza de que não foi proposital, ele ainda está nos conhecendo. Com o tempo de convivência, pode ser que se sinta à vontade e tenha mais assunto. — Ester saiu em defesa de Alexander.

— Assim espero. — Mary suspirou e olhou para o céu. — Eu quis muito isso durante toda a minha vida. Lembro-me de vê-lo pela primeira vez quando eu tinha 8 anos, durante o Desfile das Flores, e de ter pensado em como gostaria de me casar com ele. — Ela deu um sorriso, acompanhado de um murmúrio apaixonado. — Aqui estou eu, quinze anos depois e com o mesmo desejo no coração. Eu o amo! Amo desde aquele dia. — Ela voltou os olhos brilhantes para Ester, que a ouvia com atenção. — Minha mãe diz que, se desejarmos muito uma coisa, uma hora ela se torna realidade. Eu desejei isso com todas as minhas forças e estou esperançosa de que esse é o meu destino.

Ester nunca tinha parado para pensar em como aquela oportunidade era importante para cada uma das outras garotas. Elas haviam crescido sonhando com Alexander, o príncipe encantado de seu reino, fantasiando serem a esposa dele, nutrindo o sonho de um dia serem a futura rainha de Galav. Ester, por outro lado, até alguns meses atrás não fazia ideia de quem ele era. Constatar isso a fez mais convicta de sua decisão de se retirar do páreo. As moças mereciam ter seus sonhos realizados, mesmo que fosse apenas uma delas.

— Desculpe, estou te enchendo com meus sonhos e devaneios, esquecendo que estamos aqui com o mesmo propósito — Mary disse, envergonhada, devido ao silêncio da colega.

— Eu não me importo com isso. — Ester lhe ofereceu um sorriso gentil.

A senhorita Kelly fitou o copo em suas mãos, cheia de pesar.

— Sabe, sinto falta das minhas amigas e da minha família. Minha casa estava sempre cheia, e falávamos sobre tudo o que acontecia em nossa vida. Não ter isso por aqui é torturante! Acho que foi por isso que comecei a falar sem ponderar...

— Sei bem como se sente. — Ester tocou o braço da moça, atraindo a atenção dela. — Meu tio faz muita falta também. Para falar a verdade, não imaginei que sentiria tanto a ausência dele!

— Temos que viver um dia de cada vez. — Mary reassumiu a atitude descontraída.

— E entregar nossas ansiedades nas mãos de Deus — completou Ester.

Mary concordou, e outro suspiro lhe escapou por entre os lábios.

— Bem, vou deixar você voltar ao que estava fazendo. — A moça apontou para o diário, levantando-se para sair.

— Mary — Ester chamou, antes de a moça se afastar —, sempre que precisar de uma amiga ou de alguém para conversar, estou aqui.

— Obrigada, isso é muito importante para mim.

★★

Quando Ester adentrou seus aposentos, John já se encontrava no quarto com as fiéis escudeiras, Yumi, Hanna e Sayuri, e os quatro estava a postos para arrumar a jovem. Ela achou um exagero estarem ali tão cedo, porém, como havia prometido a si mesma que não voltaria a questionar as decisões do estilista, preferiu se calar. Percebeu que a infinidade de roupas e adereços que John sempre escolhia não estavam espalhados por todos os lados como antes. Apenas ele e as três mulheres de traços asiáticos estavam ali.

— Giovanna me informou sobre o jantar de hoje. O que gostaria de usar? — John perguntou, sem muito entusiasmo.

Ester notou um desapontamento estampado nos olhos do rapaz, e a empolgação, sempre presente, não existia.

— Quer saber, John? Você escolhe hoje. — A jovem parou próximo a ele, pondo ambas as mãos em seus ombros.

O moço crispou os olhos.

— Eu escolho? — indagou, cético. — Assim, sem nenhuma objeção?

— Você já me conhece e sabe do que eu gosto. Quero ver se aprendeu alguma coisa — ela implicou.

Um sorriso zombeteiro surgiu nos lábios dele, exibindo os dentes brancos e alinhados.

— Você será a mais linda nesse jantar, senhorita Sullivan.

— Me chame de Ester, por favor.

— Certo, Ester. — John correu para o closet com sua conhecida euforia, enquanto as mulheres se encarregavam do banho da jovem.

Cerca de 45 minutos depois, vestida em um roupão longo e com uma toalha na cabeça, Ester analisava o vestido vermelho sangue disposto em um manequim de mesmas medidas que ela — John havia mandado fazê-lo exclusivamente para momentos assim. Um colar longo, com pequenos brilhantes cravados na corrente de ouro, caía pelo decote discreto em forma de coração. O vestido era lindo, porém justo demais.

— E então? — John quis saber, com expectativa, indicando o autômato de forma exagerada.

— Gostei. — Ester torceu os lábios à medida que andava ao redor do manequim para analisar a parte de trás.

— Então por que estou vendo um grande porém estampado na sua testa? — John lamuriou.

— Eu só acho que o vestido é muito justo, vai marcar demais em lugares que eu não quero evidenciar.

— Entendi. — O rapaz torceu os lábios, pensando por alguns instantes. — Eu posso resolver agora mesmo. A costura é dupla, se eu desmanchar uma delas, ganhamos alguns centímetros que evitará ficar tão colado ao corpo, mas ainda será justo.

— Tudo bem.

Um estalar de dedos de John foi suficiente para suas ajudantes começarem os ajustes. Após tudo pronto, o vestido caiu como uma luva no corpo de Ester, deixando-a muito elegante. Um penteado foi feito, permitindo que a maior parte do cabelo ficasse solto, assim como a jovem preferia. A maquiagem simples, mas muito bem elaborada, foi o toque final perfeito.

Quase duas horas depois, parada em frente ao espelho de corpo inteiro, Ester pôde ver o brilho de satisfação nos olhos de John, por ela finalmente estar como ele sempre quis, desde que os dois começaram a trabalhar juntos. A moça se sentia bonita, assim como no dia em que acompanhou Ewan ao jantar de noivado da afilhada de uma cliente da Brook. A noite havia sido maravilhosa, mas o que se seguiu foi um completo desastre, resultando em escolhas erradas e corações partidos. Ester levou a mão ao tórax, devido à aflição causada pelas lembranças. Não conseguiu evitar pensar em como Ewan estava lidando com sua mudança para o palácio e se Sharon havia explicado a ele como tudo acontecera, expondo os reais motivos de ela estar ali.

Batidas soaram na porta, tirando-a de seus devaneios, e John se adiantou para abri-la.

— Alteza! — A voz do rapaz soou aturdida no primeiro momento. — Em que posso ajudá-lo? — O estilista prestou-lhe uma reverência meio atrapalhada.

— Boa noite, John. Poderia chamar a senhorita Sullivan, por favor?

— Claro, Alteza!

John andou apressado de volta para dentro do quarto, quase sem fôlego.

— Ele está aí! — Apontou para a porta. — E sabe quem eu sou!

— Quem? — Ester juntou as sobrancelhas, perdida no entusiasmo dele.

— O príncipe! — John revirou os olhos. — Quem mais seria? E ele sabe meu nome!

Ester sorriu, levantando-se para atendê-lo.

— Eu te disse! — John bradou, orgulhoso. — Quando você me deixasse fazer meu trabalho, você seria notada.

— Ah, claro — Ester ironizou. — O príncipe é vidente e previu que esse dia seria hoje.

— Nunca se sabe. — John deu de ombros. — Mas isso não importa. Vá logo, não é cortês deixar o príncipe aguardando.

DE REPENTE *Ester*

Imitando o gesto habitual de John, a jovem revirou os olhos enquanto se afastava.

Alexander estava no corredor quando ela apareceu na porta. Os cantos dos lábios do príncipe se ergueram em um sorriso ao avistá-la. Ela sorriu de volta e juntou as mãos em frente ao corpo.

— Olá, Ester. — Ele se aproximou.

— Olá, Alexander. — Ainda sorrindo, a moça olhou de soslaio para o guarda ao lado da porta, o mesmo da noite anterior.

— Quero falar com você, poderia me acompanhar até meu escritório?

— Claro.

Ester o seguiu, notando como ele parecia apreensivo e preocupado, apesar de tentar esconder o que se passava. O príncipe abriu a porta do gabinete, permitindo que ela entrasse primeiro.

A moça desacelerou o passo ao avistar, no meio da sala, um quadro retangular com fotos de cada uma das moças, inclusive a dela — a mesma do dia do anúncio. Alexander parou ao lado de Ester e mirou o painel à sua frente.

— Hoje vou mandar algumas garotas para casa — revelou, pondo as mãos nos bolsos.

— Algumas? — Ester arqueou as sobrancelhas, encarando o perfil do rosto dele. — Eu pensei que seria uma por vez. Era isso que estava no regulamento da Giovanna.

— Sim, a princípio seria, mas... — Alexander passou a mão na nuca, como se ajeitasse os cabelos já alinhados. — Não posso continuar alimentando expectativas daquelas que não irei escolher.

— Está certo disso?

— Sim.

— Considero muito sensato de sua parte. Não seria justo com elas.

Alexander respirou fundo.

— Tomara que meus pais vejam por essa óptica também.

— Eles não sabem a sua decisão? — Ester questionou, surpresa.

— Não exatamente. — Alexander caminhou até as duas poltronas próximas à escrivaninha e convidou Ester para acompanhá-lo.

— Meu pai vive dizendo que preciso tomar as rédeas da minha vida e decidir sobre meu futuro de uma vez por todas. — O príncipe deu de ombros. — Chegou a hora. Pelo menos nisso tenho que ter carta branca.

— Eu entendo — Ester procurou os olhos de Alexander —, contudo é sempre bom ter uma segunda opinião ou um conselho. Eles são mais experientes nesses assuntos, você não acha?

— Não me sinto à vontade falando com meus pais sobre isso. — O príncipe fixou o olhar no carpete sob seus pés. — Foi por isso que chamei você aqui, para me ajudar a decidir quais devo dispensar.

— Eu? — A voz da jovem saiu estridente.

Alexander a fitou, sério.

— Esse não foi o nosso combinado? Que você me ajudaria?

— Sim, mas não achei que opinaria tão diretamente. — Ester se levantou de súbito. — Eu concordei em falar sobre as garotas, e a decisão final seria sua.

— Tem razão. — Um suspiro escapou lá do seu íntimo, e Alexander também se levantou. — Não posso exigir isso de você.

— Tenho medo de estar errada, entende? — A voz da moça estava mais baixa agora, mais compassiva. — E se eu te levar a eliminar quem não deveria? — Encarando as fotos dispostas no quadro, ele não respondeu. — Alexander, você já orou em relação ao que está prestes a fazer?

Ele permaneceu em silêncio por alguns segundos, diante da pergunta de Ester.

— Sim. — O príncipe se virou para ela, com um pequeno sorriso repuxando os lábios. — E acaba de me ocorrer que eu já tinha a resposta esse tempo todo. Sei exatamente quais devo mandar embora.

— Está mesmo certo quanto a isso?

— Sim. Quer saber quem são?

— Não. — Ester disse, taxativa. — Eu prefiro descobrir com as outras garotas.

— Como quiser. — O príncipe conferiu a hora. — Temos que ir, já devem estar todos à mesa.

DE REPENTE *Ester*

— Chegaremos juntos? — perguntou ela, pouco à vontade com a ideia.

— Sim, qual o problema?

— Nenhum. Eu espero.

Alexander riu diante dos temores estampados nos olhos brilhantes dela.

— Somos amigos, não somos? — Ela assentiu. — Então que mal há em dois amigos fazerem companhia um ao outro? — Ofereceu o braço direito para guiá-la.

— Só não quero instigar o ciúme de ninguém. — Mesmo contrariada, enlaçou seu braço ao do príncipe. — Essas meninas podem ser bastante competitivas. Quanto mais eu passar despercebida, melhor será.

Alexander e Ester entraram de braços dados na sala de jantar, atraindo os olhares de todos os presentes no recinto e interrompendo as conversas. A jovem se apertou um pouco mais forte nele, incomodada com a atenção que recebiam e com o olhar inquisitivo das demais garotas. O príncipe, percebendo a reação, pousou a mão esquerda sobre a dela, em apoio.

— Eu te disse — ela sussurrou entredentes, apenas para ele ouvir.

— Relaxa, Ester. — Ele devolveu no mesmo tom, segurando o riso.

O rei e a rainha estavam sentados lado a lado em uma extremidade da mesa, e do lado oposto estava o lugar do príncipe e outra cadeira vazia. Ester olhou ao redor e notou que não faltava nenhuma moça. Seu estômago revirou ao constatar que ficaria em um lugar de destaque logo no primeiro jantar com a realeza.

Alexander se adiantou e puxou a cadeira para ela se sentar, antes que o mordomo de prontidão pudesse assim fazer. Quando todos estavam acomodados, o rei se levantou, e Ester se sentiu aliviada, pois agora o soberano era quem tinha a atenção para si.

— Gostaria de externar minha gratidão e dizer que está sendo um prazer tê-las aqui no palácio. Tenho ouvido coisas ótimas a respeito de cada uma de vocês. Antes de o jantar ser servido, gostaria de fazer uma oração.

O rei elevou a voz em uma prece eloquente e longa, pedindo por cada um ali presente, pelas províncias e por aqueles que não tinham alimento em suas mesas, para que Deus, em sua infinita bondade, provesse de alguma forma. Por fim, clamou uma bênção especial na vida de cada uma das moças.

De olhos fechados e cabeça baixa, Ester deixou que cada palavra entrasse em seu coração. Era incrível como o Espírito Santo parecia abraçá-la naquele momento, trazendo paz, tranquilidade e contentamento.

O jantar foi servido, e, enquanto todos conversavam animados, Ester notou Alexander calado, respondendo com poucos monossílabos e apenas quando necessário. Era evidente seu desconforto e apreensão com o anúncio iminente.

No fim, após a sobremesa ser servida, o príncipe se levantou e pediu a atenção de todos os presentes. Gradativamente as conversas e as risadas cessaram, e todos passaram a se concentrar no que ele tinha a dizer. O rei apoiou o cotovelo no braço da poltrona e passou os dedos pela barba espessa, atento ao que o filho falaria.

— Como todas aqui estão cientes, esse processo se fez necessário com o propósito de escolher minha futura esposa. — Alexander comprimiu os lábios, procurando a melhor forma de transmitir o que precisava proferir. — Nesses poucos dias, consegui perceber as peculiaridades de cada uma, e não seria justo manter vocês aqui por muito tempo.

— Alexander — o rei interrompeu —, aonde você quer chegar com esse discurso?

O príncipe aspirou devagar o ar para dentro dos pulmões, encarando seu progenitor.

— Estou tomando as rédeas, papai.

Ambos se fitaram por algum tempo, a tensão girando entre pai e filho. O príncipe suspirou, pousando os olhos em cada uma das garotas, até chegar a Ester, ao seu lado.

DE REPENTE *Ester*

— Senhoritas Brittanny Brown, Annie Roberts e Emilly White, agradeço a disposição de vocês em estarem aqui, mas neste momento as libero desse compromisso. Desejo um futuro esplêndido a cada uma e espero que o Senhor Jesus guie seus passos por onde forem.

Exclamações de surpresa salpicaram pelo ar, inclusive do rei e da rainha, tamanha a surpresa com a revelação proferida pelo príncipe, que de uma vez havia acabado de mandar três garotas para casa, sem prévio aviso. Ester olhou para ele desacreditada, pois Brittanny, Annie e Emilly eram as garotas das quais ela havia declarado não ter conseguido se aproximar até aquele momento.

★★

A cozinha estava escura, exceto pela luminária sobre uma das estações, quando Ester entrou no cômodo horas após o jantar. Com os cotovelos apoiados no balcão e o rosto coberto por ambas as mãos, Alexander remoía em sua mente a conversa que tivera com o pai após se despedirem das três moças:

— *Esse não era o combinado, Alexander* — *o rei bradou, na privacidade da sala do trono.* — *Se queria enviar alguém para casa hoje, que fosse apenas uma moça, e eu gostaria de ter sido avisado sobre sua decisão, antes de qualquer coisa.*

— *Eu errei não informando o senhor com antecedência, estou ciente disso. Contudo, não acho que tenha errado ao dispensar as três moças.* — *Com o corpo rígido e braços cruzados na altura do peito, o príncipe manifestava sua escolha com firmeza.*

— *Eu sei o que você está pretendendo fazer.* — *Sebastian aproximou-se do filho, encarando-o de forma veemente.* — *Você nunca concordou com a ideia de ter tantas garotas aqui, com esse propósito. Quer acabar com tudo isso quanto antes, não é mesmo?*

Alexander comprimiu os lábios e desviou os olhos para longe do pai.

— *Não estou sabotando o processo.*

— *Então me explique sua atitude de mais cedo* — *o rei inquiriu, exasperado.* — *Porque, sinceramente, Alexander, você não está me parecendo empenhado o bastante.*

O príncipe deixou o ar sair dos pulmões de uma só vez, tentando organizar seus critérios de avaliação e os motivos que o levaram a tomar aquela decisão.

— Elas não se encaixavam em meus padrões.

O rei riu de um jeito sagaz.

— Eu entendo que não é qualquer garota que atende aos moldes da realeza. Entendo também que, como cristãos, devemos ter certas diretrizes na escolha de nossa companheira. Porém, às vezes eu fico me perguntando quem se encaixaria nos seus parâmetros. Você teve 26 anos da sua vida para encontrar alguém digna de tais exigências, mas tudo o que vi foi uma falta de interesse descomunal de sua parte, quando o assunto é esse.

— Exatamente, papai! — o príncipe respondeu, ignorando a sutil insinuação do rei quanto à sua masculinidade. — Se em 26 anos não consegui, espera que eu consiga em alguns meses? — Alexander questionou, aflito.

— É aí que está a questão, meu filho. — O rei pôs a mão no ombro do príncipe, buscando a inteira atenção dele. — Você não deu chances às pobres garotas. Apenas alguns dias se passaram. Já imaginou que nesse seu ato desesperado possa ter mandado embora a garota certa?

— Esses dias foram suficientes. Elas não eram o tipo de esposa que quero ao meu lado.

— Então você já sabia tudo sobre elas. — Impaciente, o rei se afastou, cerrando os punhos.

— Assim como o senhor em apenas dois dias soube que a mamãe era a mulher da sua vida.

Sebastian se voltou para Alexander, com o maxilar contraído.

— Uma coisa não tem nada a ver com a outra.

— No que isso é diferente? — o príncipe inquiriu.

O rei massageou o peito, subindo os cinco degraus até o trono, a fim de se sentar. Toda aquela discussão estava sugando suas energias.

— Quero que você entenda, meu filho, que eu nunca tive problemas para me apaixonar. E não é segredo que me enamorei por sua mãe desde o primeiro momento que a vi.

Com um pequeno sorriso tomando conta de seus lábios, Sebastian deixou a mente vagar até o exato momento em que conhecera a bela jovem de longos cabelos dourados, em um baile organizado para que ele conhecesse algumas moças. Elizabeth arrebatou o coração do futuro rei de Galav no mesmo instante em que os olhares de ambos se cruzaram.

— Apenas confie em mim, papai. — Alexander abrandou o tom de voz, sentando-se ao lado do trono, no lugar que pertencia à sua mãe e que em um futuro bem próximo seria de sua esposa. — Eu prometo que vou escolher uma delas. Acredite no meu julgamento quando digo que aquelas três jovens não tinham nada a ver comigo.

Sebastian tocou a mão do filho com um sorriso complacente.

— Tudo bem. Mas, por favor, me deixe a par de suas decisões a partir de agora. Sei que isso é algo particular, no entanto eu gostaria de saber quem você pretende escolher para ser minha nora.

Ester caminhou em direção à bancada, observando o príncipe absorto. Ao notar a presença dela, Alexander retirou as mãos do rosto, revelando um semblante cansado. A camisa com as mangas arregaçadas, a gravata frouxa no pescoço e os cabelos despenteados davam-lhe um ar desleixado, não se parecendo nada com o homem perfeitamente alinhado que ela vira na porta de seu quarto, mais cedo.

A expressão séria de Ester o fez suspirar. Ele deixou o corpo escorregar pela cadeira, desconfiando do porquê de seu desgosto.

— Vai lá, grita comigo também — disse ele, com os olhos fitando a bancada de mármore.

Ester ergueu o cenho, com repentina compaixão. Era isso que ela mais desejava fazer naquele momento, gritar por ele ter mandado embora as três moças de quem ela não gostava, tornando-a ligada diretamente à sua decisão. Porém, um sentimento de empatia pelo príncipe inundou o coração da jovem. Não era justo ele suportar chiliques, quando o rapaz deveria ter uma explicação plausível que justificaria seu ato.

— Eu sinto muito, Alexander. — Com palavras calmas e olhar terno, Ester atraiu a atenção do príncipe para si. — Apenas gostaria de saber o porquê de ter eliminado as garotas que citei ontem como não sendo as minhas favoritas.

Alexander afrouxou um pouco mais a gravata, tirando-a do pescoço.

— Brittanny, Annie e Emilly não me causaram boa impressão desde o dia em que as conheci. As atitudes, a forma de se portarem, as roupas sempre tão provocantes davam a impressão de que queriam me seduzir a todo custo em nossos encontros. Isso me enojou profundamente. — O príncipe passou a dobrar a gravata, conforme prosseguia com o relato. — Eu já vinha orando para Deus me dar uma saída, já que não queria mantê-las aqui por muito mais tempo. — Alexander suspirou e encarou Ester, constrangido. — A natureza do homem é perigosa, Ester, e às vezes as mulheres agem como se não fizessem ideia do quanto! — Um silêncio desconcertante surgiu entre eles por vários segundos, e Ester passou a indagar se ele também se referia a ela. O vestido justo do jantar não era tão recatado. Na verdade, ele não era nada modesto. Pelo visto, a trégua com John duraria pouco, pois nunca mais aceitaria usar algo parecido com aquele vestido. Alexander pigarreou, enquanto entrelaçava as mãos sobre o balcão, antes de voltar a falar. — Quando conversamos ontem à noite e você destacou as três, entendi que não era por acaso. Mas, mesmo assim, eu estava em dúvida se deveria eliminá-las de uma só vez, e queria uma confirmação. Por isso chamei você antes do jantar. Esperava que me desse a resposta. Porém, não era preciso. A Bíblia diz que devemos correr da aparência do mal, e foi isso que fiz.

Admirada com a conduta de Alexander, Ester lhe ofereceu um olhar benevolente e, por algum motivo, pensou que o príncipe era muito parecido com o tio Joseph em seus princípios.

— Você agiu certo.

— Obrigado! — Um sorriso satírico emoldurou o rosto do príncipe. — Pelo menos alguém concorda comigo.

— Seus pais não entenderam?

— Para o meu pai, estou tentando sabotar todo o processo. — Ele fixou sua visão na escuridão que tomava a cozinha ao redor. — Minha mãe nunca se atreve a expressar uma opinião contrária à dele.

Não disse nada. Não sei o que ela achou da minha decisão. Talvez não quisesse aborrecê-lo, tendo em vista seu atual estado de saúde.

— O rei não está bem?

Alexander voltou a olhá-la, como se desse conta apenas naquele momento do que havia falado, revelando algo sigiloso. No entanto, aquilo não o impediu de prosseguir segundos depois.

— Meu pai tem sérios problemas cardíacos. — O príncipe recostou-se na cadeira, um pouco hesitante. — Por isso a pressa para que eu me case e assuma o trono. Segundo as leis de Galav, um rei só pode governar se estiver totalmente saudável.

Algo na fala do príncipe fez Ester recordar-se de Alexia. Aquilo queria dizer que sua frágil saúde poderia ser um empecilho para ela herdar o trono algum dia?

— Sinto muito, não deve ser fácil toda essa pressão.

— Estou acostumado com pressão, Ester. — Alexander se levantou, indo até a geladeira logo atrás. Tirou de lá um bolo de chocolate e o pôs sobre a bancada. Em seguida, serviu uma fatia a ela. — Eu preciso ir agora. Logo pela manhã devo viajar. Ficarei dois dias fora, mas já avisei a Abigail, para ela continuar abastecendo a geladeira com as sobremesas noturnas. — Ele sorriu para a jovem, exibindo pela primeira vez um pouco de humor após os acontecimentos das últimas horas. — Os guardas também já estão avisados, e você terá livre acesso à cozinha na minha ausência. — Ester assentiu de boca cheia, sentindo a explosão de sabor do chocolate no generoso recheio. Ele voltou a sorrir, e dessa vez seus olhos brilharam enquanto a observava tentar engolir a sobremesa. — Posso te fazer um pedido?

— Claro.

— Agora, mais do que nunca na minha vida, eu preciso de sabedoria para tomar algumas decisões importantes. Sinto que sem ajuda não conseguirei, então... — Ele parou por alguns instantes, hesitante com o pedido. — Ore por mim, por favor.

Com o olhar perdido, Ester seguia absorta às explicações da aula de história de Galav. A aflição de Alexander quando pediu que ela orasse por ele ainda a perturbava, mesmo depois de quatro dias da partida do rapaz. E foi isso que ela fez. Orou fervorosamente pelo príncipe, rogando para que Deus o orientasse, protegesse e, acima de tudo, lhe desse sabedoria.

Alexander não voltou na data prevista, e uma grande preocupação caiu sobre Ester, levando seu coração a se contrair em angústia pela falta de notícias. Tamanha era sua distração naquele momento, que nem ao menos percebeu que a rainha havia entrado na sala de instrução e se encontrava ao lado de Giovanna.

— Temos um grande desafio para vocês. — Elizabeth sorria com empolgação. — Uma boa rainha deve ser hospitaleira. Pensando nisso, lançaremos a vocês a difícil missão de preparar um baile. Afinal, qual é a melhor ocasião para receber pessoas, senão em uma festa? — As moças logo ficaram eufóricas com a novidade. — Vocês trabalharão em equipe, e quero ver total dedicação de cada uma, pois as supervisionarei de perto. Quanto aos convidados, não se preocupem, eu me encarregarei dos convites.

— Teremos quanto tempo? — perguntou Mary, animadíssima.

— Quatro semanas, apenas.

— De que forma vamos organizar um baile real em quatro semanas? — Mellanie disse, exasperada.

— Como eu disse, trabalhando em equipe. — A rainha sorriu gentilmente. — Não se preocupem. É possível, com bastante dedicação, organizar uma festa desse nível em tão pouco tempo. Eu vou ajudá-las no que for preciso.

As garotas fizeram mais algumas perguntas e, quando todas as dúvidas foram sanadas pela paciente rainha, Elizabeth se dirigiu a Ester.

— Senhorita Sullivan, poderia me acompanhar um momento?

— Claro.

Ester a acompanhou até o corredor.

— Desculpe-me conversar aqui mesmo. Tenho um compromisso em alguns instantes e gostaria de falar antes de partir.

DE REPENTE *Ester*

— Eu não me importo, aconteceu alguma coisa?
— Conversei com o psicólogo da Alexia e lhe contei sobre a maneira que ela havia se comportado com você. — A rainha comprimiu os lábios e balançou a cabeça. — Ele pareceu não acreditar em uma só palavra do que eu disse. Então, pedi que viesse até aqui para ver de perto. Você se importaria de passar um tempo com ela e o senhor Charles amanhã?
— Será um prazer estar com a Alexia. Já tem alguma atividade em mente?
— Você tem carta branca para planejar algo. — Sorriu de forma jovial.
— A Alexia gosta de ir à praia?
— À praia? — a rainha perguntou, com o cenho franzido.
— Quando estava vindo para o palácio, notei que existe uma praia a poucos metros daqui.
— Sim, temos uma praia particular atrás do palácio.
— A senhora me autoriza a levá-la até lá?
— Alexia não pode tomar sol ou ficar muito tempo exposta a esse clima seco dos últimos dias. Não fará bem à pele dela.
— É uma pena, acredito que ela gostaria muito. — Ester não queria abrir mão da ideia, pois aquela também seria uma ótima oportunidade de se livrar um pouco da rotina estressante que havia sido imposta a todas as garotas nos últimos dias. Além do mais, mal podia esperar para ver a princesa. Passaria momentos agradáveis com a menina e deixaria de se preocupar tanto com o sumiço de Alexander. — E se eu prometer não ficar muito tempo por lá? Acredito, mesmo, que a princesa precise de um pouco de ar fresco, e ver o mar possa fazer bem a ela.

Elizabeth parecia irredutível.

— Eu não sei...
— A senhora disse que eu teria carta branca, e sei que posso cuidar dela como minha própria vida. Por favor, Majestade.

A rainha respirou fundo e comprimiu os lábios, pensativa por alguns segundos.

— Tudo bem. No entanto, terei de conversar com o dermatologista e solicitar que ele passe orientações expressas a você ou até mesmo as acompanhe no passeio.

Ester não achava tudo aquilo necessário, mas concordou sem ressalvas.

— Majestade, posso fazer uma pergunta? — tímida, Ester solicitou.

— Há algo mais que gostaria de saber sobre a Alexia?

— Não. É sobre o seu filho, na verdade. — A rainha assentiu, indicando que ela poderia falar. — Antes de o príncipe viajar, ele me pareceu um pouco aflito. Também disse que ficaria apenas dois dias fora, e já faz quatro dias desde sua partida. Estou preocupada.

Elizabeth apenas sorriu por um longo período.

— Alexander está bem — disse, enfim. — Surgiram outros compromissos para ele cumprir antes de voltar para casa. — Elizabeth suspirou, e o sorriso sumiu de seus lábios. — Acredito que de agora em diante será sempre assim. Meu filho está cumprindo, além das suas obrigações, as do rei também. Por isso eu e Giovanna vimos a necessidade de realizarmos um baile. Assim vocês estarão ocupadas o bastante para não sentirem a falta dele.

— Compreendo — Ester respondeu, com o rubor tomando conta de sua face. — Desculpe a minha indiscrição.

— Não precisa se desculpar. — Elizabeth tocou o braço de Ester. — Fico feliz em saber que o bem-estar do meu filho não é apenas uma preocupação minha. — A rainha fez uma pausa, com um sorriso travesso iluminando o rosto. — A propósito, Abigail está sendo generosa com as sobremesas noturnas?

Pega de surpresa, Ester gaguejou:

— Sim, ela é sempre muito generosa.

— Pelo que conheço do meu filho, você deve ter se tornado muito especial, para ele dividir algo tão particular. — Ester apenas sorriu, ainda mais envergonhada. — Acho que vocês estão no caminho certo. Como diz um velho provérbio de Galav: "A amizade é um amor que nunca morre[9], então case-se com seu melhor amigo".

Dito isso, a rainha piscou para Ester antes de sair, deixando a jovem desconcertada.

....
9 Mario Quintana.

Capítulo 17

Querido futuro marido,

O amor é um dom de Deus e é a base de todo relacionamento saudável. Porém, muitas vezes nós usamos a palavra "amor" para coisas insignificantes. Com todo esse "amor" pairando no ar, fica fácil perder a noção do que ele é realmente. Em 1 Coríntios 13, Paulo nos faz refletir sobre o significado desse sentimento poderoso: "O amor é paciente, o amor é bondoso. Não inveja, não se vangloria, não se orgulha. Não maltrata, não procura seus interesses, não se ira facilmente, não guarda rancor. O amor não se alegra com a injustiça, mas se alegra com a verdade. Tudo sofre, tudo crê, tudo espera, tudo suporta". E é agarrada ao versículo sete desse mesmo capítulo que espero por você, ciente de que haverá dor, haverá dificuldades, haverá espera. Mas, sobretudo, haverá força, paciência e recompensa.

De sua futura esposa,
Hadassa.

Charles levou uma bala de hortelã até a boca para mascarar o hálito de uísque e recolocou a gravata no lugar antes de seguir para os aposentos da princesa Alexia. Enquanto isso, sua mente voava até a lembrança da bela moça do baile de apresentação das pretendentes do príncipe. Os olhos brilhantes e o modo como ela corava sempre que ele a encarava o deixavam fascinado. Com seu melhor sorriso, o psicólogo ajustou o terno sobre o corpo e irrompeu pela porta do quarto da paciente. Meia dúzia de funcionários do palácio e sua equipe circulavam pelo ambiente, um grupo seleto de inteira confiança.

Alexia estava sentada na escrivaninha, desenhando como sempre fazia, enquanto Anastácia escovava seus cabelos. Charles sentiu a empolgação diminuir ao perceber que Ester ainda não se encontrava lá. Anastácia virou-se e sorriu quando notou a presença do rapaz, cumprimentando-o. A babá era bonita, mas não o tipo que o atraía. De toda forma, ele adorava a atenção recebida dela todas as vezes que se encontravam nas consultas da princesa.

Charles foi até a menina e espiou por cima dos ombros de Alexia a fim de conferir qual era o desenho do dia. O psicólogo uniu as sobrancelhas ao ver do que se tratava. Ele tinha que admitir, a menina tinha um talento inigualável para a arte, e suas criações eram realistas, como uma fotografia. Reconheceu a figura de Alexander e Ester de mãos dadas no meio de um jardim florido, tendo como plano de fundo uma cópia fiel do palácio.

Ele limpou a garganta, atraindo a atenção da princesa.

— Bom dia, Alteza. Belo desenho! — cumprimentou, animado, buscando ser retribuído pela primeira vez. Alexia levantou o olhar até ele, mas não respondeu.

Era sempre assim. Charles nunca havia conseguido arrancar uma única palavra da princesa. Tal atitude o irritava porque a menina o ignorava ao longo dos anos. Por outro lado, ele preferia dessa maneira, já que lidar com crianças nunca fora de seu agrado. Mas, se ela retribuísse um pequeno cumprimento, o gesto ajudaria na credibilidade do seu trabalho perante o rei e a rainha, indicando algum avanço. Não que Charles quisesse isso de verdade. No entanto, o olhar direcionado a ele era apático, como se sua existência fosse insignificante, e isso fazia o sangue dele ferver. Porém, Charles estava disposto a relevar. Desde que o recheado salário continuasse a cair na conta todas as semanas, ele não ligava a mínima.

A porta do quarto se abriu, e Ester foi anunciada. O psicólogo jogou as lamúrias para escanteio e se concentrou na moça. Ela trajava um vestido longo com estampa floral e uma bolsa grande pendurada no ombro. Nas mãos trazia dois chapéus, um era enorme e o outro, do mesmo modelo, menor. Charles a observou se aproximar e parar no meio do quarto, hesitando em prosseguir quando notou a presença dele. Anastácia, que já havia terminado de escovar os cabelos da princesa, fez as apresentações sem muito entusiasmo.

— Senhor Charles, essa é a senhorita Sullivan. Senhorita, esse é o terapeuta da princesa Alexia.

— Já tivemos o prazer de nos conhecer. — Como no dia em que Ester chegara ao palácio, Charles seguiu em sua direção sorrindo de modo galante. Tomou sua mão direita e deixou um beijo nela. — Está encantadora, senhorita Sullivan, assim como da primeira vez que a vi.

— Obrigada, senhor Charles. — Ester forçou um sorriso educado ao se afastar dois passos para trás.

— Pode me chamar apenas de Charles, por favor.

A jovem ajeitou a bolsa nos ombros e arqueou as sobrancelhas, deixando ainda mais intensos seus olhos já brilhantes.

— Então, senhor Charles — Ester ignorou o pedido —, a rainha disse que o senhor gostaria de passar um tempo comigo e a princesa — pronunciou cada palavra com cautela.

Charles sorriu, sem se importar com o menosprezo.

— Ah, sim! Sua Majestade me ligou há alguns dias, mas eu estava em uma viagem, por isso não pude vir antes. Ela disse que Alexia a havia surpreendido com um comportamento incomum. Preciso ver de perto.

Ester assentiu e se aproximou de onde Alexia estava, a fim de cumprimentar a princesa. A menina, ao perceber a presença da jovem ao seu lado, olhou para ela e sorriu.

— Bom dia, princesa. — A moça fez uma reverência. — Preparada para um dia inteiro de diversão? — Alexia mordeu o lábio inferior e assentiu, contendo um sorriso envergonhado. Foi então que os olhos de Ester repousaram no desenho sobre a escrivaninha. — O que é isso? — perguntou com surpresa, ao se reconhecer em um vestido de noiva.

— Você e meu irmão — Alexia sussurrou.

DE REPENTE *Ester*

Surpresa com a declaração, Ester olhou para Charles e Anastácia, que observavam à distância.

— Como tem certeza de que serei eu que vou me casar com seu irmão, e não outra garota?

Alexia deu de ombros e desviou os olhos para o desenho.

— Ouvi meus pais conversando.

O coração de Ester disparou.

— Sobre mim?

— Não exatamente. — Alexia comprimiu os lábios e voltou a atenção a Ester. — Na verdade, isso foi antes de todas vocês virem para o palácio. A escolha das garotas obedeceu a um critério específico. Minha mãe disse que o Alexander gosta de mulheres de cabelos longos. Mas todas as moças cortaram o cabelo quando chegaram aqui, menos você. Então ele vai te escolher.

Charles se remexeu inquieto em seu lugar. Era a primeira vez que escutava Alexia falar, e ela ainda pronunciava uma sentença longa, colocando em xeque suas habilidades de psicólogo na tentativa de fazer a garota se abrir com ele.

Buscando assimilar a lógica da princesa, Ester demorou um pouco até prosseguir.

— Você está pronta?

— Sim. — Alexia exibiu um sorriso contido, contraindo os lábios de um canto ao outro. — Aonde vamos?

— À praia.

— Verdade? — A menina olhou para Anastásia em busca de confirmação.

— Só se você quiser — a babá respondeu.

Alexia assentiu, e Ester colocou um dos chapéus na cabeça da princesa. Ela já estava vestida com roupas de proteção UV, projetadas especialmente para ajudar a bloquear os raios solares nocivos à pele sensível da princesa. O dermatologista não as acompanharia, mas Ester havia se encontrado com ele um dia antes, quando o profissional esteve no palácio para a consulta semanal. O médico havia feito tantas recomendações, que a moça mal conseguia acompanhar e fazer as anotações necessárias e solicitadas por ele. Diante das ressalvas, a jovem imaginou como era difícil para Alexia viver dentro daquela bolha de proteção, e isso a impulsionou a proporcionar um dia incrível para a princesa.

Antes de todos partirem, Ester precisou colocar um par de luvas, como as que a babá usava. Segundo orientação, ela nunca deveria tocar na garota se suas mãos estivessem desprotegidas, a fim de não transmitir nada contagioso à frágil criança. Quando saíram do quarto, parte da multidão que estava no aposento os seguiu. Por algum motivo, a menina parecia estar incomodada com a presença de tanta gente, mas ninguém parecia notar esse desconforto além de Ester.

— Todos vão conosco? — Ester perguntou para Anastácia.

— Sim. — Charles se adiantou. — São da minha equipe e preciso deles.

— De *todos* eles? — Ester olhou para um garoto magricelo que carregava uma pasta preta. Parecia que aquela era sua única função.

— Sim, todos — disse ele, taxativo.

Ester encarou o grupo.

— É só um passeio, senhor Charles, não vamos transformá-lo em um projeto de pesquisa. — O tom de sua voz era suave, para não deixar a princesa ainda mais incomodada. — Creio que apenas Anastácia, o senhor e alguns seguranças serão necessários.

Charles crispou os olhos, encarando-a de volta, e ela sustentou o olhar com determinação. Definitivamente, aquela moça à frente dele muito lhe agradava, e até a petulância que ela exibia naquele momento o fascinava. O terapeuta olhou para a equipe e com apenas um aceno de cabeça os dispensou.

— Obrigada. — Ester retomou seu trajeto.

Na entrada do palácio, alguns carros já os aguardavam. Quando os quatro estavam prestes a embarcar, ouviram ao longe o grito de uma mulher.

— Esperem! Esperem! — Acenava e corria na direção deles uma senhora trajando um dólmã[10] comprido, calça vermelha e uma toca

---

10 Uma espécie de jaleco (normalmente branco) usado pelos cozinheiros.

DE REPENTE *Ester*

como as dos mestres-cucas que Ester sempre via nos programas matinais de culinária. — Ainda bem que os alcancei — disse ela, ofegante, ao chegar até o grupo parado na porta do automóvel.

— Por Deus, Abigail, você não está mais com idade para correr dessa maneira. — Anastácia se adiantou para pegar das mãos da mulher uma cesta de piquenique. — Nenhum de seus ajudantes poderia fazer isso por você?

— Bobagem. — Abigail deu um tapa no ar, corrigindo a postura. — Quando a rainha me informou que Alexia iria a um passeio com a senhorita Sullivan, eu fiz questão de preparar os quitutes e entregar pessoalmente.

Ester retribuiu o sorriso simpático da mulher rechonchuda de bochechas rosadas e sardentas, que parecia ter saído de um desenho animado. Alguns fios de cabelos ruivos escapavam do *toque blanche*[11], denunciando sua nacionalidade irlandesa.

As duas trocaram olhares cúmplices. Ester, por fim, poderia associar o nome à pessoa, aquela que deixava mais doces seus fins de noite. Abigail, obedecendo às ordens do príncipe, não deixou de preparar algo especial todos os dias e exclusivamente para a jovem, durante a ausência dele. Parecendo satisfeita com o que via, Abigail se despediu e voltou para dentro do palácio com as mãos apoiadas na lombar.

O caminho até a praia foi curto. O carro apenas circulou pela pequena estrada de cascalho em volta do palácio, ladeada de palmeiras altas, até entrarem na área restrita. Os seguranças inspecionaram todo o local, antes que pudessem desembarcar.

Eles desceram a colina, e a primeira coisa que Ester fez quando chegaram à beira-mar foi tirar o calçado e fincar os pés na areia para senti-la entre os dedos. A brisa marítima, leve e suave, agitou seus cabelos, e a imensidão do mar parecia tocar o firmamento no horizonte, misturando os diferentes tons de azul e laranja do céu da primavera.

....
11 Nome francês para "touca branca". É o conhecido chapéu de chef.

Alguns seguranças se espalharam para verificar a área mais uma vez, enquanto outros se mantiveram a certa distância. Ainda era estranho ter tanta gente por perto, mas Ester procurou ignorá-los e aproveitar o passeio.

— Eu e a Anastácia vamos dar espaço a vocês, mas vou ficar observando — Charles disse, como se lesse seus pensamentos, antes de sair com a babá.

Descalça, Ester instruiu a princesa a fazer o mesmo. Alexia abaixou os olhos e mordeu os lábios.

— Acho que vou ficar com meus sapatos.

— Estamos na praia, meu bem. E não se usam sapatos aqui. Os pés precisam sentir a areia, isso repõe nossa energia — Ester brincou.

A princesa olhou para os pés, hesitante outra vez. As mãos pendidas ao lado do corpo apertavam o tecido com UPF 50+[12] da calça, enquanto a menina permanecia calada.

Ester se abaixou e tocou no queixo de Alexia, para que a princesa olhasse para a jovem.

— Não precisa ter medo, é saudável andar descalça.

— Não é isso — a princesa sussurrou, receosa. — Tenho vergonha. — Ela quase não escutou a menina.

— Vergonha do quê, querida?

Lentamente, Alexia ergueu alguns centímetros da manga longa da blusa UV, revelando manchas brancas irregulares e distintas, que contrastavam com sua pele saudável e criavam um padrão único e marcante.

— Tenho nas minhas pernas, espalhadas pelo corpo e nos pés também.

Ester a observou com atenção. Então aquele era o motivo de tanta preocupação por parte da rainha e o culpado por Alexia ser mantida em uma bolha de proteção? Em Cefas, era tão comum, que ela achou a situação banal. As pessoas em seu país que possuíam a mesma condição, conhecida por lá como pele despigmentada,

....
12 Bloqueia mais de 98% dos raios UV.

seguiam com suas rotinas sem nenhuma intercorrência, apesar do grande preconceito em torno da condição. A moça se compadeceu da princesa, ciente de que tal problema vinha roubando uma parte importante de sua infância, e ao mesmo tempo indignada por Charles não ser capaz de fazer a menina se aceitar. Pior ainda era o dermatologista, criando tanto estardalhaço sem necessidade. Era óbvio que algo de errado estava acontecendo e, depois de saber sobre a lei que exigia um soberano saudável, Ester ficou ainda mais certa disso. Ela pôs em seu coração descobrir quanto antes o que era.

Alexia manteve o rosto virado, olhando para outra direção, como se estivesse se recusando a encarar as manchas na pele.

— Esta aqui tem o formato de um coração — Ester disse, atraindo a atenção da princesa. — Olhe, bem aqui. — A moça sorriu e contornou com o dedo a borda curva de pele clara no pulso de Alexia. — Conseguiu ver?

— Não parece um coração para mim.

Ester abriu a bolsa e retirou de lá a caneta que trazia acompanhada do diário. Em seguida, riscou a pele da menina onde seu dedo havia delineado momentos antes.

— E agora, parece um coração para você?

A princesa tentou segurar o riso, mas cedeu, quando observou com mais atenção o desenho.

— Sim!

— Eu aposto que existem outros desenhos incríveis escondidos debaixo de toda essa roupa. E aposto também que os mais legais estão nos seus pés. — Alexia, sem hesitar dessa vez, retirou os calçados e remexeu os dedos na areia quando Ester olhou para eles. — Eu não disse? Já vi uma borboleta e duas joaninhas.

— Onde? — a princesa perguntou.

Ester a guiou até o lugar reservado para elas, debaixo da sombra de um enorme guarda-sol, e juntas elas se sentaram sobre uma larga toalha estendida no chão. Nos minutos subsequentes, a jovem tentou encontrar os desenhos mais inusitados, dos pés até as pernas, e depois das mãos aos braços da princesa.

— Deus é maravilhoso, não é? — Ester suspirou quando não havia mais manchas a serem desenhadas. — Ele é o maior artista deste mundo. — Ela encarou Alexia com um sorriso. — Tudo que existe foi Ele quem fez, e devemos ser gratos ao Senhor o tempo todo pelas maravilhas ao nosso redor e em nós. — Apontou para a pele da menina. Erguendo os braços e olhando para o céu, Ester bradou: — Obrigada, meu Deus! Não me canso de agradecer suas maravilhas.

A risada de Alexia ecoou ao seu lado. Era a primeira vez que a moça escutava aquele som tão doce, daqueles que só vêm do fundo da alma mais inocente do mundo. Para sua surpresa, a princesa, imitando-a, ergueu os braços para o céu e, com os olhinhos apertados e um sorriso singelo nos lábios, sussurrou:

— Obrigada, Deus, por criar a senhorita Sullivan.

★★

Quando Ester e Alexia retornaram da caçada por conchinhas pela praia, após passar algumas horas só delas, Anastácia tinha tudo pronto para o piquenique. Sobre a toalha vermelha quadriculada havia uma infinidade de petiscos e doces que Ester nunca havia provado. Ao sentar-se, ela percebeu que a babá e Charles continuavam distantes, sem interferir. O terapeuta parecia incomodado com o calor. Impaciente, já havia retirado o paletó, os sapatos, a gravata, e a barra da calça estava dobrada alguns centímetros acima dos tornozelos.

— Vocês podem se juntar a nós. Tem comida para um batalhão.

Charles abriu um largo sorriso diante do convite de Ester, sentando-se ao lado da moça. Perto demais. A proximidade com o rapaz a incomodou, no entanto ela se manteve inerte, concentrando a atenção apenas em Alexia. Diferentemente de antes, a princesa parecia um pouco mais relaxada na presença do terapeuta. Mas ainda preferia manter-se quieta em sua companhia.

Ester fez questão de servir os seguranças com suco e bolo. Em um primeiro momento, eles pareceram perplexos com a atitude da moça, antes de aceitar tamanha gentileza e agradecer mais de uma vez.

Uma conversa agradável surgiu entre os adultos, enquanto a princesa comia em completo silêncio. Anastácia os entretinha com histórias engraçadas de algumas experiências em piqueniques, como a vez em que foi atacada por abelhas e precisou se jogar no lago para escapar delas. Ester estava contente por poder espairecer e relaxar fora dos muros do palácio.

— Você está com açúcar de confeiteiro no rosto. — Charles apontou para a bochecha de Ester, quando ela havia terminado de comer.

A jovem passou o guardanapo para limpar, porém ele estava com o glacê de um bolinho recheado, manchando-a ainda mais. Todos riram, inclusive Alexia, enquanto Ester se sujava à medida que esfregava a região.

— Deixe-me fazer isso para você. — Charles se inclinou e passou um guardanapo de papel no rosto de Ester, até ficar limpo. — Prontinho — sussurrou, com o hálito quente tocando a pele da moça.

— Obrigada — Ester agradeceu e recuou alguns centímetros, sentindo o rubor tomar conta do rosto por causa da aproximação exagerada.

Charles levantou os cantos dos lábios, percebendo seu constrangimento. Ele adorava causar aquele efeito nas mulheres. Era o ponto alto de sua existência. Ester sentiu náuseas e desviou o olhar, e lá estava Alexander, mirando-os. O príncipe vestia roupas informais compostas por calça jeans e camiseta branca. O vento chicoteava seus cabelos, enquanto ele permanecia parado, encarando-os. O rapaz não se moveu ao lado de Ester, com as mãos apoiadas no chão e o braço roçando o dela.

— Alteza! — Anastácia foi a primeira a se pronunciar, levantando-se para prestar uma reverência.

Alexia deixou de lado o biscoito que comia e correu para abraçar o irmão. Ester observou Alexander se abaixar na altura da princesa, tomando-a em seus braços. Ela repousou a cabeça no ombro do príncipe, e ele acariciou os cabelos da menina. A cena silenciosa de afeto deixou Ester emocionada. Era lindo o laço de carinho entre eles.

— Informaram-me que estava em uma viagem, Alteza — disse Charles, interrompendo o momento de reencontro entre os irmãos.

— Sim, cheguei há uma hora.

O silêncio pairou entre eles enquanto Alexander olhava para Ester. Não parecia a mesma pessoa de antes da viagem. Já não tinha a peculiar expressão gentil. Dando-se conta do clima desconcertante que se seguia, Charles se levantou.

— Bem, se vocês me dão licença, eu preciso ir. — Ele recolheu os pertences, direcionando a atenção para Ester. — Gostaria de um tempo com a senhorita para podermos conversar sobre minhas observações.

— Claro — a jovem assentiu, sem saber como agir.

— Hoje farei um relatório e algumas pesquisas. Creio que amanhã será um bom momento. Aceita jantar comigo, senhorita Sullivan?

Ester olhou para Alexander antes de responder, à procura de uma sugestão melhor ou algum sinal se deveria ou não aceitar o convite. No entanto, ele não estava mais prestando atenção nos dois. Seus olhos miravam o horizonte, onde o sol começava a descer, e ela se surpreendeu, aceitando.

— Tudo bem.

— Excelente! Mando as orientações.

— Você também pode ir, Anastácia. Cuido da Alexia — disse Alexander, sem manter contato visual com a babá.

Anastácia prestou uma reverência e seguiu Charles sem questionar.

— Eu também devo ir? — Ester tinha uma leve impressão de que ele gostaria de ficar longe de sua companhia. Alexander respirou fundo e olhou para ela. A jovem o sondou, à medida que ele abaixava para se sentar sobre a toalha. O príncipe estava diferente, com uma postura fria, fazendo-a se recordar da figura gélida que observava na TV. E aquele príncipe não lhe agradava nenhum pouco. — Você está bem? — ela perguntou, quando ele não respondeu.

A mandíbula dele contraiu, enquanto evitava contato visual outra vez.

— Sim.

Sentindo-se deslocada, Ester se preparou para sair.

— Acho que também vou voltar ao palácio. Foi muito divertido o nosso passeio, Altezinha. — Tocou a ponta do nariz de Alexia, mas logo se deu conta da intimidade exagerada. — Perdão! Acho que não é apropriado te chamar assim, não é?

— Na verdade, você não é a primeira pessoa que me chama assim. — Alexia sorriu, franzindo o nariz. — O Ew...

— Se correr, você alcança o carro da Anastácia e do Charles. Eles ainda não partiram — o príncipe interrompeu antes de Alexia concluir a fala.

Muito chateada e sem entender o comportamento de Alexander, Ester saiu sem olhar para trás.

— Você foi bem deselegante — Alexia o confrontou de cara feia.

Capítulo 18

Querido futuro marido,

Não é possível evitar as frustrações ao longo da vida. Ao passar por esses momentos, diversas emoções nos tomam, como raiva, tristeza e um desejo incontrolável de fugir daquilo que nos deixa aflitos. E é assim que me sinto quando os percalços da vida me alcançam. É difícil manter-se forte. A mente vacila, e o corpo padece. Queria tanto ter você ao meu lado em momentos assim. Contar com seu auxílio, conforto e sua mão amiga, sempre velando por mim.

De sua futura esposa,
Hadassa.

No dia seguinte ao passeio da praia, durante o intervalo após o almoço, Ester ainda tentava entender a conduta hostil do príncipe na tarde anterior. Ela estava tão chateada, que preferiu ficar em seus aposentos naquela noite e não descer para o jantar. Algo estava errado com ele e, por mais que quisesse confrontá-lo, optou também por não ir à cozinha no fim da noite, para deixar os ânimos se acalmarem. Em momentos assim, a saudade que ela sentia do tio aumentava, e o desejo por um abraço dele a afligiu profundamente. Mary Kelly, percebendo-a absorta, se aproximou:

— Uma moeda por seus pensamentos.

— Quero ir para casa — Ester choramingou, farta da montanha-russa de sentimentos desde sua chegada ao palácio.

— Não diga bobagens. — Mary riu de forma espontânea. — Eu sei que nos últimos dias tem sido um tédio sem fim devido à ausência do príncipe, mas ele retornou e até jantou conosco ontem. Onde você estava?

— Não me sentia bem, e preferi ficar no meu quarto.

— Ele foi tão atencioso com todas nós! — Mary suspirou, sonhadora.

"Então o problema sou eu", pensou Ester, a preocupação agitando seu coração.

Mary passou a tagarelar sobre as expectativas para o baile vindouro e sobre como sempre sonhara participar de um evento tão pomposo. Após quase dez minutos de falatório, que mais pareceram uma eternidade, a moça interrompeu seus devaneios abruptamente com os olhos fixos na porta do salão onde todas estavam reunidas.

Alexander sorria para as garotas, com algumas gardênias brancas nas mãos. Aquelas flores eram as preferidas de Ester, pois representavam inocência e doçura. Em Galav, quem recebesse uma gardênia sabia da intenção do presenteador em dizer que a pessoa era adorável. As brancas indicavam pureza e as com as pétalas amarelas significavam amor secreto.

O coração de Ester deu um salto no peito quando ele pousou os olhos nela, mas estes não transmitiam nada além de algidez.

— Senhorita Kelly, gostaria de levá-la a uma caminhada.

Como se não acreditasse no que ouvia, Mary saltou de onde estava, com um gritinho eufórico.

— Claro, Alteza! Será um prazer. — Ela correu até o príncipe, aceitando as flores que lhe foram oferecidas, antes de entrelaçar seu braço ao dele.

Já era tarde quando Alexander e Mary retornaram do passeio. As demais garotas estavam empenhadas nas listas de afazeres do baile. Havia tanto a decidir, que aparentemente as semanas estipuladas pela rainha não seriam suficientes.

Mary arrastou Alexander para dentro do salão, enquanto sorriam um para o outro como se compartilhassem um milhão de segredos. O príncipe se sentou à mesa ao lado de sua acompanhante, de frente para Ester.

— Já decidiram o tema? — ele perguntou ao se acomodar.

— Sim! Vai ser um baile de máscaras, como nos filmes — Rachel foi quem respondeu.

Em questão de minutos, todos falavam sobre produções com a temática. Ester permaneceu em silêncio, apenas observando as demais garotas empolgadas com os filmes preferidos assistidos no cinema.

— E você, Ester, qual o melhor filme que já assistiu no cinema? — Mary, como sempre, tratou de incluí-la no bate-papo.

A jovem levantou por breves segundos o olhar para a colega.

— Eu nunca fui ao cinema.

— Como assim, nunca foi ao cinema? — Megan indagou perplexa, da outra extremidade da mesa.

— Apenas nunca tive a oportunidade.

— Que horror — Mellanie sussurrou ao lado.

Ester sentiu que suas palavras encontravam um empecilho em algum lugar bem lá no fundo da garganta. O modo como algumas moças olhavam para ela a incomodou, parecia que a jovem era uma aberração. Preferiu se calar, no lugar de dizer o que desejava.

Para seu alívio, Mary sugeriu outro assunto e, assim como o anterior, ele tomou conta do ambiente, e Ester foi esquecida. Em dado momento, uma das empregadas do palácio entrou no salão e entregou discretamente um bilhete à jovem. Era Charles confirmando o jantar daquela noite. O estômago dela se apertou ao recordar que precisaria passar algumas horas na companhia do psicólogo. O que Alexander pensava sobre o assunto? Ela deveria prosseguir com essa decisão? Por que ele a estava ignorando, quando mais a jovem precisava dele?

Ester olhou de relance para o príncipe, procurando dar algum sinal de que necessitava falar com ele, porém Alexander estava concentrado no que Hellen dizia. Ela estava à deriva à própria sorte.

Seguindo sua intuição, a jovem levantou-se e saiu do salão sem ser notada. Pedindo informações, foi até o escritório de Charles. O terapeuta estava concentrado na leitura de um arquivo, quando a moça adentrou ao local. Ele levantou os olhos para ver quem era, mas logo voltou a olhar, dando-se conta da figura da moça de pé na porta.

— Senhorita Sullivan? Não esperava vê-la agora. — Deixou o documento sobre a mesa, indo recebê-la.

— Desculpe interromper o seu trabalho.

— Imagina, pode interromper sempre que quiser. — Tomou as mãos da moça, deixando um beijo suave nelas.

Ester recolheu as mãos, sentindo-as trêmulas. Odiava o modo como Charles a fazia se sentir vulnerável.

— Eu sei que aceitei jantar com o senhor, mas não poderíamos conversar em uma situação menos formal? — Foi logo entrando no assunto, antes que ficasse ainda mais desconcertada com os galanteios dele. — Não sei se devo fazer certos compromissos com outro cavalheiro, tendo em vista os motivos da minha estadia aqui no palácio.

— Deixe-me adivinhar... — Charles cruzou os braços e a encarou com um meio sorriso. — Alexander se opôs?

— Não! — A moça negou com veemência. — Sou eu que não acho apropriado.

Charles não pareceu se incomodar com o pedido, apenas continuou sorrindo para ela.

— Tudo bem. Tenho algumas horas agora. Um chá seria apropriado, a seu ver?

Ester expirou lentamente.

— Creio que não teria problema.

— Certo! Vou pedir para servirem no jardim, então. — Fazendo um sinal ao secretário, acrescentou, cheio de sarcasmo: — Um lugar público, cheio de guardas e serviçais.

Como se não bastasse a forma que Alexander vinha ignorando a jovem, a conversa com o psicólogo de Alexia havia sido a mais desmotivadora possível, deixando claro que ela estava ali por absolutamente nada e povoando de dúvidas suas convicções.

Charles quis que ela falasse primeiro, portanto Ester expôs seus pensamentos quanto ao caso de Alexia. A moça confrontou o terapeuta tendo como base algumas pessoas que ela conhecia em Cefas e que tinham a mesma condição da princesa, a fim de buscar saber o que ele estava fazendo para que a menina se aceitasse tal como era. A jovem ansiava entender qual era seu papel em meio a tudo aquilo, já que percebeu que todos, inclusive ele e o dermatologista, faziam questão de manter a menina em uma bolha de proteção, ao passo que ela sabia que não era para tanto. Incomodado com as especulações, Charles permaneceu em silêncio, no entanto era possível notar as engrenagens de seu cérebro trabalhando em uma tese de defesa, enquanto ele contraía a mandíbula.

— As pessoas nunca aceitam de bom grado o diagnóstico de qualquer doença, senhorita Sullivan. Elas tentam o tempo todo achar outra explicação, assim como você está fazendo agora. — Ele se inclinou, apertando a lateral da mesa de ferro fundido. — Alexia precisa, sim, de um cuidado redobrado, pois sempre foi uma criança frágil e doente. A despigmentação na pele trouxe um agravo à situação, pois interferiu em sua saúde emocional e mental. Eu venho unindo forças nessa batalha a fim de trazer algum conforto, mesmo que momentâneo, mas o paciente precisa estar disposto a realizar o tratamento. — Ele elevou o tom de voz, dando ênfase à fala. Exasperado, tirou um maço de folhas soltas de dentro da pasta de couro, entregando a ela. — Essas anotações são um resumo dos vários problemas que a princesa Alexia apresenta. Não estamos falando apenas da pele sensível. A princesa enfrenta sérios infortúnios, que vão muito além dos seus conhecimentos. Então, não venha querer apontar o dedo e julgar um árduo trabalho que uma competente equipe realiza há muito tempo — concluiu ele, com um pequeno sorriso zombeteiro. Ester o encarou, sentindo o estômago revirar diante do deboche que faiscava dos olhos do homem. — Alexia é assim — ele prosseguiu — e, apesar de possuir uma inteligência acima da média, ainda é muito jovem e não consegue responder ao meu tratamento como deveria. — A moça o encarou, enquanto ele mordia um bolinho recheado, espalhando migalhas para todos os lados. Àquela altura da conversa, Ester já estava prestes a vomitar. Ela não saberia explicar, mas a petulância e o cinismo visível em cada uma daquelas palavras penetravam os poros de seu corpo, causando-lhe repulsa e calafrio. Em Galav poderia não haver estudos suficientes sobre o assunto, mas em Cefas, sim, e ela já sabia de tudo o que ele estava falando. A jovem largou as anotações e abraçou o próprio corpo, trêmula de repente. Alguma coisa não estava se encaixando, e ela temeu ser algo terrível. — Eu entendo você, Ester. — Charles se inclinou, buscando os olhos dela. — Como eu disse, as pessoas nunca recebem bem esse tipo de diagnóstico. — Ele sorriu, tentando ser terno, mas só piorou o mal-estar da moça. — E você, de certo modo, criou neles expectativas de melhoras repentinas, quando sabemos que não será assim. Alexia gostou de você, foi apenas isso. Não é nenhuma surpresa, a meu ver. A senhorita é adorável. — Ester não queria chorar, mas o sorriso de satisfação dele com o sofrimento alheio fez seus olhos lacrimejarem. — Não se sinta mal, senhorita Sullivan. A vida nem sempre é tão perfeita como gostaríamos.

★★

Ester transitou pelos corredores do palácio, cumprimentando com um pequeno sorriso os funcionários que a encontravam pelo caminho, o mal-estar crescendo dentro de si após o encontro com Charles no jardim. Tanta coisa havia acontecido nas últimas 24 horas, que a decepção tomava conta de seu ser de maneira arrasadora.

Com um suspiro trêmulo, Ester abriu a porta do quarto, ansiosa por poder se entregar ao choro que vinha engolindo. Porém, foi recepcionada por um John furioso além da conta.

— Por onde você andou? Estou à sua espera há horas! — o estilista exclamou, assim que pôs os olhos nela.

Exausta, a moça caminhou até onde o rapaz esbravejava suas lamúrias por conta do pouco prazo para confeccionar o vestido dela para o baile e, sem aviso, o abraçou. John enrijeceu o corpo, espantado com a atitude inesperada.

— Por favor, só hoje, não briga comigo — disse ela com a voz entrecortada, deixando as lágrimas saírem sem impedimento e sentindo todo o peso de suas angústias caírem sobre si.

— O que houve? — John retribuiu o abraço, desajeitado.

— Eu não sei o que estou fazendo aqui, John. Não nasci para isso!

— Não fale um absurdo desses. Todo mundo nasceu para a realeza.

— Sou totalmente despreparada. Nunca fui ao cinema!

John se afastou, confuso.

— E o que isso tem a ver?

Ela se arrastou até a cama, desejando se aninhar entre as dezenas de travesseiros dispostos ali em cima.

— Vou dizer a Giovanna que quero ir para casa. — Com lágrimas nos olhos, Ester se encolheu e abraçou uma almofada.

John se compadeceu da moça. Sabia que a pressão que aquele processo impunha a ela não era fácil. Ele mesmo já havia se sentido assim alguns meses atrás, antes de as garotas irem para o palácio. Tinha participado de um processo parecido, quando Giovanna selecionava os profissionais que trabalhariam durante a escolha da esposa do príncipe. Foi um calvário ser o único homem na competição e vencer as milhares de estilistas talentosíssimas, e, mesmo assim, ele ficou como reserva por pura implicância dos organizadores. Por obra do destino, no último momento Jade, a moça que ficaria responsável por Ester, teve que se ausentar, deixando a vaga livre para ele.

— Sabe do que você precisa agora? De um belo banho quente, uma sopa da Abigail e uma boa noite de sono. O vestido pode esperar para amanhã.

Com desenvoltura, John distribuiu as tarefas para as ajudantes. Sayuri foi preparar o banho, Yumi saiu para providenciar a sopa, e Hanna permaneceu ao lado de Ester, dando apoio.

Após o banho, era como se ela estivesse ainda mais exausta. A sopa estava deliciosa, mas a jovem mal conseguiu tomá-la, deixando a maioria na tigela. Deitou-se na confortável cama, e a última coisa que viu antes de se entregar ao sono foi Hanna cobri-la com o grosso edredom.

⋆⋆

— Ester, está na hora de acordar. — John a despertou no dia seguinte, com um olhar preocupado. — Sente-se melhor?

— Não, minha cabeça está latejando — ela gemeu. — Estou péssima.

O rapaz tateou o rosto dela.

— Parece que você está com febre. Quando isso começou?

Ester tentou engolir, mas era como se tivesse um pedaço enorme de jujuba presa na garganta.

— Eu não sei. Quando me deitei ontem, já sentia meu corpo dolorido.

— Acho melhor você ficar na cama. — John a olhou com gentileza e preocupação. — Você precisa de um médico, e eu vou chamá-lo agora mesmo.

— Eu só preciso dormir mais um pouco. Tenho certeza de que vou me sentir melhor.

John a ignorou e saiu para buscar um médico.

Hanna se aproximou da cama, avisando que a banheira estava pronta para o banho. Desde criança, Ester estava acostumada com um tratamento especial sempre que ficava doente. Sua mãe era uma enfermeira nata e cuidava dela com todo o amor, de um jeito que só mães conseguem desenvolver. Ela mimava a filha, fazia seus sucos preferidos, sabia todos os tipos de medicamentos naturais e a forçava a tomá-los. Quando a progenitora já não estava mais ao seu lado, foi o tio quem sempre cuidou dela. Naquele momento, Ester sentiu-se grata por John, Hanna, Yumi e Sayuri estarem ali, tão preocupados com seu bem-estar.

Lentamente, a moça sentou-se na cama. Parecia que o quarto estava rodopiando. Mal se firmando nas pernas, atravessou o chão acarpetado até o banheiro, onde Hanna já tinha colocado uma bandeja com um copo de água sobre um guardanapo. Um cheiro estranho subia do vapor da banheira.

— Coloquei vinagre de maçã na água do banho — disse a mulher, com um olhar complacente diante da careta de dor de Ester. — Minha avó dizia que ajuda a retirar as toxinas do corpo. Fique de molho aí por um tempo, está bem?

— Você está parecendo a minha mãe — gracejou Ester, sentindo a garganta doer ao falar.

Hanna sorriu e fechou a porta do banheiro, mas dava para ouvi-la cantarolando baixinho enquanto executava as diversas tarefas. Ester ficou na banheira até a assistente de John voltar e dizer que o médico já a aguardava. Ela parecia estar melhor, mas, ao se levantar, o banheiro girou e os pés doeram quando ela caminhou até o closet para se trocar, com Hanna a amparando para que a jovem não tropeçasse e caísse. Era como se uma tonelada estivesse nos ombros dela, quando sua cabeça tocou o travesseiro macio novamente para o médico a examinar.

Quando o doutor Carter se retirou, John se aproximou com um semblante preocupado, sentando-se na beirada da cama.

— Quer tentar comer alguma coisa?

— Acho que não consigo.

Ester estava exausta após o banho quente, e até o perfume de John fazia seu estômago embrulhar. John não questionou, cobriu-a com o cobertor, e minutos depois ela já havia se entregado a um sono profundo.

Algum tempo mais tarde, a moça sentiu uma mão reconfortante tocar sua testa.

— John? — Queria saber se ele ainda estava ali, cuidando dela.

A mão se retirou, e a voz profunda de Alexander preencheu o ambiente em volta.

— Como está passando? — Ester tentou falar, mas as palavras ficaram presas na garganta inflamada. — Não precisa se esforçar. O doutor Carter disse que você tem de tomar bastante líquido e repousar. Quer um pouco de água? — Ester assentiu, e o príncipe ergueu o copo até os lábios dela, auxiliando-a. — O médico me pediu que a fizesse tomar todos esses comprimidos. Acha que dá conta de engolir esse aqui? — Ela assentiu, e Alexander colocou entre os

DE REPENTE *Ester*

lábios dela um comprimido de vitamina, segurando o copo de água novamente. Ester não sabia se tudo aquilo era um sonho ou se de fato o príncipe estava ali, cuidando dela. Tendo em vista os últimos acontecimentos entre eles, atribuiu aquilo à sua imaginação ou ao delírio, por conta da febre. — Volte a dormir. Você precisa repousar. — Alexander passou a mão nos cabelos da jovem, acariciando-os enquanto os afastava da testa.

Ester foi aos poucos embarcando num sono e ficou a imaginar como seria ser amada por Alexander. A voz terna ressoava em seu interior, e o calor reconfortante da mão dele lhe afagando os cabelos aquecia o coração e espalhava por todo o seu corpo uma sensação de bem-estar que poucas vezes havia experimentado na vida. Ela pairava nas alturas e sabia que algo em seu interior havia mudado em relação a eles. Chegara ao palácio blindada, fugindo de outro envolvimento amoroso, porém Alexander era diferente de Ewan em todos os sentidos. Ele temia a Deus, e suas palavras e atitudes sempre apontavam para Cristo em primeiro lugar e acima de qualquer coisa.

Já era noite quando Ester começou a despertar. Recordou-se da mão de Alexander sobre sua testa e pensou ser parte de algum delírio absurdo. Com certeza, aquele toque tinha sido só uma alucinação. A jovem precisava verificar, mas hesitou, porque, se aquilo fosse mesmo um sonho, ela jamais gostaria que terminasse. No entanto, o som do movimento de alguém ao seu lado a fez abrir os olhos. Ele estava lá. De verdade. Não era um sonho. O príncipe encontrava-se de cabeça baixa, lendo um livro. Ester ficou apenas o observando, sem ele perceber que ela tinha acordado.

A porta do quarto se abriu, e a moça fechou os olhos, fingindo dormir como a personagem de um livro que havia lido quando era mais nova[13], no qual uma adolescente fazia a mesma coisa em uma situação muito parecida com aquela. Sentiu vontade de sorrir com aquela atitude infantil, mas logo estremeceu sob o edredom ao reconhecer a voz da rainha.

— Como Ester está?

....
13 Série "Cris", da autora Robin Jones Gunn.

— Graças a Deus a febre passou, mas ela ainda não despertou.

— Fico aliviada — sussurrou a mãe do príncipe. — Sabe, Alexander, não imaginei que a amizades de vocês estivesse tão sólida, a ponto de fazer você desmarcar todos os compromissos apenas para ficar o dia todo com ela.

— Bem — a voz do príncipe ganhou um tom mais tímido e grave —, meus sentimentos pela Ester vão além do dever de amizade.

"Ele está dizendo à mãe o quanto gosta de mim! Espera, o que isso significa? Argh! Então por que foi tão rude comigo?"

— Você sabe que tem a minha bênção. Ela é uma moça adorável.

Ester quase se engasgou na própria saliva ao ouvir a declaração da rainha e, antes que qualquer outra palavra fosse dita, se remexeu sob o cobertor, suspirou e abriu os olhos.

A rainha estava de pé ao lado da cama, e o príncipe ainda sentado na poltrona. Ao perceber que a jovem estava desperta, ele deixou o livro de lado e se levantou.

— Boa tarde, Ester.

"Ah, então agora Vossa Alteza está gentil de novo?"

Ela se sentou na cama e puxou o cobertor para se cobrir, não lembrava se estava com roupas apropriadas para receber visitas, ainda mais quando se tratava da rainha e de seu filho.

— Parece mesmo que a febre cedeu — disse Elizabeth, tateando a testa da moça igual ao que Alexander havia feito antes. — Como se sente?

— Bem melhor, senhora.

— Ótimo! — O príncipe sorriu para ela. — Agora você deve se alimentar. Já lhe disseram que a Abigail faz a melhor sopa do mundo? Pedirei para trazerem.

Enquanto Ester e Alexander interagiam, conversando sobre as delícias que a chefe de cozinha sempre fazia para eles todas as noites, a rainha os observava, com um sorriso de contentamento dançando nos lábios.

Capítulo 19

Querido futuro marido,

A fraternidade é um sentimento que valoriza a confiança mútua, proporcionando uma conexão perfeita entre as pessoas, pois são relacionamentos pacíficos e emocionais, longos e estáveis, profundos e comprometidos. A fraternidade é um sentimento muito forte de afeto, devoção, preocupação com seu semelhante. Ela gera emoções positivas e construtivas, podendo até, por vezes, levar à frustração pessoal, à realização de muitos sacrifícios, que só se poderia fazer por si mesmo. Tudo isso me lembra do amor de Cristo por sua Igreja. Então, meu amor, é assim que eu me dedicarei a você.

De sua futura esposa,
Hadassa.

Ester fitava o céu estrelado, debruçada sobre o parapeito da sacada do quarto, enquanto aguardava Alexander encerrar o telefonema que o ocupava havia quase quarenta minutos. O vento gelado da noite ainda lhe causava um leve arrepio, pois não estava totalmente recuperada do forte resfriado que a atingiu nas últimas horas. Contudo, a brisa não incomodava, pelo contrário, trazia vigor para recarregar as energias.

Ali, fitando o manto estelar cobrindo todo o firmamento, Ester tentou organizar o emaranhado confuso de pensamentos e sentimentos que a invadia. Buscava entender o que havia acontecido com Alexander, que, de ranzinza, tornou-se alegre e terno como um dia de sol. E isso sem falar nas revelações recentes. O que o príncipe queria dizer com um sentimento além da amizade? E ela, o que sentia por ele? Definitivamente, Ester não estava preparada para ponderar questões tão confusas. Seu coração estava fechado para qualquer coisa além de uma amizade sincera. Tentava, sem sucesso, juntar os cacos após Ewan e não pretendia passar por tudo outra vez.

Era difícil imaginar-se com o príncipe em outra circunstância que não fosse a amizade. E ele estava se dando bem com Mary. Eles faziam um belo casal, e a jovem torcia por aquela união. Talvez, ponderou, o que o príncipe dissera à mãe fosse um sentimento entre a amizade e o amor, se é que isso existia. Mas amor tinha que estar fora de cogitação.

Ainda perdida em meio ao dilúvio de dúvidas, Ester teve seus devaneios interrompidos quando Abigail colocou duas tigelas fumegantes de sopa e uma pequena cesta de pão de alho sobre a mesa oval posicionada no canto da sacada.

— O cheiro está maravilhoso. — Ester deixou de lado os dilemas e se aproximou.

— Como se sente, menina?

Os olhos da senhora eram carregados de afeição, quando segurou, com ambas as mãos, o rosto da moça.

— Muito melhor, obrigada.

Alexander juntou-se a elas. Parecia cansado, mas tinha um sorriso de garoto iluminando seus olhos.

— Espero que não se importe, mas pedi para Abigail trazer para mim também.

— Claro que não me importo. — Ester retribuiu o sorriso, porém em sua cabeça ainda existia um poço de pensamentos contraditórios em relação a ele.

— Aproveitem o jantar — disse Abigail. — Espero que essa sopa te anime um pouco mais. Você está muito pálida — acrescentou, com preocupação.

— Obrigada, de novo. — Ester segurou as mãos da velha senhora com gratidão. — Da maneira como estou sendo tão bem tratada, estarei melhor em breve.

— Orarei por isso — disse a cozinheira antes de partir.

Alexander puxou a cadeira para a jovem, convidando-a se sentar. Logo em seguida se acomodou de frente para ela, ponderando as palavras seguintes.

— Devo um pedido de desculpas a você. — Alexander atraiu o olhar de Ester.

— É, eu acho que sim.

O coração da jovem parecia querer sair correndo, então ela cruzou os braços sobre a mesa.

— Perdão, eu fui extremamente deselegante com você.

— Estou me perguntando até agora o que aconteceu. Foi algo que fiz ou disse?

— Não! — Ele negou com a cabeça e depois sorriu. — Talvez sim. — Ester ofereceu um olhar confuso, instigando-o a prosseguir. — Charles. — Alexander proferiu o nome com desgosto. — Ele é o real motivo do meu descontrole. Não gosto dele. Charles é libertino, inconsequente e sem senso de responsabilidade.

— Se ele é tão mau assim, por que é o psicólogo da princesa?

Alexander respirou fundo, e, ao voltar a falar, seu tom de voz tinha um quê de decepção.

— O pai dele é um dos conselheiros do rei. Quando jovens, o senhor Green e meu pai eram muito amigos, e essa amizade se estendeu ao longo dos anos. Charles só está aqui por conta desses laços. — O príncipe inclinou-se para frente, os antebraços apoiados sobre a mesa, enquanto examinava Ester. — Sabe, Ester, hoje percebi que o que sinto por você vai além de um sentimento de amizade. — Ela paralisou. — É um sentimento fraternal. — Alexander acrescentou rapidamente, analisando a reação silenciosa dela. — Da mesma maneira que me incomodo em ver Charles com a Alexia, eu me incomodei de vê-lo tão próximo a você. E o modo como isso aconteceu... Ele estava fazendo o que o vi fazer por anos!

— E o que seria? — Ester indagou, buscando entender tanta amargura por parte do príncipe, enquanto permitia que a declaração dele se assentasse aos poucos na mente e no coração.

Alexander demorou a responder, mas, quando fez, foi enfático.

— Charles estava tentando te seduzir, assim como o vi fazer diversas vezes. Ele é um homem perigoso, e não quero você perto dele. — Suas palavras soaram não como um pedido, e sim como uma ordem. Ester empertigou a postura na cadeira e fitou a sopa intocada. A preocupação presente na expressão de Alexander intensificava seu discurso, e ela se viu boba e ingênua. Era bem verdade que ficava incomodada com a presença do psicólogo, mas não imaginava que o intento de Charles era tão perverso. Por fim, a jovem assentiu com a cabeça, mas não conseguiu encontrar voz. — Sei que errei e não soube expressar meus sentimentos — o príncipe continuou. — Só depois me ocorreu que você não fazia ideia das reais intenções dele.

— Deveria ter me alertado e não me ignorado — ela rebateu, com indignação. — Prometemos ser amigos um do outro, Alexander, e no primeiro mal-entendido você me abandonou!

O coração do príncipe apertou ao perceber o quanto havia magoado Ester. Tudo aquilo era novo para ele. Nunca precisou ter a preocupação em ponderar seus atos ou palavras para não ofender alguém. Foi criado para agir com certa altivez, a fim de manter o distanciamento necessário à realeza. Até aquele momento, o príncipe se comportava de forma inconsciente acerca daquilo, mas agora começava a entender que, em se tratando de Ester, teria que melhorar em muitos aspectos, se não quisesse ferir os sentimentos dela outra vez.

— Perdão — Alexander se desculpou com toda a sinceridade que possuía no coração. — Eu só percebi como havia sido mal-educado além da conta quando Alexia me repreendeu. Em seguida, fiquei muito envergonhado com meu comportamento e talvez por isso eu a tenha ignorado. — Tentou dar-lhe uma justificativa plausível.

— Alexia repreendeu você? — Ester indagou com divertimento e espanto.

— Sim! — Ele deu um sorriso tímido. — Eu mereci.

A jovem voltou a ficar séria.

— Ontem à tarde, quando me encontrei com o senhor Charles, ele parecia disposto a provar para mim uma série de coisas. Não gostei do modo como ele diminuiu a princesa. Enquanto psicólogo dela, sua abordagem não deveria ser tão repulsiva. Ele pareceu furioso com minhas especulações e me veio com uma desculpa qualquer. Fiquei tão perplexa com o jeito como ele estava tentando me manipular, que não soube revidar. — Ester respirou fundo, tão aflita, que seu estômago doeu. — Era como se ele quisesse justificar algo.

— É perda de tempo questioná-lo — Alexander disse, resignado.

— Por que não procuram outro terapeuta para ela?

Um meio sorriso se formou nos lábios do príncipe. Faltava pouco para sua expressão ser um sorriso de escárnio.

— Segundo meu pai, seria um desrespeito com o senhor Green se demonstrássemos desconfiança sobre o trabalho do filho. Isso é um absurdo, a meu ver.

Mesmo inconformada, Ester não questionou, e preferiu seguir Alexander, que começava a se servir da sopa de galinha e legumes.

— Perdão a intromissão, Alteza. — Um rapaz alto e robusto interrompeu o jantar. Ele olhou para Ester de relance, antes de prestar uma reverência.

— Pode falar, Estevan.

— Vossa Alteza pediu para informar quando a senhorita Willian deixasse o palácio. — Olhou novamente para a jovem, sem ter certeza se deveria revelar o motivo de sua visita para que a moça escutasse.

— Certo. — Alexander não pareceu se importar. — Obrigado.

O funcionário prestou outra reverência e se retirou. O príncipe voltou a comer, ignorando o olhar inquisitivo que recebia de Ester.

— O que aconteceu com a Hellen? — indagou, ao perceber que ele não diria nada por livre e espontânea vontade.

— Sua sopa vai esfriar.

— Alex!

O príncipe ergueu os olhos e a encarou, surpreso.

— Alex? — repetiu, reprimindo o riso.

Ester revirou os olhos, sentindo a face ruborizar, mal acreditando no que havia falado.

— Não mude de assunto.

— Alex — ele repetiu, divertindo-se. — Ninguém me chama assim. Gostei.

Ester sorriu, rendendo-se à gafe.

— Estou falando sério, *Alexander*. Por que você mandou a Hellen para casa? Aconteceu alguma coisa?

O príncipe suspirou, deixou o sorriso de lado e empurrou para longe o que sobrara da sopa.

— Não gosto de pessoas rudes e odiaria ter uma esposa assim.

— Ela foi rude com você?

O príncipe permaneceu em silêncio, recordando-se do café da manhã tumultuado e do comportamento hostil por parte de sua pretendente. Era como presenciar um discurso de ódio:

— *Isso é inadmissível! Ester nunca está aqui. É injusto conosco, que estamos dando duro em todas as atividades propostas* — Hellen lamuriou-se durante o desjejum. — *Antes de ontem, ela sumiu a tarde inteira. Sabe-se lá onde estava. Nem apareceu para o jantar de boas-vindas da sua volta, Alteza. Ontem, ela saiu no meio da nossa reunião, para se encontrar com outro homem.*

— *Muito bonito, por sinal* — interferiu Megan, bebericando sua xícara de café.

— *É um desrespeito com Vossa Alteza, não acha? Aposto que está fazendo tudo isso às escondidas!* — Hellen sorriu com desdém. — *Ela nunca me enganou com sua "passividade fingida"* — enfatizou, fazendo aspas no ar com os dedos. — *Sempre buscando ficar bem com todas. Puro fingimento!*

— *Chega, Hellen. Já entendemos que você está inconformada. Mas não adianta nada ficar tão exaltada.* — Mary tentou apaziguar a situação. — *Ela deve ter uma explicação.*

— *Onde ela está agora?* — A moça voltou a se dirigir ao príncipe, ignorando a colega ao continuar seu discurso irritado.

— Estou ciente dos compromissos da senhorita Sullivan — disse Alexander, incomodado com o tom áspero que Hellen usava para falar com ele. — Creio que ela já está descendo para se juntar a nós.

— Se o senhor me permite, Alteza — sussurrou a moça que lhe servia, pedindo licença para falar —, não sei se o senhor já foi informado, mas a senhorita Sullivan não passou bem ontem à noite. Eu estava na ala médica quando buscaram o doutor Carter para examiná-la. Até onde sei, ela ainda não se sentia bem hoje pela manhã.

Alexander olhou para Giovanna, que estava ao seu lado, em busca de explicações.

— Eu não fazia ideia, Alteza. — A assessora arregalou os olhos, já empunhando o celular, à procura de mais informação.

Jogando o guardanapo na mesa, Alexander se levantou e seguiu a passos firmes em direção ao quarto de Ester.

— Aonde vai com tanta pressa, Alteza? — Charles vinha na direção contrária da que o príncipe seguia, fazendo-o interromper o trajeto.

— Saia da minha frente, Charles. — Alexander o contornou, a fim de prosseguir o caminho.

— Opa! — Charles levantou as mãos na defensiva. — Que bicho mordeu você?

O príncipe cerrou os punhos e deu meia-volta. Paciência nunca foi o seu forte quando o assunto era Leonel Charles Green, e naquele momento algo lhe dizia que o real motivo do súbito mal-estar de Ester estava ligado ao terapeuta. O sangue pulsava quente nas veias, e ele precisou usar todo o autocontrole para não fazer nada de que depois se arrependeria.

— Fique longe da Ester — Alexander rosnou entredentes.

— Ah, esse bicho... — O rapaz deixou escapar um sorriso sarcástico.

— É sério, Charles. O que você fez ontem, para Ester precisar de um médico após o chá?

Charles piscou algumas vezes, confuso.

— O quê? Eu não fiz nada! Do que você está falando? Vou vê-la agora mesmo. — Tentou passar por Alexander, mas este o impediu, segurando-o pelo braço.

— Não. Você não chegará perto dela — o príncipe falou com firmeza. — Isso é uma ordem.

Charles desvencilhou o braço com um solavanco e contraiu o maxilar, com os olhos faiscando de raiva. Deu um passo para trás e depois seguiu seu caminho.

Alexander apertou os olhos e balançou a cabeça, dissipando as lembranças e se dando conta de que aquela moça à sua frente havia se tornado mais importante para ele do que estava disposto a admitir. Constatar aquilo fez cada músculo do corpo contrair. O príncipe havia prometido a si mesmo que não permitiria se envolver daquela maneira com ela. O que estava acontecendo com essa promessa?

— Há coisas que é melhor nunca serem reveladas.

Alexander deu o assunto como encerrado, recusando-se a expor o motivo da eliminação de Hellen Willian. Porém, Ester não fazia ideia do significado por trás daquelas palavras carregadas de duplo sentido.

Capítulo 20

Querido futuro marido,

Em Provérbios 11 está escrito: "A alma generosa engordará, e o que regar também será regado". E isso nos mostra que a empatia possui um papel importante na vida das pessoas à nossa volta. Embora ser empático não signifique necessariamente querer sempre ajudar os necessitados, é um componente vital para a compaixão. Oro para que você, meu amor, seja um homem altruísta, que faça o bem sem olhar a quem e sem esperar receber algo em troca, que entenda as necessidades de quem está à sua volta e esteja pronto para supri-las.

De sua futura esposa,
Hadassa.

— Ah, é tão bom ver você melhor! — John abraçou Ester, cheio de alegria.

— É bom estar de pé outra vez. — Ela segurou as mãos do amigo, com o coração cheio de gratidão. — Obrigada por cuidar de mim, John. Significou muito.

O rapaz deu um tapa no ar com falsa modéstia.

— Não foi nada. Você precisava de mim, e eu podia ajudar. — Deu de ombros com um sorriso travesso e, com sagacidade, acrescentou: — Soube que Sua Alteza Real, o príncipe, passou o dia todo em uma poltrona ao lado de sua cama.

Ester jogou a cabeça para trás e riu alto.

— Que absurdo, John! Ele passou algumas horas aqui, é verdade, mas não deve ter sido o dia todo. De onde você tirou essa ideia?

— Os funcionários sabem de tudo o que se passa nesse palácio, querida, e comentam. Achei o máximo! Isso significa que ele tem sentimentos por você.

Ester deixou o sorriso de lado e cruzou os braços.

— Ah, ele tem mesmo. — A moça fez uma careta, ainda tentando se acostumar com a declaração de Alexander no dia anterior. — Sentimentos fraternais, segundo ele.

John estalou a língua no céu da boca e apertou o braço dela.

— Melhor do que nada. Tenho certeza de que as outras garotas se matariam por essa "fraternidade".

Dando-se conta de que não deveria estar se importando com aquele assunto, Ester decidiu mudar o rumo da conversa. Afinal de contas, o baile se aproximava, e ela ainda não tinha o vestido de gala que usaria.

— Que tal você me mostrar as opções de vestidos para o baile?

— Você está ficando mestre em mudar de assunto, sabia?

— Então vamos ao que interessa. — Ela piscou e John revirou os olhos.

— Antes, gostaria de fazer uma pergunta — disse John.

— Pode fazer.

— Você desistiu daquela ideia maluca de pedir para ir embora, não é? Porque eu não quero ficar desempregado, agora que está tudo indo tão bem para mim.

Ester franziu o cenho, voltando-se para o amigo.

— Como assim, ficar desempregado?

— Os estilistas foram contratados apenas para cuidar das garotas durante o processo de escolha da futura esposa do príncipe. Quando uma delas volta para casa, a equipe cai fora também. Apenas o *personal stylist* da moça que ele escolher assinará o contrato de permanência.

— Eu não sabia de nada disso.

— Trabalhar no palácio sempre foi o meu sonho.

DE REPENTE *Ester*

John suspirou, e seus olhos brilharam. O coração de Ester se partiu em dois.

— Sinto muito, John. Não vou me casar com Alexander. — A moça se afastou, evitando a expressão de surpresa que tomava conta do rosto do rapaz.

— O quê?

— Eu e ele fizemos um trato. Vou ajudá-lo a escolher sua esposa.

Somente após proferir as palavras, a jovem percebeu que não deveria ter revelado o combinado. Porém, já era tarde demais.

— Ficou maluca? — O grito de John fez Hanna, Yunni e Sayuri pararem o que estavam fazendo para prestar atenção na conversa dos dois.

— Fez sentido para mim quando selamos o acordo. — Ester tentou soar indiferente, como se o combinado fosse a coisa mais normal do mundo. No entanto, agora que dissera aquelas palavras em voz alta, sentiu-se perturbada. — Posso falar com o Alexander para manter você aqui depois que eu for embora.

— Isso aqui não é um conto de fadas, Ester, é a vida real!

— Está sendo dramático. Você é muito talentoso, e tenho certeza de que, após a experiência no palácio, seu currículo será muito valorizado. Outras portas vão se abrir.

— Dramático? — John deixou escapar um sorriso zombeteiro. — É do meu futuro e dos meus sonhos que estamos falando. Esta oportunidade é única, e eu não quero estar em outro lugar.

Ester revirou os olhos, querendo pôr um ponto-final naquela discussão.

— Não vamos sofrer por antecipação. — Ela segurou John pelos ombros e forçou um sorriso. — Vamos viver um dia de cada vez, pois o futuro a Deus pertence. Agora me mostre os desenhos.

Como se tivesse com uma tromba de elefante pendurada no rosto, John expôs suas criações. Os vestidos de gala eram esplêndidos — tanto, que Ester teve dificuldades para escolher apenas um, e John não estava ajudando. A chateação dele era tão evidente, que aquilo começou a incomodá-la a ponto de se sentir mal, ainda mais depois de tudo que ele fizera quando estava enferma.

— John, eu sinto muito — disse a jovem, enquanto ele recolhia seus pertences antes de partir.

— Tudo bem, Ester, não se preocupe comigo, vou ficar bem.

Ele pendurou a mochila nos ombros e a olhou com sofrimento.

— Me perdoa, por favor — Ester suplicou com compaixão.

— Só perdoo se mudar de ideia e considerar se casar com o príncipe.

— Isso é complicado.

— Então não perdoo. — Marchou decidido, rumo à porta.

— E se eu convidar você para ser meu par no baile?

John parou e se virou para ela com um brilho nos olhos.

— Não brinca com meus sentimentos!

— Estou falando sério.

— Você pode fazer isso? Quer dizer, me convidar para o baile?

— Acha mesmo que o convidaria se não pudesse?

— Você já me iludiu uma vez.

Ester pôs as mãos na cintura.

— Você aceita ou não?

— Aceito, mas que fique bem claro que isso não quer dizer nada. Ainda estou chateado com você.

John se virou de costas e sorriu, com o coração quase explodindo de felicidade pelo convite.

★★

Os preparativos para o baile seguiram o mais rápido possível. As moças cuidavam de todos os detalhes, decidindo o que serviriam para os convidados, desde os aperitivos até o prato principal. Escolheram uma banda e um quarteto de cordas, que revezariam durante a festa. O tema, a decoração e vários outros detalhes também já estavam decididos e em andamento.

Restavam apenas seis garotas no palácio, e Alexander fez mais uma rodada de encontros programados. Ninguém sabia quando cada uma seria convocada. Ele apenas aparecia no salão e chamava a garota do dia, que saía feliz da vida pendurada no braço dele. O príncipe já havia informado que logo após o baile ele mandaria alguém para casa, e isso deixou todas apreensivas e ansiosas para impressioná-lo.

Os encontros noturnos entre Ester e Alexander na cozinha seguiram acontecendo todas as noites, estreitando cada vez mais os laços entre eles. Era evidente a afinidade que possuíam, e a jovem começava a se incomodar com algo crescendo dentro dela. O príncipe também parecia mais íntimo e compartilhava seus dilemas profundos, fazendo o receio da moça aumentar sobremaneira. Ela temia criar uma relação muito intensa e depois sofrer quando partisse. Por várias vezes tentou se afastar, mas ele não colaborava, e a convocava à sua presença sempre que possível, encaixando-a entre seus compromissos mesmo sabendo o quanto ela odiava aquilo. Ele, a cada dia mais de convivência, se mostrava muito parecido com Joseph, e Ester o admirava pela referência de homem piedoso que era. Suas ações sempre demonstravam seus princípios inegociáveis. E os assuntos sobre os quais os dois conversavam por diversas vezes eram as Escrituras. Alexander era o tipo de pessoa que fazia qualquer um se sentir próximo do Criador, e ela prezava cada minuto ao lado dele.

O rei estava ainda mais enfermo, e os médicos e todos no reino temiam por sua vida. Com muito custo, o soberano aceitou fazer a cirurgia necessária no coração, e desde então Alexander precisou assumir a agenda do pai. Mesmo assim, ele fazia questão de reservar um tempo especial para Ester. A simples presença dela era um bálsamo para aliviar o cansaço e o estresse que recaíam sobre si devido aos intermináveis afazeres, mesmo sabendo que tudo aquilo seria passageiro e que chegaria a hora em que precisaria se despedir dela. Alexander se recusava a abster-se daqueles momentos, ciente de que sofreria quando a moça fosse embora do palácio. Ester era diferente de todas as outras que estavam ali, e seria difícil encontrar alguém como ela em qualquer outro lugar. A moça o instigava a ser melhor, a fazer sempre o certo, e por vezes o confrontou, até sem perceber, quando estava prestes a tomar uma decisão sem antes consultar ao Espírito Santo. O agir, o modo de falar, de se vestir e de se portar diziam muito sobre ela e sobre a esposa que seria para alguém um dia.

Uma semana antes do baile, o príncipe viajou outra vez, e Ester respirou aliviada. Porém, algo estranho aconteceu. Uma saudade avassaladora tomou conta dela diante daquela ausência — tanto, que chegou a doer o peito. Os dias pareciam cinzas e sem vida, a comida não tinha sabor, as piadas do John não eram mais engraçadas e as flores não exalavam mais um cheiro bom.

Seu único conforto era Alexia. Ester passou a se concentrar na menina, esperando que isso amenizasse seus dilemas. No entanto, tarde demais se deu conta de que ela também teria que se despedir da princesa, assim como de Alexander.

★★

O dia amanheceu com uma forte chuva. Ester fitou o temporal, que tilintava com vigor sobre o vidro da janela, onde todas estavam reunidas, recebendo as últimas orientações da rainha referentes ao baile. Nunca chovera em seus aniversários. Naquela época do ano o céu era sempre claro e quente em Cefas, e as palmeiras dançavam embaladas pelo vento e sol do verão. Naquela ocasião, porém, o palácio parecia mais gélido que de costume. O baile aconteceria em dois dias, e, por onde se olhava, era possível ver funcionários empenhados em cumprir com sua parte na organização. O frenesi era total, e Ester não via a hora de tudo aquilo acabar também.

Ainda estava com os olhos fixos na chuva e nos raios cortando o céu, quando percebeu que a sala ficou em silêncio de repente. Relutante, a jovem desviou os olhos, para encontrar Alexander de pé ao lado da porta, surpreendendo as mulheres ali presentes, já que sua volta para casa estava prevista apenas para o dia seguinte.

— Filho, que surpresa maravilhosa! — Elizabeth foi até ele, puxando-o para se juntar a elas.

O príncipe deixou um beijo carinhoso no rosto da mãe e depois passou os olhos pelo salão, à procura de Ester. Quando a localizou no fundo da sala, sorriu. O coração dela se aqueceu, fazendo todo o seu corpo responder. De repente, a chuva e o frio não a incomodavam mais.

DE REPENTE *Ester*

— Posso roubar a senhorita Sullivan por algumas horas? — disse ele, ainda fitando a moça.

— Claro! Já está tudo resolvido por aqui. — Com um sorriso provocante, Elizabeth acrescentou apontando para a jovem: — Ela é toda sua.

Pelo canto dos olhos, Ester viu algumas garotas empertigando a postura sobre suas cadeiras e não pôde conter o sorriso que inundou seus lábios. Levantou-se graciosamente e mal sentiu os pés tocarem o chão, quando caminhou ao encontro do príncipe.

Ele ofereceu o braço e assim a guiou para fora da sala, sob os olhares inquietos das outras garotas. Os dois seguiram envoltos em um silêncio confortável até o corredor, apenas apreciando a presença um do outro.

— Você não chegaria só amanhã? — Ester foi quem falou primeiro, sem esconder o contentamento com a surpresa.

— Sim, mas consegui adiar alguns compromissos. Eu precisava estar aqui hoje.

Alexander parou, pondo-se em frente a ela.

— Algum problema com o rei? Ele está bem?

— Meu pai está bem — o príncipe falou sem abandonar o sorriso que desenhava os lábios. — Vim por sua causa.

Ester piscou algumas vezes para acompanhar as batidas aceleradas e descompassadas de seu coração.

— Sentiu saudades de mim, Alex? — gracejou para despistar os sentimentos inoportunos.

— Quase isso, *estrelinha*.

A jovem não conseguiu se conter ao ouvir o apelido. Jogou a cabeça para trás e gargalhou, atraindo a atenção de alguns seguranças e funcionários que estavam por perto. A sua risada enchendo o ar soou como uma explosão no peito de Alexander. Ele ficaria feliz se pudesse ouvi-la o dia inteiro.

— Estrelinha?

— Eu queria retribuir o "Alex", mas não consegui pensar em nada. — Ele deu de ombros e desviou os olhos, colocando as mãos nos bolsos de maneira tímida. — Foi quando me ocorreu que Ester significa estrela, logo, como você é pequenininha e delicada, "estrelinha". — Ele fez uma careta. — Agora que falei isso em voz alta, soou brega, estou ciente disso.

— Não! — Ester juntou as mãos e inclinou a cabeça para o lado. — Achei fofo. — Alexander se virou, e uma covinha apareceu no lado direito de seu rosto quando ele a olhou, divertido. — Falando sério agora. Por que veio? — ela sondou outra vez, cheia de curiosidade.

Os olhos do príncipe brilharam, e Ester percebeu mais uma vez que ele permitia que ela visse quem realmente era: gentil, amoroso, alguém que se importava com ela.

— Feliz aniversário, estrelinha — disse apenas.

— Cancelou os seus compromissos por causa do meu aniversário? — sussurrou ela quase sem voz. — Sabe que não precisava fazer isso.

— Precisava, sim. — Ester sentiu o calor da mão de Alexander na sua, antes de ele roçar o polegar sobre seus dedos. Um toque tão gentil, que era quase doloroso. — Tenho um presente para você e queria muito estar aqui quando recebesse. — Os dois voltaram a andar sem desfazer o contato das mãos.

— O que é? — perguntou ela, fitando suas mãos dadas.

— Prefiro que seja surpresa. — Ele a olhou de soslaio. — Mas você irá gostar muito. Só não vale chorar.

— Por que eu choraria com um presente?

— Bem, você chora por quase tudo. — Alexander provocou e foi alvejado por uma cotovelada nas costelas.

— Isso não é verdade! — O príncipe não respondeu ao protesto da jovem, mas sua fisionomia dizia que ele tinha uma lista quase infinita de situações em que ela havia chorado em sua presença. — Tudo bem, não vou chorar dessa vez — ela prometeu, reconhecendo ser emocionada além da conta.

Eles pararam em frente a duas portas grandes em uma parte do palácio que Ester ainda não conhecia. Relutante, soltou-lhe a mão.

— Preparada?

— Sim.

DE REPENTE *Ester*

O segurança que os seguia empurrou as portas, revelando uma enorme biblioteca com altas prateleiras e cortinas de veludo na cor púrpura, que cobriam as janelas até tocarem o chão de piso polido.

Ester ainda analisava o ambiente quando Joseph saiu de trás de uma das estantes de livros. A moça piscou várias vezes, certificando-se de que o que via não era obra da imaginação. Seu maior desejo e pensamento naquela manhã era poder abraçar o tio em um dia tão especial para ela. As lágrimas vieram à tona, e Ester olhou para o príncipe, depois para Joseph novamente, sem palavras. Impulsionada pela emoção do momento, ela abraçou Alexander, contornando seu pescoço com os braços.

— Obrigada — sussurrou ela. — Muito obrigada.

— Você merece. — Ele retribuiu e acariciou os longos cabelos dela, deixando-se embriagar pelo aroma que emanava deles. — Agora vai lá aproveitar seu dia. — Afastou-se, constrangido com a proximidade e com o fato de ter se deixado levar mesmo que durante breves segundos.

Ester olhou no fundo de seus olhos e agradeceu mais uma vez, sem se importar de estar chorando, como havia prometido não fazer.

— Olá, querida — disse o senhor, também emocionado, estendendo os braços e convidando-a para se aconchegar neles quando ela se voltou para ele.

Ester correu para o tio, ansiosa por aquele abraço. Ao sentir seu perfume característico, deitou a cabeça no ombro dele, como sempre fazia quando estava aborrecida ou carente.

— Que saudade! Não sabe como senti sua falta.

— Também estava com saudades. — Ele se afastou após prolongar o carinho por algum tempo, e analisou a sobrinha. — Como você está linda! — elogiou, cheio de orgulho.

— Estou do mesmo jeito.

— Não está, não. Está com um brilho diferente nos olhos — falou, olhando de relance para o príncipe que os observava de longe.

— Devem ser as lágrimas — Ester gracejou, enxugando o rosto.
— Já conheceu o príncipe Alexander?

— Não fomos apresentados ainda. — O rapaz se aproximou, estendendo a mão para se cumprimentarem. — É um prazer conhecê-lo, senhor Sullivan. Ouvi coisas ótimas a seu respeito.

— Falou o que sobre mim? — perguntou Joseph a Ester, curioso.

— O quanto o senhor foi sábio em mandá-la para o palácio, por exemplo — o príncipe respondeu, com o mesmo tom divertido que costumava falar com Ester.

— Ela também contou que não queria vir? — Joseph deu um sorriso tenso.

— Sim, ela é uma garota muito sincera, e eu a admiro por isso. Aliás, essa é a qualidade que eu mais prezo em alguém, a sinceridade.

Os ombros de Ester enrijeceram, e um tremor percorrer seu corpo. Olhou para Joseph, que a compreendeu na mesma hora. Ela não era totalmente sincera, como Alexander achava. Ester escondia suas origens, era refugiada no país e não sabia o que o príncipe pensava sobre o assunto. Fora instruída pelo tio e pelo grupo de apoio aos refugiados a não revelar aquele segredo. Por mais que Galav fosse um reino aberto a recebê-los, em toda árvore existem frutas podres, e ali também havia gente poderosa que não apoiava a decisão do rei de aceitar cidadãos de Cefas na nação.

— Bem — Alexander conferiu a hora no relógio de pulso, alheio ao conflito de Joseph e Ester —, tenho uma reunião em cinco minutos e devo ficar preso nela pelo resto do dia. Aproveitem para passarem um tempo só de vocês, e à noite nos encontramos para o jantar, tudo bem?

A jovem assentiu, varrendo seus temores para longe, concentrando-se no homem à frente e no quanto ele parecia mais admirável após realizar o maior desejo de seu coração.

Quando o príncipe saiu, a moça olhou para o tio e choramingou.

— Não gosto de mentir para ele. Eu me sinto a pior pessoa do mundo por ter que fazer isso.

— Também não me agrada a ideia, mas você não pode falar nada ainda. No tempo certo, ele saberá. Confie em mim, querida, você não precisará guardar esse segredo para sempre.

Ester mordeu os lábios, aflita e temerosa com a reação de Alexander ao descobrir que ela, na verdade, não apenas era uma refugiada, mas também vinha do reino rival de Galav.

Capítulo 21

Querido futuro marido,

Quando eu era apenas uma criança, amava as histórias de faz de conta nas quais todas as coisas eram possíveis e os sonhos sempre se tornavam realidade. Agora, já adulta, por vezes sinto falta de como tudo era simples. Precisamos enfrentar a realidade dolorosa e encarar situações que nos fazem querer correr de volta para o mundo de fantasias e resolver todos os problemas com o poder da imaginação. Ou fugir para um lugar onde apenas um desejo era suficiente para nos transportar em direção ao que nosso coração almejava.

De sua futura esposa,
Hadassa.

Ao se despedir de Joseph no final do dia, Ester sentiu as forças renovadas. O afago do tio vinha como um bálsamo, acalentando seu coração fragilizado pela saudade. O homem ouviu com atenção enquanto a sobrinha relatava os acontecimentos desde a chegada ao palácio. Seu humor, seus sentimentos e anseios a deixavam com as emoções à flor da pele, constatando pela enésima vez que não nascera para a realeza. O tio sorria e meneava a cabeça ante a aflição da moça, rebatendo sempre com uma palavra de ânimo.

— *Eu sei que não deve ser fácil todo esse processo. Mas a consequência do polimento é o brilho, e você está sendo polida, preparada para o que está por vir. Acredite em mim, seu dia de brilhar chegará, e você estará* pronta, então não importam as adversidades que possam aparecer: entre na arena e enfrente o leão.

— O senhor fala como se isso fosse tão simples!

— A vida é simples, a gente é que complica tudo.

— Seria tão mais fácil se nós, seres humanos, não criássemos tantas expectativas com os acontecimentos à nossa volta...

Joseph ofereceu um olhar paciente.

— Deus tem um propósito em tudo, e seus planos não podem ser confundidos. Ele é muito organizado e detalhista. Como eu disse, somos nós que bagunçamos tudo.

— Mas, tio, se é da vontade dele eu e o Alexander ficarmos juntos, por que não consigo sentir nada além de uma profunda amizade por ele e ele por mim? — Era nisso que ela acreditava, que os laços que os ligavam eram apenas fraternais, como o príncipe dissera.

Joseph sorriu, do jeito que sempre fazia quando estava prestes a dizer algo sábio, que sem dúvidas a faria se sentir boba depois.

— Às vezes, meu bem, o amor não é tão espetacular quanto fogos de artifício. Ele pode ser suave como uma pluma, tão imperceptível como uma brisa amena em um deserto quente e seco. Mas acredite: até mesmo em sua versão mais branda, é o mais poderoso dos sentimentos.

Aquelas palavras queimaram no coração de Ester até a hora em que ela se despediu do tio. Joseph a abraçou pela última vez e, novamente, proferiu a mesma bênção de quando ela estava prestes a partir para o palácio:

— Que o Senhor te abençoe e te guarde. Que o Senhor sobre ti levante o rosto e te dê a paz. E que tu sempre ames a Jesus em primeiro lugar, acima de tudo[14].

Da porta de entrada do palácio, Ester observou afastar-se o carro que levava o tio. Ela estava grata pelo tempo que, graças a Alexander, pôde passar ao lado daquele homem tão importante em sua vida. Seu coração palpitava ao recordar-se das palavras de Joseph: "Às vezes, o amor não é tão espetacular quanto fogos de artifícios...".

Se isso era verdade, era provável que os sentimentos por Alexander estivessem além da amizade. Talvez, aquilo que ardia em

....

14 Números 6:24-26.

seu interior quando pensava nele fosse mesmo amor, e era de uma forma nada fraternal, como ele confessara amá-la.

"Eu amo o Alex?", esse pensamento ecoou em sua cabeça, depois em seu coração. O corpo se aqueceu, o estômago apertou e ela ficou sem ar por alguns segundos. Um suspiro trêmulo escapou de um cantinho do seu interior e, devagar, o sentimento foi se assentando delicadamente em seu âmago.

★★

Ester analisou pela última vez a própria imagem refletida no espelho, sob os olhares atentos de um John calado e magoado. As mãos da moça tremiam, e o mesmo pensamento de horas antes a perturbava. Por mais que quisesse conversar com o estilista e acertar as coisas entre eles, naquele momento não conseguia concentrar a atenção em outra coisa que não fossem seus conturbados sentimentos.

Às sete horas, como combinado, Alexander bateu na porta do quarto da jovem. O coração de Ester deu um salto no peito ao vê-lo à sua espera, trajando um *smoking* completo. Os cabelos penteados para trás destacavam seus olhos claros, os quais pareciam querer lhe contar algum segredo.

— Estrelinha. — Ele se aproximou e deixou um beijo suave em seus dedos.

Ester não esperava por aquilo. Ela prendeu a respiração e engoliu em seco, diante do toque dos lábios do príncipe em contato com sua pele.

— Alex. — Ela sorriu, em uma vã tentativa de mandar para longe o tremor que agora se alastrava por todo o corpo.

— Você está linda — ele a elogiou, enquanto os dois seguiam pelo corredor na direção oposta àquela em que Ester estava acostumada a trafegar.

— Você também está muito elegante.

Alexander sorriu em agradecimento, conduzindo-a à enorme escada que dividia a área comum do palácio da ala restrita à família real.

— Aonde vamos?

— Tem um lugar no terraço que é o local perfeito para um jantar de aniversário.

Ester encarou os degraus à medida que subiam.

"Por que ele tinha que ser tão romântico?"

Quanto mais alto iam, mais o estômago e o coração se apertavam, tornando difícil suportar. Ela partiria mais cedo ou mais tarde, não deveria estar se envolvendo tanto. Sem falar que ainda tinha a pequena verdade sobre sua origem, omitida a Alexander. Não havia dúvida alguma de que o grande príncipe de Galav a repudiaria quando a verdade viesse à tona.

— Você está bem? — ele perguntou, diante do silêncio e do fato de que ela havia ficado tensa de repente.

— Sim. — Ester sorriu, mas sua vontade era chorar ante a cruel situação.

No entanto, como se nada daquilo importasse, a jovem procurou se recompor. Era seu aniversário, pensou, e ela podia fantasiar uma vida sem nenhum daqueles dilemas. Deixaria ser a garota apaixonada pelo príncipe e permitiria imaginar que ele também fosse por ela. Os dois jantariam, tendo as estrelas como testemunhas, e no outro dia a moça voltaria a se preocupar com a realidade — aquela em que, sem dúvidas, continuaria apaixonada por ele, mas o sentimento seria totalmente platônico.

— Aproveitou bem o dia com seu tio? — Alexander a puxou de dentro do faz de conta.

— Sim. — Ela relaxou a musculatura rígida dos ombros. — Foi revigorante vê-lo novamente.

— Achei que você fosse gostar mesmo.

— Eu amei. Você foi muito gentil ao fazer isso por mim. Obrigada, mais uma vez.

— Não foi nada.

Eles já transitavam pelo andar restrito havia algum tempo, mas Ester mal percebeu, até que chegaram ao terraço. O lugar parecia ter saído de uma revista, daquelas que a moça costumava ler em seu intervalo na Brook. Um jardim tomava conta da maior parte do espaço, com plantas e flores, muitas das quais Ester nunca vira na vida. Um pergolado coberto de jasmim decorava todo o lado direito. Sob ele, poltronas e almofadas convidativas para passar um dia preguiçoso na companhia de um bom livro. Uma mesa estava posta mais adiante. A jovem ficou deslumbrada perante tanta perfeição e frustrada ao lembrar que no dia seguinte tudo aquilo seria apenas uma recordação dolorosa.

Alexander a conduziu até o parapeito, para mostrar a vista. De lá, era possível ver o mar no horizonte. As estrelas brilhavam com mais intensidade naquela noite, e a lua era um presente à parte. As dez províncias ao longe circulavam o palácio, como se fossem um tentáculo da parte principal onde ela se encontrava. O príncipe apresentou cada uma delas, dizendo seus nomes e particularidades. Eles deram a volta completa, mirando as luzes a perder de vista, até que chegaram próximo à mesa onde jantariam.

— O que achou? — perguntou Alexander, com expectativa.

— Este lugar é incrível! Tenho a sensação de que, se eu erguer a mão, posso tocar as estrelas. E poder ver todo o reino é maravilhoso. Eu não fazia ideia de como Galav era tão extensa.

O príncipe puxou a cadeira para ela se sentar e em seguida deu sinal para o *chef* servi-los.

— Incrível mesmo é ver uma chuva de meteoros aqui do alto — comentou ele, olhando para o céu.

— Chuva de meteoros?

— Acontece a cada vinte anos. Eu tinha 6 anos quando vi uma pela primeira vez, e a próxima está prevista para algumas semanas após o baile.

— Eu nunca vi uma chuva de meteoros.

— É magnífico! — disse ele, empolgado. — Podemos ver juntos, se quiser.

Ester poderia abrir mais uma exceção no dia da tal chuva de meteoros, mas seria só mais esse encontro, prometeu a si mesma. Depois disso, começaria o processo de afastamento.

— Eu adoraria.

DE REPENTE *Ester*

— Diz a lenda que coisas mágicas acontecem durante a chuva e que qualquer pedido se torna realidade. — Os olhos do príncipe brilharam sob a luz tremulante das velas sobre a mesa.

— E você acredita nisso?

— Na verdade, não. — Ele balançou a cabeça, ainda sorrindo. — Mas me lembro de ter desejado um amigo na época. Semanas depois, um casal foi contratado para trabalhar aqui no palácio, e eles tinham um filho da minha idade. Felipe foi meu melhor amigo por anos.

— E onde ele está agora?

Durante o jantar, Alexander contou sobre a amizade com o tal garoto e as peraltices que fizeram juntos, até Felipe, aos 18 anos, se alistar no exército de Galav. Eles nunca mais se viram.

Foi bom ficar imaginando o príncipe na infância e adolescência. Assim, o foco sobre os sentimentos dela era esquecido, e tudo realmente pareceria mais com um jantar entre amigos e menos com um encontro romântico. Porém, a *friendzone* durou pouco. Após a refeição, Alexander disse ter outra surpresa. Cheio de mistério, conduziu Ester até uma enorme porta corrediça localizada no mesmo andar.

O príncipe deu dois toques na porta, e um empregado a abriu pelo lado de dentro, de imediato.

— Bem-vindo, Alteza — um senhor de cabelos grisalhos os cumprimentou. — Senhorita. — Meneou a cabeça para Ester. — O lugar estava escuro, impedindo-a de ver do que se tratava. — Está tudo como o senhor solicitou. Caso precise de algo mais, estarei à disposição.

— Obrigado, Tom, mas pode se recolher.

— Obrigado, senhor. Tenham uma excelente noite.

O homem saiu, e Ester percebeu estarem apenas Alexander e ela naquele lugar escuro e frio. Ela havia visto o último guarda a uma distância considerável de onde estavam agora, fazendo-a se sentir desconfortável.

— Que lugar é este? Estamos sozinhos aqui?

— Seria melhor se tivesse um guarda aqui conosco? Posso chamar.

— Vou me sentir mais segura. — Ela brincou, e Alexander olhou para ela com falsa indignação. — Quem me garante que aí dentro não é um calabouço ou outra coisa parecida?

— O calabouço fica no subterrâneo do palácio — rebateu, divertindo-se.

Com um comando de voz, Alexander ordenou que as luzes fossem acesas, revelando várias poltronas estofadas em frente à enorme tela de LED presa à parede da confortável sala. No canto, uma mesa com pipoca e uma infinidade de guloseimas esperavam por eles.

— Não é como um cinema de verdade, mas é bem parecido. Pelo menos foi o que me disseram. — Alexander deu de ombros, encarando-a. — Eu também nunca tive a oportunidade de estar em um.

A paixonite de Ester aumentou, a ponto de extrapolar o nível estabelecido em sua cabeça.

— Você se lembrou... — Ela não queria, mas a voz embargou ao tentar falar.

— Estou sempre atento ao que você diz, Ester. — Ambos se encararam por alguns segundos, antes de o príncipe limpar a garganta e se afastar até a mesa de comida. A jovem sorriu ao vê-lo se aproximar com um *cupcake* sustentando uma vela em formato de estrela. — Não vou cantar, porque sou desafinado e estragaria o momento. — Ela continuou a sorrir, incapaz de controlar a felicidade que tomava conta de cada parte de seu coração. — Faça um pedido e apague a vela.

O sorriso foi sumindo aos poucos dos lábios da moça, enquanto ela encarava o *cupcake* nas mãos do rapaz. O que ela realmente gostaria de desejar era impossível de se realizar! Mas era seu aniversário, não era? Era o dia de sonhar com algo fora de cogitação. Aliás, foi isso que ela fez em todos os aniversários. Certa vez, quis ter um unicórnio. Desejou poder voar e ter superpoderes. Depois disso, fantasiou um sonho mais louco que o outro. Por fim, desejou viajar no tempo, assim nunca permitiria que os pais morressem, e essa utopia durou vários aniversários, até ser grande o suficiente para saber que eles nunca mais voltariam.

DE REPENTE *Ester*

Antes de a vela apagar por conta própria, Ester fechou os olhos e desejou com todas as forças ser amada por Alexander, tanto quanto ela sabia que o amava agora. Abriu os olhos e riu de si mesma.

"Que viagem!"

Quando voltou a olhar para o príncipe, ele a encarava, não sorria, e seus olhos pareciam ter um tom mais escuro e profundo.

— Você tem razão. Não podemos ficar aqui sozinhos — ele disse com a voz tão grave que era quase possível sentir o pequeno cinema vibrar.

Escoltados por dois guardas, Alexander e Ester iniciaram o filme. Mas a concentração de ambos estava bem longe do que a tela exibia. Com o tempo, tudo começou a ficar distante: as imagens, as vozes do longa-metragem e os sons dos guardas comendo a pipoca que Ester fez questão de que eles aceitassem.

★★

— Ester, acorda, precisamos ir. — A voz de Alexander soou longe, interrompendo o sono da moça. Ela resmungou, aconchegando a cabeça em algo que mais parecia uma pedra. — Dormimos aqui — sussurrou o príncipe, próximo ao seu ouvido.

A jovem despertou de repente, ao sentir o hálito quente dele tocar sua face, percebendo que a pedra, na verdade, era o ombro do príncipe.

— Como assim? — Ela deu um pulo da poltrona, avistando os dois guardas em pé, próximos à porta.

— Passamos a noite aqui. Já são oito horas da manhã, meu pai deve estar louco atrás de mim. — Alexander esfregou o rosto e tentou arrumar o cabelo, mas só piorou o estado em que ele se encontrava.

— Oito horas? Ai, meu Deus, a Giovanna vai me matar! — Fuzilando os guardas com os olhos, acrescentou: — Por que vocês não nos acordaram?

— Eles não tinham permissão para nos incomodar — o príncipe respondeu.

— Mas a gente dormiu! Não poderíamos ter dormido! Aqui! Eu! Você!

Tentando controlar a respiração, Ester avistou suas sandálias jogadas embaixo da poltrona. Quando é que ela havia tirado? Pegou o par de salto para colocá-los, mas estava tão apavorada que não serviu em seus pés.

— Não dá tempo de pôr a sandália. — Alexander pegou o calçado do chão e a puxou pela mão.

— Dei pipoca para vocês! Poderiam ter retribuído a gentileza! — choramingou ela, encarando os guardas ao passar por eles. — Não acredito que fizemos isso! Como foi possível?

— Eu estava exausto da viagem, e você teve um dia bem cheio com seu tio. — O rapaz conferiu os dois lados do corredor antes de sair pela porta, certificando-se de que não haveria ninguém por ali.

— Isso não está certo! Que vergonha! Como vamos explicar esse deslize?

— A gente se casa, e fica tudo bem. — Ester fincou os pés no piso acarpetado do corredor, e o príncipe se voltou para ela. — Estou brincando!

O príncipe riu alto da expressão de espanto dela.

— Não é hora de brincadeiras, Alex!

"Isso que dá ficar sonhando acordada!", ela se advertiu. "Agora estou em apuros, e tudo por querer brincar de ser princesa."

— Vem, eu conheço um atalho, mas vamos ter que correr. — Alexander apertou o passo, puxando Ester pela mão outra vez. — Você consegue?

— Claro que consigo correr! Não sou nenhuma boneca de porcelana — rebateu ela, irritada.

Era tudo culpa dele! Eles não deveriam ter dormido. Giovanna com certeza estaria louca à procura da jovem e certamente a mataria quando a encontrasse.

— Seu humor não é dos melhores pela manhã, não é?

Alexander, que seguia alguns passos à frente, olhou por cima dos ombros com as vistas semicerradas. Ester o encarou de volta, sem muita paciência. A paixonite da noite anterior parecia ter evaporado como fumaça.

Os dois correram de mãos dadas pelo longo corredor do andar restrito e desceram as escadas, entrando na área comum do palácio. Sempre que eles precisavam mudar de corredor, Alexander verificava se não vinha alguém. Em dado momento, pararam para recuperar o fôlego atrás de uma parede.

— Tivemos sorte, pois está na hora da troca dos turnos dos guardas. Mas, a partir de agora, será mais difícil passar despercebido — Alexander informou. — Se conseguirmos chegar até a próxima ala sem sermos vistos, estaremos salvos. Vou para meu escritório, e você pode seguir para seu quarto. — O príncipe terminou a frase com um sotaque engraçado.

— Por que parece que você está se divertindo com tudo isso?

— Você não está? — Ele repetiu o sotaque.

Antes que Ester pudesse responder à provocação, o rapaz a puxou pela mão novamente, voltando a correr. No entanto, assim que dobraram o último corredor, eles deram de frente com Giovanna e as outras garotas indo para o salão de baile. Por instinto, ambos deram meia-volta, mas já era tarde demais.

— Fiquem onde estão, agora! — Giovanna esbravejou, marchando até eles.

Ester e Alexander se entreolharam ainda com as mãos unidas, virando lentamente para encarar a mulher furiosa. Ambos estavam ofegantes, com as roupas amassadas, cabelos desalinhados e, como se não bastasse, a moça estava descalça.

Giovanna encarou os dois jovens e passeou os olhos pelo estado deplorável deles, até parar nas mãos dadas e depois no calçado de Ester, que o príncipe carregava.

— Não é nada do que você está pensando — ele respondeu, lendo as indagações no semblante da mulher.

— Você, Alteza, se explique com seu pai. Ele está quase tendo um ataque com seu sumiço. E você, Ester, recomponha-se e junte-se às outras garotas imediatamente. Temos um dia cheio pela frente.

— Giovanna falava devagar, mas era possível notar como ela estava se controlando para não esbravejar.

— Sim, senhora. — Ester soltou a mão do príncipe e juntou os cabelos em um coque, passando para o lado da monitora.

Alexander não parecia constrangido com toda a situação — diferentemente de Ester, que desejava um buraco bem grande no chão, para ela se esconder. Ele se despediu com um aceno de cabeça e partiu.

— Alteza — Giovanna o chamou, impedindo-o de seguir seu caminho —, as sandálias da moça. — Indicou o calçado com um floreio de mãos.

Alexander olhou para os sapatos e sorriu. Quando ele levantou os olhos, havia algo divertido em sua expressão. Ester congelou quando ele andou até ela e se ajoelhou para calçá-la, sob os olhares espantados das outras garotas.

— Serviu! — brincou ele, arrancando risos forçados de todas.

Ele ficou em pé novamente e piscou para Ester, antes de se virar e desaparecer apressado, ao dobrar o corredor.

Capítulo 22

Querido futuro marido,

Certa vez ouvi em uma canção que, assim como as estações, a vida tem ciclos. Os melhores dias são como memórias antigas de um verão regado de risadas, de aventuras e de calor. Mas, depois do verão, vem o outono. As folhas caem, as circunstâncias mudam. E o inverno é tão traiçoeiro, que é quase impossível notar quando de fato ele começa e quando termina. Os dias são escuros, mais curtos. Parecem saber que, se fossem longos, derrubariam até os mais valentes entre nós. As estações nos dão a oportunidade de redescobrirmos o significado do que é paciência. Elas nos levam à reflexão e à esperança de uma nova primavera[15].

De sua futura esposa, sempre esperando,
Hadassa.

Enquanto batia a ponta da caneta sobre a mesa, Alexander tentava se concentrar na leitura do documento à sua frente. Já havia lido e feito anotações em dezenas iguais àquele, enquanto centenas de outros aguardavam seu veredicto antes de passá-los para o rei.

Porém, sem consentimento, sua mente vagava até a noite anterior e os acontecimentos daquela manhã. O rapaz não se lembrava da última vez que havia se sentido tão leve e feliz. Com Ester, ele

---

15 Música "17 de janeiro", Arrais.

podia ser apenas o Alex, nada mais. E isso lhe agradava além do que imaginou ser possível.

Talvez tenha sido por esse motivo, e o fato de ter relaxado tanto que os dois acabaram adormecendo no cinema. Em seu íntimo, o príncipe sabia que, na realidade, queria que aquela noite nunca mais acabasse, permitindo-se ficar ao lado dela enquanto ainda podia.

Alexander virou a página do documento e leu mais algumas linhas. No entanto, seus devaneios o puxaram de volta. Por que ele estava fazendo aquilo consigo mesmo? Estava ciente de que não deveria, e sabia disso antes mesmo de ela vir para o palácio. Ewan nunca o perdoaria, e o rapaz não pretendia entrar em uma guerra com o melhor amigo, mas estava cada vez mais difícil controlar o coração. Entendia agora, mais do que nunca, as sábias palavras de Jeremias, ao alertar quão corrupto é esse órgão vital.

A amizade com Ewan Marshall era valiosa demais para o príncipe. Desde que os dois se conheceram na faculdade, o jovem havia provado ser um amigo fiel. Não se importava com a posição de Alexander e não era bajulador. Pelo contrário, sempre o tratou como um universitário comum, dando total liberdade para o príncipe ser ele mesmo. Apesar de Ewan não possuir um único neurônio no lugar, demonstrou ter um coração enorme, não apenas porque a cada semana estava apaixonado por uma garota diferente, mas porque sua lealdade e seu companheirismo eram inigualáveis.

Por essas e outras razões, Alexander não poderia se permitir nem sonhar com Ester. Isso estava ficando cada vez mais difícil. Assim como Ewan, a moça despertava o melhor dele. Sentia-se tão livre que era como se seu coração tivesse asas, fazendo-o agir por impulso, sem pensar com clareza quando estava em sua presença e se arrependendo logo em seguida.

Não, ele não estava apaixonado por Ester. Mas, se fosse possível medir o amor pelo quanto uma pessoa se importava, então na verdade ele a amava profundamente. Como se não bastassem os próprios sentimentos, ainda havia os dela, que Alexander nunca poderia demonstrar serem correspondidos.

DE REPENTE *Ester*

O príncipe mordeu a tampa da caneta, aflito. Por que Ester tinha de ser a mulher piedosa que ele sempre idealizou como esposa? Isso não ajudava em nada a tarefa de mantê-la longe. Até o seu terrível humor pela manhã a deixava fascinante. Alexander sorriu ao se lembrar de como ela ficara nervosa por passarem a noite no cinema. Seu lado garoto aflorou e, quando percebeu, já estava provocando sem se dar conta, divertindo-se à custa dela.

Largou o documento e a caneta, e esfregou o rosto com as mãos.

"E o que foi aquilo de colocar as sandálias em seus pés? Eu definitivamente não estava pensando com clareza. Era só juntar dois mais dois e pronto. Decifrariam meus sentimentos!"

Alexander respirou fundo algumas vezes e procurou pensar com clareza a fim de recuperar a sanidade. Isso precisava parar. Por mais que fosse doloroso, deveria se concentrar nas outras cinco garotas que ainda estavam no palácio. Elas, sim, eram as opções para ele. Não deveria estar perdendo seu tempo com Ester. Aquela jovem nunca seria sua. Ao se lembrar disso, o rapaz sentiu uma dor aguda na alma, como se o próprio Senhor estivesse espetando agulhas em sua consciência.

Relutante, e sem um pingo de entusiasmo, ele voltou ao trabalho. Ainda tentava se concentrar na leitura, quando duas batidas leves soaram na porta, antes de Ester colocar metade do corpo entre a abertura.

— Mandou me chamar, Alteza?

Ela não sorriu como de costume, e seu semblante estava abatido.

— Sim. — Alexander abandonou o documento para lhe dar atenção. — Entre, por favor.

Ester caminhou até a poltrona posicionada do lado oposto da escrivaninha do príncipe e sem qualquer cerimônia desabou sobre ela. Seu cabelo sustentava um coque malfeito, com vários fios soltos cobrindo as laterais do rosto sem maquiagem, mas, mesmo assim, sua presença encheu a sala, fazendo Alexander engolir em seco.

Ele a sondou por alguns instantes, em busca de qualquer indício da moça da noite anterior, que parecia apaixonada por ele — ou isso fora fruto da sua imaginação? Não encontrou nenhum vestígio.

Ester permaneceu lá, imóvel, com a cabeça apoiada no encosto da poltrona, encarando o teto.

— Você está bem? — o príncipe perguntou ao vê-la massagear as têmporas e fechar os olhos.

— Se não se importar, vou tirar meu calçado. Meus pés estão me matando!

Alexander riu com a espontaneidade dela.

— Fique à vontade.

— Obrigada! — Mais do que depressa, ela se livrou das sandálias e deslizou os pés sobre o carpete macio, enquanto apoiava a cabeça outra vez.

— Dia difícil?

Ester grunhiu.

— Terrível!

— Imaginei que seria.

— Esta é a primeira vez no dia que consigo me sentar. Eu mal tive tempo de almoçar e nem pude tomar um banho. Ainda estou com o vestido de ontem à noite, e essas malditas sandálias estão acabando com meus pés. Minha cabeça e cada parte do meu corpo doem por pernoitar em uma poltrona.

Alexander se compadeceu. Queria providenciar naquele mesmo instante algo para aliviar seu cansaço. Mais do que isso, queria ele mesmo ir até lá e massagear os pés da moça. Ao pensar nisso, sentiu como se olhos grandes e santos estivessem focados nele, penetrando sua mente e sua alma, sondando seus pensamentos, motivos e intenções, renegando tudo e gritando em seu ouvido que era um traidor.

— Sinto muito — disse, sem saber se estava se desculpando com Ester ou com Deus.

Ester se aconchegou na poltrona e apoiou o pescoço de um modo mais confortável.

— Estou tão cansada e sinto que vou adormecer a qualquer momento.

— Não aqui, por favor. Não iriam acreditar em nós, se acontecesse um segundo deslize desse tipo — o príncipe gracejou.

Ester empertigou a postura, desperta de repente.

DE REPENTE *Ester*

— Nem brinque com isso!

Rendendo-se ao lado cômico da situação embaraçosa, a jovem sorriu pela primeira vez desde que entrou na sala. Seu sorriso provocou uma descarga de adrenalina em Alexander. Ele mudou de posição, o coração batendo contra a parede do peito. O medo juntou-se à dança das emoções que estavam em seu interior. Centenas de temores lhe inflamaram as entranhas, e uma náusea forte e rápida veio sobre ele.

— Ficou muito encrencada? — Tentou manter a postura descontraída.

— Giovanna me deu um sermão de quase meia hora e depois me entupiu de afazeres.

— Isso é bem típico dela. — Alexander sabia por experiência própria do que Ester estava falando. — Não deixei você em maus lençóis em relação às outras garotas, deixei? Elas não me pareceram muito satisfeitas ao ver nosso estado.

Ester suspirou e mordeu o lábio inferior. Era bem verdade que o sermão de Giovanna havia sido difícil de ouvir, mas isso ela já esperava. Surpresa foi a reação de Mary Kelly. A moça, que até aquela manhã era puro amores e compreensão, havia mostrado um lado que Ester odiou conhecer.

Giovanna dividiu as garotas em duplas, para que todas as atividades fossem realizadas mais rápido. Como primeira atribuição, Ester e Mary foram escolhidas para cuidarem da disposição dos talheres sobre as centenas de mesas. A garota estava calada, incomum ao seu comportamento sempre alegre e extravagante.

— Você está bem? — Ester sondou a colega.

A outra suspirou e, quando olhou para ela, não tinha nenhuma expressão no rosto.

— Isso foi baixo. Extremamente baixo. — Ester arqueou as sobrancelhas, surpresa com as palavras ásperas. — *Não me olhe assim, como se não tivesse noção do que estou falando.* — Mary se concentrou na tarefa.

— Eu não tenho mesmo. — A senhorita Kelly deixou um sorriso de escárnio escapar por entre os lábios, então Ester percebeu a que a outra mulher se referia. — *Eu e o Alex não fizemos o que todo mundo está achando. Ele me levou para ver um filme, e nós acabamos adormecendo. Foi só isso. Eu juro!*

— Estão tão íntimos assim? — Agora Mary parecia mesmo irritada. — Alex? Isso é sério, Ester? Porque, se for, não sei o que todas nós ainda estamos fazendo aqui.

— Não é nada disso, Mary. Nós nos tornamos amigos, só isso. Não tem nada decidido. Se tivesse, tenho certeza de que o príncipe já teria colocado um ponto-final nessa coisa toda.

— Você não precisa se justificar. — A colega se dirigiu até a outra mesa. — Acho que minha ficha caiu só agora. Isso é uma competição, e as outras meninas estão certas em não criar vínculos. É uma grande perda de tempo.

— Não diga isso. — Ester a seguiu. — Sua amizade é de grande valia para mim, você deveria saber.

— É como o velho ditado: amigos, amigos, amores à parte, não é mesmo? — Ester deixou o ar dos pulmões sair devagar, procurando controlar as emoções diante de tanta sagacidade. — Sejamos realistas, essa nossa "amizade" não iria muito longe mesmo, todas estamos aqui pelo príncipe. — Sem voltar a encarar Ester, Mary concluiu: — Seja lá o que tínhamos, acaba aqui e agora.

Ester abriu a boca para responder, mas a moça se afastou, decidida a romper com a única coisa perto de uma amizade que haviam conseguido criar com qualquer outra ali presente.

Ester voltou a relaxar a postura, e seus olhos se estreitaram de um modo sério ao olhar para o príncipe.

— Quer queira, quer não, estamos em uma competição, e o seu coração é o grande troféu final, ninguém está disposto a perder. — Alexander se inclinou um pouco para trás na cadeira e ergueu a sobrancelha, concentrado no olhar perdido de Ester enquanto a examinava, carregada de emoção. A moça abriu um sorriso tenso, deu de ombros e desviou os olhos para as mãos pousadas no colo. — Se me der licença, gostaria de me recolher agora. Amanhã é o grande baile, e eu preciso me recompor. — Levantou-se e pegou as sandálias do chão, recusando-se a recolocar os saltos altos. — Boa noite, Alteza.

DE REPENTE *Ester*

O coração do príncipe se encolheu diante da formalidade outrora dispensada. Ela se virou, sem esperar resposta, e, assim como quando havia adentrado ao escritório, caminhou lentamente para sair.

— Tem certeza de que está bem, estrelinha?

De costas, Ester parou e apertou os olhos. Uma lágrima solitária escapou, e ela a limpou antes que fosse notada. Estava mais difícil a cada momento dominar seus sentimentos, ainda mais quando ele se mostrava tão preocupado com ela, como agora.

— Sim.

— Mentira.

O tom firme na voz de Alexander a fez estremecer. Ela se virou, e ele estava de pé, com as mãos apoiadas sobre a mesa. A dor refletida no rosto de Ester o deixou arrasado. Sem se conter, o príncipe deu a volta na mesa e se aproximou dela. Os olhos da jovem, que antes pareciam abraçar os dele, agora estavam distantes, embaçados num nevoeiro aguado.

Quando ela desviou o olhar, ele compreendeu que já era tarde demais. Ester estava tão envolvida quanto ele. Engoliu em seco, com o coração partindo em mil pedaços e se odiando por permitir que ilusões fossem criadas, defraudando-a sem perceber. A jovem sofreria de novo, e a culpa seria toda dele dessa vez.

Alexander estendeu a mão e, com um toque leve, alcançou o queixo dela e levantou seu rosto, para que voltasse a olhá-lo.

— Perdão por fazer você passar por isso.

Ester forçou um sorriso e tentou controlar o tom de voz.

— Não se preocupe comigo.

Antes de os sentimentos os traírem ainda mais, a moça saiu do escritório, e o príncipe voltou para a mesa. Seu celular pessoal estava ali em cima, como um grande sinal do que precisava ser feito. Ele encarou o aparelho e depois apertou o ponto entre os dois olhos, ciente do próximo passo. Estava mais do que na hora de acabar com aquela confusão e começar a se concentrar nas demais garotas. Deveria ter feito isso há muito tempo. Com certeza, elas tinham algum atrativo, só necessitavam de um pouco mais de atenção. Mas não conseguiria fazer isso com Ester ali.

Temendo perder a coragem, discou o número memorizado, aquele cujas ligações vinha evitando havia dois meses. No segundo toque, ouviu o clique da ligação sendo atendida, e a voz impaciente de Ewan ecoou estridente em seus tímpanos.

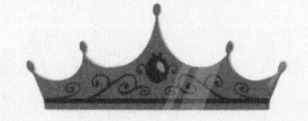

Capítulo 23

Querido futuro marido,

Não sei por que meu coração dói tanto neste momento. Porém, ocorre a mim que pode ser porque o final dos meus dias felizes de primavera e verão está se aproximando, e o outono está batendo à porta para me mostrar a realidade. Então fico a me perguntar incessantemente: por onde você anda, meu amado? Por que ainda não está aqui? O inverno se aproxima outra vez, e meu anseio é ter o calor de sua presença para eu não congelar em meio às adversidades.

De sua futura esposa,
Hadassa.

A primeira ação de Ester, quando entrou em seus aposentos, foi dirigir-se ao cômodo ao lado para encher a banheira. Seu corpo clamava por um banho quente e relaxante. Cada músculo reclamava por conta do cansaço do dia e da noite maldormida, porém todo o desconforto não era maior que a dor em seu coração.

Ela jogou os sais de banho na água e se sentou na borda da banheira, enquanto fitava as pequenas flores azuis no azulejo, buscando se convencer a seguir em frente. Ela havia obtido muito sucesso durante o dia, com a persistência em não pensar no príncipe e no aniversário maravilhoso proporcionado a ela. Giovanna a manteve tão ocupada que Alexander fora apenas uma lembrança remota. Contudo, ele a convocou no escritório, como vinha fazendo nas últimas semanas. Ester tentou manter-se distante e se orgulhou por conseguir se sair tão bem. No entanto, quando ele a chamou de estrelinha, o muro bravamente erguido no decorrer do dia foi ao chão em um baque ruidoso, e a determinação escapou de seu coração como o ar de um pneu furado.

Ester se sentia triste, como nunca na vida. A respiração ainda parecia presa, os olhos ardiam, e algo se quebrava dentro dela. Um mau pressentimento caiu sobre si durante o banho, e uma dor terrível tomou conta de seu peito, impedindo-a de respirar com facilidade. Tomada pelo cansaço e pela frustração, vestiu um dos roupões felpudos, enrolou uma toalha na cabeça e se deitou na cama, dormindo de imediato.

Quando despertou, o quarto estava escuro. O relógio digital sobre o móvel ao lado da cama indicava que era quase meia-noite. Relutante, ela se levantou e se dirigiu para a sacada a fim de pentear os longos cabelos. A noite de primavera estava quente, mas uma brisa serena soprava. Ester fitou o céu em meio à sua tarefa e sussurrou uma oração:

— Senhor, preciso de forças... — Como se não bastasse a enchente de emoções em relação ao príncipe, a maneira como era tratada pelas outras garotas, e agora por Mary, também apertou seu coração. — O que o Senhor tem para mim, meu Deus?

Ester ficou ali por algum tempo, até que uma referência bíblica lhe veio à mente. Correu até a cabeceira da cama e pegou a Bíblia. Voltou para a sacada e a abriu em Romanos 12.

Ela leu os primeiros versículos e parou na epígrafe do nono: "O amor". Fitou-o por alguns instantes, tentando entender o que Deus queria falar com ela.

"O amor deve ser sincero. Odeiem o que é mau; apeguem-se ao que é bom. Dediquem-se uns aos outros com amor fraternal."

Ester uniu as sobrancelhas e riu desolada. Seria esse um sinal? Alexander já tinha confessado que seus sentimentos eram fraternais. Ela estava sendo boba em achar que seria diferente? Eles tinham feito um trato, não tinham? Ela ficou divagando, melancólica. Eles seriam amigos e nada mais. Isso ficou bem claro mais cedo, quando obviamente Alexander percebeu seus sentimentos em relação a ele e pediu perdão por fazê-la passar por isso.

Ester estreitou os olhos, forçando-se a se concentrar no que Deus queria dizer e ouvir a voz dele acima do calor das emoções, que lutavam para ocupar um lugar em seu coração. Foi então que seus olhos pararam no versículo doze, e a jovem o leu uma, duas, três vezes.

"Alegrem-se na esperança, sejam pacientes na tribulação, perseverem na oração." O coração se aqueceu ao identificar a mensagem que o Senhor direcionava a ela: "Seja paciente, querida...", um sussurro doce ecoou em seu âmago, firmando os pés dela em terra firme.

A jovem fechou a Bíblia e foi até o parapeito. Recostou-se ali e orou mais uma vez, sentindo as inquietações se acalmarem gradativamente. Ainda estava de olhos fechados, quando ouviu uma risada ressoar pelo ar. Ao abri-los, avistou Alexander e Megan caminhando lado a lado pelo jardim abaixo da sacada. A moça riu alto de novo, antes de entrelaçar seu braço ao do príncipe e recostar a cabeça no ombro dele.

Ester ficou observando a cena enquanto o versículo quinze do capítulo que acabara de ler vinha à mente: "Alegrem-se com os que se alegram". Ela tentou ficar feliz, mas tudo que sentiu foi o coração se partindo em dois quando Alexander virou a cabeça e disse algo no ouvido da outra. Megan se afastou e empurrou o ombro dele antes de gargalhar.

Desolada demais para continuar bisbilhotando, a moça voltou para o quarto e se deitou. Demorou horas para pegar no sono e, assim que dormiu, teve um sonho horrível: estava no meio de um lago profundo. Havia água por todos os lados. Ela tentava nadar, mas, por mais esforço que fizesse, não conseguia sair do lugar. Sem fôlego e cansada, parou de pelejar, submergindo. O sonho era tão real que a moça sentia a água no rosto à medida que se afogava.

Ela acordou em um salto, ofegante e tossindo. Já era de manhã, e John estava ao lado da cama com um jarro na mão, encarando-a espantado.

— Não me olhe assim. Fui obrigado a fazer isso. Você não acordava por nada e estava se debatendo como louca.

Foi só então que ela percebeu estar molhada de verdade.

— Você jogou água em mim? — indagou, desacreditada.

— Sem mimimi hoje. — John revirou os olhos, entregando o jarro para uma de suas assistentes. — Você tem um dia longo de beleza e o baile para ir.

Ester se deixou cair de volta nos travesseiros, sem um pingo de vontade de encarar tanta gente importante. John a puxou pelos pés, arrancando-a da cama.

Emburrada, a moça foi para o banheiro e fez questão de demorar muito lá dentro. Quando saiu, o estilista estava ainda mais irritado, batendo portas e gavetas no closet.

— Não vai me dizer que ainda está chateado comigo.

— Não tem nada a ver com você.

— Então o que é?

John respirou fundo e encarou a jovem.

— O que você vê ao olhar para mim? — Ester piscou várias vezes diante da pergunta inusitada. Ele abriu os braços e girou até ficar de frente para ela outra vez.

Ester limpou a garganta e analisou John dos pés à cabeça. Ele usava uma camiseta preta justa ao corpo e uma calça jeans esfarrapada demais para o seu gosto. Nos pés, o habitual tênis amarelo.

— Bem, vejo uma pessoa... — ela principiou, e John espalmou a mão no ar, interrompendo-a.

— Por que disse "pessoa" e não homem ou rapaz? — Agora sua voz estava aguda e irritada outra vez.

Ester arregalou os olhos e abriu a boca para responder, depois a fechou. Não sabia o que falar.

John grunhiu e de forma dramática, deixou o corpo cair no pufe no meio do closet.

— O que ele tem? — Ester sussurrou para Hanna, que passava ao seu lado. A moça deu de ombros e sorriu.

John ficou fitando o teto de gesso, atordoado. Fazia algumas semanas, uma coisa maravilhosa havia acontecido a ele. Anastácia, a babá da princesa, o tinha procurado com uma proposta esplêndida: criar o vestido de Alexia para o baile de máscara que as pretendentes do príncipe estavam organizando, pois a responsável pelas vestes precisaria se ausentar de suas funções por algumas semanas.

Os dias seguintes haviam sido magníficos não só pela atribuição e pelo fato de que ele ficaria conhecido depois de a princesa usar uma de suas criações em uma aparição pública (após anos evitando os holofotes), mas porque estar na companhia de Anastácia lhe dava um pouco mais de ânimo do que de costume. Porém, naquela manhã, sem querer, havia presenciado uma conversa da babá com uma funcionária, quando estava prestes a entregar o vestido da princesa.

— O John é lindo, atencioso, um perfeito cavalheiro, mas é gay! O que posso fazer?

Ao ouvir tal declaração, o rapaz não sabia se ficava feliz ou furioso. Feliz por saber que Anastácia o achava atraente; furioso por ela deduzir que ele jogava no mesmo time dela. Isso, aliás, acontecia com certa frequência devido à sua profissão e ao seu gosto por moda.

Para fugir um pouco do preconceito a seu respeito, comprou uma motocicleta, achando que, assim, pareceria um pouco mais másculo, só que isso não causou tanto efeito. A prova disso era a conversa presenciada, que o magoou. Desde sua chegada ao palácio para trabalhar, o rapaz vinha nutrindo sentimentos por Anastácia, e escutar a opinião dela sobre ele rompeu suas expectativas.

John suspirou e balançou a cabeça para dissipar o desgosto e o orgulho ferido. Foi quando a voz de Alexia encheu o closet.

— Olá, senhorita Sullivan!

A menina trazia um sorriso radiante nos lábios, surpreendendo Ester.

— Princesa, o que faz aqui? — Ester procurou por Anastácia. — Você está sozinha?

— Ah, você está aí, sua fujona. — A babá apareceu ofegante, e John saltou do pufe, pondo-se pé. — Não pode sair sem me avisar, eu já disse isso mil vezes! — advertiu Alexia, que respondeu com uma careta.

John observava a jovem, que ainda respirava com dificuldade. Seu rosto estava corado, fazendo as sardas ficarem ainda mais destacadas no nariz. Ele as achava incrivelmente charmosas e, sem perceber, fitou a moça por tempo de mais. Anastácia empertigou a postura ao perceber que ele a olhava diferente.

— Eu não sou gay, Anastácia! — A frase voou da boca de John, antes mesmo que ele se desse conta.

Os olhos da moça arregalaram em surpresa, ciente de que ele ouvira a conversa de mais cedo.

— Não? — Ester perguntou e logo tampou a boca com a mão ao receber um olhar indignado do rapaz.

— Até você, Ester? — John esbravejou, desapontado. — Não! Eu não sou gay! — disse mais uma vez, para ficar bem clara, de uma vez por todas, sua orientação sexual.

— Você não é gay? — Hanna, Sayuri e Yumi se materializam no closet. Pareciam chocadas.

— Não querem um megafone para avisar o palácio todo de uma só vez? — disse o estilista, irritado pela proporção que aquilo estava tomando.

Um silêncio sem igual tomou conta do ambiente durante alguns segundos, sem ninguém ter coragem de dizer qualquer coisa para quebrar o constrangimento.

— O que é gay? — Alexia perguntou com inocência.

As mulheres se entreolharam antes de começarem a rir. Riram tanto que lágrimas escorriam pelas bochechas, enquanto John, aborrecido, olhava para todas de braços cruzados. Sem entender nada, a princesa correu para o lado de Ester e agarrou sua mão.

— Vou me arrumar aqui com você.

Ester assentiu, direcionando a atenção à princesa.

— Não vai não, Alteza. — Anastácia se abaixou na altura dela e sussurrou: — Esqueceu que vai ser uma surpresa?

— Surpresa? — indagou Ester, curiosa.

— Sei que seu aniversário foi há dois dias e eu queria te dar um presente.

— Amo presentes! Pode me dizer o que é?

DE REPENTE *Ester*

A menina tampou a boca e sorriu para John, que, mesmo emburrado, retribuiu.

— O que vocês estão aprontando?

— Hora de ir, Alteza.

Anastácia conduziu a princesa para fora do closet, sob o olhar intrigado de Ester não apenas pelo misterioso presente, mas porque Alexia parecia diferente, mais comunicativa e extrovertida com a babá.

Ao pensar um pouco, percebeu que não havia visto Charles desde o dia do chá no jardim. Isso explicaria a mudança de atitude da menina, já que ficava evidente que ela não tinha simpatia por ele.

— Chega de enrolação. — John interrompeu seus devaneios. — Você já está muito atrasada nos preparativos.

Nas horas seguintes, John e sua equipe se empenharam em aprontá-la para o baile. Surpreendendo os quatro profissionais, Ester solicitou que fizessem um corte curto em seu cabelo, o suficiente para mudar o visual. Yumi assumiu a função, deixando as madeixas em forma de cascata poucos centímetros abaixo dos ombros.

Ester tentou não pensar em Alexander durante todo o processo de preparação e no que aconteceria ao vê-lo naquela noite. Mas ele estava constantemente em sua cabeça; quando fechava os olhos, o rosto dele lhe vinha à memória, lembrando-a de como era lindo e gentil. Para piorar, a imagem dele e de Megan no jardim não a abandonava. Ela odiava admitir para si mesma, mas estava se corroendo de ciúmes.

Em certo momento, John desapareceu, dizendo que também precisava se arrumar para o baile e deixando-a aos cuidados das três ajudantes. A confusão de mais cedo lhe veio à mente e ela se sentiu desconfortável. Estranhou pela primeira vez ter um homem sempre tão perto dela, cuidando de coisas íntimas, como suas roupas e aparência. Porém, John nunca ficara sozinho em seus aposentos. Hanna, Yumi e Sayuri sempre estavam por perto, e as meninas executavam sozinhas as obrigações mais particulares. A verdade era que a jovem tinha John como um irmão. Via que os cuidados dele para com ela também seguiam por essa mesma linha. Havia provas suficientes quanto a isso, como no dia em que adoeceu.

Apenas quando Ester já estava pronta, John voltou para o quarto. Ele trajava um *smoking* preto, camisa branca e uma gravata-borboleta rosê, pensada para combinar com o vestido que ele havia feito para ela.

— Uau — disse ele com um assovio, ao vê-la. — Sem dúvida, você será a mais bela do baile! — Ester sentiu as bochechas corarem, o que era novidade diante dos elogios vindo de John. Ele notou sua reação e revirou os olhos. — Pode ir parando com isso! — ele a advertiu. — Ainda sou eu, Ester. O cara estressado, lembra?

— Eu sei, mas é estranho ter um *homem* me elogiando.

— Se você preferir, eu não elogio mais. — Ele deu um sorriso torto. — Pensando bem, você está horrorosa.

Ester riu alto, empurrando-o.

— O que você tem aí? — Ela quis saber, apontando para uma caixa que ele trazia nas mãos.

— O toque final. — Retirou a máscara em formato de borboleta para ela. — Espero que goste. Tomei a liberdade de escolher sozinho.

— Eu amei, John.

— Achei que combinaria com você. — Ester posicionou a máscara no rosto e se virou para que John pudesse fazer o laço na fita de cetim. — Acho fascinante todo o processo para uma lagarta se tornar borboleta. Como diz um antigo provérbio: "A lagarta que teme a metamorfose jamais plainará como uma borboleta leve no azul do ar"[16].

A jovem sorriu, identificando a alfinetada em relação ao medo dela de se tornar rainha um dia. Os dois ficaram um ao lado do outro, analisando a imagem no espelho de corpo inteiro. O vestido rendado dela caía justo ao corpo até certa altura, quando se abria em uma calda, como se fosse uma sereia. O novo cabelo estava solto e cheio de cachos minuciosamente elaborados pelas garotas. John ofereceu o braço, e juntos eles seguiram rumo ao salão. O estilista

---

16 A autoria da frase é desconhecida, mas sua origem remete ao termo Flor da Vida.

estava muito animado por poder participar do baile ao lado de Ester, fazendo a moça rir o tempo todo.

— Estou falando sério, Ester. Você me deve isso. É seu dever me apresentar para pessoas importantes e deixar claro que fui eu quem fez o vestido, já que você não desistirá daquela ideia descabida que me deixará desempregado mais cedo ou mais tarde.

— No que depender de mim, todos saberão como você é talentoso.

Os dois dobraram o corredor do salão de festa do palácio. Uma multidão já transitava pelo local em trajes de galas e máscaras. Agora que todas as luzes estavam acesas, o brilho das paredes dava uma cor irreal ao ambiente, transportando-a para os enredos que tanto amava ler nos livros de contos de fadas.

— Ester? — Uma voz conhecida sobressaiu entre as conversas animadas que enchiam o corredor.

Os pés da moça vacilaram um passo, quando ela se virou e avistou Ewan, sorridente, caminhando em sua direção.

Capítulo 24

Querido futuro marido,

Houve um momento na minha vida em que decidi não criar expectativas sobre coisas, sonhos ou pessoas, e falhei miseravelmente. Tentei criar uma barreira à minha volta, compelida a impedir que a decepção chegasse até mim – afinal, pensava eu, a decepção é o triste fim de um conto de fadas cheio de expectativas. Quando se passa por tantos conflitos durante a existência, tudo que se procura é paz e tranquilidade. No entanto, a vida não é realmente vivida sem tais percalços no meio do caminho, pois sem eles não há aprendizado algum; sem eles, quais experiências terá para contar a próxima geração? Espero, do fundo do meu coração, que, mesmo o caminho sendo tortuoso, ao término desta caminhada ele me leve até você.

De sua futura esposa,
Hadassa.

À medida que Ewan se aproximava, tudo ao redor de Ester ficou em câmera lenta. O que ele fazia ali? E por que sorria tanto? Naquele momento, ela só conseguia lembrar da última vez em que se viram. Ewan estava furioso com ela. Havia feito acusações sobre seu caráter, imputações, todas essas coisas que ainda doíam, ao recordar.

O rapaz parou de frente para ela, e o perfume dele a alcançou. A jovem engoliu em seco, com as paredes do orgulho balançando a ponto de quase cederem. Ele pareceu analisar cada detalhe de Ester,

DE REPENTE *Ester*

como se tivesse esquecido como ela era e precisasse refazer cada contorno da fisionomia em sua memória, antes de cumprimentá-la.

Em meio ao estupor, a moça avistou Alexander a alguns metros atrás de Ewan, saindo de uma das salas próximas de onde eles se encontravam. No momento em que o campo de visão dos dois se cruzou, o príncipe abaixou o olhar e saiu na direção oposta. Atordoada, Ester voltou a encarar Ewan, tentando entender o que estava acontecendo.

— Podemos conversar por um instante? — Ewan pediu, olhando de relance para John, ao lado dela.

Ester apertou o braço do acompanhante e lhe lançou um olhar suplicante. O estilista observou os sinais que o corpo dela emitia desde que avistou o homem e identificou o gesto como um pedido de socorro.

— Perdão, cavalheiro, mas preciso levar a senhorita Sullivan até a sala de espera das *pretendentes do príncipe*. Se ela não chegar lá neste exato momento, Giovanna irá nos decapitar na primeira oportunidade.

Um suspiro de frustração passou pelos lábios de Ewan, quando ele acenou positivamente, antes de John guiar a moça para longe, despedindo-se com um meneio de cabeça.

Ao entrar na antessala do salão onde aconteceria o baile, lugar em que aguardaria ser anunciada, Ester sentia dificuldades para respirar e ficou aliviada por serem os primeiros a chegarem ali. Ela soltou o braço de John e começou a andar em círculos, amassando com as mãos a saia do vestido.

— Pode ir falando, senhorita — John cruzou os braços e indagou, quase explodindo de curiosidade. — De onde você e Ewan Marshall se conhecem?

Ester parou de andar e o encarou, surpresa.

— Como você sabe quem é ele?

John fez uma expressão exagerada de espanto.

— Em que mundo você vivia antes de vir para o palácio? Todos em Galav sabem. Ewan Marshall é o melhor amigo do príncipe. — Ainda mais atordoada, Ester deixou o corpo cair na poltrona mais próxima, após ouvir a revelação. — Eles se conheceram na faculdade e, desde então, não se desgrudaram mais. — John continuou a falar tudo que sabia a respeito da amizade dos dois. — Quando o príncipe completou 21 anos e precisou assumir suas atribuições oficiais ao lado do pai, os dois saíram para uma turnê em nome do palácio, e depois disso Ewan se tornou uma espécie de um membro da família real. Ele está sempre presente em todos os eventos e, segundo alguns tabloides, é frequentador assíduo da casa nas montanhas da família real.

A moça arrancou a máscara e recostou a cabeça na poltrona, enquanto a cabeça girava ao tentar digerir as informações. Será que eles estavam brincando com ela? Enquanto tentava se recompor, John tirou o telefone do bolso e começou a digitar freneticamente. Após alguns segundos, colocou o aparelho ao lado do rosto dela e alternou o olhar entre ela e o que via ali. Deu um pulo para trás, assustando-a.

— Não acredito! — Ele voltou a olhar o telefone. — Não pode ser! — exclamou, exagerado como sempre. — Eu sempre tive a impressão de que a conhecia de algum lugar. Você é a moça que andaram especulando ter um romance com o amigo do príncipe, meses atrás.

Ester arrancou o celular da mão de John para ver do que ele estava falando. Sua foto ao lado de Ewan no jantar de noivado da afilhada da senhora Robin, cliente da Brook, parecia ter sido tirada há séculos.

— Eu não era a namorada dele, se é isso que você quer saber. Trabalhei para Ewan. Começamos a nos envolver, mas não foi longe. — Ela respirou fundo, procurando se acalmar um pouco mais. — Ewan não aceitou muito bem. Depois, descobri que meu tio tinha me inscrito, sem meu consentimento, para vir para o palácio, e ele ficou furioso. — Ester soltou um longo suspiro, à medida que todo aquele sentimento pungente agitava o seu coração. — Por fim, decidi vir para o palácio mesmo aos pedaços. Foi um processo de cura muito doloroso e, agora que eu pensava estar superando, ele reaparece, e essa bomba de revelações cai sobre mim. Eu nunca fui

DE REPENTE *Ester*

de acompanhar tabloides e revistas, por isso não tinha ideia de que eles se conheciam.

Novamente, Ester precisou usar muito bem as palavras para não evidenciar que não pertencia àquele país até alguns meses atrás. John pareceu se convencer com a resposta.

— Você ainda gosta do Ewan? É por isso que me disse que não vai se casar com o Alexander?

Ester esboçou um dar de ombro indiferente.

— Não o amo, caso seja esse o seu questionamento. — Ela levou a mão até o coração. — Mas algo se agitou aqui dentro, quando o vi depois de tanto tempo.

— É natural, tendo em vista o que viveram. — John tentou ser complacente.

— Se ele e Alexander são melhores amigos, então o príncipe sabia quem sou desde o início. O que não entendo é por que ele nunca disse nada e o que eu ainda estou fazendo aqui. Estão planejando me humilhar?

Algo se quebrava lentamente dentro dela. Temia que a amizade que ela e o príncipe haviam compartilhado não passasse de uma farsa.

— Não parece ser do feitio dele uma coisa dessas. — John pensou por um instante. — Ou talvez ele tenha se apaixonado por você. Aquela coisa de amor à primeira vista, e está passando a perna no amigo ao mantê-la aqui no palácio. Ewan veio para tirar satisfação porque ficou furioso com essa atitude. Aposto que rolou uma pancadaria.

John viajou em suas suposições, e Ester o olhou, perplexa com a imaginação fértil em um momento tão confuso.

— O Alex não é assim.

— Alex? — John assoviou. — Uau, já estão se tratando por apelidos? Do que ele te chama? Esterzinha? Bebê? Amor? — O estilista mexeu as sobrancelhas de modo sugestivo.

— Como pode brincar em meio aos meus dilemas, John?

— Desculpa! Só estou animado. Eu me sinto no meio de um clichê daqueles! Envolvendo um príncipe, ainda por cima.

Kell Carvalho

Ester levou a mão ao peito, ela estava mesmo apaixonada e não queria mais negar isso. Porém, a aparição de Ewan e as recentes revelações deram um nó em sua cabeça.

— Sinto muito, por tudo isso. — John a abraçou. Do alto de seu um metro e setenta e cinco, não parecia que ela havia recebido um abraço, e sim sido envolvida por um. — Não chore, vai estragar o trabalho maravilhoso das meninas. Vai ficar tudo bem.

Questionamentos giravam em sua mente e a vontade de chorar era imensa, mas Ester foi obrigada a se recompor antes que as demais garotas começassem a chegar, e John a ajudou, recolocando a máscara. Quando Mary Kelly, Sarah Tandel, Mellanie Johnson, Megan Rose e Rachel Miller adentraram na saleta, Ester já não estava tão abalada. Mesmo assim, preferiu ficar afastada, como sempre, procurando se acalmar, pois ainda tinha que enfrentar um baile cheio de etiquetas a serem cumpridas.

Uma a uma, as garotas foram sendo anunciadas. Na vez de Ester, ela parou no topo da escada e fitou a multidão que a encarava. Cerrou os punhos na lateral do corpo e ponderou dar meia-volta e correr para longe dali. Mas só conseguiu forçar um sorriso e cumprir com o protocolo.

— Senhorita Sullivan — principiou o cerimonialista com eloquência —, acompanhada de Sua Alteza Real, princesa Alexia Kriger Lieber.

Ester se virou a tempo de ver Alexia caminhar até ela. A princesa era sua cópia fiel, da máscara ao vestido. Os braços e o pescoço estavam à mostra, deixando evidente sua pele despigmentada. Posicionando-se ao seu lado, a menina sorriu com timidez antes de se agarrar a ela com força. Conhecendo os desafios de Alexia, Ester compreendeu que a pequena estava fazendo um esforço descomunal para poder surpreendê-la em meio a tantas pessoas e aparecendo em público pela primeira vez, depois de anos escondendo sua condição.

A princesa não tinha noção, mas com aquele gesto acabara de ajudar Ester a enfrentar os próprios temores.

No fim dos degraus, Alexander a aguardava. Ele não se importava em transparecer nada além do que sentia, parecendo, em seu âmago, tão abatido quanto ela. Contudo, Ester estava chateada demais para perceber quaisquer sentimentos senão os dela.

John se adiantou quando terminaram de descer, a fim de conduzir Alexia de volta para a rainha e o rei, deixando bem claro, com sua gravata-borboleta feita do mesmo tecido dos vestidos, que ele era a mente criativa por trás dos trajes elegantes delas.

Ester prestou uma reverência a Alexander, mas se recusou a retribuir o olhar dele ao aceitar sua mão estendida. Posaram para algumas fotos, como rezava o protocolo do baile, e a jovem agradeceu por estar com uma máscara camuflando o desapontamento, apesar do sorriso desenhado nos lábios.

Os fotógrafos recuaram satisfeitos, e Alexander a acompanhou entre os convidados, que começavam a se dispersar para socializarem. Na primeira oportunidade, Ester livrou a mão do braço do príncipe, apertando o passo para se afastar. Ele a impediu, segurando-a gentilmente pelo cotovelo.

— Não me odeie, quero explicar tudo.

A moça engoliu a raiva e respirou fundo, contendo as emoções.

— Por que você fez isso comigo? — Ela se virou e encarou os olhos tão familiares quanto seu próprio nome. Uma expressão ainda mais séria surgiu no rosto do príncipe, enquanto ele dava uma olhada ao redor. — Por quê, Alex?

Alexander tensionou o maxilar e a mirou com os olhos carregados de pesar.

— Mais tarde, senhorita Sullivan.

O tom de voz e a forma como ele a chamou caiu sobre a jovem como uma avalanche fria. A jovem não queria que fosse mais tarde, gostaria de pôr tudo em pratos limpos quanto antes. Contudo, entendia que não era o momento de examinarem o quebra-cabeça de suas emoções, à procura de peças que se encaixassem.

Ester deu um passo, recuperando o pouco de dignidade que ainda lhe restava.

— Como quiser, Alteza — disse tão gélida quanto ele, ao se afastar.

O baile seguiu animado e alheio aos conflitos entre os dois. Os convidados pareciam estar se divertindo, e Ester não encontrou Alexander outra vez. Acompanhada das outras garotas, ela cumpriu a programação estipulada pela rainha. Giovanna circulou com todas pelo salão, apresentando-as aos membros do Conselho: condes, duques, chanceleres e chefes de províncias.

Orientadas a se espalharem pelo recinto e agirem com graciosidade e gentileza, a monitora as liberou para aproveitarem o baile, sob a advertência de não se negarem a dançar com nenhum cavalheiro que pedisse. Em dado momento, o príncipe as procuraria para uma dança oficial, então elas deveriam estar atentas e não desaparecer. Ao se ver livre, Ester escolheu um lugar para se sentar a fim de descansar os pés, já que a noite seria exaustiva, se continuasse naquele ritmo.

Quando estava sozinha, John se aproximou trazendo-lhe uma bebida de frutas.

— Você está bem?

— Sim.

Ester tomou todo o líquido da taça em completo silêncio, com a mente a quilômetros de distância dali.

— Você não sabe mentir, querida. — Ester deu de ombros, culpada. — É normal ficar chateada. Bem, os homens podem ser uns monstros terríveis! — Ela o olhou, desolada. — Há alguns que são maravilhosos! — John corrigiu depressa. — Sei disso porque sou *um deles*! — enfatizou. — Fomos criados para sermos fortes e capazes, e para compartilhar uma união tão magnífica que você até vai se esquecer de como era antes de colocar o anel. Ester — John a fez olhar para ele —, o amor é mágico. E você está apaixonada! Dá para ver em cada gesto, em cada suspiro que você dá. Por isso ficou tão arrasada. Você ama o príncipe, e pare de negar isso.

— Algo mudou, John. Ele não parece o mesmo.

— Não fique tirando conclusões precipitadas antes de falar com ele.

DE REPENTE *Ester*

Ester suspirou, imaginando o quanto aquela conversa seria difícil.

— Vem, quero dançar com você.

John se pôs de pé, decidido a animá-la. Uma música mais dançante tocava, e o rapaz começou a se remexer, arrancando um sorriso dela, com sua falta de ritmo. Sem muita vontade de voltar a circular pelo salão, Ester aceitou o convite, rindo de verdade pela primeira vez naquele baile. O estilista, com passos inusitados e sem nenhum sincronismo com a música, logo chamou atenção, mas surpreendentemente a jovem não se importou.

— Obrigada, por tudo. Não sei o que seria de mim se tivesse que enfrentar esta noite sem você — ela agradeceu ao deixarem a pista de dança, rindo dos olhares estranhos que os dois recebiam.

Àquela altura, ela já estava convencida de que não duraria por muito mais tempo no palácio, então só lhe restava aproveitar o baile que as garotas tanto suaram para organizar.

— Para isso servem os amigos. — Ele colocou o braço dela no seu, conduzindo-a em direção ao local reservado à família real. — Por falar em amizade, Alexia quer dançar com você, e eu prometi que te levaria até ela.

— A princesa ficou tão fofa. Amei a surpresa, John. Se hoje for meu último dia aqui...

— Lá, lá, lá, lá... — John cantarolou no ritmo da música que tocava. — Não estou te escutando. — Apontou para o próprio ouvido.

A princesa não estava com os pais, mas, ao ver Ester se aproximar, a rainha fez sinal para os guardas em volta permitirem que ela chegasse até eles.

— Alexia volta em alguns instantes. Ela está muito animada para dançar com você — disse Elizabeth, após receber uma reverência da moça.

O rei mirava os convidados esporadicamente, enquanto assistia ao baile sem demonstrar entusiasmo. Ester e John o reverenciaram, recebendo um breve sorriso em agradecimento.

— Enquanto ela não vem, a senhorita me concederia a honra? — o rei perguntou, pegando Ester de surpresa com o convite.

Giovanna havia falado sobre a possibilidade de o soberano desejar dançar com as moças, porém, dois dias antes do baile, a ideia havia sido descartada por orientações dos profissionais que acompanhavam sua saúde. A cirurgia se aproximava, e a junta médica não queria nenhuma complicação causada por esforços desnecessários.

— Sebastian, seu coração... — a rainha tentou argumentar, mas o rei já havia se levantado e seguia até Ester.

— Bobagem. — Ele ajeitou o traje real púrpura e azul *royal*, com um sorriso repuxando os cantos dos lábios. — Posso muito bem conduzir essa bela jovem em uma dança lenta. Sem falar que estou farto de ficar sentado aqui, enquanto todos se divertem.

O rei estendeu a mão, e Ester a pegou, ainda sem reação. A multidão de convidados abriu caminho para o rei e ela passarem e, como era de costume, o meio do salão ficou vazio ao pisarem na pista de dança, formando um grande círculo em volta deles. A moça engoliu em seco, com as mãos suadas e trêmulas. Dando uma rápida olhada ao redor, percebeu que todos os presentes os observavam, inclusive o príncipe.

— Algum problema, filha? — o rei perguntou, ao percebê-la tensa.

— Devo confessar que não sei dançar muito bem, Vossa Majestade — disse ela, sincera.

Ester estava prestes a desmaiar. Odiava ser o centro das atenções.

— Não tem segredo. — O rei, com uma pose confiante, ofereceu um sorriso terno ao posicionar uma de suas mãos acima da linha do meio das costas dela e, com a outra, segurou a mão esquerda da jovem. — Conte "1" quando eu for para frente e você for para trás, "2" quando ambos formos para o lado direito e "3" quando juntarmos os pés novamente. Apenas isso. — Continuou sorrindo ao vê-la apavorada. — Vamos tentar. Relaxe e deixe-me guiá-la. Imagine que somos apenas nós dois aqui neste salão. — No primeiro movimento, Ester olhou para os pés, com medo. — Não olhe para baixo — advertiu de modo caloroso. — Você precisa olhar para seu parceiro. Sei que não sou tão bonito quanto meu filho, mas mantenha os olhos nos meus.

— Se eu pisar em seu pé, não reclame depois — disse ela no calor do nervosismo, sendo surpreendida com uma risada alta e espontânea do rei. Soube naquele instante de quem Alexander herdara tanta simpatia e bom humor.

— Você está indo bem. Não tem segredo — encorajou, ao concluírem os três primeiros passos e iniciarem os próximos, embalados por uma valsa clássica tocada pelo quarteto de cordas.

— Só não posso parar de contar. — Ester o levou a rir como antes.

— Você não é qualquer garota, senhorita Sullivan, tem um... — Pareceu procurar as palavras certas. — Brilho diferente. — Os olhos do rei Sebastian encheram-se de compreensão. — Entendo agora o motivo da Alexia se apegar tanto à senhorita. Você foi a única que a olhou sem receios e a tratou como uma criança normal, muito melhor que a maneira como eu e minha esposa vínhamos tratando nossa filha. Ela reagiu positivamente a isso. Obrigado.

Ester meneou a cabeça, recebendo o elogio. Talvez não tivesse outra oportunidade, e achou aquele um ótimo momento para dizer o que tanto queria há tempos. Era bem provável que o rei desaprovasse sua atitude, mas precisava tentar, ou morreria sufocada pelas suspeitas que tinha de Charles e até mesmo do tal dermatologista.

— Se me permite, Majestade, gostaria de dizer algo — principiou ela, sondando.

— Pode falar, filha.

— A princesa é uma garota incrível e, por mais que sua condição atual seja bem delicada, creio que o motivo não é apenas a falta de aceitação pessoal.

Ele franziu o cenho, pensativo.

— O que está tentando me dizer, senhorita Sullivan?

— Vossa Majestade, é certo que a doença na pele dela traz muitos transtornos à sua saúde emocional, no entanto o senhor não acha estranho o fato de Alexia não estar evoluindo com o tratamento do senhor Charles? Em nossos momentos juntas, percebi que o que ela precisa é de apenas um pouco mais de empatia.

— Está insinuando que não passo tempo suficiente com minha filha, para perceber se há ou não algo de errado com ela?

Ester engoliu em seco e balançou a cabeça com veemência.

— De maneira alguma, Majestade. Essa não foi a minha intenção.

— Sei que sou não tão presente quanto ela gostaria e como ela precisa que eu seja.

— Como meu tio sempre diz, um filho sempre precisa de um beijo de boa-noite, mesmo que já esteja dormindo.

A música parou, e Ester se afastou, prestando uma reverência e percebendo que não havia cometido nenhum deslize, fora o de falar com o rei além do que seria apropriado. Contudo, o que ela tinha a perder? O rei precisava ser alertado de que algo muito estranho estava acontecendo bem debaixo de seu nariz e que providências deveriam ser tomadas.

Em silêncio, ela acompanhou o rei de volta ao assento. Alexia já havia retornado e, assim que percebeu a sua aproximação, saltou da cadeira onde estava sentada ao lado da mãe e correu para ela.

— Já podemos dançar? — perguntou, com uma euforia incomum a ela.

O rei intercalou os olhos entre as duas, com uma atenção silenciosa.

— Sim, podemos.

Ester prestou mais uma reverência para o rei e outra para a rainha, antes de partir.

O quarteto de cordas havia feito uma pausa, e agora a banda contratada embalava o salão com uma música jovial. As duas dançaram animadas, rindo muito, sem se importar com os olhares nada discretos que todos lançavam para a princesa, mal disfarçando a curiosidade com as manchas em sua pele. Ester apenas queria que Alexia se divertisse e que todos vissem como a princesa era alegre e especial.

DE REPENTE *Ester*

Alexia ficou com sede depois de um tempo, e Anastácia, que permanecia por perto, se retirou com a menina. Ester voltou a se sentar, procurando descansar os pés após a maratona dançante. Enquanto recuperava o fôlego, observou o salão. Avistou Alexander se aproximar de Rachel Miller e tirá-la para dançar. Como acontecera com ela e o rei, a pista ficou vazia, dando espaço para o casal.

De onde ela estava, possuía uma visão *privilegiada* dos dois. À medida em que os dois se moviam no ritmo da valsa, o aperto em seu peito aumentava, e a jovem se perguntava por que havia permitido se envolver daquela maneira. Ester estava decidida a manter-se apática durante todo o processo. Como tudo ficara fora de controle?

Aplausos soaram com o fim da música, e Alexander e Rachel agradeceram, retirando-se em seguida.

— Me concede a próxima dança, senhorita Sullivan? — A voz grave de Charles soou ao lado da jovem, para seu desgosto.

— Não sei dançar.

Charles sorriu, e o som de sua risada fez o estômago de Ester revirar.

— Você acabou de dançar lindamente com o rei e com Alexia. Mas, se por algum acaso você não se recorde de como fazer isso, eu ensino. — Estendeu a mão, sem abandonar o sorriso presunçoso.

A moça respirou fundo, recusando-se a olhar para ele. No entanto, Giovanna a encarava a alguns passos e com apenas um olhar a obrigou a aceitar. De má vontade, Ester esticou o braço, pondo sua mão sobre a dele e permitindo que o psicólogo a conduzisse para a pista de dança.

— Parece que você conquistou mesmo a princesa Alexia — disse ele, colando o corpo ao dela. — Ela até está vestida como você.

— Foi Alexia quem me conquistou. — Incomodada com o modo como ele passeava a mão por suas costas, Ester retirou a mão do ombro dele e posicionou a do rapaz onde elas deveriam ficar.

Charles contraiu os lábios em um sorriso contido.

— Você é um caso a ser estudado, senhorita Sullivan — continuou a falar com a voz aveludada.

— Por quê?

— Você teve mais avanço com ela em alguns meses do que eu tive em anos. Estive pensando que, se você concordar, poderíamos trabalhar juntos. Assim a gente se conhece melhor e, quem sabe, descobre algumas coisas em comum. — Ester o fitou incrédula, diante de tanta audácia. — Convenhamos que Sua Alteza Real, o príncipe, já está muito bem servido com suas outras pretendentes, e uma não lhe faria falta.

Ester mal esperava o momento de aquela música acabar, a fim de se desvencilhar dos braços que insistiam em puxá-la para mais perto dele. Charles era repulsivo, sua voz era melodiosa, seu perfume enjoativo, o toque de suas mãos insuportáveis, e toda aquela conversa enfadonha lhe causava ânsia de vômito.

A música começou a dar indícios de que estava terminando, e o terapeuta apertou a jovem mais uma vez. Aquilo já estava sendo demais para Ester suportar. Sem demonstrar o quanto estava furiosa, pisou no pé dele de propósito.

— Perdão! — Ela levou as mãos à boca de forma teatral, e ele finalmente se afastou. — Eu disse que não sabia dançar. — Charles a olhou com os olhos semicerrados, o rosto contorcendo-se de dor.

Como se o momento não estivesse ruim o bastante, Ewan surgiu ao lado deles. O psicólogo bufou, nada contente, e endireitou a postura ao vê-lo.

— Ewan.

— Satã.

Charles comprimiu os lábios ante a provocação do recém-chegado. A tensão entre os dois era quase palpável enquanto eles se encaravam, revelando uma rixa oculta. Os olhos de ambos faiscaram, e Ester podia jurar ser questão de tempo para um voar na jugular do outro. A jovem estava prestes a sair de fininho, no entanto Ewan se virou para ela e, sem dizer nada, tomou-a pela mão e a conduziu para longe da pista de dança.

Capítulo 25

Querido futuro marido,

Em um canto bem profundo do meu coração, eu sempre acreditei que saberia reconhecê-lo assim que você cruzasse o meu caminho. No entanto, parece que as adversidades tentam a todo momento desviar minha atenção, levando-me por outra correnteza, para longe do que realmente importa. Quando me encontrar, faça de tudo para eu notar você, caso eu esteja absorta por coisas sem importância; lute por mim como se sua vida dependesse disso, não me deixe escapar, grite comigo se precisar, mas não me perca de vista.

De sua futura esposa,
Hadassa.

Ewan ziguezagueou entre os convidados, rumo à porta lateral que dava para o jardim, levando Ester com ele. Os dois passaram pelos guardas e por algumas pessoas, da parte externa até os bancos de mármore localizados no meio do jardim, e então se sentaram lado a lado, ainda mergulhados no silêncio. Uma brisa brincou com os cabelos da moça, que fechou os olhos, recusando-se a olhar para ele, mas ainda ciente do calor da mão dele na sua.

— Não fazia ideia de que você e o príncipe eram amigos.
— Eu sei.
— Quando vocês pretendiam me contar?

Ester olhou para as mãos, sentindo-se péssima.

— Não pretendíamos — Ewan disse, em meio a um sorriso de frustração. — Você deveria ter saído antes mesmo de isso tudo começar.

Ester meneou a cabeça, desolada.

— Então vocês resolveram brincar um pouco com meus sentimentos. Afinal de contas, eu sou uma mentirosa hipócrita. — Repetiu as acusações feitas por ele ao descobrir que a jovem viria para o palácio.

Ewan se virou de frente para a moça e a obrigou a fazer o mesmo.

— Não é nada disso. — Ele mordeu os lábios por dentro e respirou fundo. — Desculpe minhas palavras naquele dia. Quando Sharon me contou como tudo realmente aconteceu, voltei até sua casa para me desculpar, mas você já tinha partido. — O rapaz inclinou o rosto, e seus olhos brilharam, sinceros. — Acho que Deus tinha outros planos.

Ewan sorriu, constrangido com o olhar cético que recebia.

— Você, acreditando nos planos de Deus?

Ele se remexeu no banco e concordou com a cabeça.

— Tudo mudou depois que você veio para o palácio, Ester. Agora tenho uma visão diferente de certas coisas e devo isso a você.

— Não me lembro de ter feito nada.

— Mas você fez. — Ewan olhou ao redor e respirou fundo outra vez. Parecia decepcionado, como se esperasse de Ester uma atitude diferente. Apesar de as mãos dos dois ainda estarem unidas, ela se mantinha absorta, dando a entender que a presença dele ali não a abalava. — Alexander a mandaria embora na primeira oportunidade, mas Alexia se apegou a você, e os planos mudaram — ele continuou, diante do silêncio da moça. — Foi por isso que você ficou.

Ao menos, era essa a justificativa em que o rapaz se esforçava para acreditar. A ligação do amigo no dia anterior havia sido breve e vaga. Ewan estava furioso pela falta de notícias e explicações do porquê de Ester ainda estar no palácio. Ele queria discutir, mas Alexander foi sucinto, prometendo conversar pessoalmente e com calma.

DE REPENTE *Ester*

Ewan chegou ao palácio horas antes do baile, ansioso por aquele encontro. Queria olhar nos olhos do amigo e dizer tudo o que estava entalado na garganta. O príncipe estava trabalhando no escritório, quando o amigo irrompeu pela porta, pronto para brigar. Com a paciência que irritava Ewan, Alexander deixou os documentos de lado e se levantou para o cumprimentar.

— Está cedo. Esperava por você pouco antes do baile.

— Seria assim, se não tivéssemos tanta coisa para conversar, já que vem ignorando minhas ligações por dois meses.

Alexander passou a mão no pescoço e apertou um ponto de tensão.

— Muita coisa aconteceu, Ewan.

— Claro que aconteceu, você se apaixonou por ela!

O músculo da mandíbula do príncipe pulsou ao ser contraído, mas sua expressão permaneceu a mesma.

— Alexia se apegou a ela desde o primeiro momento. Você sabe a luta que enfrentamos. Não podíamos ignorar os laços que se formaram entre elas.

— Então, por que não me ligou e contou o que estava acontecendo? — Alexander voltou a se sentar. Inclinou um pouco para trás na cadeira e passou os dedos pelo queixo, sem uma resposta para o amigo. — Que droga, Alexander! — Ewan esbravejou, apoiando os cotovelos no joelho ao se sentar, com um baque. Respirou devagar e estreitou os olhos em direção ao príncipe, que estava absorto nos próprios pensamentos. — Você sabia que eu a amava. Por que permitiu isso acontecer? Logo você! — Era como se algo desmoronasse dentro dele. — O que planeja fazer?

Alexander continuou em silêncio por um longo tempo, escolhendo as palavras, tentando não ser egoísta e dizer que se importava muito mais com seus próprios sentimentos e com o quanto estava apaixonado.

— Ester chegou aqui arrasada, e eu a vi juntar cada pedaço a fim de seguir em frente. — O príncipe suspirou. — No entanto, no fundo dos olhos dela, ainda existe dor. O relacionamento de vocês ficou mal resolvido, e esse é o motivo de você estar aqui. — Agora foi a vez de Ewan ficar em silêncio. Seu coração doía, a respiração estava presa na garganta, e um mau presságio tomava conta de seu âmago. — Nós fizemos um pacto — o *príncipe continuou.* — *Seríamos amigos, e foi isso que fomos durante esses meses.*

Ewan riu de forma sarcástica.

— *Amizade entre homem e mulher não existe. Pelo menos era isso que você vivia me dizendo.*

— *Não existe, quando as verdadeiras intenções são outras. Toda vez que você se aproximou de uma garota com esse pretexto, na verdade estava interessado em algo além.*

Ewan se exaltou e lançou um olhar desdenhoso para o príncipe.

— *Não vem querer me dar lição de moral agora, Alexander. O foco aqui é a sua traição!*

Alexander se inclinou para frente com o sangue esquentando em suas veias. Deus sabia o quanto lutara contra todos aqueles sentimentos, por consideração ao amigo.

— *Você não estaria aqui se eu quisesse que isso tudo tivesse acontecido. Acredita que realmente permiti tais sentimentos por livre e espontânea vontade? Eu não escolhi nada disso!*

Ewan se levantou e foi até a janela com vista para as planícies. Ficou observando o sol se pôr, assimilando a situação em que se encontrava. Ele já havia se apaixonado por muitas garotas ao longo de sua jovem vida, mas nunca como agora. Ester tinha envolvido seu coração de uma forma que ele duvidava ser possível. Não estava preparado para deixá-la ir. Não aceitou abrir mão dela antes e não estava disposto naquele momento também.

O rapaz olhou por cima dos ombros e viu Alexander com os cotovelos apoiados sobre a escrivaninha e os punhos cerrando os olhos. Nunca o vira abalado por nada, tampouco por uma garota. Naquele momento, Ewan se recordou de algo que um amigo havia lhe dito não fazia muito tempo: "Amar é deixar partir quando for necessário".

Era isso? Ele teria que desistir de Ester por consideração aos sentimentos de Alexander? Aquilo parecia injusto aos seus olhos. Ele não queria que ela fosse. E quanto ao que sentia? Isso deveria importar, não deveria?

"O amor não deve ser uma prisão, Ewan. O amor precisa ser liberdade."

DE REPENTE *Ester*

Ewan contraiu os lábios, ciente de que aquela decisão não dependia de nenhum dos dois, pois estava bem claro que lutariam por ela até o fim.

— Ester é quem deve decidir. Estou disposto a deixá-la partir, se a escolha dela for você.

Ewan não imaginou que doeria tanto dizer aquelas palavras. E elas doeram, como se algo estivesse sendo arrancado de dentro de seu peito.

Um vento mais forte soprou, dissipando as lembranças recentes e trazendo o perfume de Ester até ele. Mais uma parte de seu coração partiu. Se continuasse assim, em breve não restaria mais nada.

— Não tem nenhum plano mirabolante, Ester. Só tem dois amigos apaixonados pela mesma mulher. — Ester o encarou. Os olhos do rapaz pareciam sinceros e penetrantes. Os cantos de sua boca se levantaram até o meio do caminho, quando ele esboçou um sorriso. — Eu nunca vi o Alexander tão vulnerável e apaixonado como agora. — O coração de Ester se aqueceu com a revelação. — Hoje vim aqui decidido a fazer qualquer coisa para ter você de volta. — Ewan deu de ombros, melancólico. — Mas, se você escolher ficar aqui, com ele, eu ficarei bem, vivendo um dia de cada vez.

Novamente, as palavras de meses atrás vieram à mente do rapaz, e ele fechou os olhos, entendendo o que a pessoa tentava fazê-lo enxergar.

"O amor é um exercício de confiança, Ewan. O maior risco de todos é ir atrás de uma pessoa com todo o seu coração, com a possibilidade de não ser correspondido. E você tem que aceitar isso."

— Não sei se pertenço a este lugar. — As palavras de Ester fizeram acender um fio de esperança em seu interior. No entanto, ela estava errada, e ele precisava ser sincero.

— Estive te observando durante todo o baile. Você pode não achar, mas acredito que se encaixa perfeitamente aqui. Você é cativante, e os convidados ficaram atentos o tempo todo enquanto falava com eles. Você dançou com o rei como uma verdadeira rainha. Se não nasceu para a realeza, ninguém possui tal dom.

Vendo-a tão frágil, Ewan passou o braço pelo ombro de Ester, puxando-a para ele. A jovem repousou a cabeça e, sem protesto, se aconchegou na curva do pescoço dele, seu corpo tremendo com a descarga de emoção. Ewan a trouxe para mais perto e acariciou seus cabelos enquanto sussurrava palavras de conforto.

Apenas a alguns metros, Alexander presenciava a cena como se tivesse acabado de levar um soco no estômago. Ele recuou alguns passos, antes de sair do jardim. Atravessou o salão de baile e foi direto para o escritório. Fechou a porta com um baque e ficou de pé no meio da sala escura.

Estar apaixonado era isso? Era corroer-se de ciúmes sempre que alguém se aproximava de sua amada? Era querer impedi-la de dançar com qualquer outro? Ele só conseguia desejar que fosse ele mesmo quem sorria da maneira como o rei o fizera na companhia dela.

Seu sangue ainda fervia desde que o príncipe a viu dançar com John e Charles. Com John ela parecia feliz. Mais feliz do que jamais esteve com ele. Charles, como da outra vez, não perdeu a oportunidade de ser o mesmo babaca de sempre. Contudo, o pior foi ver Ewan indo ao resgate da moça, e não Alexander, como da última vez.

No entanto, a cena mais dolorosa da noite, sem sombra de dúvida, foi ver Ewan e Ester juntos no jardim. Era evidente, o amigo não sairia do caminho, e o príncipe nem o julgava por isso. Se fosse ele, faria a mesma coisa. Agora, Alexander entendia o que seu pai quis dizer na noite anterior. O rapaz havia acabado de desligar o telefone após falar com Ewan, quando o rei Sebastian entrou em seu escritório e se sentou onde Ester estava havia poucos instantes.

— O que se passa, meu filho? — perguntou, ao vê-lo se levantar e ir até a janela.

Corroendo-se de angústia, Alexander relatou tudo que vinha acontecendo entre ele, Ewan e Ester. Falou sobre seus temores e seus sentimentos. Pela primeira vez na vida, havia sentido uma necessidade enorme de desabafar e conversar coisas tão pessoais com o pai, sentindo-se melhor quando terminou de falar. O rei parecia satisfeito em ouvir o príncipe e não o interrompeu até ele terminar o relato.

— Estou completamente perdido! — Alexander voltou a se sentar e esfregou o rosto, impaciente. — Estar apaixonado de verdade é essa loucura?

DE REPENTE *Ester*

— Ah, meu filho, quando os homens se apaixonam, eles se apaixonam mesmo. A queda é terrível, caem na água e sem salva-vidas. — O rei riu.
— Agora você é um desses homens, Alexander. — O príncipe reclinou-se para trás na cadeira e suspirou, olhando para o teto. — Quer um conselho? — indagou o rei.
— Quero.
— Seja homem e lute por ela.
Alexander não esperava aquele tipo de conselho. Estava preparado para ouvi-lo mandar recuar e se concentrar nas outras cinco pretendentes.
— Você está pedindo para eu trair meu melhor amigo? — Alexander crispou os olhos para o pai.
— Pelo que você me contou, eles não têm e nunca tiveram nada sério. A resposta de Deus para esse relacionamento ocorreu há não muito tempo e por isso ela está aqui. A meu ver, filho, você não está traindo ninguém.
— Não sei se Ewan vai pensar dessa maneira.
— Se ele ainda for como eu me lembro, superará antes que você e essa moça estejam casados.
Alexander não conseguiu manter-se sério diante dos gracejos do pai.
— Tem algo mal resolvido entre eles. Eu o chamei para vir ao baile. Preciso esclarecer logo essa situação, senão ficarei maluco!
Sebastian concordou.
— Fez bem.
— E se ela ainda tiver sentimentos por ele? — O coração de Alexander se apertava apenas com a possibilidade.
— Você está certo de seus sentimentos por ela?
— Como nunca estive sobre nada em toda a minha vida.
Alexander escorregou um pouco pela cadeira, seu corpo reagindo exatamente como sentia.
— Você já consultou a Deus sobre isso?
— Sim, é tudo que venho fazendo nas últimas semanas.
— E você acha que Deus está respondendo?
— Coisas aconteceram como se Ele estivesse confirmando de alguma maneira. Mas o meu medo é estar interpretando os sinais de um jeito errado. E se for apenas meu coração se confundindo com a voz de Deus?
O rei pensou por alguns instantes.

— Além de orar e enxergar Deus direcionando tudo, você deve fazer especulações sobre o caráter dela, em especial na questão cristã. Alexander, você quer uma esposa e, como príncipe, precisa aprender a fazer escolhas difíceis e arriscadas. Nem sempre tem como a gente esperar Deus jogar um raio indicando a resposta. Muitas vezes, a razão e a sabedoria sobrenatural se portam como coisas naturais. Vejo que o Senhor nos instrui e nos deu inteligência para tomar certas decisões arriscadas e muito bem pensadas, com certeza. — Sebastian mudou de posição na cadeira, enquanto Alexander mantinha-se concentrado no que ele dizia. — Você deve pensar nos atributos dela como mulher cristã e como esposa. Ela é virtuosa? O tipo de pessoa com quem você gostaria de passar a vida, indo acima dos seus sentimentos?

Alexander já havia ponderado tudo aquilo, e seu coração se aqueceu com a certeza de que Ester preenchia todos os requisitos, sem falar que, para ele, ela tinha a risada mais maravilhosa do mundo, capaz de fazê-lo sentir coisas misteriosas no coração. Porém, ainda havia um ponto: a jovem não queria ser rainha.

— Não é só isso, papai. Ela não queria estar aqui, foi o tio que a inscreveu. Ester afirma não ter nascido para a realeza, não quer ser rainha, e me escolher significa levar o pacote completo. Isso me causa ainda mais medo de eu não ser digno dela.

O rei deu uma risada profunda.

— Nenhum de nós merecemos as mulheres em nossas vidas, mas ai de nós se não nos esforçarmos a cada dia para nos tornarmos dignos do amor delas! — Alexander coçou a nuca, impaciente. — Fale com ela, meu filho. Deixe bem claros seus sentimentos e suas intenções. Seja o mais transparente possível. Não prometa que será fácil, porque não será, mas prometa amá-la para sempre e fazer de tudo para diminuir o fardo sobre os ombros dela. — Com um sorriso, acrescentou: — O que não estiver ao seu alcance, Deus faz por você.

Estevan entrou no escritório, interrompendo os devaneios do príncipe, confuso por estar no escuro.

— Alteza? — Alexander se virou para ele, autorizando-o a falar. — A senhorita Clark me pediu para localizá-lo. Ainda falta a dança com a senhorita Sullivan. Ela o espera.

DE REPENTE *Ester*

— Irei em um minuto. — Alexander tentou se recompor, decidido a seguir o conselho do pai, mesmo tudo indicando que aquela batalha já estava perdida. — Estevan — ele chamou, antes que o rapaz saísse —, providencie uma gardênia amarela, por favor.

— Agora? — o assistente indagou, surpreso.

— Sim, agora. — O rapaz ficou com o olhar perdido, como se imaginasse onde encontraria. — Tem no jardim do terraço. — O jovem se virou para cumprir a ordem. — Mas tem que ser amarela — o príncipe frisou. — E tem que ser rápido. Pegue e me entregue imediatamente.

— Sim, senhor.

Quando Alexander retornou para o baile, Ewan e Ester estavam em lados opostos do salão. Ele respirou fundo e caminhou até onde Ester conversava com duas senhoras. Ao se aproximar, seus olhos foram ao encontro dos dela e ali ficaram. Gradativamente, um sorriso tomou conta do rosto da jovem. Outro sorriso de satisfação se formou nos lábios do príncipe, porém, ao chegar mais perto, percebeu que o dela não apagava a distância que havia em seus olhos.

Talvez o gesto fosse ensaiado, assim como fora orientada a fazer. Em se tratando de realeza, sempre havia aquele um por cento de dúvida dos verdadeiros sentimentos e intenções das pessoas, tendo em vista a infinidade de protocolos a serem cumpridos. Um suspiro preocupado escapou de seu íntimo.

— Senhorita Sullivan — as mulheres recuaram alguns passos —, me concede essa dança?

— Com certeza, Alteza. — Ester se inclinou em uma reverência e depois aceitou a mão dele estendida.

Ao levantar os olhos, eles estavam mais suaves e diretos do que antes. Os dois caminharam até o centro da pista vazia, que nos próximos minutos seria só deles. Ele colocou os braços em volta dela. Não era a posição de valsa imposta pelo protocolo. O príncipe manteve as duas mãos na cintura da moça, e não havia quase nenhum espaço entre eles. Por instinto, ela pousou as mãos nos ombros do rapaz. O coração de ambos batia forte no peito, e Alexander sentiu a respiração acelerada de Ester tocar seu rosto e sentiu o aroma do perfume que ela usava.

De repente, era como se não houvesse mais ninguém ali. Eram apenas eles e a música cantada pela banda. Havia uma atração que não podia ter sido mais forte, ainda que ela fosse um ímã e ele um pedaço de aço. Os olhos de Ester brilhavam como um raio de sol em uma aquarela, mas Alexander não sabia dizer se eram lágrimas ou outra coisa. Eles se moviam com a melodia do piano. A letra da música rompia em seus ouvidos como se falasse exatamente o que Alexander gostaria de dizer à jovem.

"Querida, me abrace com seus braços de amor. Vamos dançar sob a luz de mil estrelas. Apoie sua cabeça sobre meu coração palpitante e ouça todo o meu amor pulsando forte só para você. Isso é real ou estou delirando? Talvez tenhamos achado o amor bem aqui, onde estamos; talvez tenhamos achado o amor bem aqui, onde estamos. Não pode ser um sonho e se for, eu me recuso a acordar. Sim! Nós achamos o amor bem aqui, onde estamos. Achamos o amor bem aqui, onde estamos"[17].

E Ester fez o que a música pedia. Deslizou as mãos para as costas dele e o abraçou. Com a cabeça apoiada no peito do príncipe, fechou os olhos ao ouvir como seu coração batia forte. Ela queria pensar direito, mas a sensação de estar nos braços de Alexander era algo que ela quase não podia suportar. As mãos do príncipe na cintura dela foram se apertando pouco a pouco, e ela perdeu a noção do tempo e do fato de que eram assistidos por centenas de pessoas.

A música parou de repente, estourando a bolha que havia em torno dos dois. Os aplausos surgiram, e eles se afastaram, mas Alexander permaneceu olhando para ela. Estevan se aproximou um pouco ofegante e com discrição entregou para o príncipe a única gardênia amarela[18] que havia colhido no terraço. Ali, no meio de todas as pessoas, o príncipe estendeu a flor para Ester, sem se importar em deixar suas intenções claras a todos os convidados. Ele

....
17 Tradução de "Thinking Out Loud", Ed Sheeran.
18 Gardênia amarela significa "amor secreto".

estava ciente do significado que aquela ação tinha e torcia para ela entender. Então, no gesto mais lento e mais fantasioso, ele se inclinou e a beijou com carinho, de leve, no rosto.

Capítulo 26

Querido futuro marido,

Certa vez questionei o porquê de nos apegarmos às nossas expectativas, e a resposta foi: o esperado nos mantém estáveis, ainda de pé, por mais que tenhamos consciência de que podemos nos frustrar. Eu nunca lidei muito bem com essa parte da vida. E, apesar de sempre fugir disso, ela nos puxa para o olho do furacão, de onde é quase inevitável escapar. A vida é um negócio louco, nem sempre a gente compreende. Ela é cheia de guerras que precisamos vencer dia após dia. Porém, algumas guerras nunca terminam, outras resultam em total e completa vitória, paz ou esperança. Mas elas não são nada, comparadas com a mais assustadora de todas: aquela que ainda precisamos lutar.

De sua futura esposa,
Hadassa.

Ester respirou fundo e fitou a gardênia amarela em suas mãos, enquanto cada detalhe das últimas horas povoava seus pensamentos. A sensação dos braços de Alexander envolvendo-a, as batidas fortes do coração dele, o perfume e a segurança que ela sentiu naquele instante, tudo aquilo parecia ainda muito vívido. A jovem se remexeu no assento e olhou para a porta pela milésima vez, esperando Alexander entrar. Estava no escritório dele, aguardando-o para eles poderem conversar. Olhou outra vez a gardênia, e um suspiro trêmulo escapou por entre seus lábios.

"Alexander me ama."

DE REPENTE *Ester*

Ela fechou os olhos e inalou a fragrância da flor. Um pequeno sorriso surgiu em seus lábios, e, tão rápido quanto apareceu, sumiu.

"Por que estou aqui? Por que estamos fazendo isso? O que está acontecendo, meu Deus?"

Ester balançou a cabeça e ignorou essas perguntas. Nada adiantava fazê-las. Quaisquer que fossem as respostas, ela não se afastaria, e não porque não podia, mas porque não queria. Contudo, havia muita coisa para ponderar e, ao constatar esse fato, seu coração ardeu. Escolher Alexander significava ser rainha de Galav um dia e, só de pensar no assunto, o estômago embrulhava.

Para matar o tempo, Ester se levantou, andou pela sala, bisbilhotou os livros na estante — a maioria sobre a legislação do país —, fitou o céu escuro pela janela e se sentou novamente, ainda mais ansiosa do que antes. Uma eternidade depois, a porta se abriu e Alexander entrou no escritório. Ele já não usava o traje oficial do baile e, diferentemente do habitual, vestia roupas comuns, como no dia em que ela o viu na praia. O príncipe caminhou sério até Ester, acomodando-se na poltrona ao lado, de modo que os dois ficaram frente a frente e bem próximos um do outro.

— Perdão por fazer você esperar tanto tempo. Precisei resolver uma situação que surgiu após o baile.

Ester repousou a gardênia sobre o colo e entrelaçou as mãos no caule.

— Deve ter sido bem sério.

— Foi, sim. — Alexander recostou na poltrona. Parecia exausto. — Megan surtou por algum motivo e acabou descontando sua raiva em uma das funcionárias que a auxiliava. Ela atirou um vidro de perfume contra a moça, e a coitada foi parar na enfermaria.

— Que horror!

— Enquanto você levou seu estilista ao baile, Megan deu de presente à assistente cinco pontos na testa. — O príncipe cruzou os braços em frente ao peito e levantou as sobrancelhas, sugestivo. — Vocês pareciam estar se divertindo muito, aliás.

Ester crispou os olhos, identificando uma sutil provocação.

— Não mais do que você e Megan na noite passada.

— Estava nos espionando, senhorita Sullivan? — Continuou encarando-a, tentando camuflar o brilho divertido que surgia em seus olhos.

— Claro que não. — A voz da moça semitonou. — Vocês é que estavam passeando bem debaixo da minha sacada.

Alexander sorriu espontâneo, do jeito que fazia seus olhos quase fecharem.

— Não se preocupe com ela, estrelinha. — Alexander conferiu a hora no relógio em seu pulso. — Megan já deve estar a caminho de casa. De qualquer maneira, não tínhamos nada em comum. Ela tem um gênio muito forte.

— Eu não estava preocupada. — Ao perceber um sorriso se formando, Ester mordeu o lábio.

— Tudo bem, porque eu também não fiquei incomodado com o John ao seu lado durante o baile todo. — Ester sorriu não apenas pelo ciúme explícito nos olhos de Alexander, mas porque era grata pelo amigo estar com ela naqueles momentos tão conturbados. — Você cortou o cabelo...

Ester deu de ombros, puxando as madeixas para a lateral do ombro esquerdo.

— Achei que estava na hora de mudar um pouco.

— Nunca mude, Ester.

As provocações sumiram, e em vez disso surgiu um silêncio carregado de emoções sobre as quais nenhum deles estava preparado para falar. Era evidente que a intimidade compartilhada durante a dança no baile não existia mais; em seu lugar, havia o verniz da cautela, a amizade casual com a qual estavam acostumados, com a qual se sentiam mais à vontade.

— Você parece exausto — disse Ester, um pouco sem jeito. — Se preferir, podemos conversar amanhã, eu não me importo.

— Não! — Alexander parecia decidido e ansioso para falar o que precisava, quanto antes. — Tem que ser agora, amanhã partirei em uma viagem. Devo ficar alguns dias fora.

— Ah... — Algo murchou dentro dela. As constantes viagens do príncipe sempre a faziam sentir-se assim.

DE REPENTE *Ester*

— Eu gostaria de não ter que ir. — Alexander pareceu ler seus sentimentos. — Mas está cada vez mais difícil negociar, à distância, com Cefas. — Os músculos de Ester enrijeceram ao ouvir o nome de seu país. Ela apertou as mãos uma na outra e engoliu em seco, cheia de receio. Será que ele ainda a amaria se soubesse de suas origens? A julgar pela fisionomia dele ao pronunciar o nome do país, era pouco provável. — Terei que ir lá pessoalmente, dadas as circunstâncias — ele prosseguiu, parecendo não notar a reação da moça.

Ela queria poder falar toda a verdade naquele momento, mas algo em seu íntimo a impedia.

— Não é perigoso?

Ester bem sabia que seria. As lembranças ainda estavam bem vivas na memória. Era impossível estar em segurança daquele lado do oceano, ainda mais em se tratando de um cristão.

— É. — Alexander apoiou o cotovelo na poltrona, pousando a lateral da cabeça na mão. — Mas não tem nada com que se preocupar. Uma operação vem sendo elaborada há alguns meses para que eu consiga entrar e sair de lá como um homem qualquer. Até onde sei, a maioria dos habitantes daquele lugar não tem noção de quem somos. — Isso era verdade. Ester mesma não o conhecia antes de vir para Galav. — Eu e os seguranças seremos apenas um grupo de amigos qualquer.

— É necessário que você vá pessoalmente? — perguntou ela, apreensiva com o plano.

— Estamos dando apoio a algumas ONGs de proteção aos cristãos naquele país. Quero ver de perto o trabalho feito, mostrar que estamos com eles e que podem contar conosco. Muitos estão se refugiando em Galav, e às vezes de maneira clandestina, correndo risco de vida. Galav está de portas abertas para recebê-los, mas de forma segura. Tem muita gente mal-intencionada por aí. — Suas palavras eram moderadas e impregnadas de bondade.

Ester desejou falar que ela e o tio eram duas dessas pessoas, mas por algum motivo não achou que seria a hora certa. Joseph a havia orientado a não revelar o segredo, e era isso que a jovem faria, mesmo sem entender aquele pedido nem saber quando seria esse momento. No entanto, sentiu-se aliviada ao descobrir que Alexander era a favor dos refugiados.

— Entendo — disse apenas, com medo de a voz denunciar sua condição.

Alexander mudou de posição na poltrona, inclinando-se para frente.

— Vamos ao que nos trouxe aqui? — Em um movimento inesperado, ele trocou abruptamente de assunto e a tomou pelas mãos, mantendo-as entre as suas. — Em primeiro lugar, eu quero pedir perdão. Conversei com o Ewan antes de ele partir e fui avisado de que você já está ciente de tudo.

Ester respirou fundo e expirou lentamente.

— Por que você nunca me falou nada? — questionou ela, engolindo a vontade de esbravejar com ele e pôr para fora toda a chateação.

Alexander deixou os olhos pousarem nas mãos deles, evitando manter contato visual.

— Ewan me ligou muito abalado no dia da revelação dos nomes das garotas que viriam para o palácio. Eu iria recebê-la aqui, mas você seria a primeira a voltar para casa. — O príncipe levantou para ela o olhar penetrante. — Quando nos encontramos no jardim durante a noite da apresentação, notei o quanto estava ferida. — Ele balançou a cabeça e deu um sorriso fraco. — Conhecendo o Ewan, ele não daria espaço para você se recuperar. Você precisava de um tempo para colocar as emoções em ordem, e foi isso que fiz. — Alexander deu de ombros. — Deixei que ficasse e me concentrei nas outras garotas. Eu não tinha pretensão alguma de nos relacionarmos. No entanto, Alexia se apegou a você e, quando a chamei para conversarmos sobre minha irmã, você me pareceu chateada porque estava sendo deixada de lado. Eu não podia fazer mais aquilo. A meu ver, nós poderíamos ser amigos. Quando você me propôs uma amizade naquela nossa primeira noite na cozinha, foi um alívio. Eu estava certo de que seria a solução do problema.

— Poderia ter me contado naquela noite.

DE REPENTE *Ester*

Alexander soltou a mão de Ester e, sem desfazer o contato visual, voltou a recostar na poltrona.

— Eu sei.

— Deveria ter me contado a qualquer momento. Conversamos sobre tantas coisas nesses meses de convivência! Houve tantas oportunidades em que dava para termos tido essa conversa, Alex.

O príncipe passou as mãos no rosto, parecendo ainda mais cansado, como se estivesse carregando um fardo invisível, muito pesado para suportar.

— Acho que, inconscientemente, eu tinha medo de que você fosse embora quando soubesse, mesmo que tenha afirmado estar aqui pela Alexia, e não por mim.

— É, eu deixei isso bem claro desde o começo.

— Você deixou. — Alexander fitou a flor repousada sobre o colo de Ester e depois seus olhos. — Nada mudou?

Ester suspirou e forçou-se a encarar aqueles olhos cheios de expectativas, ansioso por respostas claras quanto aos sentimentos dela.

— Sabe que sim. — As palavras saíram da boca da jovem, antes que ela tivesse tempo de pensar melhor no assunto.

Alexander sorriu e levantou o queixo com uma expressão cautelosa, como se enxergasse os conflitos internos da moça.

— Sei que essa escolha não é tão simples quanto eu gostaria que fosse. Você não queria estar aqui, a princípio. Mas, se está, é porque Deus assim permitiu. Nada acontece por acaso em nossas vidas, estrelinha. — O mundo de Ester balançou, como sempre acontecia quando ouvia o apelido. — Por isso — Alexander prosseguiu —, quero que pense bem enquanto eu estiver fora. Consegue me dar uma resposta até lá? — Ester assentiu, e um sorriso iluminou os olhos do príncipe. — Essa decisão pode ser pesada demais. No entanto, saiba que não estará sozinha, pois estarei aqui, ombro a ombro, tornando-a leve. Isso eu posso prometer.

Ester ficou grata por Alexander não exigir uma resposta imediata, dando-lhe alguns dias para pensar com mais clareza sobre o assunto. Naquele momento, recordou uma de suas histórias preferidas da Bíblia: quando Pedro saiu do barco e andou sobre as águas. O grande pescador ia bem, até fitar as ondas e começar a afundar. A jovem se lembrou do tio dizendo que Pedro afundou porque estava olhando para as ondas em vez de olhar para os braços estendidos de Jesus.

Talvez fosse isso o que ela precisava fazer: parar de olhar para as adversidades. Deveria se concentrar nos planos de Deus e no homem piedoso que declaradamente a amava e que estava disposto a gastar o resto dos seus dias ao lado dela.

Eles se despediram, e Ester já estava prestes a sair pela porta, quando sentiu um aperto muito grande no coração, ao recordar-se da viagem que ele faria no dia seguinte. Era uma sensação que ela nunca havia tido.

— Alex. — Ela retornou ao meio da sala, e Alexander veio ao seu encontro. — Será que podemos fazer uma oração juntos?

— Claro que sim.

Como antes, Alexander segurou as mãos dela, e os dois ficaram de frente um para o outro. A sensação da mão do príncipe na dela era algo que Ester queria para sempre. Calmamente, ele entrelaçou os dedos nos dela. O toque foi ainda mais eletrizante, e Ester não conseguiu falar; na verdade, mal conseguia pensar.

Alexander iniciou a oração e com eloquência engrandeceu a magnificência de Deus. Pediu que Ele guiasse os sentimentos de ambos e ajudasse Ester em sua decisão. Com a voz baixa e compassiva, a jovem prosseguiu quando ele parou. Suplicou que Deus o protegesse na viagem. Que concedesse sabedoria em cada momento, orientando-o a cada passo. Quando ela pediu para que o Senhor o trouxesse de volta em segurança, a voz embargou, obrigando-a a interromper a oração, incapaz de continuar.

— Amém — disse Alexander, tão emocionado quanto ela, quando a oração findou.

O príncipe não se importava em expor o que sentia naquele momento. Reconhecia a presença de Deus envolvendo-os de uma forma poderosa. Ele poderia ser o futuro rei de Galav, mas, acima de qualquer coisa, era um pecador salvo pela Graça, um homem humildemente impressionado com o fato de o Senhor do Universo se importar tanto com ele, a ponto de colocar em sua vida alguém como Ester. Para Alexander, não restavam dúvidas. Ele amava aquela mulher com todo o coração e, por mais que ela ainda não tivesse dito um sim definitivo, a pequena oração provava que o sentimento era recíproco.

Eles abriram os olhos e se fitaram demoradamente. Ester apertou um pouco mais suas mãos dadas antes de recitar o versículo que vinha sendo sua base nos últimos meses:

— "O Senhor é quem vai adiante de ti; ele está contigo, não te deixará, nem te desamparará; não temas, nem te atemorizes"[19].

Eles se despediram pela segunda vez, e Ester seguiu para o quarto como se segurasse o coração nas mãos. Tinha que tomar uma grande decisão nos próximos dias e, como se isso não fosse o bastante, havia a viagem de Alexander. Ela sabia o quanto aquilo poderia ser perigoso, conhecia muito bem seu próprio país e o risco que o príncipe estaria correndo, caso descobrissem quem ele era.

A jovem entrou no quarto, ansiosa para pôr todos os sentimentos para fora e escrever em seu diário o turbilhão de emoções daquela noite. Deixou as sandálias pelo meio do caminho e abriu a gaveta do móvel ao lado da cama. Seu coração pulou algumas batidas ao fitar o espaço vazio, onde outrora repousava seu bem mais precioso.

— Não pode ser... — A voz de Ester se perdeu pelo ar.

Aflita, ela procurou por ele em cada canto do aposento, várias e várias vezes, até se convencer de que alguém o teria roubado. Não só suas cartas estavam lá, mas muitas coisas sobre a vida dela. Seus sentimentos mais ocultos se encontravam naquele diário, assim como relatos do tempo que viveu em Cefas. Se estivesse em mãos erradas, a jovem estaria em maus lençóis.

---

19 Deuteronômio 31:8.

Capítulo 27

Querido futuro marido,

Nunca gostei da palavra "adeus". No entanto, ela me acompanha desde que consigo me lembrar. Ao longo da vida, eu me despedir de sonhos e de pessoas queridas se tornou rotina. Os meses se estendiam, o mundo continuava seu caminho, até chegar novamente a hora de uma triste separação. Em minhas súplicas, peço a Deus que, quando nos encontrarmos, essa palavra seja removida do meu vocabulário, para podermos ter uma vida longa e tranquila, um ao lado do outro, para sempre.

De sua futura esposa,
Hadassa.

Deitada sobre um cobertor no meio do jardim do terraço, Ester fitou o céu escuro à espera da chuva de meteoros que aconteceria a qualquer momento. Ali, sozinha, tendo como companhia apenas o silêncio, sentiu voltar o aperto, sentimento que fazia presença desde a partida de Alexander para Cefas.

Ester massageou o peito, tentando se livrar da dor patente que assolava seu âmago, enquanto os olhos umedeciam outra vez. A semana que o príncipe permaneceu em viagem passou como um borrão. Foram, sem dúvidas, os dias mais terríveis da vida da jovem desde sua ida para o palácio.

Alexander havia retornado durante aquela tarde, mas eles ainda não tinham se visto. A moça recebeu apenas um bilhete pedindo que o encontrasse no terraço por volta das oito horas da noite, para assistirem à chuva de meteoros juntos.

Só Deus sabia o grande alívio que Ester sentiu ao saber que ele estava de volta e em segurança. Ela o amava, e seu maior desejo era tornar-se esposa do príncipe. Contudo, isso jamais aconteceria.

O pensamento provocou arrepios e a fez sentir náuseas. Foi ficando mais difícil segurar o choro à medida que ela se imaginava dizendo as palavras, contando sua história, aquela que nunca contara a ninguém. Ester pensou na reação dele, no que ele diria. Alexander seria bondoso, é claro; ouviria com paciência. Talvez, até iria abraçá-la e diria todas as coisas certas. Mas, no final, ele não teria alternativa a não ser mandá-la de volta para casa.

Ela sofreria. Ele sofreria. No entanto, quando os fatos ficassem claros na mente dele, Ester seria apenas uma lembrança distante até que não houvesse mais espaço para ela no coração do rapaz.

Alexander, por outro lado, nunca seria esquecido. A imagem partiu o coração dela e a deixou com um nó na garganta. Não havia uma coisa mais assustadora do que a ideia de vê-lo mandá-la embora, uma vez que soubesse a verdade. A realidade entrou sem pedir licença, deixando a porta aberta e permitindo que os ventos dos fatos esfriassem seus desejos mais profundos. Em meio ao desalento, Ester recordou-se das palavras do tio, antes de se mudarem para Galav: "Quando nos deparamos com escolhas difíceis, as coisas complicam. Você começa a se questionar se está fazendo o certo, mas a decisão é exclusivamente sua".

A diferença era que, naquele caso específico, ela não tinha escolha. Mary Kelly havia feito questão de deixar isso bem claro naquela manhã, ao invadir seu quarto.

Como em todas as noites daquela semana fatídica, Ester não dormira muito bem. Pouco depois de os primeiros raios de sol romperem pela janela, ela vislumbrou, meio dormindo, meio acordada, a silhueta de alguém sentado ao lado da sua cama. Abriu os olhos, e lá estava Mary Kelly, com as longas pernas cruzadas, enquanto balançava o pé para frente e para trás, como um pêndulo marcando o tempo.

— Mary? — Ester apoiou o cotovelo no colchão, procurando focar a visão. — O que faz aqui?

— Bom dia, Ester. — A moça manteve o movimento dos pés, encarando-a. — Ou devo dizer Hadassa?

O coração de Ester deu um salto no peito, e ela despertou completamente, avistando seu diário no colo da moça.

— Foi você quem furtou meu diário?

— Eu sabia que tinha uma coisa muito errada com você. — A moça jogou o diário sobre os cobertores. — E eu sabia que a resposta estava aí dentro.

Ester o folheou, para se certificar de que as cartas ainda estivessem lá. E estavam. Passou a mão sobre uma delas e expirou o ar que nem ao menos havia notado estar segurando.

— Sinto muito em informar, querida, mas o príncipe não será esse tal futuro marido com o qual você tanto sonha. — Mary ficou de pé e a encarou com um olhar tão frio que Ester não a reconheceu.

Todo o corpo tremia por saber que seu segredo acabava de vir à tona. Mas o modo como era olhada, com desprezo, fez seu sangue ferver.

— Não é você quem tem o poder de decidir isso.

A outra pendeu a cabeça para o lado e riu.

— Não mesmo. — Mary deu um passo e se sentou na beirada da cama. — O próprio Alexander o fará quando eu contar a ele que, na verdade, você é uma cidadã de Cefas. — Jogou o cabelo para trás e depois franziu o cenho, ao notar que Ester mantinha a fisionomia inalterada. — Oh, céus, você não faz ideia do que estou falando, não é mesmo?

— Fala logo o que você tem para dizer e sai do meu quarto — disse Ester, entredentes.

— Se você não passasse tanto tempo por aí com sei lá quem, não teria perdido uma parte importante das aulas da história de Galav. — Mary estalou a língua no céu da boca e deu um tapinha na perna de Ester. — Como a boa amiga que sou, vou te contar. — Ela limpou a garganta antes de começar seu relato: — Em meados de 1745, o rei Horatio Kriger Lieber atracou seu bote salva-vidas em nosso pequeno arquipélago, após naufragar e perder mais da metade de sua tripulação. Todos foram resgatados duas semanas mais tarde, no entanto, quando o líder voltou ao próprio país, o trono era ocupado pelo primo, que havia decretado sua morte e usurpado o título. Horatio, então, decidiu fundar seu reino, retornando à ilha inabitada e farta onde tinha se abrigado e trazendo consigo mais da metade dos súditos fiéis. — Dessa parte da história Ester se recordava, lembrou que ficara curiosa para saber mais, no entanto precisou sair para se encontrar com Alexander pela primeira vez. — O país prosperou além do imaginado e nos primeiros cinquenta anos de vida já era uma potência comercial. Foi então que o rei Archie, filho de Horatio, que acabava de sucedê-lo após a morte do país, vendo sua monarquia tão sólida e rica, e temendo golpes como o recebido anos atrás, decretou que os integrantes da realeza se unissem em matrimônio apenas com cidadãos legítimos de Galav. — O mundo de Ester girou, e a outra pareceu contente ao vê-la tão abalada. — Então, Hadassa, você e o príncipe nunca, nunca, nunca poderão ficar juntos. — Mary se pôs de pé e observou Ester, que estava sentada sobre a cama, sem reação. — É a vida — concluiu, cheia de sarcasmo. — Nem todas as histórias têm finais felizes.

Um soluço alto escapou dos lábios de Ester, e ela tampou o rosto com as mãos, ainda sentindo descer até seu coração o amargor de cada palavra proferida por Mary naquela manhã.

— Por que o Senhor permitiu que eu viesse? Por que permitiu que nos apaixonássemos? O que o Senhor quer de mim? Eu só quero entender seus planos, meu Deus! — O peito de Ester subia e descia ofegante, enquanto a jovem orava em busca de respostas. Mas, assim como em todas as outras vezes, elas não vieram de imediato. Tudo que se seguiu foi o completo silêncio.

Ela limpou o rosto com as costas das mãos e encarou o céu. As nuvens que outrora escondiam a Lua e parte das estrelas haviam se dissipado, revelando os astros distantes, quase como se não estivessem lá, momentos antes.

"Esqueça-se do que ficou para trás. Prossiga para o alvo." A palavra de Filipenses 3:13 lhe veio à mente, e a moça tentou se acalmar antes que Alexander chegasse.

— Desculpe a demora. — Não demorou muito tempo, a voz do príncipe soou ao seu lado, quando ele se abaixou para se deitar no cobertor. — Eu ainda não consegui me desligar dos assuntos da viagem — ele disse, animado. — Acredita que conseguimos firmar uma relação com Cibele[20]? Eles são pioneiros nesse trabalho com cristãos perseguidos pelo mundo todo. Mal posso esperar para me encontrar pessoalmente com o príncipe Edwin, para selarmos essa parceria quanto antes!

— Isso é maravilhoso, Alex. — Ester sorriu de uma forma que não correspondia com os olhos.

O sorriso largo que o príncipe tinha no rosto foi sumindo aos poucos, à medida que observava Ester voltar sua atenção ao céu.

— Você está bem?

Ester limpou a garganta e apontou para o céu, vendo os primeiros fragmentos de meteorito riscarem o firmamento.

— Está começando.

Receoso com a forma dela de agir, Alexander recostou a cabeça na almofada, pausando o assunto. Ester focou os olhos no centro do palco acima deles. A enorme quantidade de pontos de luzes brilhantes correndo para a terra pintava a imensidão em milhares de riscos cintilantes.

Alexander escorregou a mão até tocar a dela. Lentamente, entrelaçou seus dedos. Com o toque, uma lágrima teimosa percorreu a lateral do rosto de Ester, abrigando-se com as outras que já umedeciam seu cabelo.

Bem ao sul, a lua de marfim parecia pairar. Os dois ficaram em silêncio enquanto olhavam para a bela paisagem. O desfile de estrelas cadentes colidiu com a barreira invisível da terra, e um a uma elas desapareceram.

— Não teve um minuto sequer nessa semana que eu não tenha pensado em você, minha estrelinha — disse ele, sem desviar os olhos da abóbada celeste. Ester comprimiu os lábios e engoliu em seco, com a sensação de estarem arrancando seu coração do peito. — O amor machuca. — Alexander hesitou, como se ainda tivesse receio de externar seus sentimentos. — Todas as vezes que eu pensava em você, parecia que ia explodir. — Ele riu baixinho. — O amor é uma

----
20 Cibele, reino fictício do livro *Amor real*, de Maina Mattos.

tortura, pode deixar a gente maluco. É a coisa mais assustadora que já senti. — O príncipe soltou a mão da jovem e se virou, apoiando o cotovelo sobre o cobertor e ficando de frente para ela. — Como eu ainda não tenho uma resposta sobre tudo isso, sinto-me como se tivesse em meio a um incêndio e como se sua decisão fosse minha água, Ester. Só preciso saber de uma coisa.

— O quê? — sussurrou ela, quase sem voz.

— Você vai me resgatar desse tormento?

Por alguns instantes, tudo ao redor deles desapareceu, e Ester só conseguia olhar para ele. O amor que vinha tentando conter rompia as barragens do seu coração, inundava todo o seu corpo e devastava seu interior por completo. Lágrimas brotaram no canto dos olhos dela, e um soluço surgiu de algum lugar em meio àquela dor. A jovem cobriu o rosto com as mãos e virou de costas. Ela o amava tanto, que seu corpo parecia não suportar ter de encarar os olhos dele, cheios de reciprocidade.

— Ester, o que houve? — A moça não respondeu. — Você está me deixando aflito!

Alexander se sentou e tocou o ombro dela. Ester se manteve deitada e de costas, encolhendo-se ainda mais com o toque e negando-se a virar para ele outra vez. Com uma paciência incomum, o príncipe esperou até ela se acalmar. A moça se moveu para que ambos ficassem de frente um para o outro. Os olhos dos dois se encontraram, e ela começou a falar antes que voltasse a chorar.

— Eu não sou uma cidadã de Galav, Alex. Na verdade, sou uma cidadã de Cefas. — A expressão de Alexander ficou inalterada por longos segundos. Parecia que a revelação estava chegando até ele em câmara lenta. O rapaz abriu a boca e balançou a cabeça em negação, incapaz de falar. — Eu não sabia da lei e não podia revelar minha origem. — O príncipe se levantou em um salto e caminhou até o resguardo do terraço. Apoiou as mãos na barra de proteção e inclinou a cabeça. Ester foi até ele, mas não conseguiu se aproximar, mantendo vários passos entre os dois. — Perdão, Alex. — Vê-lo tão abalado acabou com ela. A imagem era pior do que havia imaginado.

— Você deveria ter me contado, Ester.

— Eu não podia.

— Claro que podia! — Ele se virou para ela com os olhos transbordando desapontamento. — Você podia ter me dito há uma semana, quando conversamos depois do baile e o assunto foi Cefas, seu país. — Alexander fez uma pausa, tentando recuperar o controle das emoções. — Você teria me poupado uma semana de expectativa e sofrimento.

As palavras do príncipe cortaram seus ouvidos. Ele tinha razão. Ela deveria ter dito.

— Sinto muito.

A jovem andou para longe dele. Já estava sofrendo demais, não tinha necessidade de prolongar o tormento além do inevitável. Nada havia a fazer a não ser ir embora logo, de uma vez por todas.

— Ester... — Com apenas alguns passos, Alexander se pôs na frente dela e a envolveu em seus braços.

A moça se aninhou no peito dele, enquanto o último pedaço intacto do seu coração se partia. Suas forças se esvaíam, e ela se agarrou ao rapaz como se estivesse acabado de naufragar e ele fosse a única tábua de salvação. Lembrou-se do sonho que tivera noites atrás, quando lutava para sair de um mar bravio. A sensação de afogamento era a mesma.

— Vamos dar um jeito, eu prometo — disse ele, deixando um beijo no topo da cabeça dela. — Vamos dar um jeito.

★★

Alexander apoiou as mãos no umbral da janela da sala do rei e encostou a testa no vidro gelado, tentando de alguma forma pensar em uma solução. Não conseguia aceitar que não havia nenhuma e que os dois estavam no escuro total. Para onde olhavam, não viam uma saída ou uma brecha para Ester permanecer no palácio. O príncipe ficara ali por horas, discutindo com o pai uma forma de reverter a situação, mas até aquele momento a única alternativa encontrada era desistir e deixar que a jovem voltasse para casa.

DE REPENTE *Ester*

"Faça alguma coisa, meu Deus", Alexander orava em pensamento. "Estamos de mãos atadas."

Ao longe, a voz de Ester ressoava calma e compassada, enquanto ela contava sua história ao rei Sebastian e à rainha Elizabeth. O rapaz se mantinha afastado, fitando a escuridão da noite, sem esperanças. Os acontecimentos que sua amada já havia relatado faziam o estômago doer. Como ela ainda estava de pé após tanto sofrimento? Qualquer um em seu lugar seria cheio de traumas. A moça, apesar das circunstâncias, era meiga, doce, esperançosa e tinha uma fé inabalável em Deus.

— Ver toda a minha família ser dizimada foi doloroso. Eu era apenas uma criança e... — Ester não conseguiu terminar. Anos de angústia reprimida vieram à tona e a estremeceram. Alexander apertou os olhos, mantendo-se de costas enquanto lutava para manter a calma. Sem conseguir permanecer longe dela nem por mais um segundo, o príncipe se sentou ao seu lado, pondo o braço em volta de seu ombro. Ela não se achava digna da compreensão de Alexander, mas, mesmo assim, ele estava sendo condescendente. Por que o rapaz não fugia? Como podia ficar sentado ali, agora que sabia a verdade? Ela havia omitido uma parte importante de seu passado, ele deveria estar furioso, e não afetuoso! — Os anos se arrastaram, e eu perdi as contas de quantas vezes escapamos da morte. Nós só sobrevivemos porque Deus permitiu. Não era para estarmos vivos. — Uma sombra de dor atravessou o rosto de Ester. — Estava cada vez mais perigoso viver naquele lugar, então meu tio decidiu que era hora de fugirmos.

Todos se mantinham em silêncio, e a jovem não conseguia decifrar o que eles estavam pensando. Mas, dessa vez, de uma forma que suavizou as feridas doloridas no coração da moça, Alexander estendeu a mão e discretamente segurou a dela, fazendo-a se deliciar com a sensação dos dedos dele contra os seus.

Por que ela só havia percebido como o amava quando já era tarde demais, quando eles seguiriam em frente com a vida e deixariam um ao outro para trás? E, afinal de contas, por que ela estava segurando a mão dele, deixando-o se aproximar do modo como sempre jurou que ele nunca chegaria? Nada adiantava. Independentemente dos sentimentos, depois daquela noite não haveria mãos dadas nem troca de intimidades.

— Vendemos o que ainda nos restava — ela prosseguiu depois de um tempo — e pagamos uma organização que a cada dois meses mandava centenas de pessoas a diversos países, para que nos tirasse de Cefas. — A rainha Elizabeth ouvia seu relato com uma expressão melancólica, como se fosse cair no choro a qualquer momento. — Ao chegar a Galav, recebemos nossos novos nomes, uma nova história de vida, e fomos instruídos a nunca, em hipótese alguma, falarmos sobre nossas origens. — Ela suspirou. — Eu não fazia ideia da lei e tenho certeza de que meu tio também não conhecia. Caso contrário, não estaria aqui.

O silêncio continuou quando ela terminou o relato. O rei Sebastian mudou de posição em sua cadeira e analisou o filho e depois a moça, que mantinha a cabeça baixa. Ambos estavam devastados.

— Eu não consigo imaginar como foi difícil tudo o que você e seu tio passaram — disse a rainha em apoio. — Graças a Deus, vocês escaparam e agora estão aqui em Galav, seguros.

Os olhos da rainha mostravam a mesma carga de dor que Ester sentia. A jovem deu um pequeno sorriso em agradecimento. Porém, na cabeça do rei, um alerta muito grande piscava incessantemente. Uma investigação sobre todas as garotas e suas famílias havia sido exigida por ele. Como não descobriram a origem da moça nessas análises? Não que ele desconfiasse de Ester, porém tudo isso significava que, assim como ela, outras pessoas poderiam estar por aí, infiltradas no reino, e só Deus sabia com quais intenções.

Sem dúvida, esse acontecimento seria um prato cheio aos opositores de seu reinado, que lutavam para derrubá-lo. Uma parceria com as organizações religiosas de Cefas era mais necessária do que nunca. Providências urgentes deveriam ser tomadas quanto ao modo como centenas de pessoas entravam em Galav ano após ano.

— Como já disse ao meu filho, senhorita Sullivan, as leis do nosso país são muito claras. — O rei atraiu sua atenção, fazendo tudo dentro dela retrair mais uma vez. — Nesse caso, não consigo ver qualquer saída. — Ele respirou fundo e comprimiu os lábios. — Meu coração corta em dizer que não existe nada que possamos fazer.

— Entendo. — A voz de Ester era baixa e contida.

— Você não precisa ter pressa. Quando estiver pronta, um carro a levará para casa — falou o rei, gentilmente.

— Eu gostaria de ir agora, se Vossa Majestade não se importar.

O rei olhou para o filho, que permanecia calado, parecendo que seus pensamentos estavam a quilômetros de distância dali.

— Como quiser.

Um carro foi solicitado e, quando estava tudo pronto para sua partida, Ester se despediu do rei e da rainha, saindo com Alexander logo atrás dela. Eles caminharam em silêncio até a porta principal. Cada um tentava juntar os pedaços do coração dilacerado e cheio dos questionamentos que os dois queriam fazer para Deus, exigindo respostas. O vento frio da madrugada agitou os cabelos de Ester, quando ela parou ao lado do carro e virou-se para olhar Alexander pela última vez.

— Perdão, Alex — rogou, tentando não chorar, mas as lágrimas já estavam perto demais da superfície para serem contidas. — Perdão por não ser a pessoa que você pensou que eu fosse.

Lentamente, o príncipe passou o polegar pelo rosto dela, secando-o. Ester sentiu o calor das mãos do rapaz um segundo antes de seus dedos roçarem o queixo e depois a bochecha dela. Suas mãos passearam pela face dela, um toque tão gentil, que era quase doloroso.

— Sim, você é.

Ela baixou os olhos por um instante e, depois, voltou a olhar para ele.

— Não entendo como pode pensar assim depois de tudo.

— Desde que a conheci, eu soube quem você é, Ester. — Alexander colocou as mãos nos bolsos, sem desviar os olhos dos dela. — Você não é como as moças que estiveram aqui. Nunca pensei que fosse. Você é piedosa, amável, virtuosa, bondosa, apaixonada, emotiva e com uma fé invejável. Uma mulher com coragem suficiente para enfrentar as adversidades da vida sem perder a confiança em

Deus. Dentro de você bate um coração mais forte do que o de qualquer pessoa que eu conheça. — Ele examinou os olhos dela. — Saber sobre sua origem não mudou isso.

Por que ele estava dizendo isso? Como ele poderia dizer essas coisas carinhosas depois de tudo o que ela havia acabado de contar? Por que insistia em ser tão compreensivo e amável? Essa era a parte em que ele deveria dizer adeus e se livrar dela.

— Você não precisa dizer isso, Alex.

— Olhe — Alexander respirou firme —, eu estou dizendo a verdade. Saber o quanto você já sofreu me mata! Mas seu passado não importa para mim. O importante é que você está aqui, agora, segura, bem e pronta para me deixar ver seu coração. — Seus traços suavizaram. — Ainda que só um pouquinho.

Ester olhou nos olhos de Alexander. Será que ele realmente a amava tanto assim? Lá nos lugares mais secretos do coração dele? Tanto, que nem mesmo descobrir a verdade sobre sua origem e saber que a jovem as havia omitido poderia abalar o que o rapaz sentia por ela? E o que adiantaria todo esse amor agora? Em poucos minutos ela entraria naquele carro, e os dois nunca mais se veriam. Ele se casaria com uma das outras moças que estavam permanecendo no palácio, e ela tentaria viver um dia de cada vez, como sempre fizera em toda a sua existência. A realidade e a razão estavam tão perto, que a deixaram apavorada.

— Alex, eu... eu não sei o que dizer.

Os olhos dele dançaram entre os dela, e a jovem procurou gravar o rapaz na mente.

— Não vê, Ester? Durante anos orei para Deus me enviar alguém. Não tenho dúvida de que essa pessoa é você. — A voz do príncipe soou com determinação. — Eu me recuso a acreditar que, depois de tudo, não possamos ficar juntos.

— Alex...

— Não diga nada. — Ele balançou a cabeça, calando-a. O príncipe se aproximou, puxando-a para os seus braços. Seu coração estava tão machucado quanto o dela. Os sentimentos de Ester por ele eram mais maravilhosos do que qualquer coisa que podia imaginar. Estar envolvida nos braços de Alexander, acreditando que ele a amava (e não amava apenas o exterior ou algo imaginário em seu íntimo, mas a pessoa na sua totalidade), era *quase* reconfortante. Porém, ao mesmo tempo era como se a jovem fosse morrer ao se afastar. — Você me confiou seu passado — disse ele, a voz como um sussurro. — E a confiança é a única maneira pela qual vamos descobrir o que o amanhã nos reserva.

Ester ansiava por ter tanta convicção assim, igual ao príncipe. No entanto, não conseguia pensar como ele e não via uma única luz no fim do túnel que pudesse fazer toda aquela situação se reverter. Eles se afastaram e se fitaram por um longo tempo. Por mais que tentasse esconder, a verdade era que a realidade deixava Alexander exaurido e tão desesperado quanto Ester. A moça se virou para ir embora e, ao fazer isso, o fôlego ficou preso na garganta dele. Os olhos dos dois se demoraram um no outro por mais um instante, quando a moça se acomodou no banco de trás do carro. Então, ele fechou a porta e viu o veículo se afastar, levando embora o amor da sua vida.

Capítulo 28

Querida Hadassa,

Para ter garantia de finais felizes, não basta amar tão somente. Quando as coisas se quebram, não é a quebra real que os impede de voltar a ficar juntos novamente. É porque um pequeno pedaço se perdeu — as duas extremidades restantes não poderiam caber em conjunto, mesmo se quisessem. A forma inteira mudou. Porém, eu me recuso a acreditar que esse pensamento se aplique a nós. E, sobretudo, se não for você, eu desisto. Desisto de procurar alguém, desisto de tentar amar. Largo mão dos meus planos ao lado de uma mulher. Desisto de tudo. Não penso mais em vida a dois e muito menos em amor eterno. Se não for você, não será ninguém. Se não for para ser você devido ao que sou, serei capaz de deixar de ser eu mesmo. Se não for você, meu amor, se não for você, minha vida deixará de fazer sentido. Vai doer? Vai, e muito! No entanto, teremos que simplesmente sobreviver, esperar a dor ir embora sozinha, esperar que sare a ferida que a causou. Mas, lá no meu íntimo, eu sei que é você. E eu serei para sempre seu...

Alexander.

De dentro do carro, Ester viu Alexander ficar cada vez mais longe à medida que o veículo se afastava, até não poder vê-lo mais. Endireitou o corpo no banco e olhou para frente, deixando as lágrimas virem livremente. Uma tristeza profunda e agonizante brotou dentro dela e saiu como a oração mais simples e esperançosa que ela já havia feito: "Por favor, Deus, permita que fiquemos juntos um dia. Por favor...".

Diante de tamanha angústia, ela travava uma luta interna a fim de manter a fé intacta. Não poderia permitir que fosse abalada. Contudo, em toda a sua vida, a jovem nunca tinha se sentido tão distante do que era mais importante: Deus. Sentia-se como se Ele estivesse de costas, ignorando seus suplícios.

O desespero penetrou cada milímetro de sua alma por causa daquela verdade muito dolorosa: ela nunca poderia ficar com o amor da sua vida. O vazio no coração de Ester aumentou, até ela não ter certeza se podia suportar mais. Era uma dor, uma sensação de perda incalculável que só havia sentido anos atrás com a morte dos pais.

"Quais são os planos que o Senhor tem para mim, Deus? Quando vai me deixar saber?" A moça reprimiu um soluço para que o motorista não visse que ela ainda estava chorando. "Diga alguma coisa, Senhor! Qualquer coisa! Diga mesmo se for para me mostrar que meus sentimentos por Alexander estão errados."

À espera de uma resposta, Ester fitou a escuridão e os vultos das árvores velozes do lado de fora, na via principal que levaria até Gamaliel.

"Meus pensamentos não são seus pensamentos; nem seus caminhos, meus caminhos"[21], o versículo pairou sobre o ar por um tempo e desapareceu. Era Deus falando com ela? Sussurrando aos lugares secretos de sua alma? Era a resposta do Senhor para ela naquele momento de angústia? Se sim, o que as palavras significavam? "O Senhor tem um plano diferente para mim, Deus? Algo que eu não posso imaginar?"

Talvez esta fosse a vontade de Deus: que Alexander desaparecesse da vida dela, se tornasse uma lembrança em vez de uma presença constante. Isso seria doloroso e, definitivamente, algo que ela não poderia imaginar. Ou talvez não. Talvez Deus tivesse seus próprios meios para fazer cumprir as promessas.

....

21 Isaías 55:8.

Ester fechou os olhos e recostou a cabeça no apoio do assento, as perguntas atingindo-a como granizo. Por alguma razão, ela estava com medo das respostas — visto que, naquele momento e diante dos fatos, não importavam os sentimentos de Alexander pela jovem ou quais versículos bíblicos lhe passavam pela cabeça. Ela estava indo embora, e ele seguiria com a escolha da futura esposa. A nuvem de culpa e de tristeza que a seguia durante meses agora estava mais densa. No entanto, seu amor pelo príncipe era tão claro como o sol da tarde. Ela desejava estar com ele com todas as suas forças e de todo o seu coração.

Ester suspirou, pensando na própria história. Não havia dúvida de que, às vezes, o mal parecia ser vitorioso na batalha de sua vida. Portanto, ela se esforçava para recorrer à promessa de Deus, de que Ele era superior ao mal. As palavras de Joseph lhe vieram à mente: "Querida, ao longo da vida, quando a dor parecer insuportável, use a mensagem de 1 João como âncora, para sua fé não se mover do lugar. Deus é maior, por piores que fiquem as coisas, por mais horríveis, diabólicas ou assustadoras que sejam. Deus vence. Simples assim". Ester até conseguia ver o tio dar de ombros, confiante como sempre nas sábias palavras.

E foi a isso que Ester se agarrou. Deus reinava até mesmo em um momento como aquele, e todas as coisas cooperavam para o bem daqueles que o amavam. No processo, o Senhor os faria se lembrar do que era importante na vida.

Como se não bastasse toda a sua história com o príncipe, havia Alexia. Era perturbador pensar na reação da princesa quando soubesse que ela não estava mais no palácio. Ester havia se apegado à menina, e a amava tanto que seu fôlego falhava ao pensar nela. Ainda não se conformava com a abordagem de Charles, e orava para que as palavras que ela havia dito durante a dança com o rei, no baile, causassem algum efeito a ponto de instigá-lo a procurar um novo profissional. Para não tornar a despedida ainda pior, escolheu não ver Alexia antes de partir.

Ester tentou dormir, mas as lembranças de todos os momentos que havia vivido no palácio não a abandonavam. Pensar nas vezes em

DE REPENTE *Ester*

que esteve com Alexander era como se um pouco dela se esvaísse. Seu coração se apertava com as recordações dos encontros na cozinha ao fim das noites, do bom humor do rapaz. O sorriso de garoto travesso, a sensação de segurança de estar nos braços dele, o toque leve e gentil de suas mãos e o olhar tão complacente, que nunca mais seriam seus, pois em pouco tempo o príncipe estaria se casando com outra. A realidade dos fatos a agrediu mais uma vez e, conforme ia se assentando em seu interior, a dor era ainda maior.

★★

Alexander estava exausto, e o coração dele parecia falhar na função de bombear sangue para o corpo. Imaginar-se sem Ester o destruía por completo. Sempre fora muito seleto quando o assunto era sentimento. Primeiro, porque em sua posição não poderia se envolver com uma garota qualquer e, segundo, porque nunca havia encontrado alguém com quem se identificasse tanto, a ponto de querer dividir o resto de seus dias. Nunca. Até conhecer Ester Sullivan.

Quando o rei propôs o concurso pela primeira vez, Alexander achou um absurdo reunir dez garotas que ele nunca havia visto e ter que escolher, dentre elas, uma com quem se casaria. Não acreditava que o processo em questão fosse a solução e não aceitou no primeiro momento. Então, o rei lhe deu um prazo. O filho precisaria encontrar alguém em doze meses, por conta própria.

O príncipe aceitou, mas, para falar a verdade, nem ao menos tentou. Eram tantos compromissos, que o tempo passou rápido demais e, quando percebeu, o período já havia expirado, obrigando-o a aceitar a proposta do pai.

A escolha das garotas iniciou, e Alexander não quis participar da comissão. Acreditava ser um absurdo tudo aquilo e ficou horrorizado com a quantidade de moças desesperadas que estavam aceitando o chamado do rei. Após algumas semanas, chegou o grande dia em que seriam anunciadas as candidatas ao seu coração, como disse Stephen, o jornalista dos informativos do processo. Tudo parecia um *reality show*, o que o deixava mais irritado com toda a exposição.

Uma a uma, as moças foram sendo apresentadas em rede nacional a ele e a Galav. Alexander admitia haver uma mulher mais linda que a outra, mas elas traziam sorrisos falsos no rosto e não tinham brilho próprio — provavelmente devido à imensa camada de maquiagem que lhes cobria a face. Com exceção da última. Aquela moça era simples, tinha uma expressão angelical e um sorriso espontâneo. A dissonância com as demais, sem dúvida, era algum jogo de marketing de seu pai, a fim de mostrar ao povo que garotas de todas as classes estavam tendo uma chance. No entanto, o que o rapaz nunca imaginaria era que aquela moça viraria sua vida de cabeça para baixo e roubaria seu coração.

Alexander entrou no escritório após Ester ter ido embora. A imagem dela partindo ainda o dilacerava. Sobre a mesa, encontrava-se o presente que havia trazido de Cefas para ela. Era o último dia de viagem, e ele estava, com seus companheiros de jornada, em uma feira de *souvenirs* às margens de uma estrada. O pequeno baú, envelhecido pelo tempo e com uma estrela em alto-relevo na tampa, lhe chamou atenção.

Alexander andou pela sala iluminada apenas pelo abajur, ao lado da estante de livros, e pousou a mão sobre a estrela, o coração quase não cabendo no peito. Ele deveria ter entregado o presente naquela noite durante a chuva de meteoros, mas estava tão atrasado, que o esqueceu. Pegou o baú e rumou em direção ao aposento outrora ocupado por Ester.

Quando o rapaz abriu a porta, a brisa que entrava pela sacada aberta trouxe o perfume dela até ele, bem como uma lufada de questionamentos: por que Deus estava fazendo aquilo com ele? Por que havia permitido que Alexander a amasse naquelas proporções, se o plano divino não era fazê-los ficarem juntos? No fundo, o príncipe sabia as respostas. Mesmo que de forma inconsciente, ele se deixou apaixonar-se por Ester, porém, diante da dor, procurava atribuir a culpa das próprias escolhas a outro alguém, apenas para amenizar o sofrimento.

DE REPENTE *Ester*

Alexander se sentou na cama dela e fitou a estrela na tampa do baú que trazia nas mãos. Uma pequena alavanca na lateral do objeto chamou sua atenção. Pressionando-a, a tampa se abriu e revelou um rolo de papéis. Ele desatou o laço de fita azul que o envolvia, dando-se conta de que se tratava de uma série de cartas. Acomodou-se entre os travesseiros e leu a primeira:

Querido futuro marido,

Completei 18 anos hoje e sei que pode parecer excêntrico escrever-lhe isto neste momento, contudo esta carta é uma espécie de comprometimento que faço a você. Eu sempre me perguntei o porquê de fazermos juramentos, sem saber se seremos aptos a realizar nossas promessas. Sei que somos seres humanos e erramos, mas também aprendemos com nossas falhas. Não podemos dar garantias, já que é incerto fazer votos sobre o futuro. Mesmo assim, quero registrar meu desejo e prometer guardar para você meu coração. Pode parecer surreal essa promessa, pois há muito que se viver, e sei que, até te encontrar, talvez eu seja encontrada por outros durante o caminho. No entanto, por mais que seja difícil, vou fazer de tudo para mantê-la. Meu anseio maior é estar completa quando enfim nosso dia chegar. É por isso que faço esta promessa agora, para que eu nunca esqueça que sou uma dádiva reservada exclusivamente para você, no futuro.

De sua futura esposa,
Hadassa.

Por algum motivo, as palavras daquela desconhecida trouxeram-lhe alento, acalmando os sentimentos conturbados do príncipe.

Alexander leu uma carta após a outra, rindo com algumas e ficando reflexivo com outras, até que adormeceu.

★★

— Hora de acordar, futura rainha.

Já passava das nove horas da manhã, quando John entrou no quarto de Ester a fim de ajudá-la com o que a moça vestiria em mais um dia. Não ficou surpreso de a moça ainda estar dormindo. Na maioria das vezes, ele tinha que arrancá-la da cama.

Como Ester não se moveu, John se aproximou e já ia bater uma mão na outra, quando congelou. Seus olhos saltaram à órbita ao ver Alexander em um sono profundo. Com o queixo quase batendo no peito e sem reação, o estilista analisou o príncipe envolto por diversos papéis e por uma caixa velha de madeira sobre uma almofada.

Sayuri, Hanna e Yumi entraram no quarto, mas, antes que elas se aproximassem o suficiente, John fez um sinal com as mãos e gesticulou com os lábios para os quatro darem meia-volta e saírem. Em seguida, ele correu até o closet e verificou o banheiro. Ester não estava em nenhum dos dois lugares. John voltou para perto da cama, ainda se perguntando o que ele fazia ali.

O príncipe se mexeu e abriu os olhos aos poucos, acostumando-se com a claridade que invadia o quarto. Pareceu demorar a se localizar, mas, quando os acontecimentos de horas antes lhe vieram à mente, ele levou as mãos ao rosto. Com a vista livre outra vez, percebeu John fitando-o, intrigado.

— Volto depois — disse o *personal stylist*, tão branco quanto uma folha de papel.

Alexander se sentou e passou as mãos nos cabelos desarrumados.

— Ela se foi, John.

Quando o príncipe proferiu aquelas palavras em voz alta, a realidade voltou a atingi-lo.

— Como assim, ela se foi?

Alexander começou a recolher as cartas espalhadas sobre a cama, a fim de esconder a tristeza.

DE REPENTE *Ester*

— Ela não é cidadã legítima de Galav. Ester é uma cidadã de Cefas, portanto não podemos nos casar.

Uma montanha parecia ter caído sobre John, quando ele desmoronou na poltrona ao lado da cama.

— Eu não fazia ideia.

— Ninguém sabia até ontem. — Alexander suspirou e lacrou o baú, guardando com cuidado as cartas de volta dentro dele. — Ela partiu após revelar.

O mundo de John girou ao se recordar da conversa com Ester semanas atrás, quando ela afirmou que não se casaria com Alexander. A angústia sentida naquele dia em nada se comparava com agora, diante dos fatos. Não por conta do seu desemprego iminente, mas porque ele de fato acreditava que Ester seria a futura rainha. John estreitou os olhos em direção ao príncipe e o viu fitando o nada. Ah, ele também acreditava.

— Não há nada que se possa fazer? — John perguntou, angustiado.

— Aparentemente, não. — O estilista suspirou, inconformado diante da resposta do príncipe. — Ester não levou seus pertences. Quero que arrume tudo e entregue na casa dela — solicitou Alexander.

— Sim, senhor. — O estilista assentiu e se levantou. Deu alguns passos em direção ao closet e depois voltou. — Isso significa que também preciso ir embora, não é?

— Sinto muito, John.

O rapaz deu um sorriso fraco e mordeu os lábios.

— Tudo bem.

Antes de John sair, Alexander acrescentou:

— Você pode me fazer um favor?

— Claro, Alteza.

— Quero que volte para me dizer como Ester está. Acabou de me ocorrer que, se essa história vazar e todos descobrirem suas origens, ela e o tio podem sofrer represálias.

Um arrepio subiu pela coluna de John, com a suposição do príncipe.

— O senhor acha isso possível?

— Infelizmente, muitas pessoas têm maldade em suas intenções.

Com o coração apertado de preocupação, John foi para o closet, mas Alexander não conseguiu se mover. Era como se não quisesse enfrentar a realidade que o aguardava do lado de fora daquele quarto. Um longo tempo depois ele ainda permanecia ali, vasculhando na mente uma maneira que talvez fosse a solução para aquele problema, no entanto tudo que se via era completa escuridão.

— Deus, tantas vezes não entendemos, e, sinceramente, Senhor, esta é uma delas. — Alexander suspirou, desolado. — Confiamos em ti e cremos que, mesmo que aos nossos olhos carnais tudo pareça improvável, Tu és o Deus do impossível — orou, em busca de forças.

Quando estava pronto para enfrentar a realidade que o aguardava, John saiu do closet correndo.

— Você precisa ouvir isso, Alteza — disse, eufórico. — É o diário da Ester!

Antes de Alexander protestar, dizendo que aquilo seria invasão de privacidade, o estilista já pronunciava as palavras da primeira frase.

— Querido futuro marido...

— Espera! — Alexander saltou da cama e pegou o diário. Passou os olhos pela página aberta. — Não pode ser... — A voz dele falhou ao ler em silêncio as últimas palavras escritas no diário.

"A cada dia, posso sentir que você está mais perto de mim. Sou capaz de sentir seu perfume, ouvir sua risada e perceber seu olhar. Pode ser que eu esteja totalmente errada, mas acho que já nos conhecemos. E o encontro foi perfeitamente orquestrado por Deus e, se tudo que Ele faz é perfeito, eu posso descansar nele e crer que, venha o que vier, aconteça o que acontecer, no final tudo dará certo.

De sua futura esposa,

Hadassa."

Era como se o coração de Alexander não coubesse mais no peito quando o rapaz fechou o diário e abriu o baú mais uma vez, para novamente espalhar as cartas sobre a cama.

"Querido futuro marido...", estava escrito no cabeçalho de todas as folhas e em várias páginas do diário. "Hadassa!", era o mesmo nome no rodapé de todas as cartas.

As batidas do coração do príncipe se tornaram mais fortes, à medida que ele folheava as páginas do diário e lia as cartas. E, quanto mais o fazia, mais tinha certeza de que eram da mesma pessoa. Por fim, Alexander encontrou a carta que relatava ter perdido as demais quando se mudou para Galav, sanando qualquer dúvida que ainda existia.

Contudo, foi um papel solto que abalou ainda mais sua estrutura.

Querido Alex,

Se estiver lendo isto, significa que você já sabe a verdade sobre meu passado, minhas origens, e eu não estou mais no palácio. Não sei como será nossa despedida, mas quero que saiba: nunca menti sobre minha índole nestes meses de convivência. Como prova disso, deixo-lhe meu diário. Nele, você encontrará relatos importantes sobre mim, sobre meu país e sobre como foi chegar até Galav. Espero que isso o ajude, de alguma forma, a identificar as organizações e garantir que muitas outras pessoas cheguem ao seu reino de modo seguro e dentro da lei.

Com amor,
sua estrelinha.

Capítulo 29

Querido futuro marido,

Certa vez ouvi que as perdas fazem parte da vida e que é possível crescer mesmo quando o que amamos foi embora. O tempo tem o dever de curar tudo, aquietar a dor pungente em nosso interior e eternizar a saudade da presença de quem se foi. Quando isso acontece, é como se fôssemos uma casa que foi destruída por um vendaval e terá de se reerguer. Estou exatamente assim neste momento, e o que me resta é a fé e a esperança de que dias melhores virão. É apenas nisso que estou ancorada.

De sua futura esposa,
Hadassa.

Joseph havia despertado às quatro horas da manhã com um mau pressentimento. Ester veio à mente, e a preocupação logo o afligiu, pois sabia que, quando se sentia dessa maneira, não era em vão, e em pouco tempo a notícia chegaria. Certo disso, ele se levantou e se acomodou na velha poltrona ao lado da janela da sala. Sob a luz fraca do abajur, abriu a Bíblia e ficou ali por pelo menos duas horas, intercalando a leitura da Palavra e orando pela sobrinha, tentando entender o porquê de tais sentimentos. Os primeiros raios de sol já entravam pela janela, banhando o pequeno cômodo com um pouco de calor, quando folheou a Bíblia e dessa vez e leu 2 Coríntios 1:3-8:

— "Louvado seja Deus e Pai do nosso Senhor Jesus Cristo, o Pai bondoso, o Deus de quem todos recebem ajuda! Ele nos auxilia em todas as nossas aflições, para podermos ajudar os que têm as mesmas aflições que nós temos. E nós damos aos outros a mesma ajuda que recebemos de Deus. Porque, assim como tomamos parte nos muitos sofrimentos de Cristo, assim também, por meio dele, participamos da sua grande ajuda. Se sofremos, é para que vocês recebam ajuda e salvação. Se somos ajudados, então vocês também são e recebem forças para suportar com paciência os mesmos sofrimentos que nós suportamos. Desse modo, a esperança que temos em vocês está firme. Pois sabemos que, assim como vocês tomam parte nos nossos sofrimentos, assim também recebem a ajuda que Deus dá."

A campainha tocou, e o homem franziu o cenho, olhando para o relógio que marcava seis horas da manhã. Deixou a Bíblia sobre a poltrona e caminhou até a porta. Quando Joseph a abriu, o coração foi ao chão ao avistar Ester com os olhos vermelhos e inchados por conta do choro. O tio nada disse, apenas estendeu os braços e esperou enquanto a sobrinha atravessava a porta e se entregava ao seu abraço.

— O que aconteceu, filha?

Ele a conduziu até o sofá, amparando-a nos braços. Assim que se sentaram lado a lado, Ester ergueu os olhos cheios de tristeza.

— Não posso me casar com Alexander, pois não sou cidadã legítima de Galav.

— Como assim? — Joseph ficou tão surpreso, que recuou alguns centímetros no sofá.

— Segundo a legislação do país, só quem nasce em Galav pode pertencer à realeza.

Chocado, o tio levou a mão à boca.

— Eu não sabia. — Ele apoiou os cotovelos na coxa. — Sinto muito por colocar você nessa situação. — Seu rosto se encheu de pesar quando olhou para ela. — Se eu soubesse, não a teria inscrito.

Uma brisa fria atravessou a janela aberta, ferindo o rosto úmido da jovem, que o enxugou com a manga da blusa.

— Não tinha como a gente saber. Nós éramos novos no país e ainda não conhecíamos as leis locais. — Ester segurou a mão do tio, fazendo-o olhar para ela. — Agora é seguir em frente. — Aquelas palavras eram mais para ela do que para ele. Pela primeira vez, olhou ao redor. O apartamento ainda continuava do mesmo jeito que ela se lembrava, pequeno, simples, porém aconchegante. — Estou cansada e gostaria de me deitar um pouco.

— Claro, querida. — Joseph se aproximou e a beijou na testa. — Seu quarto está da mesma maneira que você o deixou.

Ester esboçou um sorriso, mas seus olhos estavam tão carregados de tristeza, que aquilo cortou o coração de Joseph.

— Deixe que Deus assuma o controle daqui para frente. — O homem insinuou um sorriso, tentando animá-la. — Não se preocupe com o amanhã, Hadassa, o Senhor cuidará dele. — Seu tom era pensativo, profundo.

— Será mesmo, tio? — Ela deixou a cabeça cair para trás, contra o sofá.

Outro sorriso, mas silencioso, veio dele.

— Muitas vezes, só entendemos muito tempo depois o que Deus está fazendo.

— Se eu tivesse contado que venho de Cefas desde o início, teria evitado muito sofrimento — disse ela, fitando o teto.

— Mas aí vocês não teriam se apaixonado um pelo outro. Guardar o segredo foi necessário por um tempo.

— E o que adianta todo esse amor agora? — Ester olhou para ele, indignada. Joseph não tinha respostas para isso nem compreendia o que estava acontecendo. Mas de uma coisa o tio sabia: os propósitos de Deus prevaleceriam, porém a jovem teria que aprender isso por conta própria. — Vou dormir um pouco.

Joseph assentiu e a viu afastar-se com os ombros curvados.

★★

Ester rolou na cama por mais de uma hora até o cansaço ser forte o suficiente para nocauteá-la. Sua intenção era dormir para esquecer os acontecimentos da noite anterior, entretanto os eventos a perseguiram até nos sonhos: Alexander estava em pé no altar de uma igreja, usando o traje real e ainda mais lindo do que ela se lembrava. Mary, com um vestido de noiva, ia ao seu encontro, e ele sorria, muito feliz com aquele momento. A noiva se aproximou, e o príncipe se adiantou para recebê-la, sem abandonar a fisionomia de contentamento. Mesmo dormindo, Ester estava ciente de que era um sonho, porém o casamento parecia tão real quanto a dor pungente em seu peito. Quando o celebrante os declarou marido e mulher, Ester acordou sufocada por um grito silencioso.

Já passava das três horas da tarde e chovia muito. O quarto estava envolto em uma penumbra nublada, a natureza revelando com precisão os sentimentos da jovem. Ofegante, ela chutou o cobertor para longe e se sentou na cama com a mesma angústia de quando havia se deitado.

— Essa dor nunca vai embora, meu Deus? — sussurrou, devastada.

Consciente de que não conseguiria voltar a dormir, Ester vestiu um de seus antigos vestidos e saiu do quarto. O cheiro dos famosos biscoitos de aveia e canela de Joseph pairava pelo apartamento. A moça fechou os olhos e inalou o aroma, deliciando-se com as escassas lembranças boas de sua infância, em uma época na qual seus pais ainda estavam vivos, e ela, com a mãe, passava as manhãs de domingo assando biscoitos.

Um sorriso, ainda tímido, surgiu nos lábios de Ester enquanto ela seguia para a cozinha. Se havia algo bom em voltar para casa, sem dúvida era ter, de novo, a companhia do tio e mimos como aquele. Antes de ela chegar ao destino, a voz de Joseph soou em uma oração. Ester caminhou com cuidado para não fazer barulho. Amava ouvi-lo em suas preces. Por diversas vezes em que oraram juntos, a sobrinha ficava em silêncio por um longo tempo, deixando o coração e a alma se aquecerem com a mansidão presente no timbre grave da voz dele. Como de costume, as palavras do tio eram firmes e eloquentes. Mas os dois não estavam sozinhos. Ewan se encontrava sentado à mesa, com os olhos fechados e a cabeça inclinada em reverência, enquanto os lábios se moviam em uma súplica silenciosa. Ao seu lado estava Sharon, com a filha de 2 anos no colo. Ainda sem entender, Ester avistou alguns livros e duas Bíblias abertas sobre a mesa, dividindo espaço com um prato de biscoito, algumas xícaras e um bule de chá. Os dois homens perceberam sua presença ao abrir os olhos, mas foi Sharon quem se levantou primeiro para cumprimentá-la.

— Amiga! — Ela abraçou Ester, um pouco desengonçada com Brenda entre elas. — Como você está?

Sharon se afastou e ajeitou a filha no colo, oferecendo um olhar caloroso à outra.

— Bem, na medida do possível. — Ester curvou os lábios em um sorriso educado.

Houve um silêncio entre elas, interrompido quando Brenda resmungou algo sem sentido. Em seguida, a bebê estendeu a mão e agarrou o cabelo de Ester.

— Parece que ela gostou de você! — Sharon parecia surpresa com a atitude da filha.

— Por algum motivo, Ester tem esse efeito com crianças. Elas simplesmente amam minha sobrinha desde o primeiro momento — disse Joseph do outro lado da mesa, observando a interação das duas. — É um dom.

Ratificando as palavras do homem, Brenda estendeu os braços e jogou o corpo em direção a Ester, pedindo colo.

— Você viu isso, Ewan? — Chocada, Sharon entregou a filha à amiga. — Ela nunca fez isso. Pelo contrário, estranha todos que se aproximam dela.

Ester aconchegou a menina em seus braços e sorriu, proferindo palavras de carinho a ela.

— Brenda também gosta de mim — disse o rapaz ao se aproximar. — Não é, meu amor? Vem com o tio Ewan — ele a chamou com uma voz estranha e melosa ao estender os braços para a bebê, mas ela recusou, querendo chorar.

— Falar assim não ajuda — Sharon ironizou.

Brenda desatou a chorar após a tentativa frustrada de Ewan, obrigando Ester a devolvê-la à mãe. Sharon saiu para acalmar a filha, e uma quietude desconcertante repousou entre Ester, Ewan e Joseph por alguns segundos, sem que nenhum dos três tivesse ideia do que falar a seguir.

DE REPENTE *Ester*

— Vocês estavam fazendo um devocional? — A jovem indicou o material de estudo bíblico sobre a mesa, a fim de puxar algum assunto.

— Ah, sim! — O tio deu um sorriso tímido, incomum a ele. — Para falar a verdade, fazemos isso com certa frequência.

O cenho de Ester se levantou apenas o suficiente para mostrar sua surpresa.

— Lembra quando eu disse que vim até aqui para me desculpar, e você já havia ido para o palácio? — Ewan baixou os olhos e examinou os sapatos com uma emoção reprimida estampada no rosto.

— Sim.

— Eu estava devastado naquele dia e ainda mais desorientado do que de costume. — Ewan sorriu e olhou para o tio de Ester. — Joseph me acolheu, e nós conversamos por várias horas. Minha vida nunca mais foi a mesma depois disso. — Agora o rosto do rapaz resplandecia de gratidão. — Desde então, estou o acompanhando à Igreja, e nós nos encontramos aqui todas as tardes de domingo, para estudar as Escrituras. Ainda estou em processo de mudança, mas posso dizer que me torno uma nova pessoa a cada dia. Joseph se tornou meu pai. — Os olhos de Ewan nublaram. — Meu pai na fé.

Ester sabia que o tio tinha esse costume de adotar pessoas com o intuito de instruí-las. Havia visto isso diversas vezes ao longo da vida, mas nunca imaginou que Ewan poderia ser um de seus filhos espirituais, dado o passado entre eles. No entanto, seu coração se encheu de alegria ao ver Ewan sendo alcançado pela Graça do Senhor.

— Isso é maravilhoso! — Ester olhou para Ewan e depois para Joseph. — Sharon também participa?

— Infelizmente, não — disse Ewan, despontado. — Sharon veio para vê-la. Vocês eram bem próximas, e eu achei que iria precisar de uma amiga. — Ester engoliu em seco e puxou uma cadeira para se sentar. — Espero que não se importe.

— Claro que não. — A moça sentiu a expressão ficar séria, então acrescentou: — Foi muito gentil da sua parte. Obrigada.

— Alexander me ligou — Ewan acrescentou, como se quisesse justificar o motivo de sua atitude. — Ele me contou o que aconteceu e está preocupado com a segurança de vocês. — Ester olhou para o tio. Ele estava tão sério e preocupado que ela estremeceu. Lembranças não tão distantes de uma época em que corriam perigo de vida vieram à mente deles, trazendo um grande temor. Ewan se sentou do outro lado da mesa, de frente para Ester, e a examinou com atenção antes de prosseguir. — Concordamos que o melhor é você e Joseph ficarem comigo, na minha casa. — Ewan falava com cautela, concentrado apenas em Ester e suas reações. — Já providenciei alguns seguranças, e Alexander está enviando outros, eles chegam ainda hoje.

As palavras pareciam ter fugido do vocabulário dela, pois tudo que a moça sentia era medo de passar por tudo outra vez. "De novo, não, meu Deus! Achei que esse tormento tinha acabado!", pensava ela, aturdida.

Compreensão brilhou nos olhos de Ewan, ciente de que toda aquela situação era, no mínimo, apavorante para a jovem, tendo em vista que, na maior parte da vida, tanto ela quanto Joseph viveram em constante perigo, segundo os relatos do novo amigo do rapaz.

— O príncipe também me ligou, querida. — Joseph se sentou ao lado da sobrinha e repousou a mão sobre a dela, em cima da mesa. — Ele me explicou a situação, e eu concordei que o melhor é irmos com o Ewan. — Ester fitou os olhos do tio e viu uma grande aflição ali. — Temo mais por sua proteção do que pela minha.

A jovem fechou os olhos e balançou a cabeça.

— Ele tem certeza quanto a isso? Estamos mesmo em perigo?

— Não dá para saber, mas tentar ficar em segurança é tudo que podemos fazer. Pelo menos até ver como serão os próximos dias. — Joseph suspirou, como quem tenta conter as emoções. — Sinto muito por ter colocado você nessa situação, filha.

Por um momento, o tio duvidou dos desígnios do Senhor para com a sobrinha. Ele estava certo de que ela ir para o palácio era uma providência divina, mas, vendo o perigo bater à porta outra vez, ficou temeroso, e sua confiança abalou. Ester apertou a mão do tio e, antes que dissesse alguma coisa, Sharon se juntou a eles.

— Brenda dormiu. — A moça entrou animada na cozinha. — Espero que não se importe, Ester, mas a coloquei na sua cama.

— Claro que não me importo.

Percebendo o semblante preocupado de todos, Sharon se retraiu e se sentou ao lado de Ewan.

— Você já disse a ela? — O moço assentiu, então ela olhou para a amiga. — É o melhor a fazer.

Ester levou as mãos ao rosto e o esfregou, lutando para não chorar na frente deles.

— Tudo bem.

Ewan respirou aliviado, pondo-se de pé no mesmo instante.

— Ótimo! Vou avisar ao Alexander que vocês concordaram. Podem arrumar suas coisas enquanto isso. Quero tirá-los daqui o mais rápido possível.

O rapaz se retirou com o celular no ouvido, olhando para Ester por cima dos ombros.

— Vai dar tudo certo, amiga. A casa do Ewan é uma fortaleza. Vocês não correrão perigo lá — Sharon a encorajou. — Vem, vou te ajudar a fazer as malas.

As duas mulheres foram para o quarto de Ester, a fim de começar a embalar os pertences necessários para alguns dias. Ao entrarem, a jovem parou ao lado da cama e sorriu, contemplando Brenda dormir sobre sua cama desfeita.

— Ela é tão linda, Sharon. Parece um anjinho, com esses cachinhos dourados.

— Sou suspeita, mas ela é linda mesmo.

— Deus é mesmo perfeito no que faz — disse Ester, observando os contornos do rostinho delicado e rechonchudo da bebê.

Sharon se agitou ao lado.

— Onde encontro uma mala?

— Em cima do guarda-roupa.

Ester apontou para o móvel e depois analisou a amiga, enquanto ela subia em uma cadeira, para alcançar a bolsa de viagem. As duas trabalharam em silêncio nos minutos subsequentes, enquanto dobravam as peças de roupas antes de guardá-las. Sharon havia se enclausurado e parecia estar com a mente a quilômetros de distância dali. Aquele comportamento intrigou Ester, mas ela não questionou a amiga.

★★

Como Sharon havia mencionado, a casa de Ewan parecia uma fortaleza, parecida com uma versão reduzida do palácio de Galav. No portão de entrada, uma guarita impedia que qualquer pessoa adentrasse sem identificação na propriedade ladeada por muros altos e câmeras espalhadas por pontos estratégicos, vigiando a mansão de três andares, distribuídos em mais de seiscentos metros quadrados. Um jardim com flores brancas e azuis emoldurava toda a frente da casa de arquitetura moderna. Assim que Ester desceu do carro, a fragrância do lugar a cumprimentou de maneira acolhedora.

O lado de dentro era ainda mais impressionante. No *hall* de entrada havia um quadro abstrato que ocupava quase todo o espaço da parede esquerda, com uma mesinha acompanhada de uma poltrona vermelha logo abaixo da obra de arte. Duas pequenas palmeiras estavam posicionadas, uma de cada lado da porta que dava para o restante da casa, de onde já se podia ver um enorme lustre de cristal.

Uma senhora, com o cabelo impecável enrolado em um coque no alto da cabeça, os recebeu com um sorriso simpático e acompanhou Ester até o quarto de hóspedes que seria seu pelos próximos dias. Ewan e Joseph seguiram para o lado oposto do longo corredor após a escada, que dava acesso ao segundo piso. Como toda a casa, o quarto era de tirar o fôlego, assim como a vista da sacada. A luz do sol reluzia e banhava a margem de um lago a sumir de vista.

Ao terminar de se instalar, Ester se sentia exausta, com o coração pesado no peito. Uma longa onda de tristeza tomou conta dela quando o sol do fim da tarde atravessou a porta de vidro da sacada e derramou seus raios para dentro do quarto. Uma série de momentos passou como um filme em sua mente, enquanto ela pedia a ajuda de Deus, além de sabedoria e entendimento. Ester fechou os olhos e pôde vê-lo: Alexander Kriger Lieber, o amor de sua vida, entrando pela porta da cozinha do palácio no fim da noite, vestindo roupas informais e sorrindo para ela.

Inclinada a começar uma nova onda de choro e lamentações, a moça se arrastou até a cama confortável e convidativa. Deitou-se sobre ela e fitou o teto de gesso. Seus pensamentos ainda estavam desordenados, e tudo parecia esmagador. No entanto, o cansaço falou mais alto, e Ester ajeitou a cabeça no travesseiro e adormeceu. Quando abriu os olhos, já era um novo dia. Mal acreditou ao ver que passava das nove horas da manhã e que adormecera sem ao menos pôr um pijama. Duas batidas soaram na porta, antes de a mesma mulher que a havia recebido no dia anterior entrar no quarto.

— Perdão, senhorita Sullivan, mas você tem visita.

— Visita? — Ester uniu as sobrancelhas.

— Sim, um rapaz. — Por alguns instantes a mulher parecia constrangida. — Ele disse ser do palácio.

Um brilho cruzou os olhos de Ester.

— John? — A mulher confirmou, e Ester saiu do quarto, exultante. Do alto da escadaria, avistou o amigo de pé na sala de estar, com pelo menos cinco malas gigantes alinhadas uma após a outra ao seu lado. — John! — Ela correu os últimos degraus e abraçou o amigo. — O que faz aqui?

O estilista se afastou e olhou para o vestido simples que a moça trajava.

— Vim salvar você, com certeza! — Apontou para suas roupas com reprovação.

— Não seja inconveniente. Até parece que não estava com saudade de mim — disse ela, ofendida.

— Estou é furioso com você. — Ele apontou o dedo para ela. — Por que nunca me contou sobre suas origens? Achei que fôssemos amigos!

— Eu não podia.

Ester deixou o corpo cair no sofá, e John se juntou a ela logo depois.

— Quer saber, isso não importa — falou o amigo, ao ver como Ester estava abalada. — Entendo os motivos, mas gostaria que tivesse confiado em mim.

— Sinto muito. Sinto ainda mais por você ter tanto azar em ter ficado como meu estilista. Agora está desempregado.

— Não diga bobagens. — O rapaz se ajeitou no sofá para ficar de frente para a amiga. — Não era você quem vivia dizendo que Deus sempre tem planos?

A moça deixou a cabeça repousar no encosto do sofá.

— Ele deve ter mesmo.

John estalou a língua no céu da boca e sorriu.

— Bem, eu já sei qual plano Ele tinha para mim.

Ester crispou os olhos.

— O que você está dizendo?

Outro sorriso largo iluminou o rosto do estilista, ao recordar o que Deus havia reservado para ele. Era algo muito além do que um dia havia ousado imaginar.

No dia anterior, quando terminou de embalar todos os pertences de Ester, John se dirigiu até o escritório do príncipe para avisar sobre sua partida, assim como Alexander havia solicitado que o fizesse, pois tinha algo para entregar a Ester. O rapaz foi pego de surpresa quando Alexander informou que gostaria de falar com ele por alguns instantes e pediu que entrasse e se acomodasse na poltrona do outro lado da escrivaninha.

— Estive te observando, John. — *O príncipe se recostou, sério, na cadeira e cruzou os braços sobre o peito.*

John se ajeitou no assento. Uma onda de tremor passou pelo corpo quando ele engoliu em seco.

— Observando? A mim? — *gaguejou.*

Alexander assentiu e suavizou a expressão ao perceber ter assustado o rapaz com sua abordagem inicial.

— Você se mostrou alguém digno de confiança, John. Notei que a amizade oferecida a Ester, no tempo em que ela permaneceu aqui, foi de grande valia para ela.

DE REPENTE *Ester*

O corpo de John relaxou, e ele escorregou um pouco na poltrona, acomodando-se de uma maneira mais confortável.

— Eu só fiz o que fui contratado para fazer, Alteza.

— Não, você fez além, e eu sou grato por isso. É muito raro encontrarmos pessoas assim para trabalhar no palácio, e você foi um verdadeiro achado. — John secou as mãos suadas na calça jeans, e um fio de suor desceu na lateral de sua testa. — Talvez já tenha ouvido pelos corredores, mas o senhor Pietro irá se aposentar.

O coração de John pulou uma batida, antecipando a notícia.

— Eu não sabia.

Pietro Lorenzo era ninguém menos que a maior referência para John. Desde jovem, Pietro se destacou no mundo da moda. Aos 50 anos, o senhor havia sido recrutado pelo palácio para cuidar da imagem do pequeno príncipe Alexander, que na época tinha 6 anos, mas já fazia aparições na companhia dos pais, em diversos compromissos. Agora, aos 70 anos, o senhor estava se preparando para se aposentar e, se Alexander estivesse mesmo dizendo o que John suspeitava...

O fôlego faltou ao jovem estilista assim que o pensamento lhe ocorreu.

— Há um mês estamos tentando encontrar um substituto, mas sem sucesso. Então, já que Ester não está mais aqui e considerando que tenho boas referências, por parte da Giovanna, sobre seu trabalho, a minha proposta é se você aceita a...

— Aceito! — John não esperou o príncipe concluir. — É claro que eu aceito!

Ester riu alto diante do relato do amigo.

— Sério, eu achei que ele me negaria a vaga no mesmo instante, pela minha falta de educação, mas o príncipe riu da minha gafe.

— Acho que no bom humor o Alexander só perde para você.

Ester engoliu em seco ao perceber que nunca mais veria o sorriso que a havia conquistado. A voz dela falhou, e a dor do coração partido a sufocou mais uma vez.

— Estou em farrapos por vocês, sabia? — John segurou as mãos da amiga para transmitir toda a sinceridade presente em suas palavras. — Ele está tão devastado quanto você.

— Sinto tanto a falta dele.

— Não se pode ter o arco-íris sem um pouco de chuva[22], não é?

Ester levantou os olhos marejados e riu.

— De onde você tirou isso?

— Sei lá, devo ter lido em algum lugar.

— É uma frase bonita.

— Seja como for, tenha fé. O príncipe encontrará uma saída para tudo isso.

— E se não houver nenhuma?

— Não vamos sofrer por antecipação, lembra? — John repetiu as palavras que ela havia lhe dito um dia. — Você pediu para eu não fazer isso, e olha para mim agora! Se deu certo para mim, eu me recuso a acreditar que será diferente para vocês.

Por alguns instantes, nenhum dos dois disse nada.

— Estou muito feliz por saber que irá ficar no palácio, John. Você merece todo esse reconhecimento — Ester parabenizou o amigo e enxugou algumas lágrimas.

— Devo isso primeiro a Deus e depois a você, Ester. — A voz do rapaz saiu espremida, contendo as emoções. — Você me deixou ser eu. — Ele sorriu e deu de ombros. — Entendeu meu lado estressado, me suportou quando fui chato e me enfrentou, impondo sua opinião.

— Realmente foram muitas provações — gracejou a moça, levando o amigo a sorrir.

— Foram mesmo, mas vencemos e estamos aqui. Isso dá a você o direito a uma posição muito importante na minha vida. — John ergueu o dedo mindinho e corrigiu a postura. — Melhores amigos? — Ester gargalhou, aceitando.

Quando John foi embora e a casa se viu completamente silenciosa, a jovem percebeu o quanto se sentiria sozinha naquele lugar, apesar das dezenas de funcionários circulando por ela e outras dezenas de seguranças do lado de fora. Ao questionar sobre o paradeiro do Joseph, a governanta informou que ele e Ewan tinham ido para o trabalho, o que foi uma surpresa e tanto para Ester, pois o tio não havia contado que agora trabalhava com Ewan.

....
22 Autor desconhecido.

Sem muito o que fazer, e recusando a insistência de uma das funcionárias para ajudá-la a desfazer as malas, Ester se trancou no quarto pelo resto do dia e concentrou sua energia em arrumar os pertences que John havia trazido do palácio. Ao abrir a primeira bolsa, avistou um envelope endereçado a ela.

"Para minha eterna estrelinha..."

Os dizeres em uma letra bem-feita sugaram as forças do corpo de Ester. A jovem agarrou a correspondência como se sua vida dependesse disso. Com os olhos marejados, leu o conteúdo da carta por várias vezes, e parecia que um pedaço dela tinha sido arrancado pela saudade. Porém, ao ler pela última vez, ela se sentiu indignada. Como Alexander poderia pensar em renunciar ao trono pela moça? A ideia parecia inconcebível. Ele havia nascido para ser rei. Aliás, esse título lhe pertencia antes mesmo do nascimento, e quem era ela para tirar isso dele? Aflita com a possibilidade, Ester orou com fervor para que Alexander tirasse aquela ideia maluca da cabeça e aceitasse os planos de Deus para a vida dos dois, fossem eles quais fossem.

Capítulo 30

Querido futuro marido,

Talvez eu esteja sendo repetitiva ao longo das minhas cartas, no entanto o vazio no peito torna-se por vezes impossível de suportar. Não acredito que seja provável repor o espaço do que se perdeu. Mudamos com cada experiência, e os pedaços não terão a mesma forma, impedindo que eles se encaixem novamente. Resta-me, então, apenas a esperança. Fé de que algum dia tudo possa ser diferente. Crença de que, em algum momento, um vislumbre de expectativa me resgate do estupor de meus dias.

De sua futura esposa,
Hadassa.

Os dias na casa de Ewan se arrastaram, e a carta de Alexander deixava Ester preocupada. Após reler várias vezes, ela estava certa de que o príncipe realmente queria renunciar à coroa para se casar com ela. Tal atitude, no entanto, não teria sua aprovação. Deus o havia colocado naquela função, e ela só concordaria com aquela decisão se essa também fosse a vontade do Senhor. Porém, a atitude do príncipe parecia um tanto quanto desesperada. Não que ela não se sentisse lisonjeada por ele cogitar tal ideia devido ao amor que os dois nutriam, contudo essa era uma culpa que a moça não queria carregar, mesmo que isso significasse viver para sempre com o homem da sua vida.

Três semanas se passaram, sem que Ester tivesse permissão para sair das *muralhas* que cercavam a casa de Ewan. Joseph estava liberado para seguir sua rotina, contanto que ele sempre estivesse acompanhado por dois ou três seguranças. A superproteção de Joseph, Ewan e Alexander já estava irritando Ester. Os burburinhos em torno da nacionalidade dela pareciam ter cessado e caído no esquecimento após o escândalo de uma celebridade. Galav seguia seus dias, enquanto ela definhava dentro de *quatro paredes*. Literalmente.

Na quarta semana, Ester persuadiu a cozinheira a deixá-la tomar conta das refeições do meio-dia, a fim de passar o tempo. Apenas ela e os funcionários ficavam na casa nesse horário, assim a jovem poderia espairecer e ter algo com que se ocupar por algumas horas. Mas, mesmo se distraindo com a pequena atribuição, ela ainda tinha muitos momentos de ociosidade.

No dia em que completaria cinco semanas de "prisão domiciliar", Ester acordou mais cedo e seguiu para a cozinha, decidida a preparar o café da manhã para todos. Sob protestos da responsável pela tarefa, assumiu os preparativos do desjejum. Em poucos minutos, o cheiro de uma infinidade de receitas invadiu o ambiente, assim como uma sensação de bem-estar dentro de si.

— Onde está a Maila? — Ewan entrou na cozinha quando a moça finalizava o último prato.

— Dei o dia de folga para ela hoje. — Ester olhou por cima dos ombros, e os olhares dos dois se encontraram. — Aquela mulher trabalha demais.

— Ah, você deu?

Ewan ergueu as sobrancelhas com divertimento e serviu uma xícara de café com leite.

— Perdão se passei dos limites, mas eu não aguento mais ficar aqui sem ter o que fazer.

Ester desligou o fogo da panela e se virou para o rapaz.

— Imagino que não seja fácil, mas é para o seu bem.

— Já se passou mais de um mês de prisão!

Ewan riu, compreensivo.

— Tudo bem, você pode sair, mas com uma condição.

Ester saltou de onde estava, indo até ele.

— Eu faço qualquer coisa.

Ewan riu outra vez e tomou o último gole do café.

— Você só sairá desta casa se eu e todos os seguranças formos com você.

— Todos? — A moça fez uma careta. — Isso é um absurdo!

— Sei de um lugar que você vai amar conhecer. Mas esses são os termos. — Ewan se manteve firme na proposta, e a determinação em seus olhos era inflexível.

A jovem mordeu os lábios e soltou uma lufada de ar, resignada.

— Onde?

O sorriso de Ewan se abriu ainda mais, antecipando a reação dela quando chegasse ao destino que tinha em mente.

— Vai ser surpresa.

Ester revirou os olhos e voltou para o fogão.

— Não lido bem com surpresas.

— Então vamos trabalhar sua paciência hoje, mocinha — Ewan falou com um tom polido de professor. — Vou tirar o dia de folga, assim podemos sair logo após o café, que, aliás, está com um cheiro maravilhoso. O que é? — Apontou para algo diferente numa panela sobre o fogão.

— Fritada.

— Acho que nunca comi nada parecido.

— É uma espécie de prima mais generosa da omelete. Pode ser preparada com legumes, queijos, carnes ou o que mais sua imaginação, ou estômago, mandar. Em Cefas o costume é colocar todos esses ingredientes de uma só vez.

— Mal posso esperar para provar. — Ewan espiou por cima dos ombros de Ester, enquanto ela retirava a fritada da panela.

— Essa já está pronta. — Ewan lhe entregou o prato, e os dedos dele roçaram os dela. Como se fossem cargas elétricas, arrepios emanaram do lugar onde a mão da jovem o tocou, percorrendo todo o corpo do rapaz. — Obrigada. — Um riso tranquilo fugiu pelos lábios de Ester, indicando que a sensação sentida por Ewan era exclusivamente dele.

DE REPENTE *Ester*

Quando a jovem devolveu o prato com uma porção generosa do alimento, o coração do rapaz batia forte, e ele teve o cuidado de não repetir o toque.

— Humm... — resmungou Ewan, após engolir o primeiro pedaço. — Esse é o meu prato de café da manhã preferido a partir de agora. É muito bom! Você tem mãos de fada, Ester.

— Obrigada. — Ela fez uma mesura com a cabeça, imitando uma reverência. — Agora que já tomou seu café, me tira daqui, por favor. — Uniu as mãos em súplica.

Ewan negou com a boca cheia.

— Preciso comer mais.

O que se seguiu foram alguns instantes de provocações entre os dois, impedindo-os de notar a governanta em pé na porta da cozinha, à espera, com um telefone nas mãos.

— Desculpe interromper, mas o senhor tem uma ligação.

Com o aparelho no ouvido, Ewan se voltou para a jovem.

— Sairemos em uma hora, Ester.

Ela não pôde evitar o grunhido feliz que escapou da garganta enquanto arrancava o avental.

★★

Ester ainda não acreditava que finalmente estava em liberdade, mesmo que condicional, pois sete seguranças os acompanhavam. A escolta não a incomodava tanto quanto ela imaginou. O seu desejo dos últimos dias estava sendo realizado, e isso era tudo que importava naquele momento. Quando Ewan tomou a rodovia principal, ela abaixou o vidro e deixou o vento fresco da manhã de verão agitar os cabelos. O sol brilhava atrás deles, e uma fina trilha de nuvens estava flutuando sobre a brisa matinal. Eles viajaram tranquilos e em completo silêncio por alguns quilômetros, até a curiosidade de Ester começar a agitá-la.

— Diga para mim, por favor, aonde está me levando?

Ewan tirou os olhos da estrada e olhou para ela.

— Paciência, lembra?

— É mais forte do que eu.

— Tente pensar em outra coisa, pode ajudar — brincou ele. Ester voltou a atenção para a vegetação que passava veloz do lado de fora do veículo. De repente, um episódio específico ocorrido no baile lhe veio à memória. Ela olhou para Ewan de relance e hesitou.

— Eu não vou contar, Ester. É sério — disse o rapaz, mantendo o olhar à frente.

— Não é isso. Tem uma coisa que eu gostaria de saber, mas pode ser pessoal.

— Você pode me perguntar qualquer coisa.

— Certo... — Ela mordeu os lábios por dentro e mudou de posição no assento de couro. — Qual é a história entre você e o Charles? — Ewan olhou surpreso para ela, depois fitou a estrada outra vez. Ester percebeu que o rapaz apertava o volante e que o músculo da mandíbula dele se projetava com rigidez. — No baile — continuou ela —, houve aquele momento entre vocês, e fiquei me perguntando o motivo de tanta hostilidade, mas você não precisa me dizer se não quiser. Como eu disse, é uma pergunta pessoal, então não se sinta obrigado a me responder.

Ewan não teceu comentários por um longo tempo. Sua mente parecia vagar longe, e a jovem entendeu o silêncio como um sinal de que ele não queria conversar sobre aquele assunto.

— Eu quero contar — disse Ewan, depois de quase dez minutos. — É só que eu acho que nunca falei sobre isso com ninguém. — Ester assentiu e esperou até ele estar pronto para falar. — Charles e meu irmão, Will, conheceram-se na faculdade. — Iniciou seu relato com a voz carregada de dor. — Eles foram para a faculdade um ano antes de mim e do Alexander. Eu o odiei desde o primeiro momento. Meu pai já havia percebido que o Will mudou desde que começou a graduação, mas não fazíamos ideia do porquê. Foi apenas quando eu me juntei a eles e passei a conviver no mesmo ambiente que tudo fez sentido. Charles havia corrompido meu irmão, e o idiota nunca viu o quanto era manipulado pelo suposto *amigo*. Cá entre nós, amigos de verdade não levam você para o mau caminho. — A voz de Ewan estava grave, e seus olhos, escuros e raivosos. — Charles era devasso, e meu irmão havia se tornado como ele. Nada do que eu ou Alexander dizíamos o convencia de que ele deveria se afastar e romper qualquer laço com Charles. — Ewan parou de falar por um tempo e cerrou o maxilar. Seu semblante parecia ter uma expressão mais tensa que antes. — Durante todos os anos de faculdade, meu irmão se afundou naquela amizade destrutiva. Quando meu pai faleceu, tudo piorou, e eu fiquei sozinho, pois já tinha perdido meu irmão havia muito tempo. Após isso, Will passou a beber além do que já vinha bebendo. E achava que estava no controle. Pouco mais de dois anos após a morte do meu pai, lembro que Will chegou em casa fora de si. Ele havia passado o dia com uma garota, e deduzi terem se desentendido. Hoje sei que essa garota era a Sharon.

— A Sharon?

Ele parou e olhou Ester de relance.

— Acho que falei demais.

— Sharon e seu irmão eram namorados?

— Não exatamente. Quer dizer, ela achava que sim, mas o Will não era do tipo que se prendia a apenas uma pessoa.

Ester encarou o perfil de Ewan por alguns instantes, a mente dela indo e vindo entre suposições, até que uma a atingiu em cheio, quando a fisionomia serena de Brenda dormindo na cama dela se formou em seus olhos. A semelhança entre a garotinha e o rapaz à sua frente era inegável, e isso também explicava a cumplicidade e as conversas espontâneas entre a amiga e o chefe. O que ela não entendia era por que Sharon, mesmo sendo a mãe da sobrinha de Ewan, exercia apenas a função de servir café na empresa, mas isso não vinha ao caso naquele momento. A jovem abriu a boca e fechou diversas vezes e depois olhou para a estrada.

— A filha dela...

— Sim, a Brenda é minha sobrinha. Sharon me revelou isso há pouco tempo e disse que foi naquele dia que ela havia contado sobre a gravidez, e o Will surtou. — Ele secou os cantos dos olhos com os dedos, quando outra lágrima teimosa surgiu. — Eu tentei convencê-lo a não sair naquela noite, mas Charles chegou e o carregou para mais uma boate. — Ewan fez uma pausa para controlar as emoções.

— Se eu soubesse que aquela seria a última vez que eu veria meu irmão, teria me esforçado mais para não permitir.

Diante da dor de Ewan, Ester repousou a mão em seu ombro, em sinal de apoio.

— Eu sei qual é a sensação — disse ela, recordando a morte dos pais. Mesmo sendo apenas uma criança na época, ela pensava sobre isso e se martirizava por não ter feito nada para evitar a tragédia.

Ewan sentiu o aperto suave em seu ombro, e a mesma sensação de mais cedo, na cozinha, voltou com força total. Quando ela retirou a mão, o rapaz engoliu em seco e tentou seguir seu relato como se aquele simples toque não o tivesse desestabilizado.

— Um pouco antes do amanhecer, dois policiais apareceram na minha porta e me informaram que Will e Charles tinham se envolvido em um acidente de carro. Charles estava dirigindo bêbado, e supostamente Will já estava apagado no banco de trás. O impacto foi fatal para meu irmão, enquanto Charles teve apenas um hematoma no rosto. — Ewan passou os dedos pelo cabelo com uma raiva tão palpável quanto um escudo físico ao seu redor. — Ele matou meu irmão, mas muito antes disso tirou o Will de mim e do meu pai. Os últimos anos de vida do meu pai foram de completo desgosto pelo que o filho havia se tornado.

Muita coisa naquele momento começava a fazer sentido para Ester. Explicava, por exemplo, a carência que Ewan tinha, fazendo-o apegar-se com facilidade a qualquer um que lhe desse um pouco de atenção, e isso incluía as mulheres. Ele havia perdido a mãe muito cedo, depois o pai e mais tarde o irmão, em circunstâncias nada agradáveis. Seus atos nada mais eram que uma tentativa de preencher as lacunas deixadas pelos entes queridos. Ela não conseguia nem imaginar como seria se não tivesse o tio ao seu lado. Provavelmente também se apegaria a todos que se aproximassem com qualquer vislumbre de afeto. Ponderar os fatos fez o coração da moça se compadecer e uma ternura invadir seu interior.

— Sinto muito, Ewan, não fazia ideia de que você já tinha passado por tudo isso logo após perder seu pai. Eu não deveria ter tocado no assunto, perdão.

— Está tudo bem. — O rapaz levantou os lábios mecanicamente, ofereceu um sorriso sereno a ela. — Fico feliz de ter compartilhado essa parte da minha história com você.

E isso foi tudo que eles disseram por um longo tempo. Continuaram a viagem em um silêncio triste e pesado, até Ewan reduzir a velocidade e parar o carro em frente a um casarão antigo, com altos portões de ferros. Uma placa deteriorada pelo tempo indicava o local: "Lar Bethany Marshall". Ester leu os dizeres e se virou cautelosa para Ewan.

— Aqui é um orfanato? Bethany era...

— Minha mãe — ele completou, sério. — Ela cresceu aqui e, após se casar com meu pai, passou a cuidar deste lugar como a própria vida. Em homenagem, deram o nome dela ao orfanato, depois de sua morte. — E lá estava a sombra de tristeza tomando conta do rosto bronzeado de Ewan novamente, misturando-se às lembranças infelizes. — Decidi assumir o legado da minha mãe e hoje sou um dos mantenedores.

Ester estendeu o braço e segurou a mão dele.

— Isso é maravilhoso, Ewan! Por que nunca me falou sobre o orfanato?

— Eu pretendia contar, mas acho que não tivemos muito tempo. — Ele fitou a mão dela sobre a sua, sentindo a conhecida sensação de eletricidade. — O importante é que estamos aqui, agora.

O jovem examinou os olhos dela, e Ester viu uma chama de esperança se acender ali.

Capítulo 31

> *Querido futuro marido,*
>
> *Há dias nos quais tudo em que acredito parece banal, e minha existência é sem sentido. Porém, em momentos assim a única coisa que me sustenta é a Palavra de Deus. Ela me mostra que o Senhor conhece todos os nossos pensamentos, motivos, desejos e temores interiores, bem como nossos hábitos e ações exteriores. Ele nos sonda do começo ao fim do dia. Em todos os nossos atos, Ele nos cerca com seu cuidado e impõe sua mão graciosa sobre nós. Ancorada nisso, renovo minhas forças para prosseguir em meio ao caos que nos rodeia de perto, todos os dias.*
>
> *De sua futura esposa,*
> *Hadassa.*

Alexander levantou os olhos do prato com a comida intocada e avistou Sarah Tandel, Mary Kelly, Rachel Miller e Mellanie Johnson conversando alegremente durante o jantar. Algo em seu estômago retorcia, e uma sensação estranha na garganta o impedia de levar o alimento à boca. Ele estava ciente de que sua expressão era de uma tolerância entediada, mas não se deu ao trabalho de mudá-la.

"Sairemos em uma hora, Ester."

A frase de Ewan, seguida da risada alegre da moça do outro lado da linha, perturbou Alexander durante mais um dia fatídico desde sua partida. Ele havia telefonado, como fazia todas as manhãs, e agora preferia que não tivesse feito. Ira, temor e desespero pareciam querer sufocá-lo, piorando o aperto no peito, seu fiel companheiro há um mês. As palavras fugiram de seu extenso vocabulário, enquanto o príncipe era tomado por todos os sentimentos ruins do mundo, que insistiam em lançar na mente dele que ela não estava sofrendo tanto, enquanto ele ficara estagnado no tempo, padecendo de mãos atadas. Ele precisava reagir ou enlouqueceria.

Levá-la ao orfanato era um golpe baixo. Ester se apaixonaria por aquele lugar e depois acabaria confundindo tudo e se apaixonando por Ewan, de novo. Em um borrão de medo, terror e incertezas, Alexander não conseguiu se lembrar de respirar. Quando suspirou, o som pareceu chacoalhar seu peito apertado. Seu estômago se revirou mais uma vez, e ele se perguntou se algum dia haveria de se sentir bem de novo.

Olhou com atenção para cada uma das garotas à frente, e não conseguiu ver nenhuma delas como sua rainha. Elas não eram iguais a Ester Sullivan — ou Hadassa Holz Mohammed, seu nome verdadeiro.

E o que ele estava fazendo para mudar isso? A resposta foi um grande NADA! Alexander havia passado em claro as primeiras noites da partida de Ester, buscando uma solução, qualquer saída para reverter a situação. A única luz no fim do túnel era uma naturalização. Quando falou com o pai, ele afirmou que aquilo estava fora de cogitação e listou todos os motivos, esgotando, assim, as expectativas do príncipe mais uma vez. O que se seguiu foi trabalho e mais trabalho. O rei fez a cirurgia no coração, e as responsabilidades sobre o príncipe aumentaram. Então, o rapaz apenas parou de lutar e sentia as forças aos poucos se exaurirem nos últimos dias. Até o telefonema de mais cedo.

Seu sangue agora fervia, e Alexander não via outra saída a não ser a considerada um mês atrás, caso nada desse certo. Renunciar. Essa era a única solução. Seu pai passava bem após a cirurgia e poderia reinar por pelo menos oito anos, até Alexia completar idade suficiente e se recuperar completamente, alcançando o padrão exigido por lei para ascender ao trono.

"Seja homem e lute por ela."

Alexander não aguentava mais todo aquele martírio. Era muito para poder suportar. Tudo em que ele conseguia pensar naquele momento era em Ester morando na casa de Ewan. Os dois fazendo as refeições na companhia um do outro e se vendo diariamente. Os dois indo juntos para o orfanato da mãe do amigo. E o pensamento que mais lhe torturava: Ewan tentando reconquistá-la. Assim que o pensamento lhe ocorreu, Alexander jogou o guardanapo sobre o prato, cessando as conversas à mesa e atraindo toda a atenção para si. Impulsionado pela aflição e certo de que esse era o único caminho a seguir, Alexander se levantou.

— Sinto muito, senhoritas, mas não consigo prosseguir com isso.

Alarmadas com a declaração repentina do príncipe, as moças se entreolharam. A razão tinha algo a dizer, mas ele se recusou a ouvir, permitindo que as emoções sobressaíssem. Deixou a mente vagar até o dia em que havia tido plena convicção de seu amor por Ester, e aquilo o encheu de coragem para prosseguir com a decisão.

— Perdão pelas expectativas que foram criadas. — As palavras voaram num pesado suspiro. — Eu não posso continuar mentindo para vocês. Eu não posso continuar mentindo para mim...

Giovanna, que sempre acompanhava os jantares de um lugar mais afastado, aproximou-se como se soubesse as próximas palavras do príncipe.

— Alteza — disse ela do outro lado da mesa, de frente para ele —, tem certeza do que está fazendo?

Alexander se voltou para Giovanna e assentiu.

— Sim, senhorita Clark.

— Sabe o que essa decisão implica? — perguntou ela, cautelosa.

— Estou ciente.

— É por causa da Ester, não é? — Mary se levantou, arrastando a cadeira para trás, com o movimento.

— Mary! — Giovanna rosnou entre dentes.

— Me deixa, Giovanna! — Ela espalmou a mão para a tutora, mas continuou encarando Alexander. — Isso é tão injusto! Ester nos perturba mesmo não estando mais aqui. Ela não pode ser a rainha de Galav sendo uma cidadã de Cefas!

Alexander contraiu o maxilar, e seus olhos faiscaram em direção à moça.

— Deixe-me esclarecer algumas coisas, senhorita Kelly. — Ele passou a mão pelo cabelo curto, tentando se acalmar. — Em toda a minha vida, sempre tive que me submeter a várias circunstâncias em nome do meu título. Precisei fazer e apoiar coisas que não eram do meu interesse ou que seguiam na direção oposta do que acreditava. Por vezes, minhas vontades foram ignoradas em nome do bem maior da nação. Não estou aqui reclamando de nada disso, pois compreendo que tudo foi necessário. No entanto, há uma coisa que eu nunca aceitei negociar. — Alexander hesitou por breves segundos. A razão estava tão perto, mas tão longe de superar a emoção! — A escolha da minha futura esposa sempre foi e será uma atribuição minha, não há nenhuma negociação quanto a isso. Não me casarei por interesses políticos, imposição ou outra determinação que não parta única e exclusivamente de um único pressuposto. — Ele fez uma breve pausa, como se quisesse ter certeza de que todas o estavam compreendendo. — Eu não negocio o amor. — Suspiros entrecortados ecoaram pela sala de jantar. Antes que perdesse a coragem e voltasse atrás, o príncipe olhou para cada uma das moças. — Nesse sentido, tudo que vocês precisam saber é que meu coração já está completo por algo que eu jamais sonhei viver, e isso é o suficiente para ter certeza de que as coisas não mudarão daqui a uma semana, um mês ou muitos anos. Por esse motivo, não posso mantê-las aqui, se não planejo escolher nenhuma de vocês, me perdoem.

Ele tinha bem mais a dizer, mas não havia motivo para ferir os sentimentos delas, além do que ele já achava estar fazendo. Sob olhares aguados em prantos, Alexander se desculpou mais uma vez e saiu da sala. Uma leveza inigualável tomava conta de si, ao acabar com todo aquele processo incabível que o vinha consumindo há meses. A única coisa boa que toda aquela experiência havia proporcionado era sua inestimada Ester, e, sem ela ali, nada mais fazia sentido.

Respirando aliviado, seguiu direto para o escritório, decidido a revisar as leis de Galav pela milésima vez, em busca de uma centelha de esperança que pudesse trazer a amada de volta. Sem a distração com as outras garotas, ele poderia se dedicar com mais afinco nessa missão. Mal havia fechado a porta atrás de si, e ela voltou a se abrir. Alexia passou por ela sozinha e estava chorando. Alarmado, o príncipe foi ao seu encontro e a amparou nos braços.

— O que houve, pequena?

A menina recuou, com mais lágrimas escorrendo pela face vermelha de emoção.

— Tenho tanta saudade da senhorita Sullivan. Por que ainda não foi buscá-la de volta? Eu de fato achei que você a amava e que vocês dois se casariam um dia. Nenhuma daquelas garotas combina com você, Alexander, e eu mal consigo olhar para cada uma sem sentir asco. Sei que isso é errado e que Deus não se agrada de tais sentimentos, mas não consigo evitar. Você tem que fazer alguma coisa, qualquer coisa para trazer a Ester de volta. Ela foi a única que me enxergou de verdade, me ajudou a me aceitar, e eu a amo com todo o meu coração. Se não vai se casar com ela, então traga-a de volta para mim.

Os pequenos ombros da princesa chacoalharam, e ela caiu de joelhos sobre o tapete aos pés do irmão, chorando copiosamente. Alexander presenciou, estático, a cena. Alexia nunca falara mais que algumas palavras em uma frase e jamais havia externado seus sentimentos de maneira tão pungente, deixando claro como Ester havia feito tão bem tanto a ela quanto a ele.

Recuperando-se de seu estupor, o príncipe tomou a irmã nos braços e se sentou com ela em uma poltrona. Ela repousou a cabeça em seu ombro e chorou em silêncio até adormecer, tornando o coração do rapaz ainda mais apertado e decidido em se empenhar além do que suas forças permitiam, a fim de trazer Ester de volta não só para ele mesmo, mas também para Alexia.

DE REPENTE *Ester*

No dia seguinte, enquanto o príncipe tentava se concentrar em uma pilha de documentos que precisavam ser revisados antes de serem entregues ao rei, Elizabeth irrompeu furiosa pela porta, em busca de respostas após ser informada sobre a decisão tomada pelo filho na noite anterior.

— O que você fez, Alexander?

Ele levantou os olhos do manuscrito e manteve a expressão inalterada, ciente do assunto a ser tratado.

— Algo que eu deveria ter feito há muito tempo.

— Por Deus, você não é mais um garotinho. Está prestes a se tornar o rei de Galav e não pode tomar decisões com tamanha impulsividade.

— Eu não as amo. — Ele se levantou e circulou pelo escritório, inquieto. — E, se não for para ser a Ester, não será ninguém.

— Você está se escutando, Alexander? — A voz da rainha aumentou algumas oitavas. — Você sabe que não pode se casar com ela e, para assumir a coroa, precisa contrair matrimônio. É a lei!

— Estou farto dessas leis!

— É assim que as coisas são.

— Não se eu não quiser que sejam.

— Você renunciaria? — A voz dela soou carregada de espanto e decepção. Ele se recusou a olhar para a mãe, enquanto voltava em silêncio para a cadeira atrás da escrivaninha. A rainha, desolada, se sentou de frente para o filho, os olhos fixos em cada movimento dele. — Você está mesmo disposto a renunciar ao trono para ficar com Ester?

Alexander apoiou o cotovelo no braço da poltrona e massageou a têmpora.

— Estou cansado de tudo ser mais importante do que meus sentimentos ou minha vida, meu futuro, minha felicidade. Eu me desdobrei dia após dia para encontrar uma solução, mas parece que estou lutando sozinho. Ninguém além de mim se importa de verdade.

— Eu e o seu pai nos importamos. — As palavras da rainha oscilaram. — Você deveria saber disso.

— Apenas isso não basta, mamãe. — Ele meneou a cabeça. — Preciso ver que alguma coisa está sendo realizada, entende? E até agora tudo o que ouvi foi um não atrás do outro. "Isso não pode." "A lei está acima." "O Conselho não aprovaria essa opção." "Essa ideia está fora de cogitação." "Não." "Não." "Não..." Eu apenas me cansei!

— Talvez você não saiba, mas tentamos também. Seu pai não queria que você soubesse, pois já estava tão frustrado, que achamos por bem não dizer nada. Recorremos ao Conselho quando você sugeriu a naturalização da Ester. Solicitamos avaliação do caso, para lhe conceder a cidadania de Galav, mesmo cientes de que seria uma batalha perdida. — Elizabeth parou e respirou fundo, abatida. — Você sabe como é o Conselho e sabe também que seu pai sozinho não tem o poder de decisão. Uma coisa assim precisaria de aprovação absoluta, e isso não aconteceu. Eles apresentaram resistência por ela ser de Cefas. Se fosse de qualquer outro lugar do mundo, eles afirmaram que concederiam. — Alexander reclinou para trás na poltrona e fitou o teto do escritório. — Sinto tanto quanto você, querido. Todos sentimos. Eu, Alexia e até mesmo seu pai. Vimos como vocês se amam, e é dilacerante toda essa situação.

Sensibilizada por ver o filho tão vulnerável, Elizabeth se aproximou e o abraçou. Diante de tamanha angústia, ela recordou-se de um salmo em que sempre buscava conforto nos momentos difíceis. Foram tantos ao longo dos anos, que ela o havia decorado. Com o príncipe envolto nos braços, a rainha o recitou, parafraseando Salmos 139:

— Senhor, tu nos sondas e nos conheces. Sabes quando nos sentamos e quando nos levantamos; de longe percebes os nossos pensamentos. Sabes muito bem quando trabalhamos e quando descansamos; todos os nossos caminhos te são bem conhecidos. Antes mesmo que a palavra chegue à nossa língua, tu já a conheces inteiramente, Senhor. Tu nos cercas, por trás e pela frente, e pões a tua mão sobre nós. Tal conhecimento é maravilhoso demais e está além do nosso alcance. É tão elevado, que não o podemos atingir. Para onde poderemos escapar do teu Espírito? Para onde poderíamos fugir da tua presença? Se subirmos aos céus, lá estás; se fizermos cama na sepultura, também lá estás. Se subirmos com as asas da alvorada e morar na extremidade do mar, mesmo ali a tua mão direita nos guiará e nos susterá. Mesmo que disséssemos que as trevas nos encobrirão e que a luz se tornará noite ao nosso redor, veremos que nem as trevas são escuras para ti. A noite brilhará como o dia, pois para ti as trevas são luz. Tu criaste o íntimo do nosso ser e nos teceste no ventre de nossa mãe. Nós te louvamos porque nos fizeste de modo especial e admirável. Tuas obras são maravilhosas! Disso temos plena certeza. Nossos ossos não estavam escondidos de ti quando em segredo fomos formados e entretecidos como nas profundezas da terra. Os teus olhos viram o nosso embrião; todos os dias determinados para nós foram escritos no teu livro antes de qualquer um deles existir. Como são preciosos os teus pensamentos, ó Deus! Como é grande a soma deles! Se os contássemos, seriam mais do que os grãos de areia. Se terminássemos de contá-los, ainda estaríamos contigo. Sonda-nos, ó Deus, e conhece o nosso coração; prova-nos e conhece as nossas inquietações. Vê se há em nós algo que te ofende e dirige-nos pelo caminho eterno.

    Elizabeth se afastou e emoldurou o rosto do filho com as mãos.

    — Você foi escolhido para liderar nosso povo desde meu ventre, querido. Esses são os planos de Deus para sua vida. Tenhamos fé e aguardemos a providência divina. Nós já fizemos tudo o que estava ao nosso alcance. Quando nossas fontes se esgotam, é aí que Ele começa a agir. Caso contrário, acharíamos que o mérito pelo êxito foi nosso. Não somos, Ele é. Não podemos, Ele pode. Não fazemos, Ele faz. Confie, apenas. — Elizabeth depositou um beijo maternal na testa do príncipe. — Vamos crer, meu amor. Apenas crer que o poder de Deus está à nossa disposição para nos ajudar e crer que nada é demasiadamente difícil para Ele.

    Após Elizabeth o deixar sozinho, Alexander foi tomado por uma grande paz, quase como se o Senhor o estivesse abraçando igual a mãe o fizera momentos antes. Em seu coração não restavam sombras de dúvidas de que Ester e ele pertenciam um ao outro. Se fosse dali a um mês ou um ano, não importava. Alexander estava entregando as rédeas de sua vida para Deus outra vez. O Senhor estava no controle. Ele respirou fundo, deixando que as últimas palavras da mãe repousassem em seu coração:

"Quando a vida parecer um caos, apoie-se nesta verdade: Jesus é Senhor, e Deus tudo governa."

Capítulo 32

Querido futuro marido,

Embora passemos por tribulações e tempos de aridez, nunca devemos duvidar do cuidado de Deus. Ele sempre estará por perto, provendo paz e consolo em meio ao temporal. Nele temos a capacidade de enfrentar as incertezas e lutas da vida. Ele é refúgio no perigo, nossa real segurança, fortaleza na fraqueza. Ele opera seu poder em nós e nos capacita a vencer os obstáculos postos em nosso caminho. Como é dito em Salmos 46, Deus é nosso socorro bem presente na angústia. Ele está ao alcance do seu povo e quer que o busquemos em qualquer momento de necessidade. Ele é suficiente em qualquer situação e nunca nos deixa sós. Neste momento, sinto-me impulsionada a dizer isto mais uma vez a você: seja forte e corajoso, meu amor.

De sua futura esposa,
Hadassa.

Ester se apaixonou pelo orfanato no primeiro momento que adentrou pela porta, guiada por Ewan e pela diretora, uma mulher simpática e atenciosa. A casa era muito diferente de onde a jovem trabalhava como voluntária em Cefas e se distinguia de todos os outros em seu país. Dava para notar o carinho e o cuidado que Ewan tinha com o lugar. O espaço havia passado por uma reforma recente, os móveis pareciam novos, a decoração tinha um toque profissional, o ambiente cheirava a limpeza e organização.

Levar Ester para conhecer o orfanato foi a melhor coisa que Ewan poderia ter feito a ela, por dois motivos: primeiro, a partir daquele dia a moça não passaria cada minuto do dia enclausurada em casa, pensando em Alexander; segundo, seria a oportunidade perfeita para fugir dos olhos esperançosos de Ewan. O rapaz não havia voltado a falar sobre seus sentimentos e respeitava o espaço dela, porém seu coração era tão transparente como o ar entre eles, e isso a deixava incomodada.

Após a primeira visita, Ester convenceu Ewan e o tio a deixá-la trabalhar ali. Com as atribuições, os dias monótonos haviam se transformado em momentos de pura alegria e realização. A moça concentrou as energias como voluntária, ajudando Mai nos cuidados das 25 garotas que moravam no Lar Bethany Marshall. Algumas, assim como ela, haviam vindo para Galav em busca de uma vida melhor ao lado da família, no entanto, por um motivo ou outro, perderam os pais.

Para Ester, era gratificante poder fazer algo produtivo, especialmente em um lugar onde todos tinham histórias como as dela; onde não era julgada por ser uma cidadã de Cefas; onde qualquer um com boas intenções era sempre bem-vindo; onde poderia exercer o dom da caridade.

No começo, nem tudo foram flores, pois houve certa resistência por parte das moradoras em aceitá-la. No entanto, ao descobrirem que Ester era uma das pretendentes do príncipe, houve uma grata mudança.

— Conta de novo como é o palácio, senhorita Sullivan? — Sara perguntou, enquanto Ester fazia duas tranças no cabelo longo da garotinha.

— Eu prefiro que você fale sobre o príncipe. — Yanni suspirou, estendida em sua cama desfeita.

— Eu concordo. — Ana, de cima do beliche, apoiou a ideia. — Eu quero saber mais sobre o príncipe.

— Ele era romântico? — Luana quis saber.

DE REPENTE *Ester*

— É lógico que ele é! — Juh disse, categórica. — Todos os príncipes são. Está no DNA deles — falou como se aquilo fosse a coisa mais óbvia do mundo todo.

— Vocês sonham demais. — Thays revirou os olhos, enquanto dobrava seu cobertor. — Ainda bem que eu já decidi ser celibatária.

Lyta começou a rir da colega.

— Você fala isso porque nunca se apaixonou — alfinetou.

— Engano seu. — Thays cruzou os braços e a encarou. — É por cair nessa cilada da vida que tomei essa decisão.

— Eu concordo com a Thays. — Raquel saiu em defesa da melhor amiga. — Pensando assim, não criamos expectativa.

— Olha só quem fala... — Dulci pulou do beliche com uma risadinha sarcástica. — A garota apaixonada pelo ajudante do jardineiro.

De onde estava, Ester observava a discussão contendo-se para não rir. As manhãs eram sempre agitadas, mas naquele dia todas pareciam ainda mais eufóricas.

— Que tal se descermos para o café da manhã? — A moça interferiu antes de os ânimos se exaltarem ainda mais.

Apesar do pouco tempo de convivência, a jovem sabia que todas tinham personalidades fortíssimas e defendiam suas ideias e convicções custasse o que custasse, e Ester não queria causar desentendimento entre elas.

— Ah, Ester! Conte para a gente só um pouquinho. Nunca iremos até lá. Pelo menos, se você nos contar, vamos imaginar como é o palácio e o príncipe. — Hellen uniu as mãos de forma dramática.

Ester respirou fundo e passeou os olhos pelas camas desfeitas, alguns cabelos ainda bagunçados e rostos carregados de curiosidade, mesmo naquelas que diziam não ter interesse.

— É esplêndido. Não importa como você imagine, ao vivo é mil vezes mais lindo — disse ela por fim.

— O palácio ou o príncipe? — Mali questionou, com um sorriso sapeca iluminando seus olhos.

— O palácio! É claro que estou falando do palácio! — Ester foi até a menina e começou a enchê-la de cócegas. — E este é o seu castigo por ser tão engraçadinha.

A garotinha soltou um gritinho agudo, rindo e se contorcendo enquanto exibia a falta dos incisivos centrais.

— A Emilly precisa trocar a fralda de novo! — Jani entrou no quarto carregando a bebê de 11 meses. Seu rosto estava contorcido de nojo e os braços esticados, como se a menina tivesse uma doença contagiosa. — De quem é a vez?

— Não sou eu. — Ella saltou da cama e correu para a porta.

— Nem eu! — Vivi se juntou à outra, saindo de fininho.

Uma a uma, as meninas escaparam apressadas do quarto, deixando solta no ar alguma desculpa qualquer.

— Eu troco. — Ester pegou a bebê e depositou um beijo terno em suas bochechas rechonchudas. — Junte-se às outras e tome o café, querida. — Dispensou Jani com um cafuné.

Enquanto trocava a caçula do grupo, uma nostalgia tomou conta de seu âmago, fazendo-a se recordar outra vez das crianças do orfanato de Cefas. Seu coração se apertou ao imaginar o rumo que cada uma daquelas garotas havia tomado. Então, Ester orou para que, onde quer que estivessem, o amor, a Graça, a proteção e a benevolência do Altíssimo as alcançassem e as mantivessem em segurança, dando a elas um belo futuro. Ao terminar a oração, Ester tomou Emilly nos braços, e as duas juntas seguiram para o andar de baixo a fim de ajudar Mai no desjejum.

— Ei, aí está você. — Ewan a surpreendeu, levantando-se da poltrona verde-musgo da saleta de espera e indo ao seu encontro. — Você saiu tão cedo hoje, fiquei preocupado.

O rapaz analisou Ester, impressionado com os traços delicados, que davam um toque peculiar à sua beleza, apesar da expressão de cansaço no semblante da moça logo pela manhã. A jovem esboçou um sorriso rápido e alisou os cabelos rebeldes da bebê, evitando contato visual.

— Não tem por que se preocupar, Ewan. Afinal, eu não dou um passo sequer sem os meus *fiéis escudeiros* guardando cada movimento ao meu redor.

— Mesmo assim, eu me preocupo. — Ewan parou e depois acrescentou rapidamente: — E o seu tio também.

DE REPENTE *Ester*

— Você percebeu que até agora não houve nenhum indício de perigo? As pessoas não se importaram com o fato de eu ser uma refugiada ou ter vindo de Cefas. Não vejo a necessidade de toda essa operação.

— Não podemos pagar para ver, Ester.

Os olhos de Ewan ficaram sérios.

— Tudo bem, eu aviso da próxima vez — concordou ela. — Mais alguma coisa?

O rapaz hesitou, e um riso silencioso preencheu seus lábios quando pôs as mãos nos bolsos de trás da calça jeans e deu de ombros como um garoto tímido.

— Mai me convidou para tomar café da manhã com vocês.

— Então vamos. — Ester apontou a direção com um aceno de cabeça, e ambos seguiram por ela.

A cozinha estava um caos quando os dois jovens entraram com Emily. Todas as meninas, entre 7 e 15 anos, falavam ao mesmo tempo e riam alto. Uma pequena TV fixada à parede exibia um desenho animado, mas nenhuma delas prestava atenção. Ao lado do fogão, Mai e o esposo finalizavam as últimas porções de ovos mexidos, enchendo o ambiente com a fragrância deliciosa do café da manhã.

Ester havia aprendido a amar e admirar aquele casal, que não media esforços para o lugar se manter em perfeita ordem. Porém, o que mais lhe chamava atenção não era a dedicação deles para com aquelas garotas, mas a cumplicidade deles enquanto casal. José costumava dizer que a ligação deles era tão forte e os corações tão conectados, que ele sempre podia perceber o sorriso dela antes mesmo de a boca de Mai ter tempo para expressá-lo. Quando ouviu isso, Ester ficou a imaginar se algum dia Deus lhe permitiria ter uma relação assim com alguém. Seu coração se apertou ao constatar que a única pessoa com quem ela realmente queria dividir o resto dos dias estava fora de alcance.

— Tio Ewan, por que você está aqui de novo? — Thays se inclinou um pouco e olhou para ele, intrigada, quando os recém-chegados se sentaram lado a lado na imensa mesa que tomava conta de quase todo o espaço da cozinha.

— Eu sempre venho aqui, Thays. — Ewan piscou para a garotinha de 9 anos.

— Você vinha uma vez a cada mês. Duas, no máximo. — Vitória entrou na conversa e analisou o rapaz com um olhar astuto.

— Verdade, tio Ewan — Carol concordou, ao lado dele. — Desde que Ester começou a ser voluntária aqui, você vem comparecendo quase todos os dias — sussurrou a menina apenas para ele ouvir.

— É isso aí. *Todos* os dias — falou Dhuly, em alto e bom som para todo o grupo ouvir.

— Meninas, não aborreçam o Ewan — Mai pediu, servindo-os.

— Tio Ewan gosta da Ester! Tio Ewan gosta da Ester! Tio Ewan gosta da Ester! — Tefa começou a cantarolar, seguida por Vivi.

Em poucos instantes, as vozes de todas as garotas se juntaram às duas. Ewan encolheu os ombros com um sorriso de garotinho mais que charmoso e olhou para Ester como se dissesse: "O que posso fazer? Elas já perceberam!".

As risadas e o coro ainda preenchiam o ambiente, quando o brasão da família real apareceu na pequena televisão presa à parede.

— Olhem, é algum comunicado do palácio. — Cleo apontou para a televisão, sua voz aguda sobressaindo a brincadeira.

— Será que é o anúncio do casamento do príncipe? — disse Wendy, empolgada.

Sammara deu uma cotovelada na irmã mais nova, ao perceber Ester se remexer desconfortável em seu lugar.

— Ai, por que você fez isso? — Wendy resmungou e olhou feio para Sammara, sem entender o motivo da agressão.

— Quietas, meninas. — Mai aumentou o volume do aparelho.

— *Interrompemos nossa transmissão para um comunicado importante.* — Um homem com grandes olhos cansados começou a falar. — *É com muito pesar que comunicamos a Galav o falecimento do rei Sebastian III.* — Declamações surpresas salpicaram ao redor da mesa, seguido de um silêncio incomum. Se uma agulha caísse no chão naquele momento, seria possível ouvir seu tilintar. — *O estado de saúde dele já era delicado havia vários meses, fazendo-o ficar cada vez mais debilitado. Um procedimento cirúrgico foi realizado, e o rei se*

DE REPENTE *Ester*

recuperava sem preocupações por parte dos médicos. Porém, nesta madrugada ele sofreu um novo infarto e não resistiu. — Ester sentia como se o coração também tivesse parado de bater e a cabeça girasse. — *Em decorrência disso, o príncipe Alexander terá sete dias para subir ao trono como rei. Isso significa que deverá decidir, de uma vez por todas, quem será a rainha. A opção mais cotada no momento é um casamento por conveniências políticas, já que o príncipe dispensou todas as pretendentes há algumas semanas e...*

Ester parecia ter se transportado para longe, mal percebendo o final da fala do jornalista, o surgimento do brasão e em seguida o retorno da exibição do desenho animado.

— Você está bem, querida? — Mai, ciente dos sentimentos de Ester por Alexander, foi até ela e pôs a mão em seu ombro. A jovem assentiu e entregou Emilly para a mulher.

Em um movimento desesperado, ela saiu correndo em direção à porta dos fundos e não parou até se esconder atrás de um enorme carvalho. O choque havia mantido a aflição em um canto de seu coração, mas, agora, ela chorava tanto que mal conseguia respirar. Puxou ar com força duas vezes e deixou as lágrimas romperem qualquer barreira, entregando-se a um choro compulsivo. Sem forças, ela deixou as costas escorregarem pelo tronco da árvore, enquanto pedia que Deus confortasse Elizabeth, Alexia e, sobretudo, Alexander.

Ao se recompor, a moça avistou Ewan de pé, a alguns passos dela. Ele não disse nada, apenas estendeu os braços e esperou que ela se levantasse e se entregasse ao seu abraço. Então, Ester apenas caiu neles, apoiando a cabeça em seu ombro. Quando se afastou e ergueu os olhos em direção aos dele, viu que o rapaz estava tão dilacerado quanto ela. Naquele olhar, Ester pôde ver o coração de Ewan, um coração mais profundo do que quis explorar algum dia.

— Você precisa ir até lá. — Ela se desvencilhou do abraço, dando um passo para trás. — Alexander precisa de você.

Ewan já sabia, no entanto, que aquele momento seria crucial para reconhecer algo que havia muito tempo ele vinha tentando ignorar. Ester amava o príncipe com todas as suas forças e de todo o seu ser. Independentemente do que acontecesse, se eles ficariam juntos algum dia, nunca haveria espaço no coração dela para o dono da Brook.

— Farei isso — disse ele, com um fio de voz.

Se o amor era mesmo uma decisão, Ewan acabava de decidir não amar mais aquela mulher. O pensamento doeu como se seu coração estivesse sendo arrancado do peito, porém ele não tinha outra escolha a não ser deixá-la ir, mas dessa vez para valer. Com os olhos embaçados pelas lágrimas, o rapaz se afastou sem olhar para trás, dando adeus a mais uma pessoa que fora importante em sua vida.

Capítulo 33

Querido futuro marido,

No livro de Isaías 65:24, encontramos estas palavras: "Antes mesmo que me chamem, eu os atenderei. Antes mesmo de acabarem de falar, eu os responderei". Esse versículo nos mostra que a bênção recebida não depende das nossas orações, mas sim do Senhor Deus, que nos conhece e nos ama. Ele já sabe de tudo o que acontecerá antes mesmo de acontecer. Ele conhece o caminho que percorreremos e as batalhas que enfrentaremos. Como filhos amados de Deus, cabe a nós permanecermos firmes na oração e na obediência, acreditando que, no tempo certo, a resposta chegará, pois a recompensa do Senhor sempre nos alcança.

De sua futura esposa,
Hadassa.

A dor dilacerante e insuportável havia esvaído completamente as forças de Alexander, pois seu maior pesadelo se tornara realidade. Seu pai, tutor, amigo e referência nunca mais estaria ao seu lado. Sozinho no quarto, Alexander tentava se recompor e guardar toda a dor e todos os sentimentos, a fim de parecer forte o bastante para a mãe e a irmã. Era difícil ser rocha quando ele queria viver o próprio luto e chorar como elas, sem precisar esconder o quão estilhaçado seu coração estava. Já tinham se passado três dias após o funeral, e até aquele momento o rapaz não havia vertido uma lágrima sequer, mesmo a aflição sendo demais para ele suportar. Alexander se via na encruzilhada da vida. Deus lhe tirara Ester e agora o pai. De repente, era como se tudo conspirasse contra ele.

Desanimado, o jovem arrastou-se até a sacada e se debruçou no parapeito. O sol castigava a pele de seu rosto, mas ele ficou ali, perdido em devaneios, tentando a todo custo esquecer as lembranças dolorosas que insistiam em perturbá-lo. Ver o último suspiro do seu progenitor era uma das coisas que ele não esqueceria jamais. Sebastian respirava com dificuldade quando o príncipe irrompeu pelo quarto da UTI, ofegante. Sua mãe chorava do outro lado da cama, desolada.

— Alexander...

— Estou aqui, papai.

Ele se pôs ao seu lado e segurou sua mão com força, como se o rei fosse ficar bem, caso assim o fizesse.

— Sinto que chegou minha hora. — *Uma lágrima escorreu pela face do rei, quando fechou os olhos com força.*

— *Não fale assim.*

Alexander viu a mãe se afastar para esconder as lágrimas.

— Combati o bom combate, acabei a carreira, guardei a fé. — *Um sorriso iluminou seu rosto.* — Você precisa ser forte, filho, por sua mãe, por sua irmã e pelo nosso país.

— Eu ainda não estou pronto para fazer isso sozinho.

— Você está, sim, querido. Eu te preparei durante a vida inteira. Acredite, realizei um bom trabalho.

Mesmo sorrindo, Sebastian respirava com dificuldade, e sua voz era quase inaudível.

— Poupe suas energias e descanse. Vai ficar tudo bem. — Alexander tentou ser otimista, mas algo em seu âmago o preparava para o pior.

— *Irei descansar em breve. Agora preciso falar. Deixe-me falar.*

O rei tossiu algumas vezes e, com esforço, recuperou o fôlego.

— Estou ouvindo.

— *Desejo do fundo do meu coração que você seja feliz. Constitua uma família e seja o rei de que essa nação precisa. Deus será sua base e deve estar acima de tudo. Sem Ele, você não conseguirá. Coloque tudo* diante do Senhor, por mais fácil que seja a situação. Nunca confie apenas em si. Confie nele. Só Deus sabe o que é melhor.

— Sim, senhor. — A voz de Alexander embargou, mas ele engoliu o choro.

— Agora, sobre seu futuro como esposo, valorize sua companheira. Ela será um de seus pilares e sua ajudadora na jornada diante de vocês. — Tombando a cabeça para o lado, Sebastian fitou com ternura a esposa no canto do quarto. — Que a cama de vocês seja cheia de risadas; as noites, cheias de prazer; os corações, cheios de alegria. É para isso que estamos neste mundo: para amar. — Voltando o olhar para o filho, concluiu. — Acho que o que estou tentando dizer é... ame, agrade, aprecie sua esposa e, pelo amor de Deus, filho, é melhor você provocar mais sorrisos que lágrimas! — Outro riso escapou dos lábios do rei, seguido da falta de ar.

— Vou me lembrar disso. — Alexander assentiu e apertou um pouco mais as mãos do pai, sentindo-as gélidas entre as suas.

— Lembra o que é dito em Filipenses 1:9-10?

— Sim.

— Esta é minha oração: que o amor de vocês aumente cada vez mais em conhecimento e em toda a percepção, para discernir o que é melhor, a fim de serem puros e irrepreensíveis até o dia de Cristo.

— Amém.

— Seja feliz ao lado do amor da sua vida, meu filho, assim como fui durante todos esses anos com sua mãe.

A voz do rei já era quase inaudível, e Alexander começou a achar que o pai estava delirando. Sebastian, mais do que ninguém, sabia que era impossível o rapaz ser feliz ao lado de Ester.

— Parece ser meio impossível no momento — pensou alto.

— Nada é impossível ao que crê. — Sebastian sorriu e suspirou. — Seja feliz, Alexander.

A lembrança se esvaiu, assim como o último suspiro do rei. Por mais que o príncipe quisesse acreditar no impossível, suas perspectivas para o futuro não eram muito animadoras. A única coisa sólida e real era um casamento por conveniência, apenas um acordo político, que precisava acontecer em quatro dias. Era desanimador ter que pensar no assunto enquanto ainda sofria a perda do pai, mas o pouco tempo o obrigava. Querendo ou não, ele deveria subir ao altar com uma completa desconhecida, e ambos seriam coroados a rei e rainha de Galav.

— Onde o Senhor está, meu Deus?

Alexander cerrou os punhos, ainda com os olhos fixos na planície ao longe. Dentro dele, era como se algo houvesse se fechado, fazendo-o duvidar de tudo em que acreditou até então. O príncipe tentou orar, mas as palavras simplesmente não saíam. Pela primeira vez na vida, o rapaz sentiu-se abandonado por Deus.

— Filho? — Elizabeth tocou o ombro do príncipe, atraindo a atenção para si, já que ele não havia notado ainda a presença dela. — Você não comeu nada o dia todo, precisa se alimentar. Abigail preparou seus pratos preferidos e algumas sobremesas.

Alexander olhou de relance por cima do ombro e avistou a chef ao lado do carrinho de comida.

— Fiz bomba de chocolate, com muito recheio. — Abigail ofereceu um sorriso afável.

— Eu não tenho mais 10 anos, mãe. Não dá para consertar tudo com doce ou outra comida.

Alexander voltou a atenção ao horizonte.

— Estamos preocupadas com você. — Elizabeth deu um suspiro cansado. — É um momento difícil para todos nós, mas precisamos ser fortes e seguir em frente.

— Coma, querido, isso vai te animar um pouco — a cozinheira o incentivou mais uma vez.

— Obrigada por ter o trabalho de fazer tudo isso, Abigail, mas realmente não consigo comer nada agora.

— Bem, vou deixar o carrinho aqui, caso mude de ideia mais tarde.

A chef ofereceu mais um de seus sorrisos amáveis antes de sair do quarto, deixando mãe e filho a sós.

O que se seguiu por vários minutos foi apenas silêncio entre eles, enquanto uma leve brisa soprava o calor do verão para dentro do aposento.

DE REPENTE *Ester*

— Sinto que Deus me abandonou. Coisas importantes estão sendo arrancadas de mim. Primeiro a Ester, agora o papai. Está sendo demais para suportar — Alexander desabafou.

Elizabeth o tomou pela mão e conduziu o filho de volta para dentro do quarto. Os dois se acomodaram nas poltronas em frente à lareira, enquanto ela olhava para Alexander, compadecida.

— Dificuldades e provações são uma parte da jornada da vida, querido. Às vezes elas nos constroem e outras vezes nos quebram em pedaços e nos juntam em algo distinto. De qualquer maneira, nós saímos dessas dificuldades como pessoas diferentes do que éramos. Essa é a natureza das provações. — Alexander não disse nada, mas parecia pensar nas palavras da mãe. — Eu também estou sofrendo, filho. Estou sofrendo muito por perder o grande amor da minha vida, meu companheiro, meu... — A voz de Elizabeth embargou, e ela precisou de alguns segundos para se recuperar. — Mas, em meio a tudo isso, eu prefiro acreditar que Deus me ama com um amor perfeito e sem fim.

O rapaz engoliu em seco, recusando-se a olhar para a fragilidade da mãe.

— Sei que Deus me ama. No entanto, tenho a sensação de que tudo vai além das minhas forças. Foram perdas importantes em um período muito curto de tempo. — O príncipe parecia desgastado quando disse a última frase. — Eu só não queria ter que passar por tudo de uma só vez.

A rainha o fitou, preocupada.

— Não deixe que isso endureça você, meu filho. Às vezes, as circunstâncias são tão dolorosas, que fechamos nosso coração, de modo a não sentir a dor de verdade. Isso pode acarretar problemas, pois o amor também pode ser atingido.

— Deve ser por isso que eu não consigo orar ou mesmo chorar desde que tudo aconteceu — disse ele, mais sarcástico do que pretendia.

— Ah, querido, quando nos sentimos desamparados, a última coisa que queremos fazer é conversar com quem achamos que nos traiu. Quando se trata de Deus, entretanto, a melhor coisa que

você pode fazer é falar com Ele e dizer como se sente. Contudo, o Senhor não pode responder a todas as orações exatamente do jeito que você gostaria. Pode ser que Ele não o responda de imediato, mas vai se sentar com você e confortá-lo, enquanto espera. Se você quer que Deus caminhe ao seu lado, é importante que fale com Ele.
— Alexander já sabia de tudo aquilo. Mesmo assim, permaneceu calado, ouvindo os conselhos dela e permitindo que cada palavra assentasse em seu coração. Elizabeth parecia ter muito mais a dizer, como se seus conselhos estivessem sendo direcionados não apenas ao filho, mas sobretudo a ela mesma. — Estamos limitados em nossa capacidade de ver além do que está na nossa frente — prosseguiu. — Deus, por outro lado, é um ser supremo, Criador do Universo e, o mais importante, nosso Criador. O Senhor sabe onde você está quebrado e onde precisa de conserto. Cada provação é parte do processo de aperfeiçoamento. Nós não vemos o que Ele vê nem podemos saber o que Ele sabe. — Ela parou e limpou as lágrimas. — O que podemos fazer é confiar que cada experiência que o Supremo nos dá é para nos ajudar a crescer e nos apontar a direção em que precisamos ir.

Quando a rainha concluiu sua fala, acariciou o rosto abatido do filho. Alexander levantou os olhos cansados para a mãe e deu um sorriso triste.

— Estou tentando confiar nele em meio a tudo isso, juro que estou, mamãe.

Um sorriso diferente iluminou o rosto de Elizabeth, quando ela se levantou e, de dentro da manga longa do vestido, retirou uma folha de papel dobrado e estendeu ao príncipe.

— Então continue, pois suas preces estão começando a ser respondidas.

Sem compreender a felicidade nos olhos da mãe, Alexander pegou o papel. Passeou os olhos pelo que estava escrito, o cenho arqueado. Com o coração batendo forte, alternou sua atenção entre o documento e a rainha.

— Isso é mesmo possível? Quer dizer, existe a chance?

DE REPENTE *Ester*

Elizabeth se aproximou e acariciou o braço dele, tão emocionada quanto o filho.

— Existe, querido.

A carta nas mãos de Alexander tremia, como se uma descarga elétrica o houvesse atingido naquele instante.

— Onde conseguiu isso? — sussurrou, procurando controlar a respiração e o coração acelerado.

— Estava em uma das gavetas da escrivaninha da sala do seu pai. Precisei verificar alguns documentos e a encontrei. — Alexander deixou os olhos pousarem sobre o documento de novo, lendo-o pela terceira vez. Elizabeth sorriu enquanto a realidade dos fatos diante deles lhe sobrevinha lentamente. — Isso não precisa de aprovação do Conselho, querido. É a última vontade de um rei, e, contra ela, não há argumentos.

As vistas de Alexander embaçaram, e ele engoliu a emoção parada na garganta.

— Então, quer dizer que eu... a Ester... — Alexander não conseguiu concluir a frase.

— Sim! — a rainha bradou, exultante. — Acabou, filho! Acabou esse tormento. Vocês finalmente podem ficar juntos. Vocês podem se casar!

Ainda atônito, Alexander baixou os olhos e leu outra vez o decreto selado e assinado pelo pai, onde ele expressava o último desejo como rei de Galav: que Alexander Kriger Lieber e Hadassa Holz Mohammed se casassem e fossem coroados rei e rainha da nação.

O último desejo de um soberano era algo irrefutável. A lei era clara e imutável quanto a isso. Alexander riu com a ironia. Um decreto o havia separado de Ester, e agora outro a trazia de volta para ele. Ele se levantou com um salto e caminhou apressado até a porta.

— Aonde você vai? — indagou Elizabeth.

O príncipe sorriu, como há muito tempo não fazia.

— Vou buscar minha rainha.

Alexander desceu as escadas correndo; não queria perder nem mais um instante sequer, longe de Ester. Seu coração mal cabia no peito. Uma frase que o pai sempre lhe dizia ao longo dos anos nunca fez tanto sentido como naquele momento: "O homem que não souber sobreviver aos maus tempos jamais verá os bons[23]".

Ele havia passado por maus bocados, mas a infinita misericórdia de Deus o alcançou, colocando em sua frente a esperança de dias melhores. Enquanto atravessava uma infinidade de corredores, um sentimento de gratidão apoderou-se dele, e um dos salmos preferidos de sua mãe lhe vinha à mente: "Este é o dia em que o Senhor agiu; alegremo-nos e exultemos neste dia!".

Ignorando os guardas no *hall* principal, que se adiantaram com prontidão, Alexander empurrou as portas duplas e saiu para o pátio. A brisa de veraneio foi ao encontro do seu rosto, e o príncipe respirou fundo, mal cabendo dentro de si.

— Alteza? — Um dos seguranças se apresentou. — Em que posso ajudar?

Ao notar que não havia um único veículo à disposição, a ansiedade dentro de Alexander aumentou.

— Preciso de um carro. Agora!

O segurança prestou uma reverência apressada diante da urgência do pedido e saiu. O rapaz ficou ali, andando de um lado para o outro, buscando controlar a própria respiração e sem se importar com a forma como os demais guardas o analisavam. Estalou os dedos da mão e sorriu sozinho. Se tudo aquilo fosse um sonho, ele definitivamente não queria acordar.

O príncipe aguardou mais alguns instantes, tentado a começar a roer as unhas. O barulho de um motor ressoou no ar, porém, quando ele se virou, ansioso, era apenas John em uma motocicleta.

— Alteza? — O estilista retirou o capacete e o encarou, confuso. — Onde o senhor pensa que vai, vestido assim?

Alexander baixou os olhos e analisou seus trajes básicos, compostos por calça jeans, camiseta branca e tênis.

....
23 Textos judaicos.

DE REPENTE *Ester*

— Estou muito bem, obrigado — respondeu, olhando ao redor à espera de seu carro.

— Você não pode sair desse jeito! — dramatizou o recém-chegado. — É a minha reputação que está em jogo.

O príncipe revirou os olhos.

— Dá um tempo, John. Como a Ester suportava você?

O estilista o encarou sem expressão e desceu da moto. As personalidades dos dois rapazes haviam se conectado desde a primeira semana trabalhando juntos, causando estranheza para quem presenciava a interação entre eles, tão vazia de formalidades exigidas quando se tratava da comunicação com um membro da realeza.

— Eu e a Ester tínhamos uma relação de mútua compreensão. — John cruzou os braços e comprimiu os lábios. — Pelo menos, quase sempre era assim. — Deu de ombros, indiferente. — Mas não mude de assunto. Você não respondeu à minha pergunta. Aonde vai?

Alexander sorriu, disposto a se divertir um pouco.

— Por aí.

John descruzou os braços e massageou a têmpora.

— Por aí?

— Por aí.

John jogou as mãos para cima, rendendo-se.

— Tudo bem, você quem sabe. No entanto, se me perguntarem — apontou para as roupas do príncipe —, eu não tive nada a ver com isso.

O estilista virou de costas e andou de volta para a motocicleta.

— Vou buscar a minha noiva — Alexander revelou, antes que John partisse.

Desapontamento faiscou nos olhos de John.

— Aquela mulherzinha sem sal? — disse com tédio. — Francamente, Alteza, depois da Ester achei que você teria bom gosto para mulheres. — Colocando o capacete, acrescentou: — Desculpe a minha sinceridade... — disse apenas por falar, porque, desde que conheceu a tal pretendente, a filha de um dos conselheiros, apontada como a opção mais viável para um casamento político, as palavras estavam entaladas na garganta de John.

— Estou falando da Ester — Alexander falou, e o estilista congelou, com a mão na ignição. — Enfim podemos ficar juntos. — John permaneceu mudo, emocionado demais para falar. — Cadê o meu carro? — O príncipe inquiriu a um dos seguranças, conferindo as horas no relógio de pulso.

— Vou verificar, senhor.

John sorriu e deu dois tapas no tanque da motocicleta.

— Esquece o carro, eu levo você!

Alexander negou com a cabeça.

— Eu não vou subir nessa coisa.

John ficou indignado.

— Você vai demorar uma vida para chegar até onde ela está, se for com esses seus carros chiques.

O príncipe franziu o cenho e se aproximou.

— Onde ela está?

— Falei com a Ester ontem. Ela ia passar o dia em um haras, ou coisa assim, com as meninas do orfanato. Eu conheço o lugar.

— Me passa o endereço.

— Eu vou junto. Não perderia esse reencontro por nada neste mundo — disse John, empolgado.

— Não vai, não. Quero fazer isso sozinho, não preciso de plateia.

— Mas precisa de mim para chegar até lá. Sou sua única opção, Alteza. — John repetiu os tapinhas no tanque, cheio de expectativa.

Alexander olhou ao redor. Não havia sinal do carro, e até o segundo segurança tinha desaparecido.

— Deus, vou me arrepender disso — o príncipe comentou, dando a volta pela motocicleta. — Só faça com que eu chegue vivo lá, por favor!

Quando os seguranças perceberam o que estava acontecendo, John já arrancava jogando cascalho para trás, com Alexander na garupa.

O lugar não era longe, e, pelo trajeto, Alexander constatou que poderia ter chegado até ali sem dificuldades em um dos carros do palácio. Mas era o John, não era? Ele não esperaria outra atitude do rapaz, e até estava feliz por ele aparecer em um momento tão providencial. A propriedade era imensa, um grande casarão e estábulos dividiam espaço entre um jardim e várias espécies de árvores de grande porte, mas nem sinal de Ester.

— Senhor, poderia me dizer onde as meninas do orfanato estão? — John pediu informação a um dos funcionários que saía do estábulo puxando um cavalo selado.

No primeiro instante, o homem não deu muita atenção, mas, assim que reconheceu o príncipe, prestou uma reverência e caminhou até eles.

— As meninas estão em um piquenique no lago. Estamos preparando os cavalos para o passeio que elas farão.

— Qual a direção? — John perguntou, pronto para zarpar.

O senhor tirou o chapéu que usava e coçou a cabeça.

— Vocês não chegarão até lá nisso aí não? Tem muita areia no caminho, e o risco de queda é grande, por ser espessa demais. Só a pé ou a cavalo.

— Posso? — Alexander apontou para o animal que o senhor segurava as rédeas.

— Será um prazer, Alteza.

— Eu não sei andar a cavalo. — John olhou o alazão com pavor, enquanto Alexander o montava com destreza.

— Obrigada, John, mas assumo daqui. — E, só para implicar, sugeriu: — Se quiser, você pode ir a pé.

Avançando na direção apontada pelo funcionário, o príncipe sorriu ao ouvir as lamúrias do estilista se misturando ao trote do animal, à medida que ele se afastava rumo ao lago.

Capítulo 34

Querido futuro marido,

O amor é uma força incrível. É capaz de nos transformar, curar feridas antigas e nos fazer acreditar em coisas que pareciam impossíveis. É uma chama que arde dentro de nós, lembrando-nos de nossa humanidade, de nossa capacidade de amar e ser amado. Ao longo da vida, encontramos desafios e obstáculos que parecem insuperáveis. Podemos nos deparar com perdas dolorosas, desentendimentos e momentos de profunda tristeza. Porém, é justamente nesses momentos que o amor revela sua verdadeira grandeza. Quando enfrentamos dificuldades, o amor nos oferece conforto e apoio incondicional. Ele nos encoraja a seguir em frente, mesmo quando tudo parece perdido. É um farol de esperança que nos guia através das tempestades mais violentas, recordando-nos de que somos mais fortes juntos.

De sua futura esposa,
Hadassa.

Sentada sobre um cobertor às margens de um lago e com Emilly no colo, Ester se concentrava nas palavras do devocional de Mai, antes de as meninas serem liberadas para o passeio a cavalo.

— Sabemos que Deus age em todas as coisas para o bem daqueles que o amam, dos que foram chamados conforme seu propósito. — A senhora leu Romanos 8:28 para complementar e seguir com a reflexão anterior. — Esse bem, mencionado no versículo, é

DE REPENTE *Ester*

a santificação. Eu já ensinei a vocês que na Bíblia não existe uma promessa referente à resolução de todos os nossos problemas e à transformação completa enquanto peregrinos nesta Terra. Isso acontecerá apenas na glória, quando alcançaremos a santificação. Então, devemos estar cientes de que nossa vida não será perfeita e livre de toda e qualquer dificuldade. Às vezes o Senhor nos livrará da dor, às vezes não. — Mai balançou os ombros para dar ênfase às suas palavras. — Temos como exemplos os apóstolos: alguns foram libertos da prisão, outros não. Às vezes, sofreram açoites, perseguições e dor, às vezes foram milagrosamente poupados de sofrer danos. Não há uma promessa de que Deus sempre agirá ao nosso favor, livrando-nos de todo sofrimento e prova. — A mulher sorriu e fitou cada rostinho atento ao que ela falava. — No entanto, a promessa é que Deus vai estar conosco e cuidar de nós, consolando, confortando, dando paz e alegria mesmo em meio aos problemas, e proporcionando Graça para alcançarmos contentamento em todas as horas, boas e ruins, e para podermos passar pelas privações, doenças e sofrimentos. E tudo isso é para apenas um propósito: glorificar a Deus e nos santificar para parecermos mais com Cristo.

O momento foi interrompido pelo trote de um cavalo que se aproximava, suspendendo as palavras inspiradas da diretora e causando curiosidade das meninas, que agora tinham suas atenções voltadas ao intruso.

Quando o príncipe chegou perto o bastante para ser reconhecido, os queixos das garotas foram caindo como cascata, e os olhos saltaram a órbita.

— Alex...

O nome ficou entalado na garganta de Ester, enquanto o via se aproximar do grupo e sorrir para as garotas quando ele desceu do alazão.

— Perdão por minha falta de elegância em interrompê-las. — Reconhecendo Mai como a chefe do grupo, dirigiu-se a ela. — Preciso falar com a senhorita Sullivan.

— É um motivo mais que justificado, Alteza. — A diretora prestou uma reverência e sorriu para a moça.

Os olhos de Alexander fixaram-se nos de Ester, e tudo ao redor desapareceu. Era como se as 25 meninas não estivessem ali, presenciando tudo, inclusive seu semblante de apaixonado, que, aliás, ele não fazia questão nenhuma de ocultar.

Ester se levantou do cobertor, forçando as pernas a pararem de tremer. Involuntariamente, um pequeno sorriso veio à tona primeiro nos lábios dele, depois nos dela, à medida que a jovem entregava a bebê para Mai e caminhava até ele.

— O que faz aqui?

Ele se aproximou, os olhos deles ainda fixos um no outro.

— Eu tenho uma pergunta que não poderia fazer por telefone. — Seu semblante brilhava com um amor tão real e verdadeiro, que aqueceu os lugares mais profundos do coração de Ester. — Vim fazê-la pessoalmente.

— Que pergunta?

Alexander segurou a mão dela e acariciou o dorso com o polegar.

— A pergunta que eu quis fazer a você durante muito tempo. Tempo demais, para falar a verdade. — Devagar, ele dobrou um joelho e segurou a mão esquerda de Ester. — Eu não tive tempo de falar com seu tio, mas tenho certeza de que já temos a bênção. — A cabeça da moça estava girando, mas ela fez um esforço para se concentrar. — Ester, há alguns meses eu disse adeus a você, prometendo que encontraria uma maneira... — Ele fez uma pausa, suas palavras ficaram lentas enquanto ele se esforçava para manter o controle das emoções. — Uma maneira de ficarmos juntos para sempre. — Ela apertou as mãos dele, incentivando-o a prosseguir. — É você, Ester. Sempre será você. — No semblante do príncipe havia uma mistura de contentamento, amor, alívio e esperança. — Case-se comigo. Seja a rainha de que Galav precisa. Deixe-me ser o pai dos filhos com os quais o Senhor nos abençoará. Não há nada na vida que eu queira mais.

As lágrimas vieram espontâneas, escorrendo pelo rosto dela.

— As minhas origens ainda podem ser um empecilho?

Ele negou com a cabeça. Ela nunca o vira mais seguro.

DE REPENTE *Ester*

— Não mais. Estamos livres para viver o que Deus preparou para nós, meu amor. — Alexander entregou a ela o decreto que trazia no bolso.

Enquanto lia o conteúdo do documento, a moça riu em meio às lágrimas, sentindo cada palavra ali escrita tirar o peso de seu coração. Ela podia, enfim, se casar com o amor da sua vida.

— Sonhei tanto com isso. — O choro foi inevitável. — Você está mesmo aqui?

— Estou aqui, meu amor. — Ele suspirou. — Só tem um problema. — Alexander parecia sério.

Ester ficou na expectativa.

"Não, Deus, por favor... Nada de problemas. Não agora."

— Qual?

Ele hesitou, esperando até que os olhos dos dois se encontrassem novamente.

— Você não respondeu à minha pergunta.

Ela podia sentir o sorriso se espalhar no rosto.

— Eu amo você, príncipe Alexander Kriger Lieber. — Era a primeira vez que ela dizia aquilo em voz alta, o que o emocionou profundamente. Alexander se sentou sobre os calcanhares e chorou o que não tinha conseguido chorar diante de tudo o que havia passado, desde a despedida de Ester até a perda do pai. Lógico, as lembranças do progenitor seriam sempre dolorosas, mas Deus estava provando, mais uma vez, seu cuidado para com ele. Ester se inclinou e o beijou no rosto, enxugando as lágrimas que corriam pela face. — Sim, Alex, eu vou me casar com você.

Sem pressa, Alexander se levantou, a puxou em sua direção e segurou o rosto dela com a ponta dos dedos.

— Eu amo você, Ester. Espero que nunca se canse de ouvir isso, porque, desta vez, você não vai a lugar nenhum. Nunca mais.

Nada parecia real ainda, e ela riu enquanto abraçava o príncipe. As meninas comemoraram, e então eles se deram conta de que não estavam sozinhos.

— Sabe aquela história sobre ser celibatária? — Thays sussurrou, emocionada, apenas para Lyta ouvir. — Esquece, eu quero um príncipe também.

— Ora comigo? — Alexander solicitou.

Como se tivesse sido combinado anteriormente, Mai fez um sinal para as meninas, e elas se posicionaram ao redor do casal, dando as mãos e formando um círculo com Alexander e Ester no meio. O gesto comoveu os dois. O príncipe segurou as mãos da jovem e curvou a cabeça. Juntos, eles agradeceram a Deus por sua soberania e por seu tempo divino, por seu dom do amor e por sua direção no relacionamento deles. Em seguida, agradeceram a Deus por remover uma palavra do vocabulário deles para sempre, uma palavra que os assombrou até onde podiam lembrar: a palavra *adeus*.

★★

Apoiado na motocicleta e com os braços cruzados em frente ao peito, John chutava alguns pedregulhos, quando Alexander e Ester retornaram do lago. Uma infinidade de seguranças os aguardava, enquanto o estilista recebia um sermão do chefe da guarda pessoal do príncipe. Ao perceber a aproximação do casal, John fuzilou Alexander com o olhar, antes de oferecer um sorriso afetuoso a Ester. O *personal stylist* saiu de onde estava e foi até os recém-chegados, adiantando-se para ajudar a moça a descer do cavalo.

— Dá para Vossa Alteza explicar ao grandalhão ali que eu não persuadi você a subir na minha "máquina mortífera"? — John foi logo falando, cheio de drama.

— Na verdade, você me persuadiu, sim. — Alexander sorriu, enquanto entregava as rédeas do cavalo a um dos funcionários do haras.

O estilista resmungou alguma coisa inaudível quando o rapaz se juntou a eles e passou o braço pelo ombro da noiva, puxando-a para si. Ester o fitou, como se ainda precisasse se certificar de que ele realmente estava ali, ao seu lado. Ambos sorriam como se só eles estivessem naquele haras e como se o alvoroço em torno deles fosse um mero detalhe, distante e imperceptível.

— Eu ainda estou aqui. — John pigarreou, atraindo a atenção de volta para ele.

— Relaxa, John, eu falo com eles.

— Pode ser, tipo, agora?

Relutante, Alexander se afastou da noiva e depositou um beijo terno no topo de sua cabeça.

— Eu não demoro.

— Tudo bem.

Alexander e Ester trocaram olhares apaixonados, antes de o príncipe seguir rumo aos seguranças.

— Ok, eu torcia demais para esse reencontro, mas pega leve. Eu sou diabético — o estilista gracejou, fingindo estar enjoado com o romantismo do casal.

Ester riu e o empurrou de leve no braço.

— Ah, John, foi tão lindo, você precisava ter visto.

O rapaz balançou a cabeça, inconformado.

— Acredite, eu tentei.

Olhando além do amigo, Ester avistou a motocicleta estacionada a alguns metros de distância de onde eles conversavam.

— Vocês vieram até aqui de motocicleta mesmo?

John deu de ombros.

— O que um homem não faz por amor?

★★

Elizabeth e Alexia aguardavam no *hall* de entrada principal do palácio, quando Alexander entrou de mãos dadas com Ester. A princesa correu até eles e jogou os braços no pescoço da futura cunhada, quando esta se inclinou para abraçá-la. Alexia não disse nada, mas, pela respiração ritmada da menina, foi possível captar toda a emoção e todas as palavras não ditas, externadas apenas com aquele gesto.

— Como eu senti saudade de você! — disse Ester, enternecida.

— Bem-vinda de volta, querida.

A voz suave de Elizabeth interrompeu o momento das duas, que, mesmo depois de se afastarem, se mantinham próximas uma da outra.

— Estou feliz em poder retornar.

— Agora para sempre. — Alexander fez questão de frisar pela enésima vez.

Elizabeth concordou, comovida. Seu coração estava cheio de contentamento ao ver o belo sorriso de volta aos lábios do filho.

— Tomei a liberdade de avisar seu tio assim que Alexander saiu. Ele está a caminho — a rainha informou e logo depois hesitou, com preocupação genuína. — Filho, temos que nos reunir com o Conselho, eles já nos esperam.

Talvez fosse por ter notado o tom que a rainha usou ou visto um músculo da mandíbula de Alexander se contrair, mas aquela declaração inquietou Ester. Não houve explicações, ele apenas deixou um beijo terno em sua testa, antes de se retirar com a mãe e a irmã, prometendo ir vê-la assim que possível.

A moça foi encaminhada para seus aposentos, o mesmo local ocupado por ela durante o período em que esteve no palácio. Tudo ainda parecia irreal, e, somente quando a jovem se viu sozinha no imenso quarto, a ficha caiu.

— Eu serei a rainha de Galav? — perguntou-se, sentindo o estômago nausear.

Caminhou até a cama e se deixou despencar sobre ela. Seu corpo estava trêmulo, com o peso da decisão caindo sobre si.

"Case-se comigo, Ester. Seja a rainha de que Galav precisa..."

Alexander havia sido incisivo na proposta, não havia? E ela tinha dito sim. Sim para ele. Sim para o título. Só lhe restava agora encarar o desafio e pedir que Deus estivesse com ela. Porém, precisaria de um longo tempo para se acostumar com a nova realidade.

Horas se passaram, e, como se seus receios não fossem o bastante para se preocupar, Alexander até aquele momento não havia retornado da reunião. O que tanto eles conversavam? Havia surgido algum imprevisto? Ela e o príncipe na verdade não poderiam ficar juntos? As perguntas vinham, enchendo o coração da pobre moça de temores, à medida que a noite avançava.

Sem conseguir ficar um minuto a mais sequer naquele quarto, Ester resolveu ir até um dos jardins. Ao passar pelas grandes portas de vitral Tiffany, recordou-se de que fora naquele mesmo lugar seu primeiro contato com Alexia. Ela nunca imaginara que do pequeno encontro surgiria uma amizade tão forte entre as duas. Aliás, ela não esperava que sua ida para o palácio tivesse o desfecho diante dos seus olhos.

Ester ainda estava perdida em lembranças, quando percebeu a presença de alguém se aproximando. Joseph estendeu o braço, convidando-a a aconchegar-se neles.

— Eu sabia que Deus tinha um plano! — Antes de se afastar, o senhor acariciou os cabelos da sobrinha, exalando satisfação.

— Isso é loucura! — Ester choramingou.

Joseph deu um sorriso experiente, aquele que sempre tinha um jeito de criar certo grau de paz e entusiasmo no coração dela.

— Não, querida. Isso é o agir de Deus em sua vida.

— Eu não me sinto capaz. — Ester externou suas preocupações. — Não estou preparada para tudo isso, tio.

Joseph balançou a cabeça, concordando.

— Eu entendo. E você não é a primeira pessoa a se sentir assim. Afinal, grandes homens passaram pelo mesmo, mas, em todas as ocasiões, Deus mostrou a saída e os capacitou para desempenhar as tarefas. — Ester inclinou-se para trás, fitando as estrelas que haviam se espalhado pelo céu, atenta às palavras do tio. — Quando Deus mandou Moisés falar com o faraó para que ele liberasse o povo de Israel na saída do Egito, disse Moisés ao Senhor: "Ah! Senhor! Eu nunca fui eloquente, nem outrora, nem depois que falaste a teu servo; pois sou pesado de boca e pesado de língua". — Ester amava o modo como o tio falava das Escrituras e gesticulava, parecendo que ela ainda tinha 10 anos e que precisava deter sua atenção o máximo que pudesse. — Nessa hora, Moisés estava praticando o sentimento de incapacidade. Ele não se deu conta de que Deus estava no comando e que tudo que precisava fazer era obedecer. — Joseph virou-se para a sobrinha e a observou. — Você sabe qual foi a resposta de Deus para Moisés?

Ester concordou e sorriu ao vê-lo erguer a sobrancelha, incentivando-a a repetir as palavras.

— "Quem fez a boca do homem? Ou quem faz o mudo, ou o surdo, ou o que vê, ou o cego? Não sou eu, o Senhor? Vai, pois, agora, e eu serei com a tua boca e te ensinarei o que hás de falar" — Ester recitou Êxodo 4:10-12.

O tio concordou, orgulhoso.

— É Deus quem nos faz capazes. Quando não temos mais forças, Deus as renova. Apenas precisamos decidir confiar nele para realizarmos nossas próprias tarefas ou as tarefas dadas por Ele.

Lágrimas queimaram no canto dos olhos da moça, e um soluço baixinho e alegre brotou de algum lugar de sua alma. Ali, no meio do jardim e envolto pelo aroma peculiar das flores, Joseph orou pela sobrinha, clamando a Deus para que sua infinita sabedoria fosse derramada sobre Ester, assim como um dia Ele a havia concedido a Salomão. E que ela fosse um canal de bênção tanto para Galav quanto para Cefas, a fim de que houvesse paz entre as nações.

Alexander se aproximou após retornar da reunião. Ele sorriu para os dois, e o coração da jovem se aqueceu. Joseph e o príncipe trocaram algumas palavras antes de Alexander oficialmente pedir a bênção do tio e a mão de Ester, o que foi concedido sem contrariedade. Joseph se despediu para conhecer seus aposentos, e Ester fez a pergunta que a estava deixando angustiada.

— Como foi com o Conselho?

Alexander respirou fundo, deixando o cansaço evidente.

— Creio que terei a árdua tarefa de montar meu próprio Conselho.

O coração de Ester encolheu dentro do peito.

— Foi tão ruim assim?

— Eles estão com o orgulho ferido, sentindo-se traídos pelo meu pai, já que em vida haviam recusado o pedido dele.

— Eu sinto muito por estar sendo motivo de conflito.

DE REPENTE *Ester*

— Não sinta. Foi bom para saber quem deles está ao meu lado. E a única coisa que importa de verdade agora é que você está aqui. Se todos eles quiserem renunciar por esse motivo, estarão me fazendo um grande favor, e eu faço questão de acompanhá-los até a porta. — O príncipe balançou a cabeça com veemência, como se quisesse deletar da memória as últimas horas daquele dia. — Vamos esquecer isso. — Ele levou as mãos dela aos lábios com uma graça e elegância que Ester só tinha imaginado em sonhos. — Vem comigo, tenho que te dar uma coisa.

Alexander entrelaçou a mão na da jovem. A sensação dos dedos dele em volta dos seus dominou os pensamentos da moça, enquanto os dois caminhavam até a ala restrita do palácio e paravam em frente a uma das portas do imenso corredor. O príncipe a abriu e indicou o aposento para que Ester entrasse.

— Aqui é o seu quarto? — Ela não se moveu.

— Por enquanto. — Vendo que a moça hesitou diante do convite, Alexander sorriu. — Por favor, entre.

Cautelosa, ela deu alguns passos, observando o lugar. Ester não esperava ver algo tão minimalista. O cômodo era visivelmente muito confortável, mas se resumia a um ambiente sem extravagâncias.

— É bem diferente do que imaginei — ela comentou, surpresa.

— Ah, então você andou imaginando como seria meu quarto, estrelinha? — Um sorriso travesso cruzou os lábios do príncipe. — Isso não me parece muito apropriado para uma dama.

— Muito menos um cavalheiro trazer uma moça aos seus aposentos, antes do casamento — ela rebateu no mesmo tom.

Alexander balançou os ombros, descontraído.

— Mas a porta está aberta, e há pelo menos cinco guardas lá fora — justificou.

— Eu me sinto muito mais segura agora, obrigada.

— Disponha, meu amor. — O príncipe fez uma reverência, e Ester sorriu, mas seus olhos ficaram distantes de repente. — O que foi?

— Eu só estou tentando me convencer de que tudo isso aqui é mesmo real, e não um sonho.

Alexander a fitou com carinho. Em seguida, conduziu-a até o sofá em frente à lareira.

— É real. Eu estou aqui, e você está aqui. Mas, se você quiser, posso te beliscar para provar. — Ester tombou a cabeça para o lado e riu alto, o som propagando pelo quarto, feito música. — Como eu senti falta de você! — Alexander voltou a segurar as mãos dela e levá-las aos lábios, deixando um beijo entre os dedos. — Acho que está faltando algo aqui, você não acha?

— Está?

Alexander assentiu e tirou algo do bolso.

— Pretendia fazer algo especial, mas para mim cada momento ao lado da pessoa que amamos é único. Então não precisamos de um jantar romântico à luz de velas ou sob as estrelas. — Alexander deslizou um anel no dedo anelar da mão direita dela, enquanto falava. — Meu pai deu esse anel para minha mãe no dia em que os dois se conheceram. Desde a primeira vez que se viram, ele sabia que era ela. Eu passei minha vida inteira tentando entender a atitude dele e, mesmo que nosso amor não tenha sido tão avassalador quanto o deles, hoje eu o compreendo.

— Nem sempre o amor são fogos de artifícios. — Ester se recordou das palavras do tio, no dia em que ela soube que amava Alexander.

— Ainda bem. — O príncipe sorriu e passou o polegar sobre a joia, que serviu perfeitamente no dedo da amada. — Porque fogos de artifícios duram apenas um tempo. Prefiro acreditar que o amor é uma escolha eterna. Creio que Deus nos escolheu um para o outro, e eu aceito, e escolho, amar, respeitar, cuidar de você, para que juntos possamos glorificar a Ele. E, se o "felizes para sempre" não existir, eu me contento com o "até que morte nos separe".

— Isso foi lindo, Alex. — Lágrimas de felicidade inundavam os olhos dela.

— Não mais do que aquilo. — Alexander apontou para o alto da lareira.

Sobre a laje estava algo que fez o coração de Ester disparar. Ela saltou do sofá e foi até o objeto. Pegou-o e pousou a mão sobre a estrela gravada na tampa, sem conseguir conter a emoção, enquanto Alexander relatava como havia encontrado o baú.

As cartas perdidas dela, aquelas que tanto ansiava entregar ao futuro marido um dia, já estavam ali, com quem deveriam estar, e a entrega fora feita pelo próprio Deus. Comovida demais para falar, Ester apenas olhou para o noivo, os olhos brilhando não só por causa das lágrimas, mas também pela convicção, em seu coração, de que o Supremo Criador do Universo, aquele que tudo governa, havia orquestrado cada detalhe de suas histórias, até os unir. Uma paz sem igual invadiu o interior da jovem. Ela não deveria temer o porvir, pois tinha certeza de que Deus também estava no controle do futuro dela como rainha.

Na caminhada até aquele momento, Ester havia aprendido que nem sempre teve o que quis, porque nem sempre o que ansiava lhe faria bem. Foi preciso sentir dor, para aprender com as lágrimas. Foram necessárias as pedras para construir o caminho. Foi imprescindível a fé, para não perder a esperança no Senhor. E, sobretudo, foi preciso perder, para ganhar de verdade.

Epílogo

Querido Alex,

Todos os dias Deus nos surpreende com detalhes que fazem toda diferença. Quando temos Deus no coração, temos tudo! Tudo fica mais fácil, tudo fica mais simples. Tudo fica pequeno diante do amor que Ele tem por nós. Quando comecei a escrever para você – meu futuro esposo –, eu não tinha ideia do que passaríamos até, finalmente, selarmos nosso destino um ao lado do outro. Deus deve ter rido de nossas aflições, questionamentos e ansiedade de saber o futuro, ou até mesmo da nossa certeza de que tudo estava perdido. Mas, como dizem, Ele é especialista no impossível, e nós somos prova viva dessa afirmação. Olhando para trás, tenho plena convicção de que as provações nos tornaram mais sábios e confiantes, dando-nos experiência para vencermos os desafios vindouros. Ao contrário do que muitos acreditam, Deus não escreve certo por linhas tortas; Ele escreve exatamente aquilo que quer e da maneira que deve ser. Pois sem provas não existe aprovação, e a vitória sem conquista é mera ilusão. Durante o percurso, eu entendi que muito do que sonhei e idealizei visava apenas a minha satisfação pessoal e pouco me preparei para ser a esposa segundo os desígnios de Deus. Gostaria de ter feito mais por você enquanto esperava, gostaria de ter guardado meu coração apenas para você, como prometido. Mesmo assim e graças à imensa misericórdia do nosso Senhor, hoje posso fazer das palavras de Lionete Silva as minhas e dizer com alegria no meu coração: eu aceito! "Eu aceito, ciente de que isso significa que posso me magoar, mas estou pronta para ser amparada por você.

DE REPENTE *Ester*

> *Eu aceito tentar, mesmo quando o medo do fracasso me segurar. Eu aceito não saber do futuro, mas estou pronta para me surpreender no caminho. Eu aceito seu amor e aceito te dar o meu." E, como disse Van Dyken certa vez: "O casamento é só o começo da nossa história, e espero que, quando Deus escrever o final, a gente ainda esteja de mãos dadas, na última página".*
>
> *De sua esposa, finalmente,*
> *Hadassa.*

"Quando o Senhor trouxe do cativeiro os que voltaram a Sião, estávamos como os que sonham. Então a nossa boca se encheu de riso e a nossa língua de cântico; então se dizia entre os gentios: grandes coisas fez o Senhor a estes. Grandes coisas fez o Senhor por nós, por isso estamos alegres. Traze-nos outra vez, ó Senhor, do cativeiro, como as correntes das águas no sul. Os que semeiam em lágrimas segarão com alegria. Aquele que leva a preciosa semente, andando e chorando, voltará, sem dúvida, com alegria, trazendo consigo os seus molhos."

Enquanto Ester observava sua imagem refletida no espelho e esquadrinhava os detalhes do vestido de noiva, o longo véu rendado e o buquê de gardênias amarelas nas mãos, os versículos de Salmos 126 inundavam sua mente em uma torrente de emoção. Como em uma tela de cinema diante dos olhos, a jovem recordava cada passo até aquele momento.

Seu coração transbordava de gratidão, pois em poucas horas ela e Alexander uniriam os caminhos em um só. Deus havia cuidado dos mínimos detalhes, enviando-lhe o homem mais bondoso, gentil e preocupado com os outros filhos de Deus que ela conhecera em toda a sua vida.

A dedicação do príncipe em favor dos cristãos perseguidos, em especial os da terra natal de Ester, enchia a jovem de orgulho. E isso ficou ainda mais evidente no dia anterior, quando ocorreu o tão sonhado encontro com Edwin e sua esposa, Anne — realeza de Cibele —, a fim de tratarem de assuntos relacionados às novas diretrizes em relação aos imigrantes que o reino de Galav receberia a partir de então.

Ester se identificou com a espontaneidade de Anne, divertindo-se com a personalidade peculiar a alguém de sua posição. No entanto, quando as duas se viram sozinhas, outro lado da jovem mulher a encantou. Com palavras sábias, Anne ajudou a acalmar Ester de seus temores, contando um pouco da própria história e de como acabara casando-se com Edwin. E, indo além, a mulher trouxe palavras de encorajamento e falou dos propósitos de Deus para o casamento, fazendo a jovem entender um pouco mais dos planos divinos para aquela união.

— *Como disse John Piper: "Todos existem para a glória de Deus. Ou seja, todos nós existimos para magnificar a verdade, o valor, a beleza e a grandeza de Deus. Não do jeito que um microscópio faz, e sim da forma de um telescópio".* — Anne sorriu, e seus olhos se iluminaram. — *"Microscópios fazem as pequenas coisas parecerem maiores do que são. Telescópios fazem coisas grandes parecerem como elas de fato são. Microscópios levam a aparência do tamanho para longe da realidade. Telescópios trazem a aparência do tamanho para perto da realidade. Quando digo que todas as coisas existem para magnificar a verdade, o valor, a beleza e a grandeza de Deus, quero dizer que todas as coisas, e principalmente o casamento, existem para trazer para mais da realidade a aparência de Deus na mente das pessoas".* — Ester não sabia naquele momento, mas passaria a noite pensando nas palavras de Anne. — *Fomos criados para mostrar a glória de Deus. Paulo concluiu os primeiros onze capítulos de sua grande carta aos Romanos com a exaltação de Deus como a fonte e o fim de todas as coisas: "Pois dele, por Ele e para Ele são todas as coisas. Para Ele seja a glória para sempre".* — Anne apertou a mão de Ester e terminou de falar com um sorriso encorajador. — *Mantenha isso em seu coração. Comigo funciona que é uma beleza!*

DE REPENTE *Ester*

— Está tudo pronto. — Giovanna interrompeu as lembranças de Ester, atenta às instruções no fone preso ao ouvido. — Podemos ir?

A jovem respirou fundo, entregando o buquê para que a assistente levasse, enquanto Hanna, Yumi e Sayuri auxiliavam com a cauda do vestido e o véu.

— Sim, estou pronta.

Ester sorriu, deixando o ar esvair dos pulmões devagar, à medida que as palavras se assentavam em seu coração. Ela estava pronta. Tinha confiança de que, com Deus ao seu lado, poderia colocar um pé após o outro e seguir com fé rumo ao futuro desconhecido que a aguardava do outro lado do sim.

★★

Hadassa empertigou a postura, inalando o ar para dentro dos pulmões. Apertou o buquê de gardênias amarelas na posição ensaiada nos últimos dois dias, enquanto expirava devagar. Com os olhos fixos no anjo talhado na madeira da porta da igreja, repassava mentalmente o passo a passo de toda a cerimônia, do casamento e da coroação.

A novidade ainda estava, aos poucos, se assentando em seu coração. No começo, o medo parecia ser maior que a certeza do plano de Deus para sua vida. Ela precisou resistir a vozes internas que insistiam em fazê-la desistir.

Foi então que a jovem se deparou com uma das cartas escritas ao futuro marido. Ela o mandava ser forte e corajoso. Agora, era sua vez de seguir o próprio conselho. Hadassa precisava ser forte e corajosa. Necessitava vencer os medos e confiar apenas no Deus que já havia provado, por diversas vezes, que ela não estava sozinha.

— Ela está pronta. — A voz de Giovanna soou firme logo atrás, quando falou pelo sistema de comunicação preso na gola do *tailleur* preto que trajava. — Abram as portas.

Hadassa apertou o braço do tio e o olhou com gratidão. Se não tivesse a presença dele em sua vida, com apoio e conselhos preciosos, jamais teria maturidade suficiente para o que estava por vir. Os olhos dela se encheram de lágrimas, e a lembrança dos pais veio à mente. Seu maior desejo naquele momento era tê-los no dia mais importante de sua vida. Mohammed percebeu a centelha de dor nos olhos da sobrinha, e sua expressão se tornou terna. Sorriu e deu dois tapinhas na mão dela.

— Eles estão em nosso coração. — A moça concordou e se deixou ser guiada pelo tio nos primeiros passos. — Chegou a hora, querida.

Ela deu uma risada nervosa, pondo de lado a tristeza trazida pela saudade dos progenitores. As portas foram se abrindo lentamente, revelando o tapete vermelho e as pétalas de rosa espalhadas pelo chão. O coração de Hadassa acelerou, e ela tentou pôr em prática as instruções que Alexander lhe dera naquela manhã.

"Olhe para mim, apenas para mim. Esqueça a igreja lotada de pessoas importantes. Este será o nosso dia. Finja que no recinto somos apenas eu, você, o celebrante e Deus."

Hadassa bem que tentou, mas, quando as portas se abriram completamente, toda a atenção se voltou para ela, à medida que os convidados iam se levantando para recebê-la. No altar, Alexander observava a noiva se aproximar, buscando o olhar perdido da amada. Quando enfim o encontrou, ele sorriu, encorajando-a a prosseguir até ele. A futura rainha sorriu de volta, com a tensão dos ombros aos poucos se esvaindo. Enquanto isso, ela se recordava das intermináveis dificuldades enfrentadas até aquele momento. Admirando o sorriso do príncipe, lembrou-se do sonho de semanas atrás. No entanto, agora ela era a noiva que ia ao encontro dele no altar, e o sorriso presente naquele momento nos lábios de Alexander pertencia só a ela.

Tio e sobrinha pararam ao pé do pequeno lance de escadas do altar, e Alexander veio ao encontro deles, revelando sua felicidade. Todo o ritual de entrega foi cumprido, e o casal se posicionou de frente para o celebrante.

— Muito se fala sobre o casamento no dia a dia. Muito se fala, inclusive, contra o casamento. Alguns acreditam que o casamento seja, efetivamente, o fim da vida. — A voz do pastor encheu o ambiente quando ele pronunciou as primeiras palavras. — Hoje, Hadassa e Alexander querem atestar que o casamento não é um fim, muito menos um começo. Esta não é uma cerimônia mágica e não vai criar algo que já não exista. — Com um olhar sereno, o celebrante olhou de um para o outro. — Deus já os escolheu como família, e hoje estamos celebrando algo que já começou e vai continuar crescendo ao longo dos anos, pois o casamento é um processo. É uma caminhada ousada rumo a um futuro desconhecido, que envolve abrir mão de quem vocês são estando separados, em prol de tudo o que poderão ser juntos.

Enquanto o pastor seguia com o sermão, Alexander desviou os olhos para sua amada. Percebendo que estava sendo observada, ela retribuiu com um sorriso caloroso. O príncipe colocou a mão sobre a dela, repousada em seu braço, e a acariciou. A jovem pôde sentir todo o amor, todo o carinho e todas as promessas — estas não precisavam ser externadas com palavras, para que a moça soubesse que seriam cumpridas.

— Hadassa Holz Mohammed, aceita como seu legítimo o príncipe Alexander Kriger Lieber, de Galav, para amá-lo e respeitá-lo até que a morte os separe?

As palavras da carta que a jovem escrevera instantes antes em seu quarto povoaram a mente. Com a voz firme e o coração transbordando de convicção, ela respondeu:

— Eu aceito!

A pergunta foi direcionada ao noivo, e com igual certeza Alexander aceitou se unir a ela. O ambiente parecia estar envolto em uma atmosfera leve, suave. Mais tarde, ambos compreenderiam que aquela sensação boa pairando sobre eles era a presença de Deus. Os dois estavam vivendo a beleza do casamento que o Criador planejou desde o início dos tempos.

As alianças foram trocadas. Alexander deixou um beijo sobre os dedos da moça e sorriu, com um contentamento brilhando nos olhos.

— Eu os declaro marido e mulher. — Pela primeira vez, o rosto sério do celebrante deu lugar a um sorriso. — Pode beijar a noiva.

Alexander respirou fundo, aproximando-se da esposa para ficar de frente a ela, como se esperasse ansiosamente pela permissão dela e como se toda a sua vida o tivesse conduzido até aquele momento. Sem pressa, o príncipe deslizou a mão direita entre os cabelos dela, por baixo do véu. Devagar, em uma dança invisível e perfeita, os lábios dos dois se encontraram em um beijo casto e terno.

— Eu amo você — ele sussurrou, apoiando a testa na dela.

Uma lágrima escapou dos olhos de Ester, antes de brevemente unirem mais uma vez seus lábios.

Em seguida, a cerimônia de coroação iniciou.

Alexander foi vestido com um manto dourado e apresentado às joias da Coroa: primeiro a espada de ouro, que simbolizava bravura, seguida pelos braceletes, pelo orbe e por um anel com uma pedra de safira na mão direita. Enfim, recebeu o cetro na mão direita e a haste com a pomba na esquerda, símbolo de autoridade suprema. Por último, colocaram a coroa nele.

Hadassa observou a fisionomia concentrada do esposo. Então, orou internamente, clamando a Deus por sabedoria para ambos. Momentos depois, o mesmo se repetiu com ela. Vestiram-na com um manto púrpura e a encheram de joias, mas a jovem não recebeu a espada, o cetro nem a haste. O véu e a tiara foram substituídos pela coroa. Ao sentir o peso do objeto na cabeça, Hadassa encarou a multidão. Deus parecia estar segurando-lhe a mão, pois seus temores não mais a acompanhavam. Na primeira fila de cadeiras, a nova rainha viu o tio limpar algumas lágrimas, com os olhos fechados e o rosto erguido, como se realizasse uma prece.

Com as mãos unidas sobre uma Bíblia, Alexander e Hadassa fizeram os juramentos, cada um em seu tempo. Prometeram, perante as testemunhas e diante de Deus, governar o país sob os princípios e as ordenanças divinas, procurando sempre sabedoria celestial em suas decisões para o bem maior da nação. Ao abrirem os olhos, eram oficialmente, além de marido e mulher, rei e rainha de Galav.

Continua...

Agradecimentos

Meu coração transborda de gratidão e emoção. A jornada desse livro foi desafiadora, porém, ao olhar para trás, percebi que nunca estive sozinha nesse caminho. Agradeço, primeiramente, a Deus, meu Criador, pelo dom da escrita. À minha amada família, meu pilar de força e inspiração. A presença constante do meu esposo e a alegria das nossas filhas preenchem meus dias com amor e apoio incondicional. Vocês foram meu refúgio nos momentos difíceis e minha motivação para perseverar em busca deste sonho.

Às minhas *betas* Mali, Jani e Vic, que dedicaram tempo e cuidado para ler e sugerir melhorias ao texto, surtando a cada capítulo. À Maina Mattos, a leitora crítica que todo escritor deveria ter, você foi a verdadeira guardiã da essência deste livro. À Dulci, que amou e acompanhou as publicações de cada capítulo desde a primeira versão. À Aline, obrigada pelas dicas médicas e sugestões para tornar a Alexia tão especial. Clys, minha querida amiga e mentora, pelo trabalho e profissionalismo incrível, sempre com muito cuidado e respeito pelas minhas ideias.

À editora Novo Século, em especial à Mariana e ao Marcelo, que acreditaram nesta história e me acolheram com tanto carinho. A dedicação e sensibilidade foi fundamental para que este livro ganhasse forma e vida. A confiança que depositaram em mim e na minha obra foi um marco crucial para que eu pudesse ver meu sonho se concretizar de maneira tão especial. O cuidado de vocês com cada detalhe, o profissionalismo e a parceria sincera foram essenciais para levar este projeto a um público ainda maior. Sou imensamente grata a vocês por fazerem parte desse momento tão significativo da minha jornada.

Que este livro possa tocar os corações, despertar emoções e levar um pouco de alegria e reflexão a cada leitor que o encontrar.

Com gratidão,

Kell Carvalho.

Leia também

Meu enredo de amor
**Aline Moretho, Dulci Verissimo, Kell Carvalho
e Maina Mattos**

Quatro Quatro histórias. Quatro corações. Um único Autor.

Beatriz, Napáuria, Júlia e Lyra são jovens cristãs apaixonadas por livros e pelo amor. Em busca de viver romances tão inesquecíveis quanto os de suas histórias preferidas, elas embarcam em jornadas que vão muito além das páginas de seus livros favoritos.

Com lições sobre fé, espera e propósito, esses contos mostram que o verdadeiro amor é aquele que segue o plano perfeito de Deus, superando desilusões e guiando para um final feliz escrito pelo Melhor Autor. *Resgate de um coração*, *Missão do amor*, *Meu amor real* e *Acordes do coração* vai emocionar e inspirar cada leitor a guardar seu coração enquanto confia no amor divino e descobrir que o romance perfeito não é apenas sobre encontrar alguém, mas sobre permitir que Deus escreva uma história única e eterna.

Um perfeito encanto
Dulci Verissimo,

Beatrice Mendes precisa de um emprego para sustentar sua família e, num dia de desespero, é chamada para trabalhar no Fórum como auxiliar do juiz Pedro Bernardi. Ele é um homem excelente em tudo que faz, mas dentro do seu coração carrega mágoas antigas. Seu jeito direto e sem muita emoção fará com que a relação dos dois seja conflituosa.

Contudo, em meio a situações que os obrigarão a conviver juntos, os dois desfrutarão de novas emoções e amizade. A beleza revelada nas atitudes de Beatrice fará o juiz reservado compreender o que para Deus é o verdadeiro encanto numa mulher.

Meu amor agridoce
Aline Moretho

Mel, uma talentosa confeiteira, é chamada pelo seu pastor para ajudar na organização do Jantar dos Casais da igreja. O desafio fica ainda maior quando ela descobre que terá que trabalhar ao lado de Esdras, o filho mais velho de uma tradicional família de chefs italianos, responsáveis pela comida do evento. Enquanto Mel luta contra sua timidez e convive com Esdras, eles desenvolvem uma amizade sincera em meio aos doces sabores da confeitaria e o aroma robusto da comida italiana. Com o tempo, os dois descobrirão que o sabor do verdadeiro amor é muitas vezes agridoce, misturando momentos doces e amargos. Porém, juntos, aprenderão a confiar que Deus sempre prepara o melhor para os seus amados filhos.

Três fatias de amor
Ana Souza

Débora nunca se imaginou trabalhando como garçonete até ser obrigada, por necessidade, a aliviar as contas de casa e adquirir alguma experiência profissional. Ela levou um fora há oito anos e, desde então, decidiu direcionar sua vida para a carreira e nunca mais se humilhar pela afeição de um homem. Mateus é um cristão piedoso e trabalhador, mas excessivamente tímido quando se trata de mulheres.

Ele também sofreu uma grande frustração na área amorosa, mas nunca fala a respeito, pois prefere deixar o passado enterrado sob suas memórias. Na Pizzaria Três atias, Débora e Mateus precisarão conviver um com o outro e lidar com as fagulhas que poderão surgir nessa amizade. Mateus vencerá a timidez e se deixará conquistar pelo jeito extrovertido e sincero de Débora? E ela, saberá esperar o tempo certo para as coisas acontecerem em sua vida? Uma saborosa comédia romântica, recheada de reflexões sobre o amor, o caráter e o serviço cristão.

Fadas madrinhas S.A.
Kézia Garcia

Dinx é uma fada artesã talentosa — se não fosse por um detalhe: seus encantos mágicos não duram mais do que uma hora. Já Lin Jeong, seu melhor amigo, é uma fada do amor que nunca consegue juntar os casais certos. Após um novo fracasso, a última chance de Lin Jeong evitar a expulsão da organização em que trabalha — e de ser enviado de volta ao seu país — é cumprir uma tarefa: unir o príncipe a uma moça chamada Cinderela.

E, com medo de perder o amigo, Dinx está disposta a ajudá-lo... se não fosse por uma reviravolta: o arco de Jeong, sua principal ferramenta de trabalho, desaparece. Tudo indica que o arco foi roubado. Agora, Lin Jeong e Dinx precisam encontrar o ladrão e recuperar o objeto perdido para concluir a missão: unir o casal mais famoso dos contos de fadas — enquanto sonham com seu próprio "felizes para sempre".

Clube das apaixonadas fracassadas
Ana Maria Duarte

4 amigas. Um clube. 10 regras.

A última sendo a mais importante: não se apaixonar de novo. Isso não seria tão difícil assim, não é? Cansada de ver suas amigas sempre tendo os seus corações partidos e seguirem nesse ciclo vicioso, Amélia Garcia resolve tomar providências, sem imaginar em todos os desdobramentos que isso traria.

Mas o que antes parecia ser uma tarefa simples para Amy, se tornará um grande desafio, graças a Ethan Rodriguez, o seu sorriso convencido e seu incrível talento de tirá-la do sério. Entre jogos de basquete na chuva, fotografias do pôr-do-sol e um clube improvisado, Amy e suas amigas irão descobrir que suas férias podem ir muito além do que imaginam

Grama de vidro
Débora Ciampi Eller

E SE CANTAR NO CHUVEIRO MUDASSE SUA VIDA?

Madu se considera uma jovem de espírito idoso. Apesar de seus vinte anos, ela não gosta de lugares lotados, nem de muito barulho, nem de euforia demais em um único ambiente.

Por isso, não foi surpresa alguma Madu não ter ficado animada quando Carol, sua melhor amiga e a maior fã de Grass of Glass que ela conhece, a chamou para ir a um show de sua banda preferida.

A surpresa foi Madu cantar no chuveiro e alguém ouvi-la.

A surpresa foi encontrar um dos integrantes da Grass of Glass no elevador.

A surpresa foi Madu se deparar com um dilema entre um amigo inusitado e um cantor famoso.

Em meio a opções inesperadas, oportunidades irrecusáveis e muita música, amizades são forjadas e um sentimento suave encontra espaço nos corações que parecem ser mais frios e fechados.

Grama de vidro é um romance de ficção cristã leve e apaixonante, mas não apenas isso. Por meio de músicas, conversas e reflexões, essa história nos lembra de verdades eternas e nos conduz ao verdadeiro lugar de paz.

Esperarei por você
Gabrielle S. Costa

Para guardar seu coração, ela precisa fazer uma escolha.

Melissa está envolvida com um rapaz que conheceu na universidade, cujos princípios e crenças são completamente diferentes dos seus. No entanto, as contradições e a distância começam a fazê-la se questionar sobre o rumo desse relacionamento.

Então, decide pôr um fim nele e voltar-se para Deus, disposta a confiar em Sua vontade. E, seguindo o conselho da avó, começa a escrever cartas para seu futuro marido, enquanto aprende a esperar pela pessoa certa.

Todavia, ela não contava que a reaparição de um antigo amor mexeria com suas emoções novamente, deixando-a dividida: entregar-se aos sentimentos outra vez ou esperar pela vontade de Deus?

~ *Agora é com você!* ~

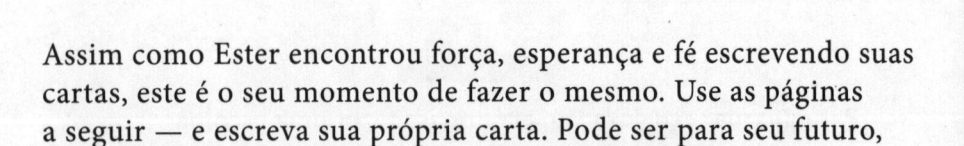

Assim como Ester encontrou força, esperança e fé escrevendo suas cartas, este é o seu momento de fazer o mesmo. Use as páginas a seguir — e escreva sua própria carta. Pode ser para seu futuro, para alguém especial, para Deus ou até para você mesma.

Seja qual for o destinatário, deixe que suas palavras carreguem seus sonhos, seus desejos e tudo aquilo que pulsa no seu coração.

Lembre-se: toda história começa com um passo... ou, quem sabe, com uma carta.

<ns

@novoseculoeditora

Edição: 1ª
Fonte: Grenze Gotisch e Spectral